# MOUNTOLIVE

*Lawrence Durrell est né dans l'Himalaya en 1912, de parents irlandais.*
*Entré dans la carrière diplomatique, il se spécialise dans les questions du Moyen-Orient et commence à se faire connaître par de très beaux poèmes. De 1953 à 1956, il assure les relations publiques du gouvernement anglais à Chypre (son récit* Citrons acides *fait allusion à cette période).*
*Fixé depuis lors en Provence, non loin de Nîmes, il a écrit le cycle romanesque du Quatuor d'Alexandrie :* Justine, Balthazar, Mountolive *et* Cléa. *Le Prix du meilleur roman étranger a couronné* Balthazar *en 1956.*
*Lawrence Durrell a échangé avec Henry Miller des lettres éditées sous le titre* Une Correspondance privée. *Il consacre un cycle à la Grèce dont* Vénus et la Mer *est le premier volume et, en 1972, évoque sa jeunesse dans une série d'entretiens* (Le Grand Suppositoire).

L'Egypte, pour David Mountolive, c'est Alexandrie, la beauté du soir sur les eaux du lac Maréotis, son amitié avec Nessini et Narouz, son amour pour leur mère Leila.
Les caprices du Foreign Office qui l'avaient envoyé à l'autre bout du monde le ramènent enfin ambassadeur au Caire. Nessim a épousé Justine, et les services secrets le soupçonnent de trafic d'armes en faveur de la Palestine. Mountolive n'en veut rien croire. Le suicide de Pursewarden qui s'était porté garant de Nessim jette un jour nouveau sur l'affaire.
Dans cette Egypte effervescente qu'il ne soupçonnait pas, Mountolive ne reconnaît plus rien. Leila même a changé.
Ce roman, qui succède à *Justine* et à *Balthazar*, donne la clef de certaines énigmes et nous montre un autre aspect de l'étrange partie qui se joue entre Nassim, Leila et Mountolive dont Durrell fait ici le personnage central de sa chronique alexandrine.

# ŒUVRES DE LAWRENCE DURRELL

*Dans Le Livre de Poche :*

JUSTINE.
BALTHAZAR.
CÉFALU.
CLÉA.
CITRONS ACIDES.
VÉNUS ET LA MER.

*Aux Éditions Buchet-Chastel :*

JUSTINE.
BALTHAZAR,
*Prix du meilleur livre étranger 1952.*
MOUNTOLIVE.
CLÉA.
CÉFALU.
CITRONS ACIDES.
VÉNUS ET LA MER.
L'ILE DE PROSPERO.
UNE CORRESPONDANCE PRIVÉE,
*Lawrence Durrell et H. Miller.*

# LAWRENCE DURRELL

# *Mountolive*

ROMAN

TRADUIT DE L'ANGLAIS
PAR ROGER GIROUX

BUCHET-CHASTEL

© *Buchet-Chastel, Paris, 1959.*
Tous droits de traduction, de reproduction et d'adaptation réservés pour tous pays, y compris l'U.R.S.S.

## A CLAUDE

*Tous les personnages et les épisodes de ce livre (un « sosie » de Justine et de Balthazar et le troisième volume d'un roman qui en comprend quatre) sont purement imaginaires. Au nom de l'art je me suis permis de prendre quelques libertés indispensables avec l'histoire moderne du Moyen-Orient et l'organisation intérieure des Services diplomatiques. J'ai également idéalisé la perspective de Trafalgar Square, en lui ajoutant quelques ormes pour en adoucir l'austérité. Honni soit qui mal y pense.*

*Si l'on pouvait, une fois le rêve dissipé, se retrouver dans des dispositions ordinaires de pensée, la chose ne tirerait guère à conséquence; ce sont là les égarements de l'esprit. Tout homme le sait bien, et nul ne s'en offusque. Mais hélas! on ne s'en tient pas toujours là. Que serait, ose-t-on se demander, que serait la réalisation de l'idée si sa forme purement abstraite ainsi exaltée nous a si profondément ébranlés? La rêverie maudite est vivifiée et son existence est un crime.*

*Justine*
(D.A.F. DE SADE.)

# I

En tant que jeune attaché d'ambassade promis à un brillant avenir, on l'avait envoyé en Egypte pour qu'il se perfectionnât en arabe, et il fut affecté à la Haute Commission comme scribe, pour ainsi dire, en attendant son premier poste officiel; mais il se comportait déjà en jeune secrétaire de légation pleinement conscient de ses responsabilités futures. Seulement, ce jour-là il avait du mal à garder toute sa dignité, tant la grande pêche sur le lac Mareotis devenait passionnante.

A vrai dire il ne faisait même plus attention à son blazer de collège, au pli de son pantalon de flanelle ni à ses chaussures de toile blanche dont l'eau qui s'infiltrait à travers les planches du canot avait taché la pointe. Il semblait qu'en Egypte on négligeât constamment ce genre de détails. Il bénissait la chance qui lui avait fait obtenir une lettre d'introduction auprès des Hosnani, dans cette vieille maison mystérieuse dressée au milieu d'un réseau de lacs et de digues non loin d'Alexandrie. Oui.

Le canot à fond plat qui l'emportait maintenant, par lents à-coups, sur l'eau trouble, virait lentement vers l'est pour se placer dans le vaste demi-cercle de bateaux, qui se refermait progressivement sur l'espace délimité par les tresses de roseaux marquant l'emplacement des filets. Et tandis qu'il se rapprochait, par petites poussées, la nuit égyptienne tomba : tous les objets prirent soudain une apparence de bas-reliefs sur fond d'or et de pourpre. Dans les dernières lueurs mauves du couchant, la terre était devenue opaque comme une tapisserie, frissonnant par endroits en mirages de brume, en reflets d'horizons qui se dilataient et se contractaient, comme si le monde se réverbérait sur une bulle de savon tremblotante, prête à s'évanouir. Les voix aussi sonnaient, tantôt plus graves, tantôt plus douces et claires au-dessus de l'eau. L'écho de sa propre toux se propagea sur le lac comme une chauve-souris aux ailes incertaines. C'était le crépuscule, mais il faisait encore chaud; sa chemise lui collait à la peau. Les rais d'ombre qui avançaient vers eux découpaient seulement les contours des îles frangées de roseaux, ponctuant la surface de l'eau comme de grandes pelotes d'épingles, comme des pattes, comme des touffes.

Lentement, à une allure de prière ou de méditation, le grand arc de bateaux se refermait, mais la terre et l'eau se liquéfiaient au même pas, et il avait l'impression qu'ils glissaient dans le ciel plutôt que sur les eaux alluviales de Mareotis. Il entendait barboter d'invisibles oies, et parfois, de quelques points de l'horizon, une compagnie de canards prenant leur vol séparaient le ciel d'avec l'eau, laissant traîner leurs pattes à la surface de l'estuaire comme une escadrille d'hydravions, en cancanant stupidement. Mountolive soupira et regarda l'eau brune au-dessous de lui, le menton dans les mains. Il n'avait pas l'habitude de se sentir aussi heureux. La jeunesse est l'âge des désespoirs.

Derrière lui il entendait le plus jeune des deux frères, celui qui était affligé d'un bec-de-lièvre, Narouz, grogner à chaque poussée de la perche, tandis que les embardées du bateau se répercutaient dans ses reins. La boue, épaisse, visqueuse comme de la mélasse, retombait en grosses gouttes paresseuses avec un *ploc-ploc* sourd, et la perche léchait avec volupté. C'était très beau, mais cela empestait aussi; il fut surpris cependant de constater que l'odeur de pourriture de l'estuaire ne l'incommodait nullement. Des bouffées d'air marin refluaient de temps en temps autour d'eux et rafraîchissaient les esprits. Des essaims de moustiques tourbillonnaient en sifflant comme une pluie argentée dans l'œil du soleil mourant. La toile d'araignée de la lumière changeante enflammait son esprit.

« Narouz, je suis si heureux », dit-il, en écoutant les battements mesurés de son cœur.

L'adolescent fit entendre son rire sifflant et timide et dit en baissant la tête :

« Bon, bon. Mais ceci n'est rien. Attendez. Nous arrivons. »

Mountolive sourit. « L'Egypte », dit-il pour lui-

même, comme s'il prononçait le nom d'une femme,
« l'Egypte ».

« Là-bas, dit Narouz, de sa voix rauque et mélodieuse, les canards ne sont pas *rusés,* vous savez. (Son anglais était défectueux et ampoulé.) Pour les braconner, c'est facile... on dit bien « braconner », n'est-ce pas? On plonge au-dessous d'eux et on les attrape par les pattes. Plus facile que de les tirer à la carabine, hein? Si vous voulez, nous irons demain. »

Il grogna de nouveau en appuyant de tout son poids sur la perche et poussa un soupir.

« Et les serpents? » demanda Mountolive.

Il en avait aperçu plusieurs de belle taille au cours de l'après-midi, qui fendaient rapidement les eaux.

Narouz rentra la tête dans ses puissantes épaules et éclata de rire.

« Pas de serpents », dit-il; et de nouveau il se mit à rire, comme d'une bonne plaisanterie.

Mountolive se tourna sur le côté et appuya sa joue contre le plat-bord. Du coin de l'œil il pouvait voir son compagnon, debout, pesant sur la longue perche, et il observa ses mains et ses bras très poilus, ses jambes robustes dont les muscles saillaient.

« Voulez-vous que je vous relaie? demanda-t-il en arabe. (Il avait déjà remarqué le plaisir qu'éprouvaient ses hôtes lorsqu'il s'adressait à eux dans leur langue maternelle. Leurs réponses et le sourire qui les accompagnait, avaient la chaleur d'une étreinte.) Voulez-vous?

— Certainement pas », dit Narouz, en souriant de son hideux sourire, qui n'était racheté que par des yeux magnifiques et une voix grave et mélodieuse. La sueur perlait sur ses boucles noires. Puis, craignant que son refus ne passât pour une impolitesse, il ajouta : « La battue ne commencera qu'à la nuit tombée. Je sais ce qu'il faut faire; vous, vous surveillerez les poissons. »

Les deux petits bourrelets de chair rose qui bordaient sa lèvre fendue étaient humides de salive. Il adressa un clin d'œil affectueux au jeune Anglais.

L'obscurité accourait maintenant vers eux, et la lumière expirait. Brusquement Narouz s'écria :

« C'est le moment. Regardez là-bas. »

Il frappa violemment dans ses mains et lança un cri qui se répercuta sur l'eau. Son compagnon sursauta, dressa la tête et regarda dans la direction de son doigt.

« Quoi? »

Un coup de fusil tiré de la barque la plus éloignée lui répondit, ébranlant l'air, et la ligne d'horizon fut tranchée par un nouvel envol, plus lent, qui sépara la terre du ciel par une blessure rose et fuyante; comme le cœur d'une grenade, que l'on entrevoit sous sa peau. Puis elle vira du rose au rouge pourpre, effleura de nouveau la surface du lac dans un ébouriffement de blancheur comme une rafale de neige, qui fondait en touchant l'eau.

« Des flamants! » s'écrièrent-ils d'une seule voix; et ils se mirent à rire.

Et la nuit se referma sur eux, oblitérant le monde visible.

Ils restèrent alors un long moment immobiles, respirant largement, pour laisser leurs yeux s'accoutumer à l'obscurité. Des éclats de voix et des lambeaux de rire flottaient jusqu'à eux. Quelqu'un lança : « Ya Narouz » et encore « ya Narouz ». Il se contenta de pousser un grognement indistinct. Puis ce fut le battement sec et syncopé d'un tambourin de terre cuite, une musique dont les rythmes s'imprimèrent aussitôt dans l'esprit de Mountolive, et bientôt il sentit que ses doigts se mettaient à frapper les planches. Le lac n'était plus qu'un invisible miroir, la boue jaune avait disparu, la boue onctueuse et fendillée des grandes failles préhistoriques, ou la boue bitumineuse que le Nil abandonnait là avant de poursuivre son chemin vers la mer. L'obscurité était toute peuplée de ses remugles. « Ya Narouz. » Mountolive reconnut alors la voix de Nessim, le frère aîné, portée par des bouffées d'air marin. « Il est... temps... d'allumer... les feux. » Narouz jappa quelque chose en réponse, et grogna de plaisir en cherchant ses allumettes.

« Maintenant, vous allez voir », dit-il, avec fierté.

Le cercle de bateaux s'était resserré autour des filets et dans le chaud crépuscule les petites flammes des allumettes commençaient à jaillir; bientôt les lampes à carbure fixées aux proues s'épanouirent en fleurs jaunes et tremblotantes, vacillant un instant avant de se mettre au point, permettant ainsi à ceux qui n'étaient pas à l'alignement de rectifier leur position. Narouz passa par-dessus son hôte en s'excusant et se dirigea à tâtons vers la proue. Mountolive sentit la sueur de son corps puissant quand il se pencha pour aspirer au tuyau de caoutchouc et agiter le réservoir de la lampe, rempli de morceaux de carbure. Puis il tourna une clef, craqua une allumette, et pendant un instant ils furent enveloppés par une fumée épaisse qui les obligea à retenir leur souffle; elle se dissipa rapidement tandis qu'au-dessous d'eux s'épanouissait, tel un immense cristal de couleur, un demi-cercle d'eau, éblouissant comme une lanterne magique, révélant des formes étrangement nettes de poissons qui se dispersaient et se rassemblaient de nouveau avec des frétillements de surprise, de curiosité, peut-être même de plaisir. Narouz chassa bruyamment l'air de ses poumons et regagna sa place.

« Regardez en bas », dit-il d'un ton pressant; puis il ajouta : « Mais ne relevez pas la tête. »

Et à la question de Mountolive, qui ne comprenait pas le sens de cette dernière remarque, il répondit :

« Enveloppez-vous la tête. Les martins-pêcheurs deviennent complètement fous quand ils sentent le poisson, et ils voient mal la nuit. La dernière fois j'ai eu la joue ouverte; et Sobhi a perdu un œil. Regardez devant vous et baissez la tête. »

Mountolive suivit le conseil et resta étendu, flottant au-dessus de la flaque de lumière inquiète dont la surface était maintenant non plus de boue, mais d'un incomparable cristal, sous laquelle il voyait grouiller des tortues, des grenouilles, des poissons — tout un peuple troublé par cette intrusion du monde d'en haut. Le bachot oscilla de nouveau, puis glissa en avant. Il sentit l'eau froide lui lécher les orteils. Du coin de l'œil il vit que le grand demi-cercle de lumière, comme une chaîne fleurie, se refermait plus rapidement; et, comme pour donner aux embarcations une orientation et un rythme, un chant se leva, accompagné d'un battement de tambour, étouffé et mélancolique, mais impératif. Il sentit de nouveau les secousses du bateau qui tournait se répercuter dans son dos. Ses sensations ne lui rappelaient rien qu'il eût déjà éprouvé; elles étaient entièrement originales.

L'eau était devenue plus dense, épaisse comme une bouillie d'avoine que l'on tourne lentement à feu doux pour la faire épaissir. Mais en regardant de plus près, il vit que cette impression était causée non par l'eau mais par la prolifération des poissons eux-mêmes, surexcités sans doute par la conscience de leur multitude : c'était un grouillement ponctué de bonds, de glissades, de brèves escarmouches. Le cordon s'était resserré comme un nœud coulant, et chaque embarcation n'était plus maintenant distante de sa voisine, autre flaque de lumière cireuse, que de six ou sept mètres. Les hommes s'étaient mis à pousser des cris rauques et à frapper l'eau autour d'eux, excités eux aussi par la présence de ces grouillements poissonneux qui se faisaient de plus en plus denses, sous la surface, à mesure que le fond se relevait et qu'ils se sentaient pris dans le cercle éblouissant. C'était une frénésie de mouvements qui tournait au délire. De vagues silhouettes d'hommes commencèrent à déplier de grandes épuisettes et les cris augmentaient. Mountolive sentit que son sang se mettait à battre plus vite.

« Attention! cria Narouz. Ne bougez pas. »

L'eau était épaisse comme une pâte agitée de soubresauts, et des corps argentés bondissaient dans la nuit, scintillaient un instant comme des pièces de monnaie, et replongeaient dans l'informe remous. Les cercles de lumières se touchèrent, se chevauchèrent, et la ceinture se referma; ce fut alors un claquement ininterrompu de formes obscures qui retombaient dans l'eau grouillante, se tordaient et s'échappaient des épuisettes dont les boucles se touchaient maintenant et dont les filets débordaient déjà, comme des sabots de Noël, de corps frétillants. La panique commençait à les gagner et ils ridaient toute la surface de la cuvette de leurs bonds affolés, éclaboussaient d'eau froide les lampes balbutiantes et s'abattaient dans les bateaux, frissonnante moisson d'écailles glacées et de queues battantes. Leurs soubresauts d'agonie étaient aussi stimulants et exaltants que les battements des tambours. Des rires fusaient de toutes parts tandis que les filets se refermaient. Mountolive distinguait les Arabes, leur longue robe blanche nouée à la taille, se retenant d'une main ferme à la proue noire de leur barque, poussant lentement devant eux leurs filets réunis. La lumière luisait sur leurs cuisses brunes. L'obscurité était électrisée par leur joie barbare.

Alors se produisit un autre phénomène insolite : le ciel s'épaissit à son tour et se mit à frissonner et grouiller comme la surface de l'eau. La nuit fut tout à coup peuplée de formes indistinctes, car tous ces bonds, ces claquements et ces cris avaient réveillé les habitants des rives, et ces nouveaux visiteurs, par centaines — pélicans, flamants, grues et martins-pêcheurs — arrivaient, en bandes désordonnées, de tous les nids de roseaux de l'estuaire et venaient participer à la curée en jetant des cris perçants et en décrivant d'audacieuses figures aériennes pour saisir le poisson au vol. L'air et l'eau grouillaient de vies tandis que les pêcheurs commençaient à entasser leurs prises dans les bateaux ou retournaient leurs épuisettes pour laisser ruisseler des cascades d'argent par-dessus les plats-bords. Les timoniers se trouvèrent bientôt enfoncés jusqu'aux chevilles dans une masse de corps à l'agonie, qui se tortillaient désespérément. Il y en avait assez pour les hommes et pour les oiseaux, et tandis que les plus grands échassiers du lac pliaient et dépliaient leurs ailes timides comme d'antiques parasols de couleur ou rôdaient d'un vol lourd sur les eaux bouillonnantes, les martins-pêcheurs et les mouettes fendaient les airs à la vitesse de l'éclair, affolés par la faim et l'excitation de la chasse, volant à une allure de suicide, certains se rompant le cou en fonçant droit sur le pont des bateaux, d'autres piquant du bec dans la chair brune d'un pêcheur, ouvrant une joue ou une cuisse, dans leur terrifiante avidité. Les éclaboussements d'eau, les cris rauques, les claquements de becs et d'ailes et le battement furieux des tambourins donnaient à toute cette scène une splendeur inoubliable qui évoquait vaguement dans l'esprit de Mountolive d'antiques fresques pharaoniques de lumière et de ténèbres.

De temps en temps, les hommes faisaient la guerre aux oiseaux, frappant l'air autour d'eux avec des bâtons, de sorte que, parmi les rouleaux grouillants de poissons, on découvrait parfois avec surprise des plumes de toutes couleurs aux nuances magnifiques et des becs brisés d'où le sang ruisselait sur les écailles argentées. En moins d'une heure les bateaux furent pleins jusqu'aux bords. A ce moment Nessim passa près d'eux et leur cria dans l'obscurité :

« Il faut rentrer maintenant! »

Il tendit la main vers la rive où ils aperçurent une lanterne qui se balançait au-dessus de l'eau, formant une chaude grotte de lumière à l'intérieur de laquelle on distinguait les flancs soyeux d'un cheval et les contours dentelés des palmes.

« Ma mère nous attend », lança encore Nessim en souriant.

Il se pencha, et sa belle tête fut captée par le bord d'une flaque de lumière qui l'auréola. Il avait cette beauté byzantine dont on peut voir de nombreux exemples parmi les fresques de Ravenne — visage en forme d'amande, yeux noirs, traits purs. Mais Mountolive regardait à travers le visage de

Nessim pour ainsi dire, et il voyait celui de Leila, sa mère, qui lui ressemblait tant.

« Narouz! » cria-t-il d'une voix rauque, car le cadet avait sauté dans l'eau pour assujettir un filet; « Narouz! (On avait du mal à se faire entendre dans cette confusion de bruits et de mouvements.) Il faut rentrer. »

Et les deux grandes barques, portant chacune une lumière cyclope à la proue, virèrent de bord sur l'eau noire et mirent le cap sur la jetée où Leila les attendait patiemment avec les chevaux, dans le silence bourdonnant de moustiques. Un mince croissant de lune s'était levé.

La voix de Leila, qui les grondait affectueusement de rentrer si tard, glissait sur l'eau, poussée par des brises changeantes, et Narouz gloussa de plaisir.

« Nous avons pris une tonne de poisson », cria Nessim.

Elle se tenait au bord de la jetée, silhouette légèrement plus sombre que la nuit, et leurs mains se rencontrèrent comme guidées par un parfait instinct totalement indépendant de leur conscience. Le cœur de Mountolive se mit à trembler quand il se leva et, avec son aide, prit pied sur la jetée. Mais à peine les deux frères furent-ils à terre que Narouz s'écria :

« Le premier arrivé à la maison, Nessim! »

Se précipitant vers leurs chevaux qui se cabrèrent sous ce brusque assaut, ils partirent au grand galop en riant et en excitant leurs bêtes.

« Soyez prudents! » leur lança-t-elle d'une voix bourrue.

Mais ils avaient déjà quitté, dans un grondement de tonnerre, l'appontement dont les planches élastiques vibraient encore. Narouz ricanait comme un Méphistophélès.

« Que voulez-vous faire? » dit-elle d'un ton de résignation moqueuse, tandis que le régisseur s'avançait avec les deux autres chevaux.

Ils se mirent en selle et prirent le chemin de la maison. Donnant l'ordre au régisseur de marcher devant avec la lanterne, Leila amena son cheval tout contre celui de Mountolive pour que leurs genoux se touchent et que le contact de leurs corps apaise en partie leurs sens. Ils n'étaient amants que depuis peu — dix jours à peine — mais ces dix jours semblaient un siècle, une éternité de désespoir et de joie, au jeune Mountolive. Il avait reçu en Angleterre une éducation conventionnelle qui ne l'avait nullement préparé aux fêtes de la sensibilité. Il avait déjà, en dépit de sa jeunesse, parfaitement assimilé toutes les précieuses leçons qui lui permettaient d'affronter, avec sang-froid, tous les problèmes que la bonne société pouvait lui proposer; mais aux émotions personnelles il ne savait encore qu'opposer le silence taciturne d'une sensibilité nationale presque totalement anesthésiée : une éducation à base de réticences et de pudeurs de bon ton. L'éducation et la sensibilité vont rarement de pair, encore que la lacune puisse être soigneusement masquée sous les règles du savoir-vivre et des convenances. Il n'avait de la passion qu'une connaissance livresque; il s'était mêlé à des conversations où il en était question; mais il l'avait toujours considérée comme une réalité avec laquelle il n'aurait jamais à se mesurer; et voilà qu'elle avait fondu sur lui, qu'elle animait en secret sa vie d'écolier grandi trop vite et menait une existence autonome derrière l'écran des bonnes manières et des activités quotidiennes, des conversations et des amitiés de tous les jours. Chez lui l'homme du monde portait déjà des fruits avant que l'homme intérieur n'eût épanoui ses fleurs. Leila l'avait retourné comme on retourne une vieille malle, éparpillant tout son contenu autour de soi. Et il n'était pas loin d'admettre qu'il était encore un béjaune qui avait déjà épuisé toutes ses réserves. Il se rendait compte, presque avec indignation, qu'il touchait enfin quelque chose pour quoi il se sentait presque capable de mourir — quelque chose dont la crudité même portait en soi un message ailé qui blessait son esprit au vif. Même dans le noir il sentait qu'il avait envie de rougir. C'était absurde. *Aimer* était absurde, cela fichait tout par terre. Que dirait sa mère, se demanda-t-il tout à coup, si elle pouvait les voir, chevauchant ainsi parmi les spectres de ces palmiers, près d'un lac où se mirait un mince croissant de lune, genou contre genou?

« Es-tu heureux? » murmura-t-elle, et il sentit les lèvres de Leila lui effleurer le poignet.

Les amoureux ne peuvent rien trouver à se dire qui n'ait déjà été dit et tu un million de fois. Les baisers furent inventés pour traduire en blessures ces mille riens.

« Mountolive, dit-elle encore. David chéri.
— Oui.
— Tu es si calme. Je croyais que tu dormais. »
Mountolive se renfrogna, scrutant le fond de sa nature.

« Je réfléchissais », dit-il.
De nouveau, il sentit un baiser se poser sur son poignet.

« Chéri.
— Chérie. »
Ils cheminèrent ainsi, genou contre genou, et arrivèrent bientôt en vue de la vieille maison, solidement bâtie au milieu d'un réseau de digues et de canaux d'eau douce qui morcelaient l'estuaire. L'air frémissait sous la ronde des chauves-souris. Tous les balcons du premier étage étaient vivement illuminés; l'invalide dans son fauteuil roulant, le regard jaloux fixé sur la nuit, les attendait. Le mari de Leila se mourait d'une obscure maladie des muscles, une lente atrophie qui accentuait encore la différence d'âge déjà grande qui les séparait : alors qu'elle avait à peine quarante ans et qu'elle en paraissait beaucoup moins, Hosnani avait dépassé la soixantaine. Son infirmité le confinait dans une coquille cadavérique faite de couvertures et de châles d'où émergeaient deux mains longues et frémissantes. Les traits de son visage, rudes et taciturnes, se retrouvaient chez celui de son plus jeune fils, et sa tête était toujours inclinée sur son

épaule; sous certains éclairages elle faisait penser à ces masques de carnaval que l'on porte au bout d'une perche. Il faut encore ajouter que Leila l'aimait.

« *Leila l'aimait!* » Dans le silence de son esprit Mountolive ne pouvait penser à cette phrase sans la glapir à la façon d'un perroquet. Comment pouvait-elle l'aimer? Il s'était posé la question mille et mille fois. Comment le pouvait-elle?

En entendant le pas des chevaux sur les pavés de la cour, le mari roula son fauteuil au bord du balcon et demanda timidement :

« Leila, est-ce vous? » de la voix d'un enfant très vieux prêt à recevoir le douloureux outrage de son chaud sourire et de sa belle voix grave de contralto où, à une soumission tout orientale, se mêlait l'espèce de consolation que seul un enfant peut comprendre.

« Chéri. »

Et elle escalada vivement la longue volée d'escaliers de bois pour aller l'embrasser.

« Nous voilà, sains et saufs. »

Mountolive descendit lentement de cheval; il entendit le soupir de soulagement que poussa l'infirme. Il s'attarda un moment à resserrer une sangle qui n'en avait nul besoin pour ne pas les voir s'embrasser. Il n'était pas jaloux, mais son incrédulité lui vrillait l'esprit et le blessait. En cet instant, il haïssait sa jeunesse, sa gaucherie, et le sentiment d'avoir été tiré hors de lui-même, malgré lui. Comment tout cela était-il arrivé? Il se sentait à un million de kilomètres de l'Angleterre. Il avait dépouillé son passé comme un serpent après la mue. La nuit tiède embaumait le jasmin et la rose. Plus tard, si elle venait dans sa chambre, elle le trouverait aussi immobile qu'une aiguille, muet et incapable de penser, et il prendrait dans ses bras ce corps étrangement jeune presque sans désirs ni remords; il sentait ses yeux se fermer, comme un homme immobile sous une cascade glacée. Il gravit lentement l'escalier; grâce à elle il savait maintenant qu'il était grand et beau.

« Est-ce que cela vous a plu, Mountolive? » croassa l'invalide d'une voix où flottaient (comme une tache d'huile à la surface de l'eau) orgueil et soupçons.

Un grand domestique nègre roula une petite table garnie de verres et d'une carafe de whisky — étrange anomalie que cette coutume de boire de l'alcool au coucher du soleil, comme des coloniaux, dans cette antique demeure regorgeant de magnifiques tapis, de sagaies prises à Omdurman et d'étranges meubles Second Empire de fabrication turque.

« Asseyez-vous », dit-il.

Mountolive obéit et sourit, en remarquant que même ici, dans les salons de réception, il y avait des livres et des revues un peu partout : symboles de l'appétit de connaissances jamais assouvi chez Leila. Elle gardait en principe ses livres et ses papiers dans le *harem*, mais ils débordaient toujours jusque dans la maison. Son mari n'avait aucune part à ce monde. Elle faisait le plus possible en sorte qu'il n'en ait pas conscience, car il effarouchait sa jalousie, qui devenait plus torturante à mesure que son incapacité physique s'aggravait. Ses fils étaient en train de se laver quelque part — Mountolive entendait couler de l'eau. Bientôt il s'excuserait et se retirerait pour aller se changer et revêtir un complet blanc. Il but et échangea quelques propos avec le vieillard recroquevillé dans son fauteuil à roulettes. Il lui paraissait effrayant et malséant d'être l'amant de sa femme; et il était suffoqué de voir avec quel naturel Leila évoluait dans cette atmosphère de duperie (sa voix froide et doucereuse à la fois, etc.); il ne fallait pas qu'il pensât trop à elle. Son front se crispa et il reprit son verre.

Il n'avait pas trouvé sans mal le chemin du domaine pour présenter sa lettre d'introduction : la route carrossable n'allait pas au-delà du bac, après quoi il fallait traverser à cheval une zone de canaux et de digues avant d'atteindre la maison. Il avait dû attendre plus d'une heure avant qu'une bonne âme passât par là et lui prêtât un cheval qui lui permît de gagner sa destination. Ce jour-là l'invalide était seul à la maison. Mountolive avait remarqué avec amusement que, tout en lisant la lettre d'introduction, rédigée en un arabe hautement fleuri, l'invalide murmurait tout haut les réponses traditionnelles de politesse aux compliments qu'il lisait, comme si le scripteur de la lettre avait été présent. Puis il releva aussitôt la tête et considéra avec aménité le jeune Anglais.

« Vous allez rester avec nous. C'est la seule façon de vous perfectionner en arabe. Deux mois si vous voulez. Mes fils savent l'anglais et seront heureux de parler avec vous; ma femme aussi. Ils seront ravis d'avoir une nouvelle figure, un étranger à la maison. Et mon cher Nessim accomplit sa dernière année à Oxford. »

Ses yeux brillèrent un instant de fierté et de joie, puis reprirent l'air douloureux et chagrin qui leur était coutumier. La maladie suscite le mépris. Un malade sait cela.

Mountolive avait accepté, et en renonçant à la douceur du foyer et aux vacances anglaises, avait obtenu l'autorisation de séjourner deux mois dans la demeure de ce châtelain copte. C'était une rupture totale avec tout ce qui lui était coutumier que de se trouver intégré dans une existence familiale fondée sur et nourrie de la pompe inconsciente d'un féodalisme qui remontait certainement au Moyen Age, et peut-être au-delà. L'univers de Burton, de Beckford, de Lady Hester... Existaient-ils encore seulement ? Mais ici, du poste d'observation idéal qu'il occupait au centre de la toile que son imagination avait peinte, le côté exotique de ce monde commençait à lui paraître parfaitement normal. Le charme de sa poésie venait de ce qu'elle était vécue si naturellement qu'ils n'en avaient pas conscience. Mountolive qui avait déjà trouvé le « Sésame, ouvre-toi ! » de la langue à portée de la main, se sentit tout à coup prêt à pénétrer un pays étranger, des *mœurs* étrangères, pour la première fois de sa vie.

Il éprouva ce que l'on éprouve toujours en pareil cas : le plaisir vertigineux d'abandonner une vieille personnalité pour en endosser une entièrement nouvelle. Il avait l'impression que les contours de sa silhouette fondaient autour de lui. Est-ce là le véritable sens de l'éducation ? Il s'était mis à transplanter tout un monde immense et vierge de son imagination dans le terrain de sa nouvelle existence.

La famille Hosnani était bizarrement assortie. Le gracieux Nessim et sa mère appartenaient au même univers intense de l'intelligence et de la sensibilité. Le fils aîné était toujours plein d'attentions pour sa mère et prêt à prévenir ses moindres désirs. Il parlait l'anglais et le français à la perfection, ses manières étaient impeccables, son corps viril et gracieux. Puis, leur faisant face, de l'autre côté de la table éclairée aux chandelles, étaient assis l'invalide sous ses couvertures et le cadet, trapu, bestial comme un mâtin et cet air indéfinissable d'être prêt à répondre à tout moment à un appel aux armes. Lourd et laid, il était cependant d'une nature douce et affable; mais on voyait, à la façon dont il buvait la moindre parole de son père, à qui allait son adoration. Ses yeux brillaient de franchise, et lui aussi était toujours prêt à rendre service. Lorsque le domaine ne réclamait pas ses soins hors de la maison, il lui arrivait souvent de renvoyer le valet qui se tenait, silencieux, derrière le fauteuil roulant, et d'assister son père avec une fierté non dissimulée; il était même heureux de le prendre à bras le corps, tendrement, avec une sorte d'avidité jalouse, pour le conduire aux lavabos. Il avait pour sa mère le même regard d'orgueil et de tristesse enfantine que celui qui brillait dans les yeux de l'infirme. Cependant, bien que les deux frères fussent divergents sur ce point comme deux rameaux d'olivier, ils appartenaient à la même branche et ils le sentaient, ils s'aimaient tendrement car ils étaient complémentaires. Nessim avait en horreur les effusions de sang, le travail manuel et les mauvaises manières; Narouz s'y trouvait à l'aise. Et Leila? Mountolive, naturellement, voyait en elle une merveilleuse énigme alors que s'il avait eu un peu plus d'expérience, il aurait dû reconnaître dans son naturel une parfaite simplicité d'esprit et dans ses extravagances un tempérament qui n'avait pu s'exprimer librement et qui avait accepté de bonne grâce un certain nombre de compromis. Ce mariage, par exemple, avec un homme beaucoup plus âgé qu'elle, avait été l'un de ces accommodements — c'était cela aussi l'Egypte. La fortune de sa famille s'était trouvée en conflit avec celle des Hosnani car, comme toujours dans ces cas-là, un mariage était une sorte d'association entre deux grosses sociétés. Fut-elle heureuse ou malheureuse? Jamais elle ne songea à considérer cet aspect du problème. Seul comptait pour elle le monde des livres et des réunions qui n'existerait jamais qu'en dehors de cette vieille maison et des lourdes responsabilités du domaine qui alimentait leur fortune. Elle était souple et docile, fidèle comme un animal bien éduqué. Seulement elle se sentait prise au carcan d'une monotonie qui jetait le désarroi dans son esprit. Elle avait fait de brillantes études au Caire, et pendant quelques années elle avait caressé l'espoir d'aller les poursuivre en Europe. Elle voulait être médecin. Mais en Egypte, à cette époque, il était rare qu'une femme pût échapper au voile noir et aux limites étroites dans lesquelles étaient confinées la pensée et la société égyptiennes. Pour les Egyptiens, l'Europe n'était qu'un centre d'achat où les plus fortunés d'entre eux pouvaient se rendre. Certes, elle était allée plusieurs fois à Paris avec ses parents, et naturellement elle s'était éprise de cette ville, comme nous le faisons tous, mais lorsqu'elle voulut tenter de briser la barrière de la tradition égyptienne et d'échapper aux mailles du filet familial — de s'échapper pour vivre une vie enrichissante pour un esprit délié — elle se heurta au roc du conservatisme de ses parents. Elle devait se marier et demeurer en Egypte, déclarèrent-ils formellement, et ils lui choisirent, parmi les plus riches partis de leur milieu, l'homme le plus doux et le plus capable qu'ils purent trouver. Se maintenant au bord du précipice de ses rêves, encore belle et riche (la bonne société d'Alexandrie l'avait surnommée l' « hirondelle noire ») Leila sentit que tout devenait incolore et insipide. Elle devait se soumettre. Naturellement, nul ne trouverait à redire à ce qu'elle fît un voyage en Europe tous les deux ou trois ans, avec son mari, pour faire des achats ou prendre des vacances... Mais sa vie devait appartenir à l'Egypte.

Elle capitula, se pliant à l'existence qui lui avait été imposée, avec désespoir d'abord, puis avec résignation. Son mari était bon et prévenant, mais avec une certaine lourdeur d'esprit. Cette existence sapait sa volonté. Sa loyauté était telle qu'elle se plongea dans les affaires de son époux, acceptant volontairement de vivre loin de la seule capitale qui conservât quelques traits du mode de vie européen : Alexandrie. Elle s'était accommodée de la torpeur du delta et de la monotonie de l'existence sur les terres des Hosnani. Elle ne vivait presque plus qu'à travers Nessim, qui passait la plus grande partie de l'année à l'étranger, dans les universités anglaises et allemandes, et dont les rares visites apportaient un peu d'air à la maison. Mais pour calmer son intense curiosité du monde elle s'était abonnée à des revues et des publications éditées dans les quatre langues qu'elle connaissait aussi bien que sa langue maternelle, mieux peut-être, car personne ne peut penser ou exprimer ses sentiments à l'aide du seul arabe désuet et sans dimensions. Et il en allait ainsi depuis de nombreuses années maintenant, sourde lutte contre la résignation où la part de désespoir ne se manifestait que sous la forme d'un malaise nerveux pour lequel son mari lui prescrivait un remède qui n'était pas sot : dix jours de vacances à Alexandrie qui ramenaient toujours la couleur à ses joues. Mais, avec le temps, ces périodes de détente se firent plus rares; elle s'était insensiblement écartée de la société et se montrait de moins en moins à l'aise dans l'univers de propos légers et d'idées inoffensives qui en formaient la substance. La vie en ville lui pesait. Elle était aussi peu profonde que les eaux du grand lac lui-même; sa faculté d'introspection s'aiguisait avec le temps, et comme ses amis la délaissaient, il ne lui restait plus que quelques noms et quelques visages : Balthazar, le docteur, par exemple, Amaril et quelques autres. Mais Alexandrie serait bientôt l'univers de Nessim beaucoup plus pleinement qu'il n'avait jamais été le sien. Lorsqu'il aurait achevé ses études, il serait enrôlé dans la maison de banque dont les diverses entreprises annexes — commerce maritime, pétrole et tungstène — proliféraient rapidement, telles des racines assoiffées d'eau... Mais quand ce temps serait venu, sa vie à elle serait pratiquement celle d'un ermite.

Cette vie recluse ne l'avait pas préparée à Mountolive, à l'irruption d'un étranger. Le jour de son arrivée, elle était rentrée tard d'une longue course à cheval dans le désert et elle avait pris place entre son mari et son hôte avec un certain frisson de plaisir. Mountolive la regardait à peine, car cette voix vibrante allumait d'étranges petites vagues dans son cœur, qu'il enregistrait mais qu'il ne désirait pas analyser. Elle portait une culotte de cheval blanche, une chemise jaune et une écharpe. Ses petites mains lisses étaient blanches et dépourvues de bagues. Aucun de ses fils ne parut au déjeuner ce jour-là, et après le repas, ce fut elle qui décida de lui faire visiter la maison et les jardins; elle était déjà agréablement surprise d'entendre le jeune homme s'exprimer en un arabe honnête et un français très correct. Elle le traita avec la sollicitude légèrement craintive d'une femme pour son fils unique. L'intérêt qu'il manifestait pour tout ce qu'il voyait et son désir sincère de s'instruire faisaient naître en elle une foule d'émotions et un sentiment de gratitude qui le déconcertaient. C'était absurde; mais jamais elle n'avait vu un étranger porter tant d'intérêt à leur langue, à leur religion et à leurs coutumes. Et les manières de Mountolive étaient aussi parfaites que son empire sur soi-même était faible. Ils parcouraient lentement la roseraie, en s'écoutant dans une sorte de rêve. Ils se sentaient essoufflés, ils avaient l'impression d'étouffer.

Lorsqu'il fit ses adieux ce soir-là et accepta l'invitation de son mari à revenir séjourner parmi eux, elle demeura introuvable. Un domestique vint annoncer qu'elle avait une forte migraine et qu'elle devait garder la chambre. Mais elle attendit son retour avec une sorte d'attention obstinée et anxieuse.

Il rencontra les deux frères, naturellement, le soir de sa première visite; Nessim arriva d'Alexandrie au cours de l'après-midi et Mountolive reconnut instantanément en lui un homme de son espèce, un être pour qui la vie était un code. Un timide accord s'établit aussitôt entre eux.

Et Narouz.

« Où est ce brave Narouz? » demanda-t-elle à son

mari, comme si le cadet était davantage l'affaire de ce dernier, son bâton de vieillesse.

« Il s'enferme dans la poussinière depuis quarante jours. Demain il reviendra. »

Leila parut légèrement embarrassée.

« Il sera le fermier de la famille, expliqua-t-elle en rougissant un peu devant Mountolive, et Nessim sera le banquier. Puis-je emmener Mountolive voir Narouz au travail? demanda-t-elle en se retournant vers son mari.

— Certainement. »

Mountolive fut charmé de l'entendre prononcer son nom, avec un léger accent français (« Montolif ») qui lui parut un nom très romantique. Cette pensée aussi était nouvelle. Elle lui prit le bras et ils traversèrent la roseraie, puis la palmeraie, au fond de laquelle se trouvaient les incubateurs logés dans un long bâtiment bas fait de briques de terre séchée, construit bien au-dessous du niveau du sol. Ils descendirent quelques marches et frappèrent une ou deux fois à une petite porte, mais n'obtenant pas de réponse, Leila l'ouvrit d'un geste impatient et ils pénétrèrent dans un étroit corridor où étaient alignés une dizaine de fours en briques.

« Fermez la porte », lança la voix grave de Narouz, et celui-ci émergea bientôt d'un coin obscur tapissé de toiles d'araignées, pour voir quels étaient ces intrus. Son air renfrogné, son bec-de-lièvre et sa voix à l'intonation rauque, intimidèrent Mountolive; il avait l'impression, en dépit de la jeunesse du personnage, de se trouver en présence d'un anachorète des cavernes hirsute. Il avait la peau jaune et les yeux tout chiffonnés par cette longue veillée. Mais lorsqu'il les vit, Narouz s'excusa et parut ravi de leur visite. Il se mit aussitôt à expliquer le fonctionnement des incubateurs avec une fierté non dissimulée, et Leila, avec tact, lui laissa la parole. Mountolive savait déjà que l'Egypte, depuis la plus haute Antiquité, était experte dans l'art de faire éclore les œufs à la chaleur artificielle, et il était enchanté d'en apprendre le procédé. Dans ce souterrain plein de poussière et de toiles d'araignées, ils parlèrent de température et de détails techniques, sous le regard sombre et équivoque de la femme qui observait quel contraste frappant formaient leur physique, leurs manières, leur voix. Les beaux yeux de Narouz brillaient maintenant d'une flamme de plaisir. Le vif intérêt que prenait leur hôte à ces explications le faisait frissonner de bonheur, et il expliquait tout en détail, jusqu'à cette étrange manière de reconnaître si l'œuf est à la bonne température en l'appuyant simplement contre l'orbite de l'œil.

Un peu plus tard, quand il retraversa la roseraie avec Leila, Mountolive dit :

« Votre fils est charmant. »

Leila rougit d'une manière fort inattendue et baissa la tête. Elle répondit à voix basse, avec émotion :

« Nous sommes pleins de remords de ne pas avoir fait recoudre son bec-de-lièvre à temps. Plus tard les enfants du village se moquaient de lui et l'appelaient « le chameau »; il en a beaucoup souffert. Vous savez que le chameau a la lèvre fendue. Non? Oui, c'est ainsi. Cela a été dur pour Narouz. »

Le jeune homme qui marchait à côté d'elle éprouva un brusque serrement de cœur en songeant à ce qu'elle avait dû endurer, elle aussi. Mais il ne dit rien. Et puis, ce soir-là, elle avait disparu.

Tout d'abord il ne parvint pas à voir clair dans ses sentiments, mais il était peu habitué à l'introspection, peu familier avec l'héritage de sa propre personnalité en quelque sorte — en un mot il était jeune, et il les écarta sans trop de peine. (Il se remémorait tout cela par la suite, évoquant gravement chaque détail tout en se rasant devant le miroir, au cadre antique, ou en nouant sa cravate. Il reprenait inlassablement toute l'affaire, comme pour mettre à l'épreuve et maîtriser ainsi par procuration toute la gamme des émotions que Leila avait déclenchées en lui. Parfois il proférait un juron à mi-voix, les dents serrées : « Merde! », comme s'il tirait du fond de sa mémoire quelque épouvantable désastre. Comme il était désagréable d'être obligé de mûrir! Comme cela était passionnant aussi! Il flottait ainsi entre la peur et une grotesque euphorie.)

Ils partaient souvent à cheval dans le désert sur la suggestion du mari, et là, une nuit de pleine lune, étendus côte à côte sur la pente d'une dune doucement balayée par le vent, il se trouva en présence d'un nouvel aspect de la personnalité de Leila. Ils avaient dîné et bavardé dans la clarté spectrale de la nuit.

« Attends, dit-elle tout à coup. Tu as une miette sur la lèvre. »

Et, se penchant sur lui, elle la cueillit doucement de la pointe de sa langue. Il éprouva un instant le contact d'une petite langue chaude de chatte égyptienne sur sa lèvre inférieure. (C'est à l'évocation de ce souvenir qu'il disait toujours « Merde! » entre ses dents.) Tout le sang se retira alors de son visage et il se sentit pris d'une étrange faiblesse. Mais elle était là, si proche, innocemment proche, souriant et plissant son nez, qu'il ne put que la prendre dans ses bras, trébuchant en avant comme un homme qui se penche sur un miroir. Leurs images chuchotantes se joignirent comme des reflets sur la surface d'un lac. Son esprit s'éparpilla en un millier de fragments qui allèrent se ficher dans le sable du désert tout autour d'eux. Ils devinrent amants si simplement et, apparemment, avec une telle absence de préméditation, que pendant un moment il comprit à peine ce qui venait d'arriver. Lorsqu'il retrouva ses esprits, il éprouva aussitôt combien il était jeune, car il se mit à bégayer :

« Mais pourquoi moi, Leila? »

Comme si elle avait le choix dans le vaste monde! Et il s'étonna de l'entendre répéter sa question avec une sorte de mépris musical; la puérilité de cette phrase était embarrassante, en effet.

« Pourquoi toi ? Parce que. »

Alors, à la grande surprise de Mountolive, elle se mit à réciter à voix basse un passage d'un de ses auteurs favoris.

« Un destin s'offre maintenant à nous, le plus grand qu'il ait jamais été donné à une nation d'accepter ou de refuser. Nous sommes d'une race encore inaltérée, et c'est le meilleur sang nordique qui coule dans nos veines. Nous ne sommes pas encore de mœurs dissolues, mais nous avons toujours la force de gouverner, et l'honneur d'obéir. Nous avons reçu l'enseignement d'une religion de miséricorde qu'il nous faut maintenant trahir ou sauvegarder en observant sa loi. Et nous sommes riches de tout un patrimoine d'honneur que nous ont légué mille ans d'histoire héroïque, et que nous devrions avoir chaque jour à cœur de grossir avec une splendide avarice, afin que les Anglais, si c'est un péché que d'ambitionner l'honneur, soient les plus grands pécheurs de la terre. »

Mountolive l'écoutait avec ébahissement, pitié et honte. Il était clair que ce qu'elle voyait en lui, était quelque chose comme l'archétype d'une nation qui n'existait déjà plus que dans son imagination. Elle embrassait et chérissait une gravure en couleur de l'Angleterre. C'était là, pour lui, l'expérience la plus étrange du monde. Et tandis qu'elle continuait à citer la sublime péroraison, pliant sa belle voix à la mélodie de la prose, il sentit les larmes lui monter aux yeux.

« Ou bien référez-vous de votre patrie, jeunes

hommes d'Angleterre, un trône royal digne de ses rois, une île sous un sceptre, une source de lumière pour l'univers entier, un centre de paix; maîtresse du savoir et des arts; fidèle gardienne des hautes figures de son Histoire parmi les visions irrévérencieuses et éphémères; fidèle servante des principes éprouvés par le temps, parmi les tentations et les désirs licencieux; et parmi les cruelles et bruyantes jalousies des nations, une nation vénérée pour son inégalable courage, et pour sa bienveillance envers les hommes? » Les mots commençaient à trépider sous son crâne.

« Assez! Assez! cria-t-il à la fin. Nous ne sommes plus comme cela, Leila. »

C'était un absurde rêve littéraire que cette Copte avait déniché et traduit. Et il eut alors le sentiment que toutes ces merveilleuses étreintes s'étaient en réalité adressées à une image fausse, comme si ses absurdes pensées réduisaient toute l'affaire, en diminuaient la portée, la réduisaient à quelque chose d'aussi vague et irréel que, par exemple, une transaction opérée avec une femme dans la rue. Peut-on s'éprendre de la statue d'un croisé mort?

« Tu m'as demandé *pourquoi*, dit-elle avec dédain. Parce que, ajouta-t-elle avec un soupir, parce que tu es Anglais, je suppose. »

(Toutes les fois qu'il repassait cette scène dans son esprit, il était stupéfait, et il ne pouvait exprimer son embarras que par un juron. « Merde! »)

Et, comme tous les amoureux sans expérience, depuis que le monde est monde, il ne pouvait se contenter de prendre les choses comme elles venaient; il fallait qu'il les sonde et les analyse en toute lucidité. Toutes les réponses qu'elle lui faisait le déconcertaient. S'il faisait allusion à son mari, elle se fâchait aussitôt et l'interrompait d'un ton sans réplique.

« Je l'*aime*. Je ne permettrai pas qu'on parle de lui à la légère. C'est une âme noble et je ne ferai jamais rien qui pût le blesser.

— Mais... mais... » bégayait le jeune Mountolive.

Alors, devant son air interdit, elle se mettait à rire et nouait ses bras autour de ses épaules en disant :

« Que tu es bête, David, que tu es bête! C'est lui qui m'a dit de te prendre pour amant. Dis... n'est-il pas un sage à sa façon? Il craint de me perdre, qu'un accident n'arrive. Sais-tu ce que c'est que d'être privé d'amour? Ne sais-tu pas combien l'amour est dangereux? »

Non, il ne le savait pas.

Mais que pouvait tirer un Anglais de ces étranges modes de pensée, de ces fidélités confuses et antagonistes? Il en restait abasourdi.

« Seulement, il ne faut pas que je tombe amoureuse, et je ne le veux pas. »

Etait-ce pour cela qu'elle avait choisi d'aimer l'Angleterre de Mountolive à travers lui plutôt que Mountolive lui-même? Il ne trouvait aucune réponse satisfaisante à cela. Le manque d'expérience le rendait muet. Il ferma les yeux et eut la sensation de tomber à la renverse dans l'espace noir.

Et Leila, devinant cela, se prit à chérir son innocence : en un sens, elle décida de faire de lui un homme, en usant de toute la chaleur, de toute la candeur féminine. Il était pour elle à la fois un amant et une sorte d'homme-enfant malheureux qu'elle pourrait guider et amener à maturité. Seulement (elle avait dû se faire très clairement ces réserves) elle devrait prendre garde à ne pas lui faire sentir cette tutelle, sinon il pourrait se révolter. Aussi s'efforça-t-elle de lui cacher son expérience et elle devint pour lui presque un compagnon de son âge, lui faisant partager une complicité qui semblait d'une certaine façon si innocente, si irréprochable que même son sentiment de culpabilité s'en trouva engourdi, et qu'il commença à gagner, grâce à elle, plus d'assurance et d'empire sur soi. Il avait pris aussi la résolution de respecter sa réserve et de ne pas s'éprendre d'elle, mais ce genre de dissociation est impossible à opérer pour un être jeune. Il ne parvenait pas à isoler les divers besoins de sa sensibilité, à distinguer entre l'amour-passion et l'espèce de flamme entretenue par une imagination narcissique. Son désir lui serrait la gorge. Il ne parvenait pas à mettre un nom sur cela. Et à chaque pas, il s'empêtrait dans son éducation anglaise. Il ne pouvait même pas se sentir heureux sans en éprouver du remords. Mais tout cela, il ne le concevait pas très clairement : il ne faisait que deviner à moitié qu'il avait trouvé en elle plus qu'une amante, plus qu'une complice. Leila n'avait pas seulement plus d'expérience; il s'aperçut, à son grand dépit, qu'elle était aussi plus instruite que lui, et même que sa culture anglaise était beaucoup plus vaste que la sienne. Mais elle était une amante et une amie parfaite, et elle ne le lui fit jamais sentir. Une femme d'expérience dispose de tant de ressources! Elle cherchait toujours un refuge dans une tendresse qui s'exprimait par des taquineries. Elle le grondait gentiment de son ignorance et piquait sa curiosité. Et elle s'amusait de voir les effets qu'avait sa passion sur lui... baisers brûlants qui tombaient comme de la salive sur un fer chaud... Il se mit à redécouvrir l'Egypte par ses yeux, mais dans une nouvelle dimension. Il comprenait maintenant qu'il ne suffisait pas de posséder la langue, car Leila lui fit voir le vide de toute connaissance au regard de la compréhension intime des choses.

Sa manie de prendre des notes ne l'avait pas quitté, et ses petits carnets regorgeaient maintenant des observations que lui inspiraient leurs longues promenades à deux, mais c'étaient toujours des remarques concernant le pays, car il n'osait rien écrire touchant ses sentiments, ni même mentionner le nom de Leila. Ceci, par exemple :

« *Dimanche. En traversant un pauvre village infesté de mouches, ma compagne me fait remarquer des inscriptions, sur les murs des maisons, ressemblant à des caractères cunéiformes et me demande si je peux les déchiffrer. Comme un sot je dis que non, mais que ce pourrait être de l'amha-*

rique. Rire. On m'explique alors qu'un vénérable colporteur qui passe par ici environ tous les six mois, vend un henné spécial qui vient de Médine, très prisé ici en raison de sa provenance sacrée. Comme la plupart des gens sont trop pauvres pour payer, il leur fait crédit, mais pour que lui-même ou ses clients n'oublient pas, il inscrit le montant de leur dette sur les murs d'argile à l'aide d'un tesson de poterie. »

« Lundi. Ali dit que les étoiles filantes sont des pierres jetées par les anges pour chasser les djinns qui essayent de surprendre les conversations dans le Paradis et connaître ainsi les secrets de l'avenir. Tous les Arabes ont peur du désert, même les Bédouins. Etrange. »

« Lorsqu'un silence tombe au milieu de la conversation, nous disons : « Un ange passe. » Ici, la formule est différente. Si le silence se prolonge, quelqu'un dit : « Wahed Dhu », c'est-à-dire « Dieu est unique », et toutes les autres personnes présentes répondent avec ferveur « La Illah illa Allah », ce qui veut dire « Il n'est pas d'autre Dieu que l'Unique »; puis la conversation reprend. Ces petites coutumes sont très charmantes. »

« Mon hôte emploie une curieuse expression pour « se retirer des affaires » : il dit « réaliser son « âme ». 

« Je n'avais encore jamais goûté le café du Yemen avec une pointe d'ambre gris dans chaque tasse. C'est délicieux. »

« Mohammed Shebab, lorsqu'on nous a présen-

*tés, m'a parfumé d'une touche de jasmin en frottant, sur le revers de mon veston, le bouchon de verre d'un petit flacon qu'il avait tiré de sa poche... comme nous offririons une cigarette en Europe.* »

« *Ils aiment les oiseaux. Dans un cimetière à l'abandon j'ai vu des tombes en marbre où des petits creux avaient été ménagés pour qu'ils viennent y boire; ma compagne m'a dit que les femmes du village venaient les remplir tous les vendredis.* »

« *Ali, le régisseur nègre, un gigantesque eunuque, me dit que ce qui les effrayait le plus était les yeux bleus et les cheveux blonds : ce sont pour eux des signes du diable. L'un des traits les plus répugnant des anges exterminateurs, dans le Coran, est le fait qu'ils ont les yeux bleus.* »

Ainsi, le jeune Mountolive notait et méditait sur les étranges coutumes de ce peuple dont il avait été amené à partager la vie, avec application, comme il convenait à un jeune diplomate soucieux d'étudier des mœurs si étrangères aux siennes; avec une sorte de ravissement aussi, car il découvrait une certaine correspondance poétique entre la réalité et l'Orient imaginaire qu'il s'était forgé d'après ses lectures. L'écart était ici moins flagrant qu'entre les deux images jumelles que Leila semblait bercer : une image poétique de l'Angleterre et son modèle, le jeune homme timide et sans grande expérience du monde qu'elle avait pris pour amant. Mais il n'était pas sot, et il apprenait les deux leçons les plus importantes de la vie : faire honnêtement l'amour, et réfléchir.

Il y avait cependant d'autres scènes qui le touchaient et excitaient sa curiosité d'une manière différente. Un jour, ils allèrent tous rendre visite à Halima, la vieille nourrice, qui vivait maintenant dans une honorable retraite. Elle avait été la principale nourrice des deux garçons et la première compagne de leur enfance.

« Elle les a même allaités lorsque mon lait s'est tari », expliqua Leila.

Narouz se mit à rire d'une voix rauque.

« C'était notre « mâcheuse », expliqua-t-il à Mountolive. Connaissez-vous le mot? »

En Egypte, à cette époque, les jeunes enfants étaient nourris par des domestiques qui avaient pour tâche de mâcher leurs aliments qu'elles recrachaient dans la cuillère avant de la porter à leur bouche.

Halima était une esclave affranchie du Soudan, et elle aussi « réalisait son âme » maintenant dans une petite maison de boue séchée, au milieu des champs de canne à sucre, et vivait là, heureuse, entourée d'une nuée d'enfants et de petits-enfants. Il était impossible de dire son âge. Elle fut au comble de la joie en recevant la visite des jeunes Hosnani, et Mountolive fut ému de voir la façon dont ils descendirent de cheval et coururent la prendre dans leurs bras. Leila non plus ne lui ménagea pas ses marques d'affection. Et lorsque la vieille négresse eut retrouvé ses esprits, elle insista pour exécuter une petite danse en l'honneur de ses hôtes; aussi étrange que cela paraisse, ce ne fut pas sans grâce. Ils firent tous cercle autour d'elle en battant la mesure dans leurs mains tandis qu'elle pivotait sur un talon puis sur l'autre; et quand elle eut terminé sa chanson et sa danse, ce furent de nouvelles embrassades et de nouveaux rires. Ces manifestations spontanées de tendresse charmèrent Mountolive et il tourna vers sa maîtresse des yeux brillants où elle pouvait lire non seulement l'amour mais une sorte de respect. Et il eut grande envie à ce moment-là de se trouver seul avec elle pour la prendre dans ses bras; mais il écouta patiemment Hamila lui chanter les louanges de la famille et lui raconter comment ils lui avaient permis de faire deux fois le voyage à la cité sainte en reconnaissance de ses services. Tout en parlant, elle tenait la manche de Narouz dans sa main, et le regardait de temps en temps dans les yeux avec le regard affectueux d'un animal. Puis, lorsqu'il ouvrit la vieille musette couverte de poussière qu'il emportait toujours avec lui et qu'il se mit à sortir tous les cadeaux qu'ils lui avaient apportés, la joie et l'épouvante se jouèrent sur son vieux visage, comme des éclipses de lune. Elle se mit à pleurer.

Mais il vécut aussi d'autres scènes, moins charmantes peut-être, mais également très représentatives des mœurs égyptiennes. Un matin de très bonne heure il avait assisté à un bref incident qui s'était produit dans la cour, sous sa fenêtre. Il y avait là un garçon au teint hâlé qui se tenait tout penaud devant un Narouz très différent de celui qu'il connaissait, mais dans ses yeux bleus brillait une lueur de courage. Mountolive qui lisait dans son lit avait entendu cette phrase : « Maître, ce n'était pas un mensonge », prononcée à voix basse mais distinctement et par deux fois; il se leva et arriva à la fenêtre à temps pour voir Narouz, qui répétait entre ses dents, d'une voix sifflante et obstinée, les mots « Tu as encore menti », commettre un acte dont la brutalité sensuelle le fit frissonner; il vit son hôte tirer un couteau de sa ceinture et entailler le lobe de l'oreille du garçon, mais lentement, presque délicatement, comme on détache une grappe de raisin avec un sécateur. Un flot de sang ruissela dans le cou du garçon, mais celui-ci ne bougea pas.

« Maintenant, va-t'en, dit Narouz avec ce même sifflement diabolique, et dis à ton père que pour chaque mensonge je couperai un morceau de ta chair jusqu'à ce que nous arrivions au vrai morceau, celui qui ne ment pas. »

Brusquement, le garçon partit en chancelant et se mit à courir, la bouche ouverte, sans proférer un son. Narouz essuya la lame de son couteau sur son pantalon bouffant et rentra dans la maison en sifflant. Mountolive fut sidéré par ce spectacle!

C'était la variété de ces incidents qui le confondait plus que tout au monde. Un après-midi qu'il était allé en compagnie de Narouz jusqu'à la bordure du désert, ils arrivèrent près d'un immense arbre sacré qui portait toute une floraison d'ex-voto, faits des centaines de bouts de chiffons multicolores que les villageois accrochaient à ses branches lorsqu'ils avaient quelque faveur à demander au ciel. Près de là se trouvait le sanctuaire d'un vieil ermite mort depuis longtemps et dont seuls quelques très vieux villageois se rappelaient encore le nom. Mais la tombe, toute délabrée, était encore un lieu de pèlerinage et d'intercession pour les Coptes aussi bien que pour les musulmans; c'est là que, mettant pied à terre, Narouz dit, le plus naturellement du monde :

« Je dis toujours une prière ici; prions ensemble, voulez-vous? »

Mountolive en fut quelque peu interloqué, mais il sauta à terre à son tour, sans un mot, et ils se tinrent côte à côte devant la petite tombe ensablée du saint presque oublié. Narouz leva les yeux vers le ciel avec une expression de douceur démoniaque. Mountolive imita sa pose en tous points, mettant ses mains en coupe et les posant sur sa poitrine. Puis ils baissèrent la tête et prièrent un assez long moment, après quoi Narouz poussa un grand soupir sifflant, comme par soulagement, puis passa ses doigts en croix sur son visage pour absorber les bénédictions qui émanaient de la prière. Mountolive l'imita encore, très impressionné.

« Voilà, nous avons prié maintenant », dit Narouz d'un ton péremptoire.

Ils se remirent en selle et reprirent leur marche sous le soleil à travers des champs écrasés de silence, sauf aux endroits où les pompes ronronnaient en aspirant les eaux du lac pour les déverser dans les canaux d'irrigation. Au bout d'une longue plantation ombragée, ils entendirent un autre bruit plus familier, le murmure des *sakkias* d'Egypte, et Narouz tendit un moment l'oreille puis hocha la tête d'un air approbateur.

« Ecoutez, dit-il, écoutez les *sakkias*. Connaissez-vous leur histoire? Du moins ce que les villageois racontent. Alexandre le Grand avait des oreilles d'âne, mais une seule personne au monde connaissait son secret : son barbier grec. Difficile de garder un secret quand on est Grec! Aussi le barbier, pour soulager son âme, alla-t-il dans les champs conter la chose à une *sakkia;* et depuis ce jour les *sakkias* se chuchotent la nouvelle avec mélancolie : « Alexandre a des oreilles d'âne. » N'est-ce pas curieux? Nessim dit qu'au musée d'Alexandrie il y a une statue d'Alexandre portant les cornes d'Ammon, et ce conte est peut-être une survivance. Qui sait? »

Ils cheminèrent un moment en silence.

« La pensée que je vais être obligé de vous quitter la semaine prochaine me consterne, dit Mountolive. Ce fut un séjour magnifique. »

Une curieuse expression parut sur le visage de Narouz, un mélange de doute et de satisfaction gênée, et entre les deux une sorte de ressentiment animal où Mountolive crut déceler de la jalousie — à cause de sa mère? Il observa avec curiosité le profil sévère de son compagnon, ne sachant comment interpréter cela. Après tout, la vie privée de Leila ne regardait qu'elle, n'est-ce pas? A moins que leur liaison n'ait heurté, de quelque manière, les sentiments de la famille Hosnani, si étroitement unie par des liens d'affection réelle? Il aurait aimé s'en ouvrir franchement aux deux frères. Nessim au moins l'aurait compris et lui aurait offert sa sympathie, mais pour ce qui était de Narouz, il en doutait. Le cadet... il était difficile de se confier à lui. Le plaisir qu'il avait, au début, paru prendre en compagnie du visiteur, s'était insensiblement assombri — bien qu'il n'ait jamais manifesté la moindre marque d'animosité ou de réserve à son égard. Non, c'était plus subtil, plus indéfinissable. Peut-être, songea tout à coup Mountolive, fallait-il attribuer cette attitude à son complexe d'infériorité? Il se le demandait, en observant le profil sombre et cruel de Narouz. Il cheminait à côté de lui, très troublé par cette idée.

Il ne pouvait évidemment pas savoir ce qui préoccupait le cadet, car c'était une petite scène à laquelle il n'avait pas assisté et qui avait eu lieu une nuit, quelques semaines auparavant, alors que toute la maisonnée dormait. Parfois l'infirme se mettait en tête de veiller plus tard qu'à l'accoutumée, et de rester assis sur le balcon, dans son fauteuil roulant, à lire le plus souvent quelque ouvrage technique d'agriculture, de sylviculture ou autre. Le dévoué Narouz s'installait alors sur un divan dans la pièce voisine et attendait, patiemment, comme un chien fidèle, que son père lui fasse signe pour le mettre au lit; lui ne lisait jamais. Mais il aimait rester dans le cercle de lumière jaune de la lampe, en se curant les dents avec une allumette ou en réfléchissant, jusqu'à ce que la voix rauque et acariâtre de son père lançât son nom.

Cette nuit-là, il avait dû s'endormir car, lorsqu'il se réveilla, il s'aperçut avec surprise qu'il faisait noir. La clarté de la lune inondait le balcon et illuminait une partie de la pièce, mais une main inconnue avait éteint la lampe. Il se leva brusquement. Le balcon était vide. Pendant un instant, Narouz crut qu'il rêvait, car jamais encore son père n'était allé se coucher seul. Et comme il restait là, dans la clarté blafarde de la lune, se débattant avec ce sentiment d'incompréhension et de doute, il crut percevoir le bruit des roues caoutchoutées du fauteuil sur le plancher de la chambre de l'invalide. C'était là une infraction inattendue à la routine admise. Il traversa le balcon et s'avança dans le corridor sur la pointe des pieds. La porte était entrouverte. Il glissa un œil par la fente. La chambre était baignée de lune. Il entendit les roues du fauteuil heurter la commode et les doigts malhabiles de son père chercher à atteindre une poignée. Puis il entendit un tiroir s'ouvrir, et il fut saisi de panique en se souvenant que là se trouvait le vieux Colt de son père. Il se sentit paralysé quand il entendit qu'on retirait le chargeur, et l'inoubliable bruit de papier froissé — un bruit que sa mémoire interpréta immédiatement. Puis le cliquetis précis des balles qu'on introduit dans le magasin. Il avait l'impression de faire un de ces rêves où l'on court à toute allure tout en étant incapable de détacher ses pieds du sol. Quand il entendit le claquement sec du chargeur qu'on replaçait dans son logement et qu'il comprit que l'arme était prête à servir, Narouz rassembla ses esprits et s'apprêta à bondir dans la chambre, mais il s'aperçut alors qu'il ne pouvait faire un mouvement. C'était comme si on lui avait planté un millier d'aiguilles dans la colonne vertébrale, qui le figeaient sur place, et il sentit ses cheveux se hérisser sur sa tête. Paralysé par une de ces effroyables inhibitions de la première enfance, il ne put que faire un pas en avant et s'arrêter à la porte, les mâchoires contractées pour que ses dents ne s'entrechoquent pas.

Le reflet de la lune tombait droit sur le miroir, et à cette clarté, il put voir son père assis très droit sur son fauteuil, face à son image dans le miroir, avec une expression que Narouz ne lui avait jamais vue. Le visage blême et impassible prenait, dans la clarté spectrale qui émanait de la glace, une expression dénuée de tout sentiment humain, épurée par les émotions qui l'avaient inlassablement miné. Le jeune homme regardait son père comme hypnotisé. (Une fois, dans sa prime enfance, il avait éprouvé quelque chose de semblable — pas aussi violent toutefois, pas aussi glaçant, mais quelque chose d'approchant : lorsque son père avait fait le récit de la mort de Mahmoud,

le mauvais régisseur, et avait dit d'un air sinistre :
« Alors, ils sont venus le chercher et ils l'ont attaché à un arbre. *Et on lui a coupé les choses et on
les lui a fourrées dans la bouche.* » Quand il était
enfant, il suffisait à Narouz de se rappeler cette
phrase et l'expression de son père pour qu'il se
sentît prêt à s'évanouir. Cet incident lui revint
à ce moment avec une charge de terreur redoublée
lorsqu'il vit l'invalide faire face à son reflet dans
le miroir inondé de lune, élever lentement le revolver pour le braquer, non sur sa tempe, mais
sur le miroir, et répéter de sa voix rauque et croas-
sante : « Et si elle tombe amoureuse, tu sais ce qu'il
te reste à faire. »)

Alors il y eut un silence, puis un seul petit sanglot sec et las. Narouz sentit des larmes de sympathie lui monter aux yeux, mais il était toujours
paralysé, incapable de bouger, de parler ou
d'émettre un vrai sanglot. La tête de son père
retomba sur sa poitrine, et la main qui tenait le
revolver pendit inerte; Narouz entendit le bruit
que fit l'arme en touchant le sol. Un long silence
angoissé pesa sur la chambre, dans le corridor,
sur le balcon, dans les jardins, partout... silence
de soulagement qui laissa son sang figé s'écouler
de nouveau dans son cœur et dans ses veines.
(Quelque part, soupirant dans son sommeil, Leila
avait dû se retourner, appuyant ses bras blancs et
contestés sur une place fraîche entre les oreillers.)
Un moustique solitaire se mit à bourdonner. **Le
charme se rompit.**

Narouz retourna sur le balcon où il resta un moment, luttant contre les larmes avant d'appeler « Père! » d'une voix aiguë et inquiète d'écolier. Aussitôt la lumière se fit dans la chambre, un tiroir se ferma et il entendit rouler le fauteuil sur le parquet. Il attendit une longue seconde, puis ce fut le grondement maussade et familier, « Narouz! » qui lui indiqua que tout allait bien. Il se moucha sur sa manche et se précipita dans la chambre. Son père était assis en face de la porte, un livre sur les genoux.

« Animal paresseux, dit-il, je n'ai pas réussi à te réveiller.

— Je vous demande pardon », dit Narouz.

Et il se sentit brusquement inondé de joie; si grand était son soulagement qu'il désira tout à coup être humilié, injurié, maltraité.

« Je suis une brute paresseuse, un porc sans cervelle, un grain de sel », dit-il avec délectation, désirant provoquer son père et l'entendre proférer contre lui des injures encore plus blessantes; il souhaitait se vautrer avec volupté dans la fureur de l'infirme.

« Mets-moi au lit », dit l'invalide d'un ton cassant.

Et son fils se pencha avec une tendresse sensuelle pour soulever de son fauteuil le corps délabré, soulagé au-delà de toute expression de voir qu'il respirait encore...

Mais comment Mountolive aurait-il pu savoir tout cela? Il constatait simplement chez Narouz une réserve qui était absente de l'aimable sourire de Nessim. Pour ce qui était du père, il le troublait très franchement avec sa tête maladive inclinée sur le côté et cet apitoiement sur soi-même qu'exsudait sa voix. Malheureusement aussi, il y avait un autre conflit qui devait fatalement, un jour ou l'autre, trouver l'occasion de se déclarer, et cette fois ce fut Mountolive qui le déclencha inconsciemment en commettant une de ces *gaffes* que les diplomates redoutent plus que tout autre homme au monde et dont le souvenir peut les empêcher de dormir pendant des années. Ce fut une étourderie assez sotte, mais qui fournit à l'infirme le prétexte d'un éclat que Mountolive jugea très caractéristique. Cela se produisit à table, un soir durant le dîner, et les convives ne firent tout d'abord d'en rire très simplement — dans le cercle de leur commune gaieté, et il n'y avait aucune malveillance, mais seulement la protestation souriante de Leila :

« Mais, mon cher David, nous ne sommes pas musulmans, mais chrétiens, *tout comme vous.* »

Naturellement, il savait cela, comment les mots avaient-ils pu lui échapper ? C'était une de ces atroces remarques qui, une fois lâchées, paraissent non seulement inexcusables, mais impossibles à réparer. Nessim, toutefois, sembla plus ravi qu'offensé, et, avec son tact habituel, il prit le poignet de Mountolive, de peur qu'il ne s'imaginât que l'on riait de lui et non de son lapsus. Toutefois, tandis que le rire s'apaisait, il eut nettement conscience d'avoir blessé le vieillard qui seul ne souriait pas et restait de pierre dans son fauteuil roulant.

« Je ne vois rien là qui puisse prêter à sourire, dit-il en crispant les doigts sur le bras luisant de son siège. Absolument rien. Ce lapsus exprime exactement le point de vue des Anglais, point de vue que nous, Coptes, avons eu sans cesse à combattre. Il n'y avait en Egypte aucune différence entre nous et les musulmans avant qu'ils n'arrivent. Les Anglais ont appris aux musulmans à haïr les Coptes et à établir une distinction. Oui, Mountolive. Les Anglais. Rappelez-vous ce que je vous dis là.

— Je suis désolé, bégaya Mountolive, essayant de réparer sa faute.

— Et moi je ne le regrette pas, dit l'invalide. Il est bon que nous puissions parler ouvertement de ces choses parce que nous, Coptes, nous les ressentons au plus profond de notre cœur. Les Anglais ont poussé les musulmans à nous opprimer. Observez la Haute Commission. Parlez des Coptes à vos amis d'ici, et vous verrez en quel mépris ils nous tiennent. Et ce mépris, ils l'ont inoculé aux musulmans.

— Oui, certainement, monsieur! dit Mountolive, qui ne savait comment s'excuser.

— Certainement, assura solennellement l'invalide en branlant la tête sur la frêle tige de son cou. Nous *connaissons* la vérité. »

Leila fit un petit geste involontaire, presque un signal, comme pour arrêter son mari avant qu'il ne se lance à fond dans une harangue, mais il ne fit pas attention à elle. Il se renversa contre le dossier de son siège en mastiquant un morceau de pain et dit d'une voix floue :

« Mais que savez-vous, que savent les Anglais des Coptes, si tant est qu'ils s'en soient jamais souciés? Une obscure hérésie religieuse, pensent-ils, une langue altérée et une liturgie empruntant confusément des éléments aux Arabes et aux Grecs. Il en a toujours été ainsi. Quand les premiers croisés se sont emparés de Jérusalem, il fut expressément défendu aux Coptes de pénétrer dans la ville — *notre Ville Sainte*. Ces chrétiens d'Occident ne savaient même pas distinguer entre les musulmans qui les avaient battus à Askelon et les Coptes — la seule branche de l'Eglise chrétienne qui fût totalement intégrée à l'Orient! Et lorsque votre bon évêque de Salisbury déclara ouvertement qu'il considérait ces chrétiens orientaux comme plus exécrables que les infidèles, alors vos croisés les ont massacrés allégrement. »

Une expression d'amertume qui se traduisait par un sourire cruel alluma un moment son visage. Puis ses traits reprirent leur air maussade habituel et, passant la langue sur ses lèvres, il plongea de nouveau, tête baissée, dans un débat qui, Mountolive le comprit tout à coup, le tourmentait en secret depuis sa première visite. Il avait en effet ruminé toute cette conversation depuis longtemps, attendant le moment favorable pour la déclencher. Narouz contemplait son père avec un regard d'adoration, composant son visage à l'imitation du sien, rayonnant d'orgueil aux mots *notre Ville Sainte,* se crispant de colère aux mots « plus exécrables que des infidèles ». Leila avait pâli et regardait par la porte ouverte donnant sur le balcon, l'air absorbé; seul Nessim était grave sans donner l'impression d'éprouver un malaise. Il avait les yeux fixés sur son père avec sympathie et respect, mais sans trace d'émotion. Ses traits étaient encore détendus par le sourire.

« Savez-vous comment ils nous appellent, les musulmans? poursuivit Hosnani, et sa tête oscilla de nouveau sur son frêle support. Je vais vous le dire. *Gins Pharoony.* Oui, nous sommes *genus Pharaonicum* — les authentiques descendants des anciens, l'essence même de l'Egypte. Nous-mêmes nous nous donnons le nom de *Gypt* — les vieux Egyptiens. Et nous sommes chrétiens comme vous, mais de la plus ancienne et plus pure lignée. Et nous avons toujours été le cerveau de l'Egypte, même au temps du khédive. En dépit des persécutions, on nous honorait ici; notre christianisme a toujours été respecté. *Ici* en Egypte, pas *là-bas* en Europe. Oui, les musulmans qui ont haï les Grecs et les Juifs, ont reconnu dans les Coptes les vrais héritiers de l'Egypte antique. Lorsque Mohammed Ali est venu en Egypte, il a remis toutes les affaires financières du pays entre les mains des Coptes. Son successeur, Ismaïl, fit de même. Si vous étudiez tant soit peu la question, vous découvrirez que l'Egypte a toujours été virtuellement gouvernée par nous, les

Coptes méprisés, parce que nous avons plus de cervelle et d'intégrité que les autres. Lorsque Mohammed Ali est arrivé, il a trouvé un Copte à la tête de toutes les affaires d'Etat, et il l'a nommé grand vizir.

— Ibrahim El Gohari, dit Narouz de l'air triomphant d'un écolier qui récite sa leçon.

— Exactement, dit son père d'un air non moins triomphant. Il était le seul Egyptien qui eût la permission de fumer la pipe en présence du premier des khédives. Un Copte! »

Mountolive maudissait l'étourderie qui lui valait cette mercuriale, mais en même temps il écoutait avec une grande attention. Il était clair que ces griefs étaient ressentis par ces gens au plus profond de leur chair.

« Et lorsque Gohari est mort, à qui Mohammed Ali fit-il appel?

— A Ghali Doss, dit de nouveau Narouz avec ravissement.

— Exactement. En qualité de chancelier de l'Echiquier, il avait la haute main sur les revenus et les impôts. C'était un Copte. Encore un *Copte*. Et son fils Basileus fut nommé bey et membre du Conseil privé. Ces hommes gouvernèrent l'Egypte avec honneur; et nombre d'entre eux reçurent de hautes charges.

— Sedarous Takla à Enesh, dit Narouz, Shehata Hasaballah à Assiout, Girgis Yacoub à Beni-Souef. »

Ses yeux brillaient tandis qu'il récitait cette litanie de l'honneur copte, et il avait l'air de s'étirer comme un serpent au soleil de l'approbation de son père.

« Oui! cria l'invalide en frappant de la main le bras de son fauteuil. Oui! Et, même sous Saïd et Ismaïl, les Coptes ont eu leur rôle à jouer. Dans chaque province le procureur était un Copte. Comprenez-vous ce que cela signifie, cette confiance universellement accordée à une minorité *chrétienne?* Les musulmans savaient à qui ils avaient affaire, ils savaient que nous étions Egyptiens d'abord, chrétiens ensuite. Des *Egyptiens chrétiens*... vous autres Anglais avec toutes vos idées romantiques sur les musulmans, avez-vous jamais songé à ce que pouvaient signifier ces mots? Les seuls *Orientaux chrétiens* pleinement intégrés dans un Etat musulman? Ce serait le rêve des Allemands que de pouvoir découvrir une telle clé pour l'Egypte, non? Partout des chrétiens dans des postes de confiance, des positions-clés en qualité de *mudirs*, de gouverneurs, et ainsi de suite. Sous le règne d'Ismaïl, un Copte a été ministre de la Guerre.

— Ayad Bey Hanna, dit Narouz avec délectation.

— Oui. Et même sous Arabi, le ministre de la Justice était copte. Et le maître de cérémonies. Tous deux coptes. Et d'autres, beaucoup d'autres.

— Et comment tout cela a-t-il changé? » demanda Mountolive d'une voix calme.

L'infirme se souleva sous sa carapace de couvertures et tendit vers son hôte un doigt tremblant et accusateur :

« Ce sont les Anglais qui ont changé cela, avec

leur haine des Coptes. Gorst a établi des relations diplomatiques amicales avec Khedive Abbas, et le résultat de ses intrigues fut qu'on ne trouva bientôt plus un seul Copte ni à la cour ni même dans les administrations de province. Et si vous aviez parlé aux hommes qui composaient l'entourage de cet homme corrompu et bestial soutenu par les Anglais, vous auriez été amené à penser que c'était la partie chrétienne de la nation qui était l'ennemi. Ici, permettez-moi de vous lire quelque chose... »

A ce moment, Narouz, en acolyte bien entraîné, disparut dans la pièce voisine et revint l'instant d'après avec un livre marqué d'un signet. Il l'ouvrit à la bonne page, le posa sur les genoux de son père et regagna vivement sa place. L'infirme s'éclaircit la voix et se mit à lire de son ton bourru :

« — Quand les Anglais prirent l'Egypte en main, « les Coptes occupaient un grand nombre de « postes parmi les plus importants de l'Etat. En « moins d'un quart de siècle presque tous les chefs « coptes des provinces avaient disparu. Avant les « Anglais la plupart des tribunaux avaient à leur « tête des juges coptes, mais petit à petit leur « nombre fut réduit à zéro; et depuis lors on n'a « cessé de les déplacer et de leur fermer l'accès « aux postes vacants, si bien qu'ils ont été réduits « à un état de découragement touchant au déses- « poir ! » Ce sont là les propres paroles d'un Anglais, et c'est tout à son honneur d'avoir écrit cela. »

Il ferma le livre et poursuivit :

« Aujourd'hui, avec la domination anglaise, l'accès aux postes de gouverneur ou même de *Mamur* — l'administrateur de province — est interdit aux Coptes. Même ceux qui travaillent pour le gouvernement sont obligés de travailler le dimanche parce que, par déférence pour les musulmans, c'est le vendredi qui a été instauré jour de prière. Aucune disposition n'a été prise pour que les Coptes puissent pratiquer leur culte. Ils ne sont même pas convenablement représentés aux conseils et comités du gouvernement. Ils paient de lourds impôts pour l'éducation, mais pas le moindre centime n'est alloué à un établissement d'éducation chrétienne. L'éducation est entièrement islamique. Mais je ne veux pas vous ennuyer avec tous nos griefs. Je voulais seulement que vous compreniez pourquoi nous sentons que les Anglais nous haïssent et nous persécutent.

— Je ne peux pas croire cela », dit Mountolive faiblement, oppressé par la virulence de la critique, mais ne sachant comment y répondre.

Toutes ces questions étaient totalement nouvelles pour lui car ses connaissances en la matière n'avaient eu d'autres sources que l'ouvrage traditionnel de Lane considéré comme le véritable évangile sur l'Egypte. L'infirme hocha de nouveau la tête, comme pour appuyer davantage son point de vue. Narouz, dont le visage avait reflété les divers sentiments de la conversation, hocha la tête lui aussi. Puis le père montra du doigt son fils aîné.

« Tenez, regardez Nessim. Un vrai Copte. Brillant, réservé. Ne croyez-vous pas que sa place aurait été dans la diplomatie égyptienne? Comme futur diplomate vous êtes plus qualifié que moi pour en juger. Mais non. Il sera homme d'affaires parce que nous, Coptes, savons que c'est inutile, *inutile.* »

Il frappa de nouveau le bras de son fauteuil, et la salive lui emplit la bouche. Mais c'était l'occasion qu'attendait Nessim, car il saisit la manche de son père et y déposa un baiser en un geste de soumission, disant en même temps, avec un sourire :

« Mais David apprendra tout cela de toute façon. C'est assez pour aujourd'hui. »

Et il se tourna en souriant vers sa mère, qui donna le signal de la paix en priant les domestiques de servir la fin du repas.

Ils burent leur café dans un silence gêné, sur le balcon où l'invalide se tenait à l'écart dans son fauteuil, le regard perdu dans la nuit, d'un air lugubre, et les quelques tentatives de conversation générale échouèrent rapidement. L'infirme, il faut lui rendre cette justice, avait maintenant honte de son éclat. Il s'était juré de ne pas soulever ce sujet devant son hôte, et il avait conscience d'avoir ainsi violé les lois de l'hospitalité. Mais lui non plus ne voyait pas comment ranimer la conversation où les rapports cordiaux qu'ils avaient entretenus jusque-là s'étaient momentanément détériorés.

Ici, une fois encore, le tact de Nessim vint sauver la situation; il emmena Leila et Mountolive dans la roseraie où ils marchèrent tous trois un moment en silence, dans la nuit étourdissante de parfums qui apaisèrent leurs esprits. Quand ils furent assez loin pour qu'on ne pût les entendre du balcon, le fils aîné dit d'un ton enjoué :

« David, j'espère que la sortie de mon père ne vous aura pas trop offensé. Ces choses le tourmentent beaucoup.

— Je sais.

— Et vous savez, ajouta vivement Leila, désirant mettre un terme à cette conversation et rétablir l'atmosphère normale de cordialité, ce qu'il vous a dit est juste, en dépit de la manière dont il l'a exposé. Notre position est loin d'être enviable, et elle est entièrement le fait des Anglais. Nous formons maintenant une société secrète en quelque sorte, la plus brillante, certes, et qui fut jadis la communauté-clef de notre pays.

— Je n'arrive pas à comprendre, cela, dit Mountolive.

— Ce n'est pas si difficile que cela, dit Nessim d'un ton désinvolte. L'Église militante vous mettra sur la piste. N'est-il pas étrange que, pour nous, il n'y ait jamais eu de conflit entre la Croix et le Croissant ? Ce fut là une création purement occidentale, de même que la notion du cruel infidèle musulman. Les musulmans n'ont jamais persécuté les Coptes sur le terrain de la religion. Au contraire, le Coran lui-même montre que Jésus est respecté comme un vrai prophète, et même comme un précurseur de Mahomet. L'autre jour Leila vous citait le petit portrait de l'Enfant Jésus dans une des *suras...* vous rappelez-vous? Insufflant la vie à des petites effigies d'oiseaux en terre qu'il modelait en compagnie d'autres enfants...

— Je me souviens.

— Et même dans le tombeau de Mahomet, dit Leila, il y a toujours eu cette chambre vide qui attend le corps de Jésus. Selon la prophétie il doit être enterré à Médine, la fontaine de l'Islam, vous vous rappelez? Et ici, en Egypte, les musulmans n'éprouvent que respect et amour pour le Dieu chrétien. Même aujourd'hui. Demandez à n'importe qui. Demandez à n'importe quel *muezzin.* »

(Ce qui revenait à dire : « Demandez à n'importe quel homme disant la vérité — car un homme impur, un ivrogne, un fou ou une femme ne peut être investi de la charge d'appeler les musulmans à la prière. »)

« Vous en êtes restés au temps des Croisades », dit doucement Nessim, d'un ton ironique, mais toujours le sourire aux lèvres. Puis il se retourna et s'éloigna d'un pas léger parmi les roses, les laissant seuls. Aussitôt la main de Leila se glissa dans celle de Mountolive.

« Ne vous tracassez pas, dit-elle d'une voix changée. Un jour, nous retrouverons le chemin du sommet avec ou sans votre aide. Nous sommes tenaces! »

Ils s'assirent ensemble sur un banc de marbre en parlant d'autre chose, oubliant ces grands sujets maintenant qu'ils étaient seuls.

« Comme il fait sombre ce soir! Je ne vois qu'une

étoile. C'est signe de brouillard. Sais-tu que dans l'Islam tout homme a une étoile qui apparaît à sa naissance et qui s'éteint lorsqu'il meurt? Cette étoile est peut-être la tienne, David Mountolive.

— Ou la tienne?

— Elle est trop brillante pour être la mienne. Elles pâlissent, tu sais, à mesure qu'on veillit. La mienne doit être très pâle, j'ai déjà fait plus de la moitié de mon chemin. Et quand tu nous quitteras, elle pâlira encore. »

Ils s'embrassèrent. Puis ils firent des projets pour se revoir le plus tôt possible; il lui dit son intention de revenir toutes les fois qu'il aurait un congé.

« Mais tu ne resteras pas longtemps en Egypte, dit-elle en le regardant avec un sourire fataliste. Tu recevras bientôt ta nomination. Où seras-tu envoyé, je me demande? Tu nous oublieras... mais non, les Anglais sont toujours fidèles aux vieux amis, n'est-ce pas? Embrasse-moi.

— Ne pensons pas à cela maintenant, dit Mountolive; il se sentait sans force à l'idée de ce proche départ. Parlons d'autre chose. Regarde, je suis allé à Alexandrie hier et j'ai cherché partout quelque chose que je puisse offrir à Ali et aux autres domestiques.

— Qu'as-tu trouvé? »

Il avait acheté de l'eau de La Mecque, dans des bouteilles bleues portant le sceau de la Fontaine Sacrée de Zem-Zem. Il se proposait de les offrir comme pourboire.

« Crois-tu qu'elles seront bien acceptées venant

d'un infidèle? demanda-t-il avec inquiétude, et Leila fut ravie.

— Quelle bonne idée, David! Tellement typique, et si délicat! Oh! qu'allons-nous faire quand tu seras parti? »

Il se sentit absurdement satisfait de lui-même. Etait-il possible d'imaginer qu'un temps viendrait où ils ne pourraient plus s'embrasser comme cela, ou rester assis la main dans la main dans la nuit, en sentant le pouls de l'autre marquer le temps qui s'enfuit dans le silence — les rives mortes des expériences passées? Il chassa cette pensée de son esprit — résistant faiblement aux vérités cruelles. Mais maintenant Leila disait :

« Mais ne crains rien. J'ai mis nos relations au point pour les années à venir; ne souris pas... ce sera peut-être encore mieux lorsque nous aurons cessé de faire l'amour et que nous entreprendrons... quoi? Je l'ignore — lorsque nous penserons l'un à l'autre d'une position neutre; comme des amants, je veux dire, qui auront été obligés de se séparer; qui peut-être n'auraient jamais dû devenir amants; je t'écrirai souvent. Ce sera une nouvelle aventure qui commencera pour nous.

— Je t'en supplie, arrête, dit-il, sentant le désespoir s'insinuer en lui.

— Pourquoi? » dit-elle; puis, en souriant de nouveau, elle déposa un baiser léger sur ses tempes. « J'ai plus d'expérience que toi. Nous verrons. »

Sous son apparente légèreté il décela quelque chose de fort, de résistant et de durable — ce dont précisément il n'avait pas l'expérience. Leila était une créature vaillante, et seuls les braves savent garder le cœur léger dans l'adversité. Mais la nuit qui précéda son départ, elle ne vint pas le retrouver dans sa chambre, comme elle le lui avait promis. Elle était assez femme pour souhaiter aiguiser les affres de la séparation, afin de les rendre plus durables. Et la vue des traits tirés de Mountolive au petit déjeuner la comblèrent d'une joie sans mélange : ils témoignaient de la sincérité de son chagrin.

Elle l'accompagna à cheval jusqu'au bac, mais la présence de Nessim et de Narouz rendait impossible toute conversation privée, ce dont elle se réjouit encore. En fait, ils n'avaient plus rien à se dire. Et elle souhaitait avant tout éviter l'ennuyeuse répétition qui finit par affadir l'amour. Elle voulait qu'il garde d'elle une image claire et bien au point; car elle seule voyait dans cette séparation le modèle, l'échantillon pour ainsi dire, d'une séparation beaucoup plus définitive et ultime, une séparation qui, s'ils ne devaient garder le contact que par l'intermédiaire des mots et du papier, pourrait lui faire perdre Mountolive. On ne peut écrire plus d'une douzaine de lettres d'amour sans que le besoin de nouveaux thèmes se fasse sentir. La plus riche de toutes les expériences humaines est aussi la plus limitée dans ses moyens d'expression. Les mots tuent l'amour comme ils tuent tout le reste. Elle avait déjà décidé de porter leurs relations sur un autre plan, plus riche; mais Mountolive était encore trop jeune pour profiter de ce qu'elle pouvait avoir à lui offrir : les trésors de son imagination. Elle devrait lui laisser le temps de mûrir. Elle se rendait nettement compte qu'elle l'aimait tendrement, tout en pouvant se résigner à ne jamais le revoir. Son amour avait déjà accepté et consommé l'éloignement de son objet — sa propre mort! Cette pensée, qui se précisait avec une telle acuité dans son esprit, lui donnait un prodigieux avantage sur lui, car il en était encore à barboter dans la mer agitée de ses émotions, de ses désirs, de ses amours-propres et de tous les illogismes et toutes les angoisses d'un amour agaçant, alors qu'elle puisait déjà de la force et de l'assurance dans la nature irrémédiablement sans espoir de son cas. La fierté de son intelligence lui prêtait un regain d'énergie insoupçonnée. Et, bien qu'une part d'elle-même fût chagrinée de le voir partir si tôt, bien qu'elle fût heureuse de le voir souffrir, et se préparât à l'idée de ne jamais le revoir, elle savait cependant qu'elle le possédait déjà, et, paradoxalement, lui dire adieu était presque facile.

Ils se quittèrent sur l'appontement du bac, et tous quatre s'abandonnèrent aux longues effusions de l'adieu. C'était une belle matinée sonore, et des traînées de brouillard estompaient les contours du grand lac. Nessim avait fait venir une voiture qui attendait là-bas, de l'autre côté de l'eau, sous un palmier, petite tache noire et tremblante. En montant sur le bateau Mountolive jeta autour de lui un regard passionné, comme s'il souhaitait meubler sa mémoire, pour toujours, avec les détails de cette terre, et ces trois visages qui souriaient et lui souhaitaient bonne chance dans sa langue et dans la leur. « Je reviendrai! » lança-t-il, mais dans sa voix elle décela toute son inquiétude et sa peine. Narouz leva un bras crochu et sourit de son sourire torve; Nessim entoura de son bras les épaules de Leila tandis qu'il agitait la main, sachant parfaitement ce qu'elle ressentait, bien qu'il fût incapable de trouver des mots pour des sentiments si équivoques et si sincères.

Le bac fendait lentement les eaux. C'était fini.

## II

SA nomination lui parvint vers la fin de cet automne. Il fut un peu surpris de se voir affecté à la légation de Prague, car on lui avait laissé entendre qu'après ce long intermède arabe, il pouvait s'attendre à être nommé au consulat du Levant où ses connaissances spéciales trouveraient leur utilisation. Mais le premier mouvement de déception passé, il accepta son sort avec bonne grâce et se livra au jeu compliqué de chassé-croisé que le Foreign Office pratique avec une impersonnalité si éloquente. Sa seule consolation, bien maigre certes, fut de voir qu'aucun de ses collègues ne connaissait mieux que lui la langue et la politique du pays. La légation comptait deux experts en questions japonaises et trois spécialistes des affaires d'Amérique latine. Tous se contorsionnaient la face, avec une mélancolique unanimité, aux bizarreries de la langue tchèque et contemplaient, des fenêtres de leurs bureaux, des perspectives enneigées empreintes d'un solennel et sinistre présage slave. Il était enfin entré dans la carrière.

Il n'avait réussi à revoir Leila qu'une demi-douzaine de fois, à Alexandrie — et ces rendez-vous avaient été plus pénibles qu'émouvants en raison de la discrétion de plus en plus grande où ils étaient tenus. Il aurait dû se sentir joyeux comme un jeune luron — mais en fait il se fit plutôt l'effet d'un pleutre. Il ne retourna qu'une fois au domaine des Hosnani, où il passa trois jours de congé envoûtants — et, là du moins, la présence des lieux et des souvenirs encore tout chauds le soutinrent; mais ce fut très bref — comme un dernier et fugitif reflet du printemps précédent. Leila lui parut se flétrir quelque peu, se retirer sur la courbure d'un monde en mouvement dans le temps, se détacher des souvenirs qu'il avait gardés d'elle. L'avant-scène de sa nouvelle existence commençait à se peupler des hochets brillants et colorés de sa vie professionnelle — banquets, anniversaires, et tout un monde d'attitudes et de poses entièrement nouveau pour lui. Son esprit commençait à se disperser.

Pour Leila, cependant, il en allait tout autrement; elle était déjà si tendue vers la recréation de sa personnalité dans le nouveau rôle qu'elle s'était assigné, qu'elle se le répétait chaque jour dans l'intimité de son esprit, et à son grand étonnement elle s'aperçut qu'elle attendait, avec une véritable impatience, que la séparation soit définitive, que le lien passé se brise totalement. Elle était pareille à un acteur qui n'est pas très sûr de son nouveau rôle et qui attend fébrilement le moment de placer sa réplique. Elle attendait ce qu'elle redoutait le plus : pouvoir enfin prononcer le mot « Adieu ».

Mais la première et lugubre lettre que Mountolive lui écrivit de Prague éveilla en elle une exaltation toute nouvelle, car maintenant elle allait enfin pouvoir le posséder comme elle le souhaitait, avec toute l'avidité de son esprit. Leur différence d'âge, qui ne faisait que s'accentuer, comme les distances séparant des icebergs, entraînait rapidement leurs corps hors de portée l'un de l'autre, hors d'atteinte. Aucun des souvenirs que la chair pouvait évoquer dans son langage de promesses et de mots tendres, ne possédait un caractère de permanence : ils étaient déjà tous compromis par une beauté qui avait passé le stade de sa première fleur. Mais elle comptait sur les facultés de son esprit pour lui conserver Mountolive dans ce sens spécial beaucoup plus prisé de la maturité, pourvu qu'elles eussent le courage de se substituer au cœur. Elle n'était pas dupe, et réalisait clairement que s'ils avaient eu la liberté de s'adonner à leur passion sans contrainte, leur liaison n'eût pas duré plus d'un an. Mais la distance et la nécessité de placer leurs relations sur un nouveau terrain eurent pour effet de renouveler l'image qu'ils avaient l'un de l'autre. Pour lui, l'image de Leila ne s'évanouit pas, mais subit une nouvelle et enivrante transmutation à mesure qu'elle prenait forme sur le papier. Elle se mit au pas de son évolution dans de longues lettres ardentes et bien tournées qui ne trahissaient qu'une faim qui est aussi dévorante que tout ce que la chair a pour mission de guérir : la faim d'amitié, la peur d'être oubliée.

De Prague, d'Oslo, de Berne, cette correspondance suivit son cours avec ses périodes de crue ou d'étiage, mais sans jamais se départir de sa constance dans l'esprit qui la dirigeait : l'esprit alerte et exclusif de Leila. Mountolive, en mûrissant, trouvait dans ces longues lettres, rédigées en un anglais plein de chaleur ou un français concis, une aide appréciable et un stimulant pour son imagination. Elle plantait des idées dans le sol tendre d'une vie professionnelle qui ne réclamait guère plus que du charme et une digne réserve, comme un jardinier met des tuteurs à ses pois de senteur. Si le premier amour s'étiola, un autre se développa à la place. Leila devint son guide, sa confidente, et son unique source d'encouragement. C'est pour lui complaire qu'il s'imposa d'écrire un anglais et un français impeccables. Qu'il apprit à apprécier des choses qui, normalement, seraient demeurées hors de sa sphère d'intérêt : la peinture et la musique. Il s'instruisait afin de l'informer.

« Vous dites que vous serez à Zagreb le mois prochain. Il faut que vous la visitiez et que vous m'en fassiez la description... », écrivait-elle. Ou bien : « Comme vous avez de la chance de vous rendre à Amsterdam! Il y a une rétrospective de Klee qui a reçu un accueil enthousiaste de la presse française. *Je vous en prie,* ne manquez pas d'y aller et faites-moi part, honnêtement, de vos impressions, même si elles sont défavorables. Je n'ai jamais eu la chance de voir les originaux. » Telle était la parodie de l'amour de Leila : un flirt intellectuel où les rôles se trouvaient maintenant inversés; car elle était privée des richesses de l'Europe et elle se nourrissait de ses longues lettres et de ses paquets de livres avec une gloutonnerie double. Le jeune homme était sans cesse sous pression pour satisfaire à ces demandes, et il vit brusquement s'ouvrir à lui toutes les portes de la peinture, de l'architecture, de la musique et de la littérature qui lui étaient demeurées fermées jusque-là. Elle lui fournissait ainsi une éducation quasi gratuite dans un monde où il n'aurait jamais pu s'aventurer de lui-même. Et à la place de l'ancienne dépendance de sa jeunesse qui s'écroulait, une autre s'installa. Mountolive, au sens le plus strict du terme, avait maintenant trouvé une femme selon son cœur. L'ancien amour se muait lentement en admiration; de même son désir physique pour elle (si aigu au début) se changea en une tendresse dévorante et dépersonnalisée qui, loin d'en dépérir, se nourrissait plutôt de son absence.

Au bout de quelques années elle put avouer : « Je me sens d'une certaine façon plus près de vous aujourd'hui, sur le papier, que je ne l'étais avant notre séparation. Pourquoi cela? » Elle ne le savait que trop bien. Mais elle ajoutait aussitôt, par souci d'honnêteté : « Ce sentiment n'est-il pas un peu malsain? Aux yeux d'un témoin étranger, cela pourrait même paraître pathétique, voire grotesque, qui sait? Et ces longues, longues lettres, David, ne ressemblent-elles pas au commerce doux-amer qu'une Severina entretenait avec son neveu Fabrice?

Souvent je me demande même s'ils ont été amants — leurs relations sont si brûlantes et intimes. Stendhal ne le dit pas. J'aimerais connaître l'Italie. Votre amie se changerait-elle en vieille tante avec l'âge? Ne répondez pas à cela, même si vous connaissez la réponse. Mais il est heureux, en un sens, que nous soyons tous deux des solitaires, avec de grands espaces vierges dans le cœur — comme les premières cartes de l'Afrique — et que nous ayons encore besoin l'un de l'autre. Je veux dire, vous comme un fils unique qui n'a que sa mère pour prendre soin de lui, et moi... certes, j'ai de nombreux soucis, mais je vis dans une cage étroite. Votre description de cette ballerine et le récit de votre amourette m'ont amusée et m'ont touchée; je vous suis reconnaissante de me l'avoir contée. Prenez garde, cher ami, à ne pas vous blesser. »

La confiance, la connivence qui s'était établie entre eux était telle qu'il pouvait maintenant se permettre de lui confier, sans omettre un détail, les quelques aventures sentimentales qui lui advenaient : sa liaison avec la Grishkin qui faillit l'engager dans un mariage prématuré; sa passion malheureuse pour la maîtresse d'un ambassadeur qui l'exposa à un duel, et aurait pu lui valoir sa disgrâce. Si elle en éprouvait de la jalousie, elle sut la lui cacher soigneusement et elle prodiguait ses conseils et ses consolations avec la chaleur d'un apparent détachement. Ils s'étaient donné tacitement pour règle une franchise absolue, et parfois ses libertés délibérées le choquaient, toutes fondées qu'elles étaient sur ces examens de conscience que l'on ne couche par écrit que lorsque l'on n'a personne à qui en faire part. Lorsqu'elle écrivait par exemple : « Cela m'a fait un choc de voir tout à coup le corps nu de Nessim flotter dans le miroir, tant son dos et ses reins minces et blancs m'ont rappelé les vôtres. Je me suis assise et, à ma grande surprise, j'ai fondu en larmes, parce que je me suis demandé à ce moment-là si mon attachement pour vous n'avait pas ses racines dans quelque désir incestueux profondément enfoui dans le cœur. Je suis si peu au fait des arcanes du sexe que les docteurs explorent aujourd'hui avec tant de minutie. Leurs découvertes me font peur. Et puis je me suis demandé aussi s'il n'y avait pas un soupçon de vampire chez moi, qui m'accroche à vous depuis si longtemps en vous tirant toujours par la manche alors que vous devez être maintenant beaucoup plus mûr que moi. Qu'en pensez-vous? Ecrivez-moi pour me rassurer, David, même si vous êtes en train d'embrasser la petite Grishkin, voulez-vous? Regardez, je vous envoie une récente photo de moi pour que vous puissiez juger à quel point j'ai vieilli. Montrez-la-lui, et dites-lui que rien ne me peinerait plus que de la savoir jalouse sans raison. Un coup d'œil suffira à lui rendre la paix du cœur. Je ne dois pas oublier de vous remercier pour votre télégramme à l'occasion de mon anniversaire — et j'ai cru un instant vous voir assis sur le balcon, en train de converser avec Nessim. Il est maintenant si riche et si indépendant que c'est à peine s'il vient faire une brève visite au domaine de temps à autre. Il est trop occupé par de grosses affaires qui le retiennent en ville. Cependant... il ressent beaucoup mon absence, comme je voudrais que vous la ressentiez aussi; plus fortement que si nous vivions sur les genoux l'un de l'autre. Nous échangeons de longues et fréquentes lettres; nos esprits se complètent admirablement, mais nous gardons nos cœurs libres d'aimer, de croître. Grâce à lui j'espère qu'un jour nous, les Coptes, retrouverons notre place en Egypte — mais c'est assez maintenant... » Lucides, calmes et pleins de verve, les mots coulaient de sa plume, de sa grande écriture déliée sur du papier de différentes couleurs, lettres qu'il ouvrait avec impatience dans les jardins de quelque légation reculée, les lisant et formulant à demi les réponses qu'il devrait écrire et cacheter avant que le courrier ne parte. Il en était arrivé à dépendre entièrement de cette amitié qui lui dictait toujours, comme un moule, les mots « Mon très cher amour » en tête de lettres ayant uniquement trait à l'art par exemple, ou à l'amour (celui de Mountolive) ou à la vie (celle de Mountolive).

Pour sa part, il était d'une honnêteté scrupuleuse envers elle — lorsqu'il lui écrivait par exemple de sa ballerine : « Il est vrai que l'idée de l'épouser m'a effleuré un instant. J'étais assurément très amoureux. Mais elle m'a guéri à temps. Voyez-vous, je ne parle pas sa langue, et cela m'avait empêché de voir sa vulgarité. Heureusement, elle a risqué à une ou deux reprises certaines familiarités en public qui m'ont glacé; un jour que tout le corps de ballet était invité à une réception, je me suis trouvé assis à côté d'elle et je pensais qu'elle se conduirait avec discrétion, car tous mes collègues ignoraient notre liaison. Imaginez leur amusement, et mon horreur, lorsqu'au beau milieu du souper, elle glissa sa main sur ma nuque et m'ébouriffa grossièrement les cheveux en manière de caresse! C'était bien fait pour moi. Mais j'ai compris à temps, et même sa malheureuse grossesse lorsqu'elle est survenue m'a paru être une ruse trop transparente. J'étais guéri. »

Lorsque enfin ils se séparèrent, la Grishkin se gaussa de lui en lui disant : « Tu n'es qu'un diplomate! Tu n'as ni politique ni religion! » Mais c'est à Leila qu'il demanda d'élucider le sens de cette accusation. Et c'est Leila qui en discuta avec lui, avec toute la tendresse folâtre et la virtuosité d'une vieille maîtresse.

Elle le guida ainsi pendant des années, avec une habileté consommée, et sa gaucherie juvénile finit par faire place à une maturité qui égalait la sienne. Bien que leur langue ne fût qu'un dialecte de l'amour, il suffisait à Leila, et Mountolive s'y donnait tout entier; mais il était incapable de le classifier ou de l'analyser.

Les années succédaient aux années; il changeait de postes; et ponctuellement l'image de Leila était projetée avec les couleurs et les expériences des pays qui passaient comme des rêves devant ses yeux : Japon constellé de cerisiers, Lima au nez aquilin, morne Portugal, Helsinki emmitouflé de neige. Mais jamais l'Egypte, malgré toutes ses demandes d'affectation à des postes dont il savait qu'ils étaient ou allaient être vacants. Il en arrivait à croire que le Foreign Office ne lui pardonnait pas d'avoir appris l'arabe, et même qu'on l'envoyait délibérément dans des pays d'où il lui était difficile, voire impossible, d'aller passer ses congés en Egypte. Mais le lien demeurait aussi solide. Il rencontra deux fois Nessim à Paris, et ce fut tout. Ils furent ravis de se retrouver, et firent assaut de mondanités.

A la longue, sa contrariété fit place à de la résignation. Sa profession qui ne prisait que le bon sens, la froideur et la réserve, lui apprit la plus dure leçon de toutes et la plus paralysante : ne jamais émettre un jugement défavorable. Elle lui donna également un entraînement quasi jésuitique de la déception qui lui permit de présenter au monde une surface au poli encore plus parfait sans approfondir son expérience humaine. Si sa personnalité ne s'y dilua pas complètement, ce fut uniquement grâce à Leila; car il vivait entouré de collègues ambitieux et adulateurs qui ne lui apprirent qu'à exceller dans toutes les formes de la flatterie et des complaisances élaborées qui pavent la route de l'avancement. Sa vie réelle devint un courant souterrain qui émergeait rarement dans ce monde artificiel où vivent les diplomates et où il étouffait à petit feu. Etait-il heureux, malheureux? Il ne savait plus. Il était seul, voilà tout ce qu'il pouvait dire. Et à plusieurs reprises, encouragé par Leila, il songea à adoucir sa réclusion d'esprit (qui tournait à l'égocentrisme) par le mariage. Mais en dépit de tous les beaux partis qu'il se trouvait fréquenter, il s'aperçut qu'il n'était attiré que par des femmes déjà mariées ou beaucoup plus âgées que lui. Les étrangères étaient à écarter car les mariages mixtes étaient considérés comme une sérieuse entrave à l'avancement dans la carrière. En diplomatie comme ailleurs il existe une bonne et une mauvaise sorte de mariage. Mais tandis que les années s'écoulaient il se trouvait gravir lentement les degrés — par des expédients, des compromis et beaucoup de travail — qui conduisaient à l'étroite antichambre du pouvoir diplomatique : le rang de conseiller ou de ministre. Et puis le beau rêve qu'il avait fini par enterrer ressurgit, émergea du passé, bien réel, éblouissant comme un mirage inattendu : il s'éveilla un jour, dans la force de l'âge, pour apprendre que le titre si envié de Chevalier lui était décerné, ainsi qu'une autre chose encore plus désirable : on lui offrait cette ambassade d'Egypte qui lui avait été si longtemps refusée...

Mais Leila n'aurait pas été femme si elle n'avait pas été capable d'un moment de faiblesse, qui faillit être fatal à tout l'édifice de leurs relations. La mort de son mari en fut le prétexte. Mais un châtiment très romantique en eut rapidement raison et la rejeta dans une plus profonde solitude, que pendant un moment d'ivresse elle avait rêvé d'abandonner. Et c'était peut-être aussi bien, car tout aurait pu être perdu.

Il y eut un long silence après son télégramme annonçant la mort de Faltaus; puis une lettre, d'un ton tout différent de celles qu'elle avait écrites jusque-là, pleine d'hésitations et d'ambiguïtés. « Mon indécision est devenue, à ma grande surprise, une véritable torture. Vraiment, je ne sais plus ou j'en suis. J'aimerais que vous réfléchissiez très sérieusement à la proposition que je vais vous faire. Etudiez-la, et si la moindre ombre de dégoût se lève en votre esprit, la moindre réserve, nous l'abandonnerons et nous n'en reparlerons plus jamais. David! Aujourd'hui en me regardant dans mon miroir, d'un œil froid et critique comme je le fais toujours, j'ai découvert que je caressais une idée que j'avais fermement écartée pendant des années. L'idée de *vous revoir*. Seulement je ne vois absolument pas sur quel plan placer cette rencontre, ni dans quelles conditions. Lorsque j'essaie de l'imaginer, mon esprit se recouvre d'un sombre nuage de doute. Maintenant que Faltaus est mort et enterré, toute cette partie de ma vie s'est brutalement détachée. Je n'en ai pas d'autre que celle que je partage avec vous : une vie sur papier. Convenons sincèrement que nous avons dérivé sur le courant des années, et que nous nous sommes éloignés l'un de l'autre en vieillissant. J'attendais peut-être inconsciemment la mort de Faltaus, bien que je ne l'aie jamais souhaitée, sinon comment cet espoir, cette illusion se serait-elle élevée en moi tout à coup? L'idée m'est brusquement venue cette nuit qu'il nous restait peut-être encore six mois ou un an à passer ensemble avant que ce lien ne casse pour de bon. Niaiseries peut-être? Oui! Vous embarrasserais-je, vous gênerais-je en débarquant à Paris comme je projette de le faire dans deux mois? Pour l'amour du ciel, répondez-moi sans tarder et détrompez-moi de mes faux espoirs, dissuadez-moi de commettre une telle folie — car je reconnais au fond de moi que c'est une folie. Mais... vous avoir tout à moi quelques semaines avant que je ne revienne vivre ici... qu'il est donc malaisé de renoncer à l'espoir! Découragez-le sans plus attendre; pour que je sois en paix lorsque je viendrai, et que je vous considère simplement (comme je l'ai fait toutes ces années) comme un peu plus que mon meilleur ami. »

Elle savait qu'il était déloyal de le placer devant ce fait, mais elle ne put s'en empêcher. Le destin ne lui permit pas de mettre à exécution un projet aussi précis (devait-il s'en féliciter?) car sa lettre arriva sur le bureau de Mountolive en même temps qu'un long télégramme de Nessim lui annonçant la maladie de Leila. Et tandis qu'il hésitait encore sur le choix d'une réponse, lui parvint une carte-postale rédigée d'une nouvelle écriture informe qui le dispensa de prendre toute décision : « Ne m'écrivez plus avant que je sois en mesure de vous lire; je suis bandée des pieds à la tête. Quelque chose d'affreux, de très définitif, est arrivé. »

Tout au long de ce torride été, la petite vérole

confluente — le remède le plus cruel qui ait été inventé peut-être contre la vanité humaine — poursuivit son œuvre et massacra ce qui restait de sa beauté jadis célèbre. Il lui aurait été inutile de se faire illusion et de prétendre que toute sa vie n'en serait pas bouleversée. Mais comment? Mountolive attendait, dans les affres de l'incertitude, que leur correspondance pût reprendre son cours normal, et il écrivait tantôt à Nessim tantôt à Narouz. Un gouffre s'était brusquement creusé sous ses pieds.

Et puis : « C'est une étrange expérience que de voir son propre visage criblé de petits cratères, ses traits boursouflés et brouillés — comme un paysage familier ravagé par une explosion. Je crains qu'il ne faille m'accoutumer à l'idée que je suis devenue une vieille sorcière. Mais de mon plein gré. Certes, tout ceci fortifiera peut-être certains autres côtés de mon caractère — comme font les acides.... j'ai perdu la métaphore! Ach! sophismes que tout cela, car il n'y a pas d'issue. Et comme j'ai honte maintenant des propositions que contenait ma dernière lettre. Ce n'est pas un visage à promener à travers l'Europe, et il n'oserait pas vous faire l'affront de se produire en public à vos côtés. Je viens de commander une douzaine de voiles noirs comme en portent encore les pauvres femmes de ma religion! Mais cela m'a été si douloureux que j'ai également fait venir mon bijoutier pour qu'il prenne mes mesures et me fabrique de nouveaux bracelets et de nouvelles boucles d'oreilles. Si vous saviez comme j'ai maigri ces derniers temps! C'est pour me donner un peu de courage, comme un bonbon qu'on promet à un enfant pour lui faire avaler un remède désagréable. Pauvre petit Hakim. Il pleurait en me montrant ses babioles. Je sentais ses larmes sur mes doigts. Et pourtant j'ai eu le courage de rire. Ma voix aussi a changé. Le plus pénible, ce fut encore d'être obligée de rester dans des pièces sans lumière. Les voiles me libéreront. Oui, et naturellement j'ai aussi songé au suicide — qui n'en ferait autant dans de telles circonstances? Mais si je suis encore en vie, ce n'est pas pour m'apitoyer sur mon sort. Ou peut-être que la vanité féminine ne va pas, comme on le croit, jusqu'à en mourir. Je veux être forte et garder confiance. Je vous en prie, ne prenez pas un air solennel pour me plaindre. Que vos lettres soient toujours aussi gaies, voulez-vous? »

Mais il y eut ensuite un long silence avant que leur correspondance ne reprît son rythme habibituel, et les lettres de Leila étaient maintenant teintées d'une nuance nouvelle : une amère résignation. Elle s'était de nouveau retirée, écrivait-elle, dans la propriété où elle vivait seule avec Narouz. « Sa douce sauvagerie fait de lui un compagnon idéal. Et puis je traverse parfois des périodes d'instabilité mentale, durant lesquelles je ne suis plus tout à fait *compos mentis;* je me retire alors pendant quelques jours dans la petite maison d'été — vous rappelez-vous? — au fond du jardin. Là, je lis et j'écris, seule avec mon serpent — le

génie de la maison est en ce moment un grand
cobra apprivoisé comme un chat. Sa compagnie
me suffit. Je n'ai d'ailleurs pas d'autres soucis
maintenant, pas de projets. Désert tout autour et
désert au-dedans!

> *Le voile est un beau lieu intime,*
> *Mais nul, je pense, n'y dépose un baiser.*

« Si je vous écris des absurdités pendant les périodes où l'*afrite* jette un sort sur mon esprit
(comme disent les domestiques) ne répondez pas.
Ces crises ne durent pas plus d'un jour ou deux. »
Ainsi s'ouvrit une nouvelle ère. Et elle passa
des années, recluse excentrique et voilée, à Kharm
Abu Girg, à écrire ces longues et magnifiques
lettres, vagabondant en esprit dans cette Europe
perdue qu'il parcourait toujours. Mais elle n'y
était plus poussée par un intérêt aussi pressant que
par le passé. Elle recherchait rarement maintenant
de nouvelles expériences, et se tournait le plus
souvent vers le passé, comme si elle éprouvait le
besoin de raviver le souvenir des petites choses.
Entendait-on les cigales sur la Tour Magne? Les
champs de blé étaient-ils verts sur les pentes de
la Seine à Bougival? Au Pallio de Sienne les cos-
tumes étaient-ils en soie? Les cerisiers de Navarre...
Elle voulait vérifier le passé, jeter un regard par-
dessus son épaule, et Mountolive, à chacun de ses
voyages, entreprenait de la rassurer. Le petit singe
de Rembrandt... l'avait-elle vu ou seulement ima-

giné dans ses tableaux? Non, il existait, lui dit-il tristement. Le présent n'excitait plus sa curiosité qu'en de très rares occasions. « J'ai remarqué dans *Values* (numéro sept) de singuliers poèmes signés Ludwig Pursewarden. Il y a là quelque chose de rude qui sonne neuf. Si vous allez à Londres la semaine prochaine, renseignez-vous sur lui, voulez-vous? Est-il Allemand? Est-il l'auteur de ces deux étranges romans sur l'Afrique? Le nom est le même. »

C'est cette requête qui fut à l'origine de la première entrevue de Mountolive avec le poète qui devait jouer par la suite un rôle si important dans sa vie. Malgré la dévotion presque française qu'il éprouvait pour les artistes (une attitude copiée sur Leila), il trouva le nom de Pursewarden malsonnant, presque comique à écrire sur la carte postale qu'il lui adressa aux bons soins de ses éditeurs. Au bout d'un mois il n'avait encore reçu aucun signe, mais comme il était à Londres pour un cours d'instruction de trois mois il pouvait se permettre d'être patient. Lorsque la réponse lui parvint enfin, il ne fut pas peu surpris de voir qu'elle était rédigée sur le papier à en-tête du Foreign Office; le poète de Leila était attaché culturel! Il lui téléphona aussitôt et fut agréablement surpris par sa voix calme et bien timbrée. Il s'était presque attendu à entrer en rapport avec un personnage grossier et agressif, et il fut soulagé de percevoir la note civilisée d'un humour serein dans la voix de Pursewarden. Ils prirent rendez-

vous pour le soir même au « Compasses » près
de Westminster Bridge, et Mountolive se faisait
une fête de cette rencontre autant pour Leila que
pour lui-même, car il se proposait de lui en faire
le récit et de lui donner une description détaillée
de *son* artiste.

Une petite neige fine tombait avec obstination,
fondant dès qu'elle touchait le sol mais s'attardant
sur les cols relevés des manteaux et sur les chapeaux. (Un flocon sur les cils fait exploser le monde
et l'émiette en scintillements prismatiques.)
Mountolive avança en baissant la tête et tourna
le coin de la rue juste à temps pour voir un couple
d'allure jeune s'engouffrer dans le bar du « Compasses ». La jeune femme, qui se tourna vers son
compagnon pour lui adresser une remarque par-
dessus son épaule au moment où la porte s'ouvrait,
portait un châle écossais de couleurs vives maintenu par une grosse broche blanche. La lumière
chaude du réverbère illumina un instant son visage
large et pâle surmonté d'un casque de cheveux
noirs et bouclés. Elle était d'une beauté remarquable, mais son air étrangement placide étonna
Mountolive, et il lui fallut une bonne seconde
avant de comprendre qu'elle était aveugle. Elle
levait son visage vers celui de son compagnon,
mais légèrement trop haut, à la manière de ceux
dont les expressions n'atteignent jamais pleinement
leur but : les yeux des autres. Elle resta ainsi une
grande seconde avant que son compagnon ne lui
dise quelque chose en riant et la fasse entrer devant

lui, dans le bar, en lui serrant doucement le bras.
Mountolive entra à leur suite et presque aussitôt
il échangeait une chaleureuse poignée de main
avec Pursewarden. Il se trouvait que la jeune
aveugle était sa sœur. Suivirent quelques instants
d'embarras tandis qu'ils s'approchaient du feu de
coke, qui brûlait au fond de la salle, et qu'ils com-
mandaient des boissons.

Pursewarden, bien qu'il ne présentât aucun trait
remarquable, paraissait agréablement normal. Il
était de taille moyenne et de teint plutôt pâle avec
une moustache bien taillée qui formait un accent
circonflexe à peine perceptible au-dessus d'une
bouche bien dessinée. Toutefois, il avait des cheveux si différents de ceux de sa sœur que Mountolive conclut que la magnifique chevelure brune
de l'aveugle devait être teinte, bien qu'elle parût
assez naturelle; les arcs de ses sourcils étaient noirs
également. Seuls les yeux auraient pu trahir le
secret de cette pigmentation méditerranéenne, et,
naturellement, ils étaient remarquablement absents.
Une magnifique tête de Méduse; sa cécité était
d'une statue grecque — cécité causée peut-être par
une intense contemplation, au long des siècles, du
grand soleil et de l'eau bleue. Rien de hautain
dans sa personne cependant, mais de la tendresse
et du charme. Ses longs doigts lisses et déliés, aux
extrémités tendres, comme des doigts de pianiste,
couraient légèrement sur le bord de la table de
chêne, comme pour toucher, confirmer, certifier
— hésitant sur le sens à donner aux nuances de la

voix de Mountolive. De temps à autre ses lèvres remuaient doucement, comme si elle répétait pour elle seule les paroles qu'échangeaient les deux hommes, afin d'en retrouver la résonance et le sens profond; elle paraissait lire de la musique en suivant sa propre partition.

« Liza, ma chérie? dit le poète.

— Une fine à l'eau. »

Elle répondit d'une voix blanche et sereine, à la fois claire et mélodieuse, une voix qui aurait eu les mêmes intonations pour commander du miel et du nectar. Le frère et la sœur étaient assis l'un à côté de l'autre, ce qui leur donnait l'air d'être un peu sur la défensive, et ils restèrent un moment sans rien dire, embarrassés, pendant qu'on servait les boissons. La jeune aveugle mit la main dans la poche de son frère. Puis, avec quelques hésitations au début, elle engagea la conversation qui se prolongea tard dans la soirée et qu'il transcrivit ensuite fidèlement à Leila, grâce à sa prodigieuse mémoire.

« Il se montra d'abord timide et se réfugia dans une modestie souriante. J'ai été surpris d'apprendre qu'il venait d'être nommé au Caire où il doit se rendre au début de l'année prochaine; je lui ai parlé de mes amis et lui ai offert de lui donner quelques lettres d'introduction, auprès de Nessim en particulier. Mon rang l'a peut-être un peu intimidé au début, mais bientôt il n'en parut plus rien; il ne tient guère la boisson et au deuxième verre il se laissa aller avec plus de liberté; c'est un personnage tout différent qui commença alors à se faire jour, bizarre, équivoque comme on peut s'y attendre de la part d'un artiste, mais avec des vues bien arrêtées sur un grand nombre de sujets, dont quelques-uns n'étaient pas du tout de mon goût. Mais elles rendaient un son étrangement personnel. On sentait que ses opinions s'appuyaient sur l'expérience, et qu'il ne les exprimait pas seulement pour *épater*. Par exemple, il a des vues réactionnaires assez démodées, ce qui fait qu'il est assez mal vu de ses collègues qui le soupçonnent de sympathies fascistes; les tendances de l'aile gauche — et en fait tout radicalisme — lui répugnent. Mais il exprimait ses opinions avec humour et sans passion. Je n'ai pas pu, par exemple, le lancer sur la question de l'Espagne. (Tous ces petits *beiges* qui s'en vont bannière en tête mourir pour le Club du Livre de Gauche!) »

Mountolive avait en effet été choqué par les jugements nettement tranchés de son interlocuteur, car il partageait à cette époque les sympathies égalitaires du moment, encore que teintées du libéralisme anodin qui avait alors cours au ministère. Les souverains mépris de Pursewarden faisaient de lui un personnage plutôt redoutable. « J'avoue, écrivait Mountolive, que je sentais que je ne pouvais le placer dans aucune catégorie déterminée. Mais il exprimait des opinions plutôt que des attitudes, et je dois dire qu'il prononça un certain nombre de formules frappantes que j'ai retenues pour vous, telles que : « L'œuvre de l'artiste est

« la seule relation satisfaisante qu'il peut établir
« avec ses semblables, car ses vrais amis, il les
« cherche parmi les morts ou ceux qui ne sont
« pas encore nés. C'est pour cela qu'il n'a pas à
« se mêler de politique, ce n'est pas son affaire. Il
« se préoccupe de valeurs plutôt que de politique.
« Aujourd'hui, tout cela me fait penser à un ridi-
« cule spectacle d'ombres chinoises, car gouverner
« est un art, non une science, de même qu'une
« société est un organisme, et non un système. Sa
« plus petite unité est la famille et le monarchisme
« est réellement la structure qui lui convient, car
« une Famille royale est vraiment le reflet de ce
« qui est humain en elle, une idolâtrie légitime.
« Du moins cela est valable pour nous autres An-
« glais, avec notre tempérament essentiellement
« chevaleresque et notre paresse mentale. Pour les
« autres, je ne sais pas. Pour ce qui est du capi-
« talisme, on peut remédier à toutes ses erreurs et
« injustices par une répartition juste des impôts.
« Nous ne devrions pas courir après une égalité
« chimérique entre les hommes, mais rechercher
« simplement une équité décente. Les rois fabri-
« queraient alors une vague philosophie, comme
« ils le faisaient en Chine; une monarchie absolue
« ne nous serait d'aucune utilité aujourd'hui parce
« que la philosophie de la royauté est à bout de
« souffle. Il en va de même pour la dictature.

« Quant au communisme, je constate qu'il n'offre
« pas plus de débouchés; l'analyse de l'homme en
« termes de comportements économiques retire

« toute joie de vivre, et c'est pure folie que de vou-
« loir le frustrer de toute psyché personnelle. » Et
ainsi de suite. Il a visité la Russie pendant un mois
avec une délégation culturelle, et ce qu'il a vu
là-bas ne lui a pas plu; d'autres *boutades*, telles
que : « Des Juifs tristes sur les visages desquels on
« lisait toute la mélancolie d'une arithmétique se-
« crète; à Kiev, je demandai à un vieillard si l'on
« était heureux en Russie. Il retint son souffle, et
« après avoir jeté un coup d'œil furtif autour de
« lui, il me dit : « On dit qu'un jour Lucifer a
« été pris d'une bonne intention. Il décida d'ac-
« complir une bonne action pour changer, juste
« une. C'est ainsi que l'enfer est né sur la terre,
« et on l'a appelé la Russie des Soviets. »

« Pendant tout ce temps, sa sœur gardait un
silence éloquent, caressant le bord de la table de ses
doigts longs et souples comme des vrilles de vignes,
souriant à ses aphorismes comme à quelque méchan-
ceté privée. Une fois seulement, comme il s'était
absenté quelques secondes, elle se tourna vers moi
et me dit :

« — En réalité il n'attache pas beaucoup d'im-
« portance à ces questions. Son unique préoccu-
« pation est d'apprendre à se résigner au déses-
« poir. »

« Je fus très impressionné par cette obscure sen-
tence qui tomba naturellement de ses lèvres et je
ne sus quoi répondre. Quand il revint, il reprit
aussitôt la conversation comme s'il avait réfléchi à
cela de son côté. Il dit : « Non, les rois sont une

« nécessité biologique. Peut-être reflètent-ils la
« constitution même de la psyché? Nous nous
« sommes si admirablement accommodés de la
« question de leur divinité que je n'aimerais pas
« les voir réinstaurés par un dictateur ou un Co-
« mité Ouvrier et un peloton d'exécution. » Je
ne pus m'empêcher de protester devant ce point
de vue absurde, mais il parlait très sérieusement.
« Je vous assure que c'est à cela que tend la
« gauche; c'est la guerre civile qu'elle souhaite,
« bien qu'elle ne s'en rende pas vraiment compte,
« grâce à la roublardise avec laquelle des puritains
« desséchés comme Shaw et compagnie ont présenté
« leur cause. Le marxisme est une vengeance des
« Irlandais et des Juifs! » Je ne pus m'empêcher
de rire à cela, et — je dois lui rendre cette justice — il se mit à rire à son tour.

« Mais au moins ceci explique pourquoi je suis
« mal vu, dit-il, et pourquoi je suis toujours en-
« chanté de quitter l'Angleterre pour des pays où
« je n'éprouve aucune responsabilité morale ni
« aucun désir de m'atteler à des notions aussi dé-
« primantes. Après tout, nom de Dieu, je suis un
« écrivain! »

« A ce moment il avait déjà bu plusieurs verres
et il était en verve : « Quittons ce terrain stérile!
« Ah! comme je voudrais retrouver ces villes que
« leurs femmes ont créées; un Paris ou une Rome,
« bâties pour assouvir des désirs femelles. Toutes
« les fois que je vois la vieille statue couverte de
« suie de Nelson, je me dis : la pauvre Emma a

« dû faire le voyage de Naples pour affirmer son
« droit d'être jolie, évaporée et *d'une splendeur* au
« lit! Qu'est-ce que je fais ici, moi, Pursewarden,
« parmi des gens qui vivent dans une frénésie de
« bienséance? Ma place est avec ceux qui se sont
« accommodés de leur obscénité humaine, cachée
« sous le manteau d'invisibilité du poète. Je veux
« apprendre à ne rien respecter tout en ne mépri-
« sant rien — tortueux est le chemin de l'initié!

« — Mon cher, tu es paf! s'écria Liza avec ravissement.

« — Paf et triste. Triste et paf. Mais joyeux,
« joyeux! »

« Je dois dire que ce côté nouveau et amusant
de son caractère me rapprocha un peu de l'homme.
« Pourquoi les émotions stylisées? Pourquoi la
« crainte et le tremblement? Toutes ces sinistres
« pissotières avec des flics en imperméable pour
« voir si on pisse droit ou non? Voyez cette pas-
« sion de la décence vestimentaire, ces défenses
« de marcher sur les pelouses : pas étonnant que
« toutes les fois que je reviens, je prenne sans
« m'en apercevoir l'entrée réservée aux étrangers!

« — Tu es paf, s'écria de nouveau Liza.

« — Non, je suis heureux. » Il dit cela sérieusement. « Et on ne peut pas provoquer le bonheur.
« Il faut attendre et s'embusquer pour l'attraper
« comme une caille, ou une fille, quand elle a les
« ailes fatiguées. Entre l'art et l'ingéniosité il y a
« un abîme permanent! »

« Et il se lança à bride abattue dans cette nouvelle veine; et je dois avouer que j'étais subjugé par le jeu aisé d'un esprit qui n'avait plus conscience de soi. Certes, il m'arrivait de buter çà et là contre une grossièreté de langage, et je jetais un coup d'œil inquiet à sa sœur, mais elle souriait toujours de son sourire aveugle, indulgent et sans une ombre de reproche.

« Il était tard quand nous prîmes ensemble le chemin de Trafalgar Square, sous la neige. Il y avait peu de monde dans les rues et la neige étouffait nos pas. Sur la place, votre poète s'arrêta pour apostropher Nelson Stylite. Je ne me rappelle plus exactement ce qu'il dit, mais ce fut assez drôle pour me faire rire de bon cœur. Puis brusquement il changea d'humeur, se tourna vers sa sœur et lui dit :

« — Sais-tu ce qui m'a bouleversé toute la jour-
« née, Liza? C'est aujourd'hui l'anniversaire de
« Blake. Tu te rends compte, l'anniversaire de ce
« bon vieux Blake! J'espérais voir des signes de
« cet événement sur la mine des gens de ce pays,
« et j'ai regardé partout autour de moi, mais non,
« rien. Liza chérie, fêtons l'anniversaire du vieux
« c..., hein? Toi et moi et David Mountolive ici
« présent... comme si nous étions des Français ou
« des Italiens, comme si cela voulait dire quelque
« chose. » La neige tombait à flocons pressés, les dernières feuilles mortes gisaient en tas au bord de la place, et les pigeons poussaient de lugubres cris gutturaux. « N'est-ce pas, Liza? »

« Une petite touche de rose était apparue sur les

joues de la jeune fille. Elle avait les lèvres entrouvertes. Des flocons tombaient sur ses cheveux noirs et s'y dissolvaient comme des pierres précieuses.

« — Comment? dit-elle. Comment allons-nous « fêter cela?

« — Nous allons danser pour Blake », dit Pursewarden avec un sérieux tout à fait comique, et prenant sa sœur dans ses bras, il se mit à valser en fredonnant le *Beau Danube Bleu*. Par-dessus son épaule, à travers les flocons de neige qui tombaient lourdement, il dit : « Voici pour Will et Kate « Blake. »

« Je ne sais pourquoi, je fus sidéré, et me sentis même un peu ému. Ils dansaient parfaitement en mesure, en tournant de plus en plus vite autour des lions de bronze, à peine plus lourds que la poussière d'eau qui jaillissait des fontaines. Comme des galets plats lancés sur la surface lisse d'un lac, ou comme des pierres glissant sur un étang gelé... C'était un étrange spectacle. Je les regardais, fasciné, et j'en oubliais le froid qui me mordait les mains et la neige qui fondait sur mon col. Ils décrivirent ainsi une longue ellipse sur la place, faisant voler des feuilles et des pigeons sur leur passage, leur souffle s'élevant en un nuage blanc dans l'air glacé de la nuit. Et puis, doucement, sans effort, ils décrivirent un nouvel arc qui devait les ramener vers l'endroit où je me trouvais, en compagnie d'un policeman qui les regardait d'un air intrigué. Je m'amusais beaucoup.

« — Qu'est-ce qui se passe ici? » me demanda

l'agent en les regardant avec une admiration méfiante.

« Ils valsaient avec une telle perfection que je pensai même qu'il devait en être touché. Ils s'accordaient merveilleusement; la sombre chevelure de la jeune fille flottait derrière elle, son visage aveugle levé vers le vieil amiral sur son socle noir de suie.

« Ils fêtent l'anniversaire de Blake », expliquai-je d'un ton presque honteux, et l'agent me parut légèrement soulagé tout en continuant à les suivre d'un regard admiratif. Il toussota et me dit :

« — Pour danser comme ça, il ne peut pas être
« soûl, hein? Ce que les gens ne vont pas imaginer
« pour fêter leur anniversaire! »

« Au bout d'un long moment ils finirent par me rejoindre, tout essoufflés, riant et s'embrassant. Pursewarden semblait avoir retrouvé toute sa bonne humeur maintenant, et il me souhaita bonne nuit le plus cordialement du monde tandis que je les aidais à monter dans un taxi. Voilà! Ma chère Leila, je ne sais pas ce que vous tirerez de tout cela. Je n'ai rien appris ni de la vie qu'il mène ni de son passé, mais je pourrai aller le voir chez lui; et vous pourrez faire sa connaissance l'année prochaine quand il sera en Egypte. Je vous envoie une petite plaquette de ses derniers vers qu'il m'a donnée. Ils n'ont encore paru nulle part. »

Dans la douce chaleur de la chambre du club, il feuilleta le petit livre, plus par sens du devoir que par plaisir. Ce n'était pas seulement la poésie moderne qui l'ennuyait, mais toute poésie. Il ne parvenait jamais à se mettre sur la bonne longueur d'onde pour ainsi dire, quelque effort qu'il fît. Il était obligé de réduire les mots en paraphrases dans son esprit, pour qu'ils s'arrêtent de danser. Cette inaptitude fondamentale (Leila lui avait appris à la considérer comme telle) l'irritait. Cependant, tandis qu'il tournait les pages du petit livre il fut tout à coup intéressé par un poème qui heurta sa mémoire, et lui communiqua un frisson d'inquiétude. Il était dédié à la sœur du poète et était indubitablement un poème d'amour à « une jeune aveugle dont la chevelure est peinte en noir ». Il vit aussitôt sortir du texte le visage blanc et serein de Liza Pursewarden.

*Les statues grecques avec leurs yeux troués,*
*Aveuglées comme Eros par surprise,*
*Taisent les secrets du cœur orphelin,*
*Amant et aimé...*

Il y avait une sorte de maladresse sauvage et délibérée en surface; mais c'était le genre de poème qu'un Catulle moderne aurait pu écrire. Il rendit Mountolive extrêmement songeur. Il le relut, la gorge serrée. Il avait la beauté simple de l'impudeur. Il contempla gravement le mur un long moment avant de glisser le livre dans une enveloppe et de l'adresser à Leila.

Ils ne se revirent pas cette année-là, bien qu'à une ou deux reprises Mountolive eût essayé de téléphoner à Pursewarden à son bureau. Il était toujours soit en congé soit parti pour d'obscures missions dans le nord de l'Angleterre. Mais il réussit à joindre sa sœur et il l'emmena dîner plusieurs fois, trouvant en elle une compagne délicieuse, émouvante même.

Leila écrivit en temps utile pour le remercier de ses renseignements, ajoutant d'une manière très caractéristique : « Les poèmes sont splendides. Mais bien entendu je ne désire pas rencontrer un artiste que j'admire. Je pense qu'une œuvre est sans rapport avec son auteur. Mais je suis heureuse qu'il vienne en Egypte. Nessim pourra peut-être l'aider — et, peut-être, pourra-t-il de son côté aider Nessim. Nous verrons. »

Mountolive ne comprit pas la signification de l'avant-dernière phrase.

L'été suivant, toutefois, ses vacances coïncidèrent avec un voyage de Nessim à Paris, et les deux amis visitèrent ensemble les musées et projetèrent d'aller planter leurs chevalets en Bretagne. Tous deux s'essayaient depuis peu à la peinture, et ils étaient animés de la belle ardeur des néophytes. C'est à Paris qu'ils rencontrèrent par hasard Pursewarden qui prenait un mois de vacances avant de gagner son poste au Caire. C'était là un hasard heureux, car il pourrait ainsi voyager avec Nessim, et Mountolive se réjouissait que son introduction lui facilitât son premier contact avec l'Egypte. Pursewarden lui-même était tout transfiguré et de la meilleure humeur du monde, et Nessim sembla le prendre en très grande affection. Pendant près de trois semaines ils furent inséparables, et lorsqu'il fallut se quitter, Mountolive eut la profonde conviction qu'une solide amitié s'était créée, à la faveur de la bonne chère et de la joyeuse vie qu'ils venaient de mener. Il les accompagna à la gare et rapporta ce soir-là à Leila, sur le papier à lettre de son café favori : « Ce fut une grande tristesse de les mettre dans le train et de penser que la semaine prochaine j'aurai regagné la Russie! Mon cœur défaille à cette pensée. Mais j'ai maintenant beaucoup d'affection pour P. et je le comprends mieux. Maintenant je crois que ses manières bougonnes ne sont pas le fait de la grossièreté, comme je le pensais, mais bien plutôt d'une profonde timidité, presque d'un sentiment de culpabilité. Cette fois sa conversation était tout à fait passionnante. Vous demanderez à Nessim. Je crois qu'il l'aime encore plus que moi. Et puis... quoi? Un temps mort, un long voyage glacial, et trois années en perspective à me dessécher l'âme. Ah! ma chère Leila, comme vous me manquez. Quand nous reverrons-nous? Si j'ai assez d'argent lors de mon prochain congé, je prendrai l'avion pour vous rendre visite... »

Il ne savait pas qu'avant d'avoir accompli ces trois années, il serait en route pour l'Egypte, le pays bien-aimé auquel la distance et l'exil conféraient une obsédante beauté, comme une tapisserie. Une chose aussi riche que la mémoire pouvait-elle être trompeuse? Il ne se posa jamais la question.

# III

Le chauffage central donnait, dans la salle de danse de l'ambassade, une chaleur lourde, presque palpable, et l'on avait l'impression de respirer un air qui avait déjà servi; mais la chaleur en elle-même formait un agréable contraste avec le paysage glacé parsemé de sapins que l'on apercevait par les hautes fenêtres. La neige tombait dru, non seulement sur la Russie, semblait-il, mais sur le monde entier. Cela faisait maintenant des semaines qu'il neigeait sans discontinuer. La torpeur de l'hiver soviétique les avait tous ensevelis, et le monde semblait figé, muet, derrière les murs qui l'abritaient. Les pas des sentinelles entre les deux petites guérites postées à l'entrée de la grille s'étaient tus dans le silence de l'hiver. Dans les jardins, les branches des arbres s'inclinaient de plus en plus bas sous le poids de toute cette blancheur, jusqu'au moment où elles se redressaient brusquement, comme des ressorts, éparpillant leurs paquets de neige en silencieuses explosions de cristaux scintillants; puis de nouveau la neige se déposait sur elles, les courbait lentement, inexorablement, jusqu'à ce que le poids devienne intolérable.

Ce jour-là, c'était au tour de Mountolive de lire le Service. Levant de temps en temps les yeux du lutrin, il voyait les visages indistincts de ses collègues et du personnel dans la pénombre de la salle de bal, qui suivaient le texte; et, devant ces faces incolores et blafardes, il eut tout à coup la vision de corps flottant, le ventre en l'air, dans un lac gelé, comme des corps de grenouilles figés dans l'épaisseur du miroir de glace. Il toussa derrière sa main, et la contagion se propagea en rides de petites toux discrètes qui s'enfoncèrent à nouveau dans un silence morne que troublait seul le gargouillis de la tuyauterie. Tout le monde paraissait morose et malade aujourd'hui. Les six gardes de la Chancellerie avaient un air absurdement pieux dans leurs meilleurs complets piteusement élimés, avec les cheveux qui leur tombaient sur les sourcils. Tous étaient d'anciens marins et tous portaient les stigmates d'un amour immodéré de la vodka. Mountolive soupira intérieurement tout en déclamant de sa voix calme et mélodieuse les splendeurs — incompréhensibles pour eux — du passage de l'Evangile selon saint Jean qu'il avait trouvé marqué d'un signet. L'aigle sentait le camphre — il se demandait pourquoi. Comme d'habitude, l'Ambassadeur était resté au lit; depuis quelques années il s'était relâché dans l'accomplissement de ses devoirs et s'en remettait de plus en plus à

Mountolive qui était toujours disposé à les exécuter avec grâce et intelligence. Sir Louis avait même renoncé à faire mine de se soucier du bienêtre physique ou spirituel de son petit troupeau. A quoi bon? Dans trois mois il aurait pris sa retraite pour de bon.

Il n'était pas aisé de le remplacer dans ces corvées publiques, mais cela était très utile aussi, se disait Mountolive. Cela lui permettait de mettre en valeur ses talents d'administrateur. C'était lui qui dirigeait pratiquement toute l'ambassade maintenant; elle était entre ses mains. Pourtant...

Il remarqua que Cowdell, le chef de la Légation, essayait de capter son regard. Il termina sa lecture d'un ton égal, replaça le signet et regagna lentement sa place. L'aumônier prononça alors une brève phrase catarrheuse, et après un froissement de pages ils eurent sous les yeux le texte banal de *En avant, soldats du Christ* dans la onzième édition du *Recueil de Cantiques pour les Services à l'Etranger*. Dans un coin, l'harmonium se mit brusquement à haleter comme un obèse essayant d'attraper l'autobus; puis il trouva la voix et accompagné d'un grincement nasillard interpréta les deux premières strophes d'un ton aigre à vous arracher les entrailles. Mountolive réprima un frisson, attendant que l'instrument retombe sur la dominante comme il le faisait toujours — comme s'il allait éclater en des sanglots trop humains. Le chœur discordant s'éleva pour affirmer... quoi? Mountolive se le demandait. Ils constituaient une enclave chrétienne dans une terre hostile, un pays qui était devenu semblable à un immense camp de concentration par la faute d'un simple manquement de la raison humaine. Cowdell le poussa du coude et il le poussa du coude à son tour pour indiquer qu'il était disposé à recevoir toute communication urgente n'ayant pas un caractère spécifiquement religieux. Le chef de la Légation chantait :

*Ce jour est un jour heureux pour celui*
*Qui se met en route comme s'il partait en guerre*
      (fortissimo — avec ferveur)
*Il y a quelque chose de plus urgent*
*Que l'envoi des messages chiffrés* (fortissimo —
       avec ferveur).

Mountolive s'ennuyait. Il y avait généralement peu à faire le dimanche, bien que le service du Chiffre restât ouvert avec un personnel de permanence réduit à l'état de squelette. Pourquoi ne lui avait-on pas téléphoné à la villa selon la coutume? Peut-être s'agissait-il des nouvelles liquidations? Il entonna le verset suivant d'une voix plaintive :

  *Quelqu'un aurait dû me le dire.*
  *Comment pouvais-je savoir?*
  *Quel est l'officier du chiffre?*

Cowdell hocha la tête et fronça le sourcil en

ajoutant cet appendice : « *Elle est encore de servi...i...ce.* »

Ils retinrent ensemble leur souffle tandis que la musique reprenait et roulait dans la salle. Ce répit permit à Cowdell de se tourner pour expliquer d'une voix enrouée :

« Non, c'est une missive *Personnelle,* urgente. Pas encore complètement déchiffrée. »

Ils rassérénèrent leur visage et leur conscience jusqu'à la fin du cantique tandis que Mountolive se plongeait dans un abîme de perplexité. Comme ils s'agenouillaient sur les inconfortables prie-Dieu et enfouissaient leur visage dans leurs mains, Cowdell poursuivit entre ses doigts :

« On vous a fait chevalier et nommé ambassadeur. Permettez-moi d'être le premier à vous féliciter, etc...

— Seigneur! » murmura Mountolive dans un mouvement de surprise, plus pour lui-même que pour son Créateur. Puis il ajouta « Merci ». Il sentit ses genoux trembler sous lui, et pour une fois il dut s'observer pour garder son air imperturbable. Il était sûrement encore trop jeune. Les divagations de l'aumônier, qui avait un profil d'espadon, l'irritèrent plus que de coutume. Il serra les dents. Et tout au fond de lui chantaient ces mots : « Quitter la Russie! » avec une joie de plus en plus poignante. Son cœur bondissait dans sa poitrine.

Le service s'acheva enfin. Ils quittèrent à pas mesurés la salle de bal et traversèrent les salons aux parquets immaculés de la Résidence d'un air las et compassé, en toussotant et chuchotant. Il réussit à adopter une allure de lente piété, mais son esprit battait déjà la campagne. Puis il regagna la Légation, referma soigneusement la porte capitonnée derrière lui, qui aspira doucement l'air dans ses valves, et, retenant son souffle, il descendit les trois étages jusqu'au portillon qui marquait l'entrée des Archives. Un employé de service servait le thé à deux courriers chaussés de lourdes bottes qui battaient leurs gants et leurs manteaux pour les débarrasser de la neige. Des sacs de grosse toile épars sur le sol attendaient qu'on les remplisse de courrier et qu'on les scelle. Les bonjours rauques le suivirent jusqu'à la porte de la chambre du Chiffre où il frappa deux petits coups secs et attendit que Miss Steele le priât d'entrer. Elle sourit d'un air sévère.

« Je sais ce que vous voulez, dit-elle. C'est ici sur le plateau — la copie de la Légation. Je l'ai mise sur votre plateau et j'en ai donné une copie au secrétaire de Son Excellence. »

Et elle se replongea dans ses codes. Il vit la fragile membrane de papier rose avec son message proprement imprimé, prit une chaise et le lut lentement, puis le relut encore plus lentement. Il alluma une cigarette. Miss Steele leva la tête :

« Permettez-moi de vous féliciter, monsieur.

— Merci », dit vaguement Mountolive.

Il tendit les mains au-dessus du radiateur électrique pour se réchauffer et se plongea dans ses pensées. Il commençait à se sentir un personnage totalement différent, et cette sensation le prenait au dépourvu.

Au bout d'un moment il remonta lentement l'escalier et se dirigea vers son bureau, encore tout enveloppé de ce rêve voluptueux et tout neuf. Les rideaux avaient été ouverts — cela signifiait que sa secrétaire était venue; il resta un moment à observer les sentinelles qui faisaient les cent pas dans la neige devant les grilles festonnées de glace. Et tandis qu'il contemplait un monde imaginaire au-delà de ce vaste paysage enneigé, sa secrétaire entra. Un large sourire s'épanouissait sur son visage.

« C'est enfin arrivé », dit-elle.

Mountolive lui rendit lentement son sourire.

« Oui; je me demande si Son Excellence fera des difficultés?

— Certainement pas, dit-elle avec emphase. Pourquoi en ferait-il? »

Mountolive s'assit une fois de plus à son bureau familier et se caressa le menton.

« Il prend sa retraite dans trois mois », dit la jeune fille.

Elle le regarda curieusement, presque irritée de ne lire sur son visage ni joie ni satisfaction. Même la bonne fortune ne pouvait percer l'armure de sa réserve soigneusement élaborée.

« Bien, dit-il lentement, car il était encore paralysé par la surprise, par le rêve voluptueux d'un succès immérité; nous verrons. »

Puis une autre pensée, encore plus vertigineuse, s'empara de lui. Il ouvrit tout grand les yeux et regarda par la fenêtre. Maintenant enfin, il aurait la liberté d'*agir*. Cette longue discipline de l'effacement, cette perpétuelle délégation de pouvoir, tout cela allait-il enfin cesser? C'était là une perspective effrayante, mais très excitante aussi. Il avait l'impression que maintenant sa véritable personnalité allait trouver un terrain où s'exercer; et tout plein de cette merveilleuse illusion il se leva, sourit à la jeune fille et lui dit :

« De toute façon il me faut demander l'agrément de Son Excellence avant de répondre. Il n'est pas encore monté sur le pont ce matin. Le mieux est de boucler la maison. Ce sera bien assez tôt demain. »

Déçue, elle rôda un moment autour de lui avant de prendre son plateau et de lui remettre les clefs de son coffre privé.

« Comme vous voudrez, dit-elle.

— Rien ne presse, dit Mountolive. (Il avait l'impression que sa vraie vie s'étendait devant lui maintenant; il était sur le point de renaître.) Je ne pense pas que mon *exequatur* arrive avant, disons juin. »

Mais son esprit courait déjà sur une voie parallèle, et se disait : « En juillet toute l'ambassade se transporte à Alexandrie pour prendre ses quartiers d'été. Si je pouvais faire coïncider mon arrivée... »

Mais ce sentiment d'euphorie fut quelque peu attiédi par les tiraillements d'une avarice caractéristique. Mountolive, comme la plupart de ceux qui n'ont personne sur qui reporter leur affection, avait une certaine tendance à lésiner sur l'argent. Aussi déraisonnable que cela fût, il éprouva tout à coup un instant de découragement à la pensée de l'uniforme coûteux que requérait son nouveau rang. La semaine précédente encore il avait eu entre les mains un catalogue de chez Skinners présentant toute la gamme d'uniformes des services diplomatiques et il avait pu constater que les prix avaient considérablement augmenté.

Il se leva et se dirigea vers le bureau voisin pour consulter le secrétaire particulier. La pièce était vide. Un radiateur électrique rougeoyait. Une cigarette allumée se consumait dans le cendrier à côté des deux sonnettes marquées respectivement *Son Exc.* et *Madame.* Sur un bloc-notes le secrétaire avait inscrit, de sa grande écriture féminine : « Ne pas réveiller avant onze heure. » Ceci s'appliquait évidemment à *Son Exc.* Quant à *Madame,* elle n'avait pas pu tenir plus de six mois à Moscou et avait préféré devancer la retraite de son mari sous le climat plus clément de Nice. Mountolive écrasa le mégot de cigarette.

Il était inutile d'appeler l'ambassadeur avant midi, car les matinées russes plongeaient Sir Louis dans une apathie splénétique qui le rendait souvent inapte à tout exercice mental; et comme il ne pouvait pas, en toute conscience, apporter des réserves à la bonne fortune de Mountolive, il aurait très bien pu manifester quelque humeur de n'avoir pas été informé, comme l'exigeait la coutume, par le premier secrétaire particulier. Il regagna son bureau et se plongea dans le dernier numéro du *Times,* attendant avec une impatience mal déguisée que l'horloge de l'ambassade, en grognant et hoquetant, sonne midi. Il descendit alors, se glissa de nouveau dans la Résidence par la porte capitonnée, et traversa, de sa démarche souple et légèrement claudicante, les parquets polis semés de doux tapis aux tons neutres. Tout sentait l'abandon et l'encaustique; aux rideaux s'accrochaient encore des relents de fumée de cigare. Chaque fenêtre était garnie d'un voile de flocons tremblants.

Merritt, le valet de chambre, montait rapidement l'escalier avec un plateau contenant un shaker de Martini et un seul verre. C'était un homme pâle, de forte carrure, et qui arborait toujours l'air grave d'un marguillier quand il remplissait ses devoirs à la Résidence. Il s'arrêta devant Mountolive et dit :

« Il vient de se lever et il s'habille pour un déjeuner officiel, monsieur. »

Mountolive fit un vague signe de tête et passa devant lui en montant les marches deux à deux. Le domestique redescendit aussitôt à l'office ajouter un second verre à son plateau.

Sir Louis sifflotait d'un air morose en s'habillant devant la psyché.

« Ah! mon ami, dit-il vaguement en voyant apparaître Mountolive derrière lui. Je m'habille. Je sais, je sais. C'est mon jour de malchance. La

Chancellerie m'a appelé à onze heures. Alors vous l'avez enfin. Félicitations. »

Mountolive s'assit au pied du lit, soulagé de voir que la nouvelle avait été prise si facilement. L'ambassadeur poursuivit, tout en s'escrimant sur sa cravate et son col empesé :

« J'imagine que vous avez envie de partir tout de suite. Ce sera une perte pour nous tous.

— Si vous n'y voyez pas d'objection, avoua Mountolive lentement.

— Quel malheur! Moi qui espérais que vous me verriez partir. Enfin... dit-il avec un geste flamboyant de sa main libre, vous l'avez mérité. Du tricorne au bicorne, du poignard à l'épée... l'apothéose finale. (Il se débattit un moment avec ses manchettes et poursuivit d'un air songeur.) Evidemment, vous pourriez rester encore un peu; il faut un certain temps pour obtenir l'*agrément*. Puis il vous faudra aller au palais, baiser des mains et tout cela. Hein?

— Il me reste encore beaucoup de congé à prendre », dit Mountolive avec une très faible trace de fermeté sous le ton qui manquait d'assurance.

Sir Louis se retira dans la salle de bain et brossa son dentier sous le robinet.

« Et la prochaine liste d'Honneurs? cria-t-il dans le petit miroir sur le mur. Vous attendrez cela?

— Je suppose. »

Merritt entra avec le plateau, et le vieillard cria :

« Déposez-le n'importe où. Deux verres?

— Oui, monsieur. »

Le domestique se retira en fermant doucement

la porte derrière lui et Mountolive se leva pour servir les cocktails. Sir Louis soliloquait en grommelant.

« Ce n'est pas une sinécure, une mission. Et je parie, David, que votre première réaction en apprenant la nouvelle a été : maintenant je suis libre d'agir, non? »

Il gloussa comme un poulet et revint à sa table de toilette d'un air tout réjoui. Son subordonné gardait la pose, le shaker à la main, stupéfait par ce trait d'intuition tout à fait inhabituel. « Comment diable sait-il cela? » se demanda-t-il en plissant le front. Sir Louis émit un autre petit gloussement de satisfaction.

« C'est ce que nous pensons tous. L'ultime illusion. Vous devez y passer comme les autres, vous savez. C'est un sale moment. Vous avez l'impression de faire du volume — et vous commettez le péché contre le Saint-Esprit si vous ne faites pas attention.

— Que voulez-vous dire?

— En diplomatie cela signifie bâtir une politique sur le point de vue d'une minorité. C'est là le point faible de tout le monde. Voyez comme nous sommes souvent tentés de bâtir quelque chose sur la droite ici. Hein? Cela n'irait pas. Les minorités ne servent à rien, à moins qu'elles ne soient prêtes à *se battre*. Tout est là. »

Il prit son verre dans ses doigts de rose fanée, notant d'un air approbateur le fin brouillard sur les verres givrés. Ils burent à leur santé respective et échangèrent un sourire affectueux. Durant les deux dernières années ils étaient devenus très bons amis.

« Vous allez me manquer. Mais dans trois mois je serai sorti de tout ce... de ce pays aussi. (Il prononçait ces mots avec un enthousiasme non dissimulé.) Assez de bêtises sur l'Objectivité. Il ne manque pas de belles têtes bien équilibrées sorties de l'Ecole des sciences politiques de Londres pour leur rédiger leurs rapports. » (Récemment le Foreign Office s'était plaint que les dépêches des missions manquaient d'équilibre. Cela avait mis Sir Louis dans tous ses états. Il éclatait au plus fugitif souvenir de cet affront.) Reposant son verre vide, il poursuivit en s'adressant à son reflet dans la glace : « L'équilibre! Si le Foreign Office envoyait une mission en Polynésie il s'estimerait en droit d'attendre que leurs dépêches débutassent par ces mots (et il prit un ton geignard et obséquieux pour dire cela) : « S'il est vrai que les habitants se mangent entre « eux, il est cependant non moins exact que la « consommation de nourriture par tête est remar- « quablement élevée. » — Il s'interrompit brusquement et s'assit pour lacer ses chaussures; puis il reprit : « Oh! David, mon cher, à qui vais-je pouvoir parler quand vous serez parti. Hein? Vous, vous serez en train de vous promener dans votre grotesque uniforme avec une plume d'autruche à votre chapeau qui vous fera ressembler à quelque oiseau rare de l'Amazone et moi... moi j'irai au Kremlin faire des visites à ces sombres brutes. »

Les cocktails étaient plutôt forts. Ils s'en versèrent un second, et Mountolive dit :

« Justement, je voulais vous demander si vous pourriez me vendre votre vieil uniforme, à moins que vous ne l'ayez déjà promis. Je pourrais le faire retoucher.

— Mon uniforme? dit Sir Louis. Je n'avais pas songé à cela.

— Ils sont tellement coûteux aujourd'hui.

— Je sais. Et ils ont encore augmenté. Mais vous serez obligé de l'envoyer chez l'empailleur pour le faire ausculter. Et ils ne sont jamais bien ajustés au col, vous savez. Et tous ces galons! Je crois qu'il y a un ou deux brandebourgs qui ne tiennent plus. Dieu merci! nous ne sommes pas dans une monarchie ici — c'est déjà ça. Redingotes réglementaires, sans plus. Eh bien, je ne sais pas. »

Ils restèrent sans rien dire un bon moment, en réfléchissant à la question. Puis Sir Louis dit :

« Combien m'en offrez-vous? »

Il plissa les yeux. Mountolive délibéra un instant avant de dire :

« Trente livres », d'un ton énergique et décidé qui ne lui était pas habituel. Sir Louis leva les bras au ciel en feignant l'ahurissement.

« Trente seulement? Mais il m'a coûté...

— Je sais, dit Mountolive.

— Trente livres, médita Son Excellence, hésitant à s'indigner. Je crois, mon cher...

— L'épée est un peu tordue, dit Mountolive avec obstination.

— Pas tellement, dit Sir Louis. C'est le roi du Siam qui l'a coincée dans la portière de sa voiture. Glorieuse blessure. »

Il sourit et continua à s'habiller, en fredonnant. Il prenait un absurde et malin plaisir à ce marchandage. Brusquement, il se retourna.

« Disons cinquante. »

Mountolive hocha la tête d'un air songeur.

« C'est trop, monsieur.

— Quarante-cinq. »

Mountolive se leva et se mit à marcher de long en large dans la chambre, amusé du plaisir manifeste que prenait le vieillard, à cette joute.

« Je vous en donnerai quarante », dit-il enfin, et il se rassit d'un air décidé.

Sir Louis lissa furieusement ses cheveux d'argent avec ses brosses à lourd manche d'écaille.

« Votre cave est-elle bien pourvue?

— Mon Dieu, oui, assez bien.

— Bon, alors vous pourrez l'avoir pour quarante si vous ajoutez deux caisses de... voyons, qu'est-ce que vous avez? Avez-vous un champagne convenable?

— Oui.

— Très bien. Alors deux... non, trois caisses. »

Ils se mirent tous deux à rire et Mountolive dit :

« Vous êtes dur en affaires. »

Sir Louis fut ravi du compliment. Ils se serrèrent la main pour sceller le marché, et l'ambassadeur allait se retourner vers le plateau lorsque son subordonné lui dit :

« Pardonnez-moi, monsieur. C'est votre troisième.

— Eh bien, quoi? » dit le vieux diplomate en sursautant d'un air de surprise parfaitement imitée. Il savait très bien de quoi il s'agissait. Mountolive se mordit la lèvre.

« Vous m'avez expressément demandé de vous prévenir », dit-il d'un ton de reproche. Sir Louis se redressa et prit une attitude théâtrale.

« Un dernier petit verre avant le déjeuner, voyons, quel mal y a-t-il à cela?

— Vous allez fredonner, dit Mountolive d'un air sombre.

— Que dites-vous là, mon cher?

— Si, monsieur. »

Ces dernières années, et à la veille de sa retraite, l'ambassadeur s'était mis à boire quelque peu immodérément — sans jamais toutefois sombrer dans l'incohérence. Vers la même période un nouveau tic assez surprenant s'était développé chez lui. Stimulé par de trop fréquents cocktails il avait pris l'habitude d'émettre au cours des réceptions un fredonnement continuel, à voix basse, qui lui avait valu une réputation plus que douteuse. Mais il ne s'en rendait pas compte, et il nia d'abord le fait avec indignation. Il finit par s'apercevoir, à sa grande confusion, qu'il fredonnait sans cesse, en *basso profundo*, un passage de la *Marche funèbre de Saül*. Elle résumait assez justement toute une vie d'intense ennui passée au contact de fonctionnaires esseulés et de dignitaires parfaitement creux.

En un sens, c'était peut-être sa manière de protester contre une situation qui lui était devenue inconsciemment intolérable depuis des années; et il était reconnaissant à Mountolive d'avoir eu le courage de lui faire prendre conscience de cette manie et de l'aider à la vaincre. Néanmoins il ne pouvait s'empêcher de protester devant les rappels de son subordonné. « Fredonner? répéta-t-il en faisant une moue indignée, je n'ai jamais entendu pareille sottise. » Mais il posa son verre et retourna devant le miroir pour un ultime examen critique de sa toilette. « Enfin, de toute façon il est l'heure », dit-il. Il appuya sur une sonnette et Merritt parut avec un gardénia sur un plateau. Sir Louis avait un goût assez pédant en matière de fleurs, et il ne serait jamais sorti en *tenue de ville* sans un gardénia à sa boutonnière. Sa femme lui en envoyait, de Nice, de pleines boîtes par avion et Merritt les conservait dans le réfrigérateur de l'office; il les rationnait religieusement.

« C'est bon, David, dit-il en tapotant affectueusement le bras de Mountolive. Je vous dois une fière chandelle. Pas de fredonnements aujourd'hui, si appropriés soient-ils. »

Ils descendirent lentement le large escalier et pénétrèrent dans le hall où Mountolive aida son chef à passer son manteau puis demanda par l'interphone qu'on avance la voiture officielle.

« Quand voulez-vous partir? demanda le vieillard d'une voix tremblante où perçait un réel regret.

— Le premier du mois prochain, monsieur. Cela me laissera le temps d'expédier les affaires courantes et de prendre congé.

— Vous ne voulez pas rester jusqu'à mon départ?

— Si vous l'exigez, monsieur.

— Vous savez bien que je ne ferai jamais cela, dit Sir Louis en hochant sa tête chenue, bien qu'il eût fait pis dans le passé. Jamais. »

Ils échangèrent une chaleureuse poignée de main tandis que Merritt se précipitait pour ouvrir la lourde porte d'entrée, car son ouïe avait perçu le crissement des pneus munis de chaînes sur l'allée enneigée. Une bouffée de neige et de vent les assaillit. Les tapis se soulevèrent du plancher, puis retombèrent. L'ambassadeur ajusta sa grande toque de fourrure et glissa les mains dans son manchon. Puis, courbé en deux, il s'enfonça dans la grisaille de l'hiver. Mountolive soupira et entendit l'horloge de la Résidence se râcler soigneusement la gorge avant de sonner une heure.

La Russie était maintenant derrière lui.

Berlin aussi était la proie de la neige, mais ici l'abandon tourmenté et maussade de la Russie faisait place à une euphorie maligne à peine moins déprimante. Il y avait dans l'air une sombre incertitude qui agissait comme un tonique. Sous les lampes verdâtres de l'ambassade il écouta pensivement le bilan des derniers dégâts causés par le moderne Attila, et un appréciable résumé des prédictions mesurées qui, au cours des derniers mois, avaient noirci les minutes sur papier moiré des services allemands et les colonnes des imprimés des E.P. (évaluations politiques). Fallait-il se rendre à l'évidence que cette pratique, à l'échelle de toute une nation, du diabolisme politique se terminerait par la plongée dans un bain de sang de toute l'Europe ? Cela paraissait confondant. Mais il restait un espoir : cet Attila se tournerait peut-être vers l'Est et laisserait l'Occident s'effriter en paix tout doucettement. Si seulement les deux anges noirs qui planaient sur le subconscient européen pouvaient s'entre-déchirer... Oui, il restait encore cet espoir. « C'est le *seul* espoir, monsieur », dit tranquillement le jeune attaché, non sans une pointe de satisfaction, car il y a toujours aussi dans un recoin de l'esprit l'espoir d'une destruction totale, seul remède à l'ennui qui consume l'homme moderne. « Le seul espoir, répéta-t-il. » Vues excessives, se dit Mountolive en fronçant le sourcil. On lui avait appris à s'en défier. C'était devenu une seconde nature chez lui que de ne jamais se compromettre en esprit.

Ce soir-là, il fut invité à dîner d'une manière assez extravagante par le jeune chargé d'affaires, l'ambassadeur étant absent, et après le dîner, ils se rendirent à l'élégant cabaret du « Tanzfest ». L'enfilade de caves éclairées aux chandelles, aux murs tendus de damas bleu, scintillait des rougeoiements d'une centaine de cigarettes, telles des lucioles, hors du cercle de lumières blanches où un énorme hermaphrodite à face de narval battait la mesure de la *Fox Macabre Totentanz*. Baignant dans la sueur des saxophones nègres, le refrain se déroulait jusqu'à son hystérique coda :

> *Berlin, dein Tanzer ist der Tod!*
> *Berlin, du wuhlst mit Lust im Kot!*
> *Halt ein! lass sein! und denk ein bischen nach :*
> *Du tanzt dir doch vom Leibe nicht die Schmach,*
> *denn du boxt, und du jazzt, und du foxt auf dem*
> *[Pulverfass!*

C'était là un admirable commentaire aux délibérations de l'après-midi et, sous la licence frénétique et passionnée de la chanson, il lui semblait percevoir des allusions plus anciennes — des passages de Tacite peut-être? Ou des bacchanales de guerriers promis au Valhalla? Une lourde odeur d'abattoirs s'y attachait aussi, en dépit des paillettes et des serpentins. Mountolive s'assit pensivement parmi les volutes de fumée de cigare et observa les mouvements indécents et péristaltiques d'une cucaracha. Une phrase le hantait : « Danserais-tu jusqu'à la fin du monde, tu n'arriveras jamais à chasser toute la honte de ta grosse panse. » Il se répétait cela en regardant s'épuiser les danseurs et les lumières glisser du gris à l'or puis au violet.

Brusquement il se redressa et s'écria « Ciel! » Il avait aperçu un visage familier dans un coin reculé de la cave : Nessim. Assis en compagnie d'un groupe de messieurs d'âge respectable, il était en habit et fumait un mince cigare en hochant de temps en temps la tête d'un air grave. Ils ne semblaient guère prêter attention au spectacle. Un magnum de champagne occupait le centre de la table. Ils étaient trop loin pour que Mountolive pût lui faire signe; aussi lui fit-il passer une carte, attendant de voir Nessim suivre la direction indiquée par le garçon pour sourire et agiter la main. Ils se levèrent tous les deux et Nessim vint aussitôt le rejoindre, arborant un grand sourire légèrement embarrassé; après quoi ce furent les traditionnelles exclamations de surprise et de plaisir. Il était à Berlin depuis deux jours, en voyage d'affaires.

« J'essaie de vendre du tungstène », ajouta-t-il laconiquement.

Il devait reprendre l'avion pour l'Egypte le lendemain matin. Mountolive le présenta à son hôte et le persuada de rester quelques instants en leur compagnie.

« C'est une joie si rare... et maintenant surtout. »

Mais Nessim avait déjà appris la rumeur de sa prochaine nomination.

« Je sais que ce n'est pas encore officiel, dit-il, mais la chose a cependant transpiré... inutile de vous dire que c'est par Pursewarden. Vous imaginez notre joie, après si longtemps. »

Ils devisèrent un moment, Nessim répondant en souriant aux questions de Mountolive. Mais aucun d'eux n'osa parler de Leila le premier. Puis le visage de Nessim prit une curieuse expression, une sorte de pudeur sournoise, et il dit en hésitant :

« Je voudrais vous faire une confidence. J'ai l'intention de me marier. »

Il se renversa sur son dossier et tira lentement sur son cigare. Mountolive formula les félicitations d'usage, qui ne pouvaient dissimuler une légère nuance de regret — car le mariage d'un ami vous fait toujours redouter le danger d'être exclus de son intimité.

« Voilà une très bonne nouvelle! » répéta-t-il avec chaleur, en s'efforçant de faire taire ses craintes; alors enfin il sentit qu'il pouvait mentionner le nom de Leila. « Leila sera enchantée, j'en suis sûr. »

Nessim lui lança un bref regard par-dessous ses longs cils, puis détourna vivement les yeux.

« Ce n'est pas certain », dit-il.

Mountolive se permit une interrogation polie.

« D'abord la femme en question, dit Nessim avec froideur, est juive — et vous connaissez la terreur absurde qu'éprouvent les Coptes pour les Juifs. Nous avons même un proverbe qui dit : « Si vous « laissez le renard juif pénétrer dans votre vigne « il dévorera votre cœur. »

— Je sais, dit Mountolive, mais je suis sûr que les Hosnani...

— Ensuite elle n'appartient pas à la société. Enfin, elle est divorcée. »

Nessim énonça ces trois points d'un ton de plus en plus détaché. Il éteignit son cigare et lança de nouveau à Mountolive un regard équivoque.

« Si vous l'aimez? » dit tranquillement ce dernier.

Mais, à sa grande surprise, Nessim eut une petite

grimace méprisante et il frotta son menton sur sa manche.

« Si je l'aime... dit-il lentement, d'un air songeur, comme pour lui-même. Eh bien, je suppose que oui. »

Mais tout à coup il se leva et jeta un regard inquiet en direction de ses hôtes assis à l'autre bout du cabaret.

« Je dois vous quitter, dit-il. Mais je vous demande la plus entière discrétion à ce sujet, n'est-ce pas? »

Ils étudièrent ensuite la possibilité de se rencontrer en Angleterre avant que Mountolive ne s'envole vers son nouveau poste. Nessim n'était malheureusement pas en mesure de faire de projets fermes, il ne pouvait pas prévoir ses mouvements longtemps à l'avance. Ils devraient s'en remettre aux événements. A ce moment, l'hôte de Mountolive revint du vestiaire, ce qui abrégea tout échange privé. Ils se quittèrent avec cordialité et Nessim regagna lentement sa table.

« Votre ami est-il dans les armements? demanda le chargé d'affaires en partant.

— Non, c'est un banquier. A moins que le tungstène ne joue un rôle dans les armements... je n'en sais rien à vrai dire.

— Ce n'est pas important. Simple curiosité. Voyez-vous, les gens qui se trouvent à sa table appartiennent tous à Krupp, voilà pourquoi je me posais la question, simplement. »

## IV

Il revenait toujours à Londres avec l'impatience frémissante d'un amoureux qui a été longtemps séparé de sa maîtresse; il y revenait, pour ainsi dire, sur une note d'interrogation. La vie avait-elle changé? Tout avait-il changé? Le pays s'était peut-être réveillé et mis à vivre? Le crachin noir sur Trafalgar Square, les corniches incrustées de suie de Whitehall, l'incessant va et vient des pneus sur le macadam, les mystérieuses voix de conspirateurs qui montaient du fleuve à travers la brume, tout cela était à la fois rassurant et menaçant. Il se laissait toujours gagner par la mélancolie de ce spectacle dont il subissait le charme global, mais il savait à part lui qu'il ne pourrait plus jamais se fixer ici; sa profession avait fait de lui un exilé. Il se dirigea vers Downing Street, sous une pluie gluante, emmitouflé dans son épais manteau, en se comparant de temps en temps, non sans une certaine complaisance, au grand duc dont il rencontrait le sourire théâtral sur les affiches vantant les cigarettes De Reszke.

Il sourit au souvenir de quelques-unes des saillies mordantes dont Pursewarden avait toute une collection sur leur capitale natale, et il se les répétait avec plaisir, presque comme s'il s'agissait de compliments. Pursewarden faisant passer la main de sa sœur d'un bras à l'autre pour esquisser un vague geste à l'adresse de la statue barbouillée de Nelson sous un essaim de pigeons qui gonflaient leurs plumes pour se défendre contre le froid aigre. « Ah! Mountolive! Regardez tout ça. Patrie des excentriques et des impuissants. Londres! Ta nourriture aussi appétissante qu'une bouillie de baryte, tes globuleuses détresses, tes causes non seulement perdues d'avance mais dépassées depuis longtemps. » Mountolive avait protesté en riant. « Peu importe. C'est *la nôtre* — et elle est plus grande que la somme de tous ses défauts. » Mais son compagnon avait trouvé très antipathiques de tels sentiments. Maintenant il souriait au souvenir des critiques grimaçantes qu'avait l'écrivain pour l'angoisse et la sinistre barbarie de leur pays. Mountolive, lui, se repaissait de cette mélancolie; il se sentait comme un renard épris des fortes senteurs d'humus et de pourriture de son terrier, de sa terre. Et il souriait avec indulgence en prêtant l'oreille aux railleries de son compagnon qui feignait de se révolter contre leur île natale : « Ah! l'Angleterre! Ce pays où les membres de la Société protectrice des animaux mangent de la viande deux fois par jour et où les nudistes dévorent des fruits congelés. Le seul pays qui ait honte de la pauvreté. »

Big-Ben dévida lentement, comme à regret, sa lugubre chansonnette. Les rangées de réverbères commençaient à jeter leurs feux prismatiques. Malgré la pluie on pouvait voir les habituels petits groupes de touristes et de flâneurs devant les grilles du numéro 10. Il se détourna vivement et s'engouffra sous les voûtes silencieuses du Foreign Office; il alla se présenter au bureau de la dépêche, pratiquement désert à cette heure, donna des instructions pour qu'on lui fît suivre son courrier et passa une commande pour de nouvelles et plus somptueuses cartes d'invitation.

Puis, se préparant à affronter une conversation plus tortueuse, il gravit l'escalier glacé qui sentait la toile d'araignée et atteignit le grand hall où patrouillaient des huissiers en uniforme. Il se faisait tard, et la plupart des habitants de ce que Pursewarden appelait toujours « le Pigeonnier Central » étaient partis en abandonnant leurs trousseaux de clefs. Des oasis de lumière subsistaient cependant, çà et là, dans le grand bâtiment, derrière des fenêtres grillées. On entendait tinter des tasses et des soucoupes quelque part. Quelqu'un buta contre une pile de sacs de grosse toile rouge — la valise diplomatique — qu'on avait déposés dans un corridor avant de les trier. Mountolive sourit de plaisir en retrouvant ces petites scènes familières. Il avait délibérément choisi de faire ses premières visites en fin d'après-midi parce qu'il lui fallait voir

Kenilworth et... il ne savait pas très bien quelle
ligne de conduite adopter; peut-être devrait-il
racheter l'antipathie que l'homme lui inspirait en
l'invitant à prendre un verre à son club? Au cours
de sa carrière il s'était fait de lui un ennemi, sans
savoir comment, car il n'y avait jamais eu aucun
motif de querelle précis entre eux. Quoi qu'il en
soit, elle était là, comme un nœud dans le bois.

Condisciples à l'école et à l'université, ils n'avaient
cependant jamais été amis. Mais tandis que Mountolive avait gravi naturellement et sans heurt les éche-
lons de la hiérarchie, l'autre avait, à un moment
donné, fait un faux-pas, mal posé son pied sur un bar-
reau pour ainsi dire, et avait dérivé vers des postes de
moindre importance, récoltant en chemin le mini-
mum d'honneurs requis sans jamais saisir un courant favorable. L'homme avait une incontestable
valeur. Pourquoi n'avait-il jamais réussi? Mountolive se posait la question avec irritation, avec indignation. La malchance? Quoi qu'il en soit, Kenilworth se trouvait maintenant à la tête du service
du Personnel, un poste assez inoffensif, certes, mais
son échec embarrassait Mountolive. Il était vraiment dommage qu'un homme de son mérite restât
à croupir dans un rouage administratif terne et
sans débouché vers le monde de la politique. Un
cul-de-sac en quelque sorte. Et s'il ne pouvait se
manifester dans un sens positif, il ne tarderait pas
à développer en lui les pouvoirs négatifs de l'obs-
truction qui découlent toujours d'un sentiment
d'échec.

Il réfléchissait à cela tout en montant lentement au troisième étage pour rendre visite à Granier, derrière l'une des hautes portes couleur crème. Le sous-secrétaire dessinait avec un coupe-papier sur le buvard rose de son sous-main, dans la clarté glacée qui tombait d'une lampe de bureau à abat-jour vert. Ici, les félicitations étaient plus que de banales mondanités, car elles valaient leur pesant de jalousie professionnelle. Mountolive se plia tout naturellement aux charmes de son langage, l'anglais distingué et châtié véhiculant les invisibles signes diacritiques qui étaient l'expression de sa caste.

« Vous avez pris l'air de la légation de Berlin, je présume? Bien. Quoi qu'il en soit, si vous avez lu les E.P. vous verrez la tournure que vont peut-être prendre les événements, et vous pourrez juger de l'étendue de nos préoccupations en ce qui concerne votre nouveau poste. N'est-ce pas? »

Il n'osait pas prononcer le mot « guerre », qui avait un côté dramatique, théâtral.

« Si le pire arrivait, il serait préférable que Suez et tout le complexe des Etats arabes ne viennent pas encore aggraver nos soucis. Mais vous avez déjà servi là-bas, je ne vais pas vous faire une conférence sur la question. Nous étudierons vos rapports avec intérêt. D'autant plus que vous connaissez l'arabe.

— Mon arabe s'est bien rouillé, vous savez; il n'en reste plus grand-chose.

— Chut! dit Granier, ne le dites pas trop haut. C'est dans une grande mesure à cela que vous devez votre nomination. Pouvez-vous vous y remettre rapidement?

— Si je puis disposer du congé qui me revient.

— Naturellement. En outre, maintenant que la Commission a fini ses travaux, nous devrons obtenir l'*agrément* et le reste. Et, naturellement, le secrétaire d'Etat voudra en conférer lorsqu'il sera de retour de Washington. Et puis l'investiture, les baisemains et tout ça? Bien que nous considérions toute désignation de ce genre comme urgente... enfin, vous connaissez aussi bien que moi la sérénité mandarine des mouvements du Foreign Office. » Il eut un sourire malicieux et indulgent, alluma une cigarette turque et poursuivit. « Mais ce n'est peut-être pas une mauvaise philosophie, du moins en matière de politique. Après tout, nous faisons toujours face à l'inévitable, à l'irrémédiable; plus on se hâte, plus on crée de confusion! Si l'on s'abandonne à la panique, la confiance disparaît. En diplomatie on ne peut que proposer, jamais disposer. C'est là l'affaire de Dieu, ne pensez-vous pas? »

Granier était de ces catholiques mondains qui tiennent Dieu pour un digne membre de leur club dont les actes sont au-delà de tout soupçon. Il poussa un soupir et se tut un moment avant d'ajouter :

« Non, il nous faudra ranger l'échiquier bien en ordre pour vous. Tout le monde ne considère pas l'Egypte comme un bon fromage. Heureusement pour vous. »

Mountolive déployait en imagination une carte de l'Egypte avec sa grande artère verticale, ses déserts, les anomalies poussiéreuses de ses populations et de ses croyances; puis il la voyait s'estomper dans trois directions et s'évanouir dans l'incohérence du désert et des prairies; vers le nord, Suez, comme une opération césarienne par où l'Orient accouchait prématurément; puis de nouveau le complexe sinueux de montagnes et de granits morts, de vergers et de plaines, géographiquement distribués au hasard sur la carte, et les frontières marquées par des pointillés... La métaphore de l'échiquier convenait tout à fait. Au centre de cette toile d'araignée : Le Caire. Il soupira et prit congé, se composant un nouveau visage pour affronter le pauvre Kenilworth.

Comme il redescendait pensivement vers l'étage des huissiers, il s'aperçut avec horreur qu'il avait déjà dix minutes de retard pour sa seconde visite, et il espéra qu'on ne prendrait pas cela pour un manque d'égards délibéré.

« M. Kenilworth a téléphoné deux fois en bas, monsieur. Je lui ai dit où vous étiez. »

Mountolive respira plus librement et emprunta de nouveau l'escalier, mais cette fois pour tourner à droite et prendre plusieurs corridors glacés et inodores jusqu'au bureau de Kenilworth, qui l'attendait en tapotant son pince-nez sans monture contre un pouce large et bien dessiné. Ils s'accueillirent avec une grotesque effusion qui, en fait, masquait leur antipathie réciproque.

« Mon *cher* David... »

Etait-ce simplement son physique, se demandait Mountolive, qui lui inspirait cette antipathie? Kenilworth avait une puissante carrure avec quelque chose de porcin, plus de deux cents livres de graisse et de culture bourgeoise. Ses cheveux étaient prématurément gris. Ses doigts boudinés, aux ongles bien soignés, tenaient une plume avec la délicatesse et l'application d'une dame qui monte ses mailles sur son crochet.

« Mon *cher* David. »

Ils se donnèrent une chaleureuse accolade. Lorsque Kenilworth se leva, toute la graisse de son corps massif demeura comme suspendue. Sa chair avait l'air d'être tissée au gros point de chaîne.

« Mon cher Kenny, dit Mountolive avec une légère appréhension, tout en se méprisant un peu.

— Quelle merveilleuse nouvelle! Et je me flatte, dit Kenilworth en prenant un air malicieux, d'avoir pu y contribuer moi-même, oh! pour une très modeste part. Votre arabe comptait aux yeux du secrétaire d'Etat, et c'est moi qui m'en suis souvenu! Voilà ce qui s'appelle avoir de la mémoire, hein? Les paperasses, voyez-vous... »

Il rit d'un air faussement confus, puis il s'assit et offrit un siège à Mountolive. Ils échangèrent quelques banalités pendant un instant, puis Kenilworth joignit les mains d'un geste boudeur et dit :

« Mais revenons à *nos moutons,* mon cher. J'ai réuni pour vous tous les documents personnels :

jetez-y un coup d'œil. Tout est en ordre. C'est une légation qui marche très bien, vous verrez. Je fais entière confiance à votre chef de légation, Errol. Bien entendu, vos états de service feront impression. Vous verrez si le personnel est satisfait, et vous m'en aviserez, n'est-ce pas? Vous songerez peut-être aussi à un aide-de-camp, hein? Quant à une secrétaire, il vous faudra sans doute puiser dans le tas des dactylos de la légation. Et comme vous êtes célibataire, vous aurez besoin de quelqu'un pour vous seconder dans les réceptions, n'est-ce pas? Je ne pense pas que votre troisième secrétaire puisse faire l'affaire.

— J'arrangerai tout cela sur place, il me semble.
— Bien entendu, bien entendu! Je tenais simplement à vous faciliter votre installation, à la rendre le plus confortable possible.
— Je vous remercie.
— J'envisagerais toutefois une mutation; une suggestion toute personnelle. Il s'agit de Pursewarden; son poste de premier conseiller politique...
— Pursewarden? interrompit Mountolive en sursautant.
— Je le mute. Son contrat est parvenu à expiration et ses fonctions ne lui conviennent guère. Il a besoin d'un changement à mon avis.
— Est-ce lui qui vous l'a fait savoir?
— Pas en termes aussi nets. »

Mountolive frémit. Il sortit son fume-cigarettes dont il ne faisait usage que dans les moments de grande perplexité, prit une cigarette dans la boîte d'argent sur le bureau et se renversa dans l'antique fauteuil.

« Avez-vous d'autres motifs? demanda-t-il tranquillement. Parce que, personnellement, j'aimerais le garder, du moins pour quelque temps. »

Les petits yeux de Kenilworth se plissèrent. Son cou épais parut s'enfler sous l'effet de la rougeur de contrariété qui s'efforçait de se frayer un chemin vers son visage.

« Pour être franc, oui, dit-il d'un ton tranchant.
— De quoi s'agit-il?
— Vous trouverez dans les documents que j'ai rassemblés un long rapport sur lui de la main d'Errol. J'estime qu'il n'est plus à sa place. Et puis on ne peut avoir la même confiance dans ces fonctionnaires sous contrat que dans les diplomates de carrière. Je sais que c'est là un point de vue très général. Je n'irai pas jusqu'à dire que notre ami n'est pas fidèle à la maison, loin de moi cette pensée. Mais ce que je puis dire, c'est qu'il manque de souplesse, qu'il est d'un caractère trop entier, trop imbu de ses opinions. Enfin, *soit!* Il est écrivain, n'est-ce pas? »

Kenilworth tenta de se concilier les bonnes grâces de l'image de Pursewarden par un bref sourire de mépris inconscient.

« Il y a sans cesse des frictions avec Errol. Voyez-vous, depuis la dissolution progressive de la haute commission après le Traité, une grande brèche s'est creusée, un hiatus; tous les centres d'information qui se sont constitués depuis 1918 et qui travaillaient pour la commission sont partis à la dérive maintenant qu'une ambassade se substitue à l'organisme mère. Vous aurez des décisions radicales à prendre. C'est la pagaille complète. L'attentisme a été la note dominante depuis dix-huit mois, tandis que se produisaient d'incessantes escarmouches entre une ambassade privée de son chef et tous ces organismes orphelins luttant contre la mort. Vous voyez la situation? Pursewarden est peut-être très intelligent, mais il s'était fait une foule d'ennemis, et pas seulement à l'intérieur de la légation; des gens comme Maskelyne, par exemple, qui dirige le service du Deuxième Bureau là-bas depuis cinq ans. Ils sont à couteaux tirés.

— Mais quels rapports avons-nous avec le Deuxième Bureau?

— Aucuns. Mais la section politique du haut-commissaire obtient ses renseignements par l'entremise des services de Maskelyne qui constituent le centre d'information pour tout le Moyen-Orient, vous voyez?

— Où est la querelle?

— Pursewarden estime que l'ambassade a en quelque sorte hérité aussi du département politique de la commission. Maskelyne ne veut rien entendre à la chose. Il réclame la parité, voire l'autonomie complète pour ses troupes. Après tout, c'est le fief des militaires.

— Alors placez-le sous le contrôle d'un attaché militaire, provisoirement.

— Très bien, mais Maskelyne refuse de se trouver

rattaché à votre Mission, étant donné qu'il a plus d'ancienneté que votre attaché désigné.

— Tout cela est absurde. Quel est son grade?

— Général de brigade. Voyez-vous, depuis la fin de la guerre de quatorze, Le Caire est le centre de tout le réseau, et tous les renseignements passent par Maskelyne. Et maintentant Pursewarden essaie de l'accaparer, de le mettre au pas. Mêlée générale, naturellement. Le pauvre Errol, qui est assez faible par certains côtés, je le reconnais, est ballotté entre les deux sans pouvoir prendre de décision. C'est pour cela qu'il me semble que votre tâche serait plus aisée si vous vous sépariez de Pursewarden.

— Ou de Maskelyne.

— Très bien, mais c'est un fief du ministère de la Guerre. Vous ne pouvez pas y toucher. En tout cas, il vous attend avec impatience pour que vous arbitriez le différend. Il est persuadé que vous établirez son autonomie complète.

— Je ne puis tolérer un centre d'information militaire indépendant de l'ambassade dans un territoire où je suis accrédité, n'est-ce pas?

— Je suis d'accord, je suis d'accord, mon cher collègue!

— Que dit le ministère de la Guerre?

— Vous savez comment sont les militaires! Ils se soumettront à toute décision que vous jugerez bon de prendre. Ils ne peuvent faire autrement. Mais cela fait des années qu'ils se sont enracinés là-bas. Ils ont leur personnel à eux et leur émetteur à Alexandrie. Je crois qu'ils aimeraient rester.

— Pas sur un pied d'indépendance. Comment pourrais-je le tolérer?

— Exactement. C'est ce que soutient Pursewarden. Bien, mais pour l'équité, quelqu'un devra s'en aller. Nous ne pouvons pas nous payer le luxe de tous ces coups d'épingle.

— Quels coups d'épingle?

— Eh bien, Maskelyne gardant des informations par-devers lui, obligé ensuite de les dégorger à la Section politique. Pursewarden critiquant leurs méthodes et mettant en doute la valeur de leurs renseignements. Je vous le dis, c'est un vrai feu d'artifice. C'est sérieux. Il vaut mieux écarter le personnage; d'ailleurs, vous savez, il est un peu... enfin il a d'étranges relations. Errol se fait du souci pour sa sécurité. Comprenez bien, nous n'avons rien *contre* Pursewarden. C'est seulement qu'il est, heu... enfin, un peu vulgaire dirons-nous? Je ne sais comment définir cela. C'est dans le rapport d'Errol. »

Mountolive poussa un soupir.

« Tout cela ne va pas plus loin, j'en suis persuadé, qu'une querelle entre, mettons Eton et Worthing, n'est-ce pas? »

Ils se regardèrent un instant fixement. Ni l'un ni l'autre ne trouva cette remarque amusante. Kenilworth haussa les épaules, manifestement **vexé**.

« Mon cher, dit-il, si vous avez l'intention de vous battre avec le secrétaire d'Etat, je n'y peux rien; vous rejetterez purement et simplement mes suggestions. Mais mon point de vue est maintenant inscrit noir sur blanc. Vous me pardonnerez, je l'espère, de n'y rien changer; c'est mon commentaire aux rapports d'Errol. Après tout, c'est lui qui a mené toute l'affaire.

— Je sais.

— Ce sera dommage pour lui. »

Une fois de plus le sentiment que le pouvoir d'agir était maintenant à sa portée se leva dans son subconscient; la faculté de prendre des décisions, de trancher des affaires qui jusque-là avaient été livrées au destin, ou à l'autorité hasardeuse de volontés de conciliations; des affaires qui ne méritaient pas les querelles et les doutes, qu'un peu de réflexion et de bon sens eût suffi à résoudre. Mais s'il voulait affirmer sa liberté d'agir, il lui fallait bien commencer quelque part. Un ambassadeur avait le droit de proposer le personnel de son choix et de s'en porter garant. Pourquoi Pursewarden devrait-il souffrir de ces petites chicanes administratives et subir l'humiliation et les désagréments d'une nouvelle affectation?

« Je crains que le Foreign Office ne le perde définitivement si nous jonglons avec lui », dit-il sans conviction; puis, comme pour racheter une déclaration aussi sinueuse, il ajouta d'un ton tranchant : « De toute façon, j'ai l'intention de le garder quelque temps. »

Kenilworth eut un sourire qui ne monta pas jusqu'à ses yeux, et Mountolive sentit le silence se refermer sur eux comme la porte d'un caveau. Il n'y avait rien à ajouter. Il se leva d'un air exagérément décidé, écrasa sa cigarette dans l'horrible cendrier et dit :

« Du moins tel est mon avis; et je pourrai toujours le congédier si je ne suis pas satisfait de lui. »

Kenilworth avala tranquillement sa salive, comme un crapaud sous une pierre, en fixant d'un regard inexpressif la tapisserie neutre. Le doux murmure du trafic londonien s'éleva entre eux.

« Il faut que je vous quitte, dit Mountolive qui commençait à se sentir mal à l'aise. Je prends tous les dossiers pour les emporter à la campagne demain soir. Aujourd'hui et demain j'expédie les visites officielles, et ensuite... quelques jours de congé, j'espère. Au revoir, Kenny.

— Au revoir. »

Mais Kenilworth ne se leva pas de son bureau. Il se contenta de faire un vague geste en direction de la porte, en souriant. Puis il se replongea avec un soupir dans le memorandum joliment dactylographié d'Errol, dans le dossier gris portant comme en-tête : *A l'attention de l'Ambassadeur désigné*. Il lut quelques lignes, puis leva les yeux d'un air ennuyé vers la fenêtre assombrie avant de traverser la pièce pour tirer les rideaux et prendre le téléphone. « Passez-moi les Archives, s'il vous plaît! »

Pour l'instant il était plus sage de ne pas se hâter d'imposer ses vues.

Cette futile querelle, toutefois, fit renoncer Mountolive à son projet d'emmener Kenilworth à son club. En un sens, il était soulagé. Il téléphona alors à Liza Pursewarden et l'invita à dîner.

Dewford Mallows n'était qu'à deux heures de Londres, mais dès qu'ils furent sortis de la ville ils constatèrent que toute la campagne était sous la neige. Ils furent obligés de ralentir et de rouler presque au pas, ce qui ravit Mountolive mais enragea le chauffeur de la voiture de place.

« On arrivera pour Noël, monsieur, si jamais on arrive ! »

Villages de l'ère glaciaire, cottages et granges aux toits de chaume luisants de gel savamment disposés comme dans la vitrine d'un confiseur artiste; courbes lentes des prairies immaculées où s'étaient imprimés en caractères cunéiformes les pas d'un oiseau ou d'une loutre. Les vitres de la voiture étaient scellées par le gel. Ils n'avaient ni chaînes ni chauffage. A cinq kilomètres du village, ils virent un camion qui avait versé dans le fossé; deux hommes faisaient les cent pas devant en soufflant sur leurs doigts gourds. Des poteaux télégraphiques avaient été arrachés par la tempête. Sur la surface gelée du lac de Newton gisait un oiseau mort, un faucon. Jamais ils n'atteindraient Parson's Ridge. Mountolive eut pitié de son chauffeur et lui conseilla de rejoindre la grande route par la passerelle. « J'habite juste là-haut, dit-il. J'en aurai à peine pour vingt-cinq minutes à pied. » L'homme était trop heureux de rebrousser chemin et ne voulut pas accepter le pourboire que Mountolive lui offrait. Il manœuvra lentement et repartit en direction du nord tandis que son client s'enfonçait dans la blancheur, son haleine se condensant devant lui en une épaisse colonne de brouillard.

Il suivit le sentier familier à travers des champs dont la pente se faisait encore plus raide vers une ligne d'horizon invisible, qui dessinait (sa mémoire devait se substituer à sa vue) quelque chose d'aussi parfait dans sa simplicité que le premier avion de Cavendish. Un paysage rituel que rendait plus irrésistiblement mystérieux la clarté d'un soleil fantôme, quelque part, là-haut derrière les écrans opaques d'un brouillard pesant qui dérivait devant lui, s'écartait un moment puis se refermait. Cette marche ravivait en lui une foule de souvenirs, mais faute de les voir il était obligé d'imaginer les deux petits hameaux sur la crête, les bosquets de hêtres, les ruines d'un château normand. A chaque pas ses chaussures fauchaient des gouttes de pluie dans les touffes d'herbe luxuriante, bientôt le bas de son pantalon fut trempé et ses chevilles commencèrent à geler.

Une armée de chênes surgit du néant, et brusquement il se fit un crépitement sec, comme s'ils claquaient des dents de froid, et des paquets de neige vinrent s'écraser sur le lit de feuilles mortes à leur pied.

Sur la crête, l'espace était dégagé. Des lapins rôdaient sans bruit. Les pointes des hautes herbes étaient raidies par la gelée et scintillaient en un fouillis d'aigrettes. Le disque blême du soleil se montrait parfois entre deux voiles de brume, augmentait en éclat comme un manchon à gaz sans répandre de chaleur et se fondait de nouveau dans la grisaille. Puis il entendit ses pas résonner sur l'asphalte de la route secondaire, et il se hâta vers les hautes grilles de la maison. Çà et là, les chênes étaient cloutés de diamants. Deux pigeons s'envolèrent brusquement dans un lourd claquement d'ailes, comme d'un millier de livres qu'on eût refermés en même temps. Il sursauta, puis sourit, amusé. Il aperçut la silhouette d'un lièvre dans l'enclos, tout près de la maison. Des doigts de glace s'abattaient autour des arbres, dans un crissement de verre brisé. Il chercha à tâtons la clé du verrou et sourit en la sentant tourner et en pénétrant dans une chaleur qu'il n'avait pas oubliée et qui sentait l'abricot et les vieux bouquins, l'encaustique et les fleurs, et tous les souvenirs qui le ramenaient infailliblement vers Piers Plowman, le poney, la canne à pêche, l'album de timbres. Il s'arrêta dans le hall et appela doucement sa mère.

Elle était assise près du feu, dans la même attitude où il l'avait laissée, un livre ouvert sur les genoux; elle lui souriait. Ils avaient tacitement décidé de ne pas tenir compte de ses disparitions et de ses retours; de faire comme s'il s'était simplement absenté quelques instants de la pièce agréable où elle passait sa vie à lire, à peindre ou à tricoter devant la grande cheminée. Elle souriait maintenant de ce même sourire qui l'aidait à cimenter le temps et l'espace, et à adoucir la solitude qui l'étreignait quand il était à l'étranger. Mountolive déposa sa lourde valise de cuir et fit un curieux

petit geste involontaire en s'approchant d'elle.
« Oh! chère! dit-il, je lis sur votre visage que vous êtes déjà au courant. Moi qui espérais tellement vous faire la surprise! »

Ils s'en trouvèrent tous deux confus; tout en l'embrassant, elle lui dit :

« Les Granier sont venus prendre le thé la semaine dernière. Oh! David, je suis tellement désolée! Je voulais tout de même te laisser me faire la surprise, mais je suis si mauvaise comédienne, tu le sais. »

Mountolive sentit monter une absurde envie de verser des larmes de dépit : il avait déjà imaginé toute la scène, mis en place toutes les répliques. C'était comme si on venait de lui déchirer un scénario longuement travaillé.

« Au diable les étourdis! dit-il.

— Ils croyaient bien faire, et naturellement cela m'a fait une telle joie, tu imagines! »

Mais à partir de ce moment il se replongea, légèrement et tout naturellement, dans le courant des souvenirs que la maison éveillait autour d'elle et qui remontaient presque à son onzième anniversaire, et un sentiment de bien-être et de plénitude l'envahit avec la douce chaleur du feu.

« Ton père sera très heureux », dit-elle un peu plus tard, d'une voix changée, aiguisée par une jalousie inconsciente — restes d'une passion qui, depuis longtemps, s'était dédommagée par une soumission involontaire. « J'ai mis tout ton courrier dans son bureau. »

« Son » bureau, son père ne l'avait jamais vu, n'y avait jamais travaillé. La désertion de son père était toujours présente entre eux, bien qu'ils fissent rarement allusion à sa vie, en marge de la leur, dans une autre partie du monde; et qui pouvait dire s'il était heureux ou malheureux? « Pour ceux d'entre nous qui vivent en marge du monde, et sans avoir été appelés par aucun Dieu, il n'est d'autre vérité que celle-ci : le travail est Amour. » Etrange, saisissante phrase que le vieillard avait glissée dans une préface érudite à un texte pali! Mountolive avait tourné et retourné le volume vert dans ses mains, cherchant à pénétrer le sens de ces mots en les confrontant au souvenir de son père, mince silhouette brune à la charpente fragile comme celle d'une mouette affamée, coiffé d'un ridicule casque colonial. Maintenant, il portait, paraît-il, la robe des fakirs indiens! Fallait-il sourire? Il n'avait pas revu son père depuis qu'il avait quitté l'Inde, le jour de ses onze ans; il était devenu semblable à un criminel condamné par contumace... pour un crime inavouable. Il avait pris sa retraite dans le monde de l'érudition orientale qui avait été sa seule passion pendant des années. C'était très déconcertant.

Mountolive père avait appartenu à cette Inde disparue, à la société de ses maîtres unis par une même foi en leurs fonctions et qui avaient fini par constituer une caste, mais une caste qui s'enorgueillissait davantage de voir un de ses membres s'adonner à l'érudition bouddhiste que de briguer les honneurs civils. De telles passions désintéressées aboutissaient généralement à une identification fervente avec leur sujet — ce sous-continent grouillant, avec ses castes et ses croyances, ses monuments, ses fois et ses ruines. Il avait débuté dans la magistrature, à l'échelon de juge, mais au bout de quelques années il s'était acquis une réputation de spécialiste en matière d'érudition indienne, et il avait publié des traductions et des exégèses de textes rares et oubliés. Le jeune Mountolive et sa mère avaient été confortablement installés en Angleterre, où il devait les rejoindre quand il aurait pris sa retraite; c'est dans ce but que la plaisante maison avait été garnie des trophées, livres et tableaux d'une longue carrière studieuse. Si elle présentait maintenant un peu l'aspect d'un musée, c'est qu'elle avait été désertée par son véritable auteur qui avait préféré demeurer en Inde pour poursuivre des études qui (aucun d'eux ne se faisaient plus d'illusions là-dessus) l'occuperaient maintenant jusqu'à la fin de ses jours. C'était là un cas qui n'avait rien d'exceptionnel parmi les fonctionnaires de cette administration aujourd'hui disparue et démembrée. Mais cela s'était fait progressivement. Il en avait débattu pendant des années, de sorte que la lettre où il leur annonça sa décision avait toute l'apparence d'un document aux termes longuement pesés. Ce fut en fait la dernière lettre que mère et fils reçurent de lui. De temps à autre, toutefois, un voyageur qui avait eu l'occasion de lui rendre visite, au monastère bouddhiste près de Madras où il s'était retiré, leur donnait de ses nouvelles et leur transmettait quelque message affectueux. Et naturellement les livres leur arrivaient ponctuellement, l'un après l'autre, dans leurs somptueux uniformes aux armes des University Presses. Ces livres étaient, en quelque sorte, son excuse et sa justification.

La mère de Mountolive avait respecté cette décision, et maintenant elle n'en parlait presque jamais. De temps en temps seulement l'invisible responsable de leurs deux vies dans cette île enneigée, émergeait lorsque l'un d'eux parlait ainsi de « son » bureau; ou à l'occasion de quelques autres remarques semblables qui tombaient, sans commentaire, et s'évaporaient de nouveau dans le mystère d'une existence qui n'évoquait pour eux rien de commun ou de concevable. Mountolive ne put jamais percer la cuirasse d'orgueil de sa mère pour savoir dans quelle mesure cette désertion l'avait affectée. Mais une commune timidité s'était installée sur ce sujet, car ils pensaient tous deux que l'autre en souffrait.

Avant de s'habiller pour le dîner ce soir-là, Mountolive entra dans la pièce aux murs couverts de livres, qui tenait également lieu d'armurerie, et prit solennellement possession du « bureau de son père » qu'il utilisait lorsqu'il était à la maison. Il rangea soigneusement ses dossiers dans les tiroirs et tria son courrier. Parmi le lot de lettres et de cartes-postales il repéra tout de suite l'inimitable écriture de Pursewarden sur une volumineuse enveloppe timbrée de Chypre. Il pensa tout d'abord qu'il pouvait s'agir d'un manuscrit, et il en fit sauter le cachet d'un doigt perplexe. « Mon cher David, commençait la lettre. Vous serez étonné de recevoir de moi une lettre aussi volumineuse, je n'en doute pas. Mais je viens seulement d'apprendre, par la rumeur, la nouvelle de votre nomination, et il y a beaucoup de choses que vous devez connaître sur la situation qui règne ici et dont je ne puis vous informer officiellement en qualité d'ambassadeur désigné (Confidentiel : Par Avion) hum! »

Il aurait bien le temps d'étudier plus tard ce long mémoire, se dit Mountolive avec un soupir, et il ouvrit un tiroir pour y ranger cette lettre avec ses autres papiers.

Il resta un moment assis au grand bureau, baigné par le calme de la pièce, se laissant imprégner par les associations qu'éveillait son bric-à-brac : peintures mandala de quelque sanctuaire birman, drapeaux lepchas, gravures encadrées de l'édition originale du *Livre de la Jungle,* paons de nuit dans leurs petites vitrines, objets votifs découverts dans quelque temple abandonné. Puis les livres rares et les brochures — premiers écrits de Kipling édités par Thacker and Spink, Calcutta, fascicules d'Edwards Thompson, Younghusband, Mallows, Derby... Certains musées seraient heureux de les posséder aujourd'hui. Ils y seraient répertoriés et retourneraient à l'anonymat.

Il prit l'antique moulin à prières tibétain qui était posé sur le bureau et le fit tourner une ou deux fois, écoutant le léger froissement à l'intérieur du tambour, encore garni des bouts de papiers jaunis sur lesquels de pieuses plumes avaient inscrit, il y avait très longtemps, la classique invocation *Om Mani Padme Aum*. C'était un cadeau de son père au moment de leur départ. Avant que le bateau ne lève l'ancre, il avait harcelé son père pour qu'il lui achète un avion en celluloïd, et ils en avaient cherché un dans tout le bazar, sans succès. Son père s'était alors brusquement arrêté devant l'éventaire d'un colporteur et avait acheté ce petit moulin à prières pour quelques roupies. Il le lui avait glissé dans la main à la place du jouet convoité. Il était tard. Ils devaient se hâter. Leurs adieux avaient été dénués de toute chaleur.

Et après cela? Un estuaire boueux sous un soleil de plomb, le chatoiement irisé de la chaleur qui brouillait les visages, la fumée qui montait des paliers de crémation, les cadavres d'hommes, bleus et enflés, que le fleuve charriait à la mer... C'est tout ce qu'il se rappelait. Il reposa le lourd cylindre et poussa un soupir. Le vent ébranla la fenêtre et une poignée de neige vint se coller sur les carreaux, comme pour lui rappeler où il se trouvait. Il sortit ses manuels de langue arabe et le grand dictionnaire. Durant quelques mois ils ne devraient pas quitter sa table de chevet.

Cette nuit-là, il fut de nouveau la proie de l'étrange mal qui l'assaillait toutes les fois qu'il revenait à la maison : une atroce douleur dans les oreilles qui le réduisait rapidement à l'ombre frissonnante de lui-même. C'était un mystère, car tous les docteurs avaient été jusque-là impuissants à soulager, et même à diagnostiquer d'une manière satisfaisante, ces attaques de petit mal. Il n'en souffrait jamais que lorsqu'il était à la maison. Comme toujours, sa mère surprit ses gémissements et sut par expérience ce qu'ils signifiaient; elle apparut aussitôt à son chevet pour lui apporter le réconfort d'une présence amie et le seul remède que, depuis qu'il était enfant, elle utilisait pour lutter contre sa détresse. Elle le gardait toujours à portée de la main maintenant, dans l'armoire à côté de son lit : de l'huile de table, réchauffée dans une cuillère à café sur la flamme d'une bougie. Il sentit la chaleur de l'huile pénétrer son cerveau, et il entendit la voix de sa mère chasser les ténèbres de la douleur et l'apaiser par la promesse d'un prompt soulagement. Au bout d'un moment la marée de souffrance se retira pour le laisser, comme lavé, sur la plage du sommeil, un sommeil encore vaguement animé par les souvenirs bienfaisants des maladies de son enfance que sa mère avait toujours partagées avec lui — ils tombaient malades ensemble, comme par sympathie. Etait-ce pour qu'ils puissent rester au lit dans deux chambres contiguës à parler, à se faire la lecture, à s'offrir le luxe d'une convalescence commune? Il n'aurait su le dire.

Il s'endormit. Ce n'est qu'une semaine plus tard qu'il rouvrit le tiroir où il avait rangé ses documents officiels et qu'il lut la lettre de Pursewarden.

V

« Mon cher David,

« Vous serez étonné de recevoir de moi une lettre aussi volumineuse, je n'en doute pas. Mais je viens seulement d'apprendre, par la rumeur, la nouvelle de votre nomination, et il y a beaucoup de choses que vous devez connaître sur la situation qui règne ici et dont je ne puis vous informer officiellement en qualité d'ambassadeur désigné (Confidentiel : Par avion) hum!

« Ouf! Quelle barbe! J'ai horreur d'écrire des lettres, vous le savez. Seulement... je ne serai certainement plus là quand vous arriverez, car j'ai déjà posé des jalons pour me faire muter. Après toute une série d'iniquités calculées, j'ai fini par persuader le pauvre Errol que ma place n'était pas à la Mission que j'honore de ma présence depuis deux ans. Deux ans! Toute une vie! Et Errol est si bon, si honnête, si vertueux; c'est un curieux bonhomme qui ressemble à une chèvre et qui donne l'impression d'avoir eu du mal à naître! C'est avec la plus grande répugnance qu'il a parlé contre moi dans son rapport. *Je vous en prie, ne faites rien pour empêcher la mutation qui en résultera,* car cela m'arrange. Je vous en supplie.

« Ce qui a fait déborder le vase, c'est mon abandon de poste ces cinq dernières semaines; cela m'a causé de gros ennuis et c'est finalement ce qui a décidé Errol. Je vais tout vous expliquer. Je ne sais pas si vous vous rappelez ce jeune et gras diplomate français de la rue du Bac, un nommé Pombal? Nessim nous avait tous emmenés boire un verre quelque part. Eh bien, c'est chez lui que je me suis réfugié; il a été nommé ici. C'est très gai chez lui. A la fin de l'été, l'ambassade acéphale se retire, ainsi que la cour, pour passer l'hiver au Caire, mais cette fois sans votre serviteur. J'ai pris le maquis. Nous nous levons à onze heures, flanquons les filles à la porte, et après un bon bain chaud nous jouons au jacquet jusqu'à l'heure du déjeuner; puis un *arak* au café Al Akhtar avec Balthazar et Amaril (qui vous envoient leurs amitiés) et déjeuner à l'Union Bar. Ensuite, nous montons chez Clea voir ce qu'elle peint, ou bien nous allons au cinéma. Tout cela, Pombal le fait légalement : il est en congé. Moi, je suis *en retraite*. De temps en temps, Errol, exaspéré, téléphone du Caire pour essayer de me dénicher, et je lui réponds en contrefaisant la voix d'une *poule* du Midi. Ça le met dans tous ses états parce qu'il se doute que c'est moi, mais il n'en est pas absolument sûr. (Un ancien élève de Winchester ne peut pas prendre le risque d'offenser quelqu'un.) Nous avons de délicieuses, délicieuses

conversations. Hier je lui ai dit que moi, Pursewarden, j'étais en traitement pour une affection
glandulaire chez le professeur Pombal, et que j'étais
maintenant hors de danger. Pauvre Errol! Un jour,
je lui ferai mes excuses pour tous les tracas que
je lui ai causés. Mais pas maintenant. Pas avant
d'avoir obtenu mon transfert au Siam ou à Santos.

« Tout cela est très mal de ma part, je sais, mais...
Dieu que tous ces minus sont assommants! Les
Errol sont tellement britanniques! Par exemple, ils
sont *tous les deux* économistes. Pourquoi *tous les
deux*, je me le demande. Ils font l'amour à deux
décimales près. Leurs enfants ont tous l'air de
vulgaires fractions!

« Il n'y a que les Donkin qui soient acceptables;
lui est intelligent et plein de verve, elle plutôt
commune, un peu forte, avec trop de rouge à lèvres.
Mais... la pauvre, elle rachète largement la barbe
que son petit mari s'est laissé pousser et sa conver-
sion à l'Islam! Il faut la voir s'asseoir sur le bureau
de son époux, balançant les jambes d'un air agressif
et fumant cigarettes sur cigarettes. La bouche trop
rouge. Pas tout à fait une dame, donc exposée aux
critiques. Son mari est un jeune homme intelligent
mais beaucoup trop sérieux. Je n'ose pas demander
s'il a l'intention de prétendre au supplément
d'épouses auquel il a droit.

« Maintenant je vais vous dire, après ce laborieux
préambule, ce qui se cache derrière toutes ces
bêtises. Comme vous le savez, on m'a envoyé ici
sous contrat, et j'ai scrupuleusement rempli ma

mission originelle — comme l'atteste le rouleau de papier gigantesque intitulé (en caractères généralement réservés aux inscriptions funéraires) *Instruments pour une Convention Culturelle entre les Gouvernements de Sa Majesté Britannique, etc.* Instruments bien émoussés en fait — car que peut-il y avoir de commun entre une culture chrétienne et une culture musulmane ou marxiste? Nos prémisses sont absolument irréductibles. Tant pis! On m'a commandé de le faire et je l'ai fait. Et j'aime d'autant plus ce qu'ils ont obtenu ici que je ne comprends rien à un système d'éducation basé sur l'abaque et une théologie laissée loin derrière par saint Augustin et saint Thomas d'Aquin. Personnellement, j'estime que nous avons tout gâché, et je n'ai aucun parti pris en la matière. Et ainsi de suite. Je ne vois pas du tout ce que D.H. Lawrence peut avoir à offrir à un pacha pourvu de dix-sept épouses, quoique je pense savoir lequel des deux est le plus heureux... Enfin, cette convention, je l'ai mise sur pied.

« Après cela, on n'a pas tardé à me prendre pour un grand politique, ce qui m'a permis de fourrer mon nez dans les dossiers et de comprendre que tout le complexe du Moyen-Orient formait un tout cohérent, une aventure politique. Bon, mais après avoir longuement étudié les choses, je suis arrivé à la conclusion qu'il n'y avait ni cohérence ni même une politique — en tout cas pas de politique capable de résister à la poussée des forces qui sont en train de prendre naissance ici-même.

« Ces Etats pourris, tout arriérés et vénaux qu'ils soient, ne doivent pas être pris à la légère; il ne faut pas s'imaginer qu'on pourra les maintenir ensemble simplement en encourageant ce qu'il y a de plus faible et de plus corrompu en eux, comme nous l'avons fait jusqu'ici. Cela présuppose encore un bon demi-siècle de paix et aucun élément radical dans le corps électoral en métropole; cela posé, il faudrait maintenir le *statu quo*. Mais étant donné cette orientation générale, est-il possible que l'Angleterre ait d'aussi courtes vues? Peut-être. Je ne sais pas. *En tant qu'artiste,* ces questions-là ne sont pas mon affaire; et en tant qu'homme politique, je suis rempli de méfiance. Encourager l'unité du monde arabe tout en perdant le pouvoir d'utiliser la coupe de poison me paraît une aventure très douteuse : ce n'est pas de la politique, c'est de la démence. Et ajouter l'unité arabe à tous les autres courants qui travaillent contre nous, me paraît être une douce folie. Sommes-nous encore obsédés par le lugubre rêve des *Mille et Une Nuits* qu'ont fait peser sur nous trois générations de victoriens sexuellement désaxés dont le subsconcient tressaillait de joie à l'idée d'une bigamie légale? Ou de la romantique fièvre bédouine des Bell et autres Lawrence? Peut-être. Mais les victoriens qui nous ont fourré ce rêve dans la tête étaient des gens qui *se battaient* pour la suprématie de leur monnaie; ils savaient que le monde de la politique est une jungle. Aujourd'hui on dirait que le Foreign Office pense que la meilleure attitude à adopter en face de la jungle est de se faire nudiste et d'apprivoiser les bêtes féroces simplement en leur montrant sa nudité. Bon, je vous entends soupirer d'ici : « Pourquoi Pursewarden n'est-il pas *plus* « *précis*. Toujours des *boutades!* »

« Très bien. Je parlais des forces montantes. Distinguons les poussées internes et les poussées externes, n'est-ce pas? comme le ferait Errol. Mon point de vue paraîtra peut-être quelque peu hérétique, mais le voici :

« D'abord, l'abîme qui sépare les riches et les pauvres — voilà qui est typiquement hindou. Dans l'Egypte actuelle, par exemple, six pour cent des habitants possèdent plus des trois quarts des terres, ce qui laisse au reste environ un *feddan* par tête pour vivre. Bon! Ensuite la population double toutes les deux (ou est-ce trois?) générations. Mais n'importe quelle étude économique vous apprendra cela. Entre-temps, nous assistons à la montée d'une classe moyenne cultivée et capable de faire entendre sa voix; leurs enfants vont faire leurs études à Oxford et s'imprègnent de notre confortable libéralisme, et ils ne trouvent pas d'emplois lorsqu'ils rentrent chez eux. Le *babu* devient de plus en plus puissant, et c'est la même histoire un peu partout. « Chômeurs intellectuels du monde entier, unissez- « vous! »

« A ces pressions internes, nous ajoutons gracieusement et par des encouragements directs la rigueur d'un nationalisme fondé sur le fanatisme religieux. Personnellement je l'admire, mais je ne puis oublier que c'est une religion qui se bat sans métaphysique, mais seulement au nom d'une éthique. L'Union arabe, etc. Mon cher, pourquoi faut-il que nous songions à ajouter ces absurdes édifices à notre déconfiture — d'autant plus qu'il ne fait pour moi aucun doute que nous avons essentiellement perdu le pouvoir d'agir qui seul nous permettrait de maintenir notre prépondérance dans ce secteur? Ces féodalismes arriérés et branlants ne pourraient se maintenir que par les armes contre ces facteurs de désagrégation inhérents à la nature même des choses aujourd'hui; mais pour utiliser les armes, pour « prêcher avec l'épée », selon le mot de Lawrence, il faut avoir foi en notre propre éthos, notre propre mystique de la vie. En quoi le Foreign Office croit-il? Vraiment, je l'ignore. En Egypte, par exemple, nous n'avons pas fait grand-chose, outre maintenir la paix; la haute commission s'évapore après un règne de... (depuis 1888?) et ne laissera même pas derrière elle les vestiges d'une administration aux rouages impeccables pour stabiliser ce fantoche tyrannisé par la populace que nous considérons apparemment comme un Etat souverain. Combien de temps encore ces belles paroles et ces nobles sentiments prévaudront-ils contre le mécontentement massif qui monte chez ce peuple? Le traité signé par un roi n'a de valeur que tant que celui-ci a la confiance de son peuple. Combien de temps nous reste-t-il avant que l'étincelle ne mette le feu aux poudres? Je n'en sais rien — et pour être franc, je m'en moque. Mais je dirai qu'une pression extérieure imprévisible telle qu'une guerre ferait tomber toutes ces principautés fantoches comme un château de cartes. Du moins, telles sont en gros les raisons qui me poussent à vouloir changer d'air. Je crois que nous devrions réorienter la politique et bâtir dans la coulisse une Judée puissante. Et vite.

« Et maintenant voici des raisons plus personnelles. Tout au début de ma carrière politique je suis tombé, tout à fait par hasard, sur un service du ministère de la Guerre spécialisé dans les renseignements en tout genre, dirigé par un général de brigade qui ne pouvait admettre l'idée de voir ses services plier le genou devant nous. Question de rang, ou de prestige, enfin des foutaises de ce goût-là; la commission lui avait plus ou moins laissé carte blanche. Entre parenthèses c'est là une des survivances du bon vieux Bureau arabe qui se l'est coulée douce depuis 1918 comme un crapaud sous une grosse pierre! De toute évidence, dans le reclassement général, ses troupes devaient (du moins il me semble) s'intégrer à une entité. Et il n'y avait en Egypte qu'une ambassade embryonnaire. Comme il avait travaillé autrefois pour la Section politique de la haute commission, j'ai pensé qu'il pourrait travailler pour moi, et après une série de brèves escarmouches, s'il ne s'est pas rendu complètement, il a néanmoins dû se mettre au pas. L'individu en question se nomme Maskelyne. C'est un personnage si typique que j'ai pris une foule de notes sur lui que je compte bien utiliser dans un livre, selon mon habitude. (On écrit pour se refaire une innocence perdue!)

« Donc, depuis que l'armée a découvert que la frousse est essentiellement un produit de l'imagination, elle a systématiquement entraîné les Maskelyne à cultiver toutes les vertus de la contre-imagination : une espèce d'amnésie quasiment turque. Le mépris de la mort est devenu le mépris de la vie, et ce type d'homme n'accepte la vie que selon ses normes. Seul un cerveau complètement gelé lui permet de se plier à une routine particulièrement triste. Il est très mince, très grand, et sa peau a pris, durant le temps qu'il a servi aux Indes, une teinte de serpent fumé, ou d'une croûte passée à la teinture d'iode. Sa denture parfaite repose aussi légèrement qu'une plume sur ses gencives. Il a une façon très personnelle — je voudrais pouvoir décrire ce geste, il me fascine — de retirer lentement sa pipe de sa bouche avant de parler en plantant sur vous ses deux petits yeux noirs et en disant, presque dans un murmure : « Croyez-vous, vraiment? », les voyelles s'extirpant avec une infinie lassitude de la silencieuse torpeur qui l'environne. Il est rongé par la perfection bornée d'une éducation qui le rend mal à l'aise dans des vêtements civils, et c'est en effet d'un air très *Noli me tangere* qu'il déambule dans sa capote de cavalerie d'une coupe impeccable. (L'éducation spécialisée entraîne toujours des anomalies de comportement.) Son superbe pointer roux qu'il appelle Nell (du nom de sa femme?) le suit partout, se couche à ses pieds quand il travaille à ses dossiers et dort la nuit sur son lit. Il vit à l'hôtel, dans une chambre tout à fait impersonnelle — pas de livres, pas de photos, pas de papiers. Rien qu'un jeu de brosses en argent, une bouteille de whisky et un journal. (Je l'imagine parfois en train de brosser son crâne pour en exprimer la rage silencieuse, brossant furieusement ses cheveux noirs et luisants en arrière de ses tempes, de plus en plus fort. Ah! voilà qui est mieux... voilà qui est mieux!)

« Il arrive à son bureau à huit heures après avoir acheté le numéro du *Daily Telegraph* de la veille. Je ne l'ai jamais vu lire autre chose. Il s'installe devant son immense bureau, pénétré d'un sombre mépris pour la vénalité des êtres humains qui l'entourent, peut-être même pour la race humaine tout entière; il examine et classe leurs différentes corruptions, leurs maladies, et les dépeint soigneusement sur le papier-minute marbré au bas duquel il appose toujours, de sa petite plume d'argent, les timides pattes de mouche de sa signature. Le flot de son dégoût s'écoule lentement, lourdement, le long de ses veines comme le Nil en pleine crue. Vous voyez un peu le numéro. Sa vie se déroule tout entière sur le plan de la pure imagination militaire, car il ne voit ou ne rencontre jamais les sujets de la plupart de ses rapports; les renseignements qu'il recueille lui arrivent par le canal d'employés corrompus, de valets en mal de vengeance ou de domestiques refoulés. Cela n'a pas grande importance. Il est fier de lui quand il les collationne, fier de sa finesse à les interpréter, comme un astrologue penché sur les cartes du ciel de sujets inconnus. Fier comme un calife, sagace et inflexible. En toute honnêteté, je l'admire beaucoup.

« Maskelyne a fixé deux graduations entre lesquelles (comme sur un thermomètre) la température de son approbation et de sa désapprobation est autorisée à se déplacer; ce sont les deux phrases « Bien joué pour la Princesse » et « Pas fameux pour la Princesse ». Et, naturellement, il est trop loyal pour être capable d'imaginer quelque chose comme un coup dur pour cette connasse de Princesse. Un type comme lui semble incapable d'ouvrir les yeux sur le monde qui l'entoure; mais sa profession et la nécessité du secret font de lui un reclus qui n'a aucune expérience du monde sur lequel il est chargé de porter des jugements... J'ai grande envie de poursuivre sur ma lancée et de brosser le portrait de notre chasseur d'espions, mais j'abandonne. Lisez mon prochain roman, vous y trouverez aussi un portrait de Telford, qui est le numéro deux de Maskelyne — un gros civil mielleux au visage couperosé avec un râtelier mal ajusté qui vous donne du « vieille branche » à tout bout de champ entre deux rires sonores. C'est merveille que de voir l'adoration qu'il porte au soldat glacé comme un serpent. « Oui, mon général! », « Non, mon général! », lance-t-il à tout instant en se levant précipitamment de sa chaise pour servir son maître; on pourrait croire qu'il est éperdument amoureux de son patron. Maskelyne, immobile derrière son bureau, observe froidement sa confusion, en pointant en avant son menton hâlé creusé d'une sombre fossette. Ou bien il se renverse sur sa chaise pivotante et tapote doucement sur la porte de l'énorme coffre-fort, derrière lui, de l'air béat d'un gourmet qui se frappe la panse en disant : « Vous ne me croyez pas? J'ai tout cela ici, tout « cela ici! » Et vous vous dites que ces dossiers doivent renfermer une matière explosive capable de faire sauter la planète! Et c'est peut-être vrai.

« Voici donc ce qui est arrivé : un jour je trouvai sur mon bureau un dossier bien dans le style de Maskelyne, intitulé *Nessim Hosnani*, et portant ce sous-titre : *Un complot chez les Coptes*, qui m'alarma. D'après ce document, notre Nessim était soupçonné de fomenter un vaste complot contre la Maison Royale Egyptienne. Connaissant Nessim, je me dis que la plupart de ces notes étaient fortement sujettes à caution, mais l'ensemble de ce document me plongea dans un grand embarras car il proposait d'en transmettre les détails par le canal de l'ambassade au ministre des Affaires étrangères égyptien! Je vous entends d'ici retenir votre souffle! En supposant que tout cela soit vrai, une telle démarche mettrait la vie de Nessim en grand danger. Vous ai-je expliqué que l'un des traits essentiels du nationalisme égyptien est une jalousie et une haine grandissante pour les « étrangers » — c'est-à-dire le demi-million environ de non-musulmans qui vivent ici? Et que dès l'instant où fut proclamée l'entière souveraineté égyptienne, les musulmans ont commencé à les malmener et à les exproprier? Le cerveau de l'Egypte, comme vous le savez, est constitué par sa communauté étrangère. Les capitaux qui irriguèrent ce pays quand il était sous notre suzeraineté sont maintenant à la merci de ces gros pachas. Et les Arméniens, les Grecs, les Coptes et les Juifs commencent à pâtir sérieusement de cette haine; beaucoup trouvent plus sage de s'en aller, mais tous ne le peuvent pas. Ces énormes investissements de capitaux dans le coton et le reste ne peuvent être abandonnés du jour au lendemain. Les communautés étrangères subsistent à force de prières et de pots de vin. Ils s'efforcent de sauver leurs industries, le travail de toute une vie, de l'usurpation progressive des pachas. Nous les avons littéralement jetés en pâture aux lions!

« J'ai donc lu et relu ce document avec une inquiétude croissante. Je savais que si je le transmettais à Errol il n'aurait rien de plus pressé que d'aller conter toute l'affaire à Sa Majesté. Aussi me suis-je mis en chasse moi-même pour tâter les points faibles de ces accusations — fort heureusement, ce n'était pas l'un des meilleurs rapports de Maskelyne — et j'ai réussi à jeter le doute sur un certain nombre de ses affirmations. Mais ce qui l'a mis en rage c'est que j'ai *bloqué* son rapport — j'étais obligé de faire cela pour qu'il ne tombe pas entre les mains de la Chancellerie! Mon sentiment du devoir en a pris un grand coup, mais je n'avais pas le choix; qu'auraient fait ces jeunes imbéciles du bureau à côté? Si Nessim était vraiment coupable du genre de complot dont Maskelyne le soupçonnait, bon! on pouvait toujours voir cela plus tard avec lui. Mais... vous connaissez Nessim. Il fallait que je sois sûr avant de transmettre un tel rapport en haut lieu.

« Mais Maskelyne était fou de rage, naturellement, bien qu'il eût l'élégance de n'en rien laisser paraître. La température de la conversation était bien au-dessous de zéro quand nous en délibérâmes dans son bureau, et descendit encore plus bas quand il me mit sous le nez l'accumulation des preuves réunies par ses agents. Elles n'étaient, pour la plupart, pas aussi solides que je le craignais. « J'ai
« soudoyé Selim, grommelait Maskelyne, et je suis
« convaincu que son secrétaire particulier ne peut
« se tromper là-dessus. Il y a ce petit cercle qui se
« réunit régulièrement — Selim les attend dans
« la voiture et les ramène à la maison. Puis il y a
« ce curieux cryptogramme qui part de la clinique
« de Balthazar et qui circule dans tout le Moyen-
« Orient, et les visites aux manufactures d'armes
« de Suède et d'Allemagne... » J'avais le vertige, croyez-moi! Je voyais tous nos amis allongés sur une table de marbre, par la police égyptienne en train de prendre leurs mesures pour leur faire de beaux linceuls!

« Je dois dire aussi que, *accessoirement,* les conclusions que tirait Maskelyne paraissaient tenir debout. Tout cela semblait assez sinistre; mais heureusement quelques-uns des points essentiels ne résisteraient pas à l'analyse — des choses telles que les soi-disant messages chiffrés que l'ami Balthazar envoyait tous les deux mois à des destinataires choisis dans les principales villes du Moyen-Orient, par exemple. Maskelyne essayait encore de suivre leur trace. Mais les notes étaient loin d'être complètes et j'insistai là-dessus avec la plus grande énergie, au grand dam de Telford; Maskelyne, lui, est un oiseau de proie beaucoup trop froid pour se laisser décontenancer aussi facilement. Néanmoins, je réussis à lui faire admettre le principe de garder ce rapport par-devers lui jusqu'à ce qu'un élément plus substantiel vienne renforcer ses hypothèses. Il m'en a voulu à mort, mais il a avalé la pilule, et j'ai compris que j'avais obtenu un sursis pour notre ami. Il s'agissait de savoir quoi faire ensuite — comment profiter de ce répit? Naturellement, j'étais convaincu que Nessim était innocent de ces grotesques accusations. Je dois admettre cependant que je ne pouvais fournir d'explications aussi convaincantes que celles de Maskelyne. Que mijotaient-ils derrière tout cela, ne pouvais-je m'empêcher de me demander? Si je voulais dégonfler Maskelyne, je devais découvrir cela par moi-même. Très embêtant, et professionnellement malhonnête — mais que faire? Le petit Ludwig allait se transformer en détective privé, mais par où commencer?

« Le seul fil direct reliant Maskelyne à Nessim passait par Selim, le secrétaire félon; grâce à son concours il avait rassemblé un nombre impressionnant sinon alarmant de renseignements sur les activités des Hosnani dans différents domaines — banque, flotte marchande, coton, etc. Le reste n'était guère plus que des ragots, certains fort préjudiciables, mais dont aucun ne pouvait être tenu en soi pour entièrement concluant. Toutefois, l'accumulation de tous ces éléments douteux finissait par faire du doux Nessim un personnage des plus sinistres. Je me dis qu'il faudrait étudier tout cela de très près. En particulier tout ce qui avait trait à son mariage, les ragots fielleux des jaloux et des paresseux, si typiques d'Alexandrie — ou de n'importe où en pareille matière. Dans tout cela, naturellement, les jugements de moralité que portent inconsciemment les Anglo-Saxons avaient une large part — je veux parler des jugements de valeur de Maskelyne. Quant à Justine... eh bien, je la connais un peu, et je dois avouer que j'admirais plutôt sa beauté maussade. Je me suis laissé dire que Nessim l'a longtemps poursuivie avant d'obtenir d'elle qu'elle consente à l'épouser; je ne dirai pas que j'ai eu quelques doutes à ce sujet, pas exactement, mais... même aujourd'hui leur mariage ne semble pas tout à fait cimenté. Ils forment un couple parfait, et pourtant on dirait qu'ils ne se touchent jamais; un jour, j'ai eu l'impression de la voir se contracter très légèrement tandis qu'il ôtait un cheveu de sa fourrure. Imagination, probablement. Peut-être un orage couve-t-il derrière les prunelles de satin noir de cette épouse? Beaucoup de nerfs, sûrement. Beaucoup d'hystérie. Beaucoup de mélancolie juive. On sent en elle un vague air de parenté avec l'homme dont on présenta la tête sur un grand plat... Mais je divague un peu.

« Bref, Maskelyne dit avec sa sécheresse et son air méprisant coutumiers : « A peine mariée, la « voilà qui se jette dans les bras d'un autre, et un « étranger qui plus est. » Il parlait de Darley, l'aimable binoclard qui loge parfois dans le débarras de Pombal. Il gagne sa vie en enseignant l'anglais et il écrit des romans. Il a un gentil crâne rond de bébé que l'on rencontre parfois chez les intellectuels; légèrement voûté, cheveux blonds, et cette gaucherie qui va de pair avec les Grandes Emotions imparfaitement contrôlées. Le parfait romantique, quoi! Si on le regarde bien en face, il se met à bégayer. Mais c'est un brave type, doux et résigné... J'avoue qu'il est assez surprenant de voir une femme comme l'épouse de Nessim accorder son attention à un personnage aussi falot. Y a-t-il place pour la pitié en elle, ou n'est-ce qu'un goût pervers pour l'innocence? Je flaire là un petit mystère. Quoi qu'il en soit, c'est Darley et Pombal qui me firent connaître ce livre de chevet classique à Alexandrie, un roman français intitulé *Mœurs* (une étude de grand style de la nymphomanie et de l'impuissance psychique) qui a pour auteur le premier mari de Justine. Après l'avoir écrit, il eut la sagesse de divorcer et de ficher le camp, mais tout le monde veut maintenant voir en elle l'héroïne du livre et la société éprouve pour elle une grave sympathie. Mais si vous songez que tout le monde ici est à la fois polymorphe et pervers, c'est une vraie déveine que d'être signalée ainsi à l'attention du public en passant pour l'héroïne d'un *roman vache*. Mais tout cela est du passé, et maintenant Nessim l'a introduite dans *le monde* où elle évolue avec une grâce barbare qui convient parfaitement à son type de beauté comme à la simplicité racée de Nessim. Est-il heureux? Non, attendez, laissez-moi poser la question d'une autre façon. A-t-il jamais été heureux? Est-il moins heureux maintenant qu'auparavant? Hum! Je crois qu'il aurait pu trouver pire, car la fille n'est ni trop innocente ni trop inintelligente. Elle joue du piano, et ma foi pas mal du tout, quoique avec une emphase maussade, et elle lit beaucoup. Je dirai même que les romans de Votre Serviteur sont très admirés — avec un enthousiasme désarmant. (Touché! Oui, c'est peut-être pour cela que je suis enclin à beaucoup d'indulgence envers elle.)

« D'un autre côté, je ne vois pas ce qu'elle trouve en Darley. Le pauvre garçon frétille comme une raie sur une table dès qu'elle approche; mais lui et Nessim se fréquentent beaucoup, et semblent être de grand amis. Ces Anglais qui n'ont l'air de rien, auraient-ils un côté turc? De toute façon ce Darley doit avoir un certain charme car il est également très lié à une petite entraîneuse de cabaret appelée Melissa. Vous n'imagineriez jamais à le voir qu'il soit capable de mener deux liaisons de front, tant il paraît peu maître de lui. Une victime de ses beaux sentiments? Il se tord les mains et ses lunettes s'embuent quand il mentionne le nom de l'une ou de l'autre. Pauvre Darley! Je me plais toujours à le faire enrager en lui récitant le poème de son homonyme :

> *O blest unfabled Incense Tree*
> *That burns in glorious Araby,*
> *With red scent chalicing the air,*
> *Till earth-life grows Elysian there* [1]

« Il me supplie en rougissant de m'arrêter, encore que je ne puisse dire pour quelle raison il rougit; mais je poursuis en déclamant d'un ton magistral :

> *Half-buried in her flaming breast*
> *In this bright tree she makes her nest,*
> *Hundred-sunned Phoenix! when she must*
> *Crumble at length to hoary dust* [2]

« Cela pourrait assez bien convenir à Justine.
« Arrêtez! », s'écrie-t-il encore.

---

1. Bienheureux, qu'on ignore, cet Arbre de l'Encens
   Qui brûle dans la radieuse Arabie,
   Son rouge parfum faisant de l'air un calice,
   A rendre là élyséenne notre vie de la terre!
2. Presque enfouie dans son sein de flamme,
   Dans cet arbre brillant elle se fait son nid,
   Phénix de cent soleils! quand il lui faut
   Enfin se résoudre en blanchâtre poussière!

« Et moi, impitoyable :

*Her gorgeous death-bed! Her rich pyre
Burn up with aromatic fire!
Her urn, sight-high from spoiler men!
Her birth-place when self-born again!* [1]

« — Je vous en prie. Assez!
« — Qu'y a-t-il? Ce n'est pas un si mauvais « poème que ça, non? »
« Et je conclus avec Melissa, déguisée en bergère de porcelaine de Dresde du XVIII<sup>e</sup> siècle :

*The mountainlesse green wilds among,
Here ends she her unechoing song
With amber tears and odorous sighs
Mourned by the desert where she dies!* [2]

« Assez parlé de Darley! Pour ce qui est de Justine en l'occurence, je ne vois absolument pas ce qu'elle cherchait, à moins d'accepter cette épigramme de Pombal, qu'il énonce avec un sérieux plein de graisse : « *Les femmes sont fidèles au*

---

1. Magnifique lit mortuaire! Bûcher splendide,
 Embrase d'un feu d'aromates!
 Urne de ses cendres, hors la vue des pillards!
 Son berceau, quand elle va, de soi, renaître!
2. Dans les vertes solitudes sans hauteurs
 Elle termine ici son chant privé d'écho,
 Sous des pleurs d'ombre, des soupirs de senteur,
 Dans le deuil du désert qui l'a vue disparaître!

*fond, tu sais? Elles ne trompent que les autres femmes!* » Mais je ne vois aucune raison valable qui ait pu pousser Justine à vouloir tromper sa pâle rivale, Melissa. Pour une femme du rang qu'elle occupait dans la société, c'eût été indigne d'elle. Vous voyez ce que je veux dire?

« Bref, c'est sur Darley que notre Maskelyne garde fixés ses yeux de sinistre fouineur; d'après Selim, c'est dans un petit coffre dissimulé dans le mur, chez lui et non dans son bureau, que Nessim garde tous les documents qui pourraient nous éclairer. Il n'existe qu'une clé de ce coffre, et Nessim la porte toujours sur lui. Le coffre privé, prétend Selim, est bourré de papiers, sur la nature desquels il ne peut se prononcer. Des lettres d'amour? Hum! En tout cas, Selim a fait une ou deux tentatives pour ouvrir le coffre, mais sans succès. Un jour, l'audacieux Maskelyne en personne décida d'examiner la chose de plus près et de prendre, au besoin, une empreinte à la cire. Selim le fait entrer et il gravit l'escalier de secours... et peu s'en fallut qu'il ne tombe sur Darley, notre sigisbée, et Justine dans la chambre à coucher! Il a entendu leur voix à temps. N'allez pas me dire après cela que les Anglais sont des puritains. A quelque temps de là j'ai pu lire, dans une revue, une nouvelle de Darley dans laquelle un personnage s'écrie : « Dans les bras de cet homme je me sentais « mutilée, mâchée, la peau enduite de salive, « comme entre les pattes de quelque grand chat « surexcité. » J'ai été pris de vertige. « Mince!

« me dis-je. Voilà ce que fait Justine à ce pauvre « bougre : elle le croque tout vif! »

« Je dois dire aussi que cela m'a fait bien rire. Darley est si typiquement Anglais : poseur et chauvin tout à la fois. Et si *bon!* Ce qui lui manque, c'est un démon. (Je rends grâces à l'Irlandais et au Juif qui ont « craché dans mon sang ».) Mais je me demande pourquoi je vais chercher si loin? Justine doit être éblouissante au lit; elle doit embrasser comme un arc-en-ciel et faire jaillir de grandes étincelles... Oui, mais Darley? Cela ne tient pas debout. Quoi qu'il en soit « cette créature faisandée », comme l'appelle Maskelyne, requiert toute son attention, du moins la requérait la dernière fois que je l'ai vu. Pourquoi?

« Toutes ces idées me trottaient par la tête tandis que je roulais vers Alexandrie; j'avais réussi à m'octroyer un long week-end de congé auquel même le cher Errol ne trouva rien à redire. Je ne me doutais pas alors qu'un an plus tard vous vous trouveriez vous-même mêlé à ces mystères. Tout ce que je savais, c'est que je voulais, si cela était possible, démolir la thèse de Maskelyne et empêcher l'ambassade de prendre toutes mesures à l'encontre de Nessim. Mais à part cela, je ne savais que faire. Après tout, je ne suis pas un espion; allais-je fureter dans les rues d'Alexandrie, affublé d'une perruque munie d'écouteurs pour tenter de laver le nom de notre ami? Je ne pouvais pas davantage me présenter devant Nessim et, en m'éclaircissant la gorge, lui dire d'un ton désinvolte : « Et maintenant, parlons un peu de ce « réseau d'espionnage que vous avez organisé ici... » Néanmoins, je roulais vite et je réfléchissais ferme. L'Egypte, plate comme une femme sans poitrine, défilait devant moi. Le vert se changeait en bleu, le bleu en ocelles de paon, en brun-gazelle, en noir-panthère. Le désert était pareil à un baiser sec, un battement de cils contre l'esprit. Hum! La nuit fleurie d'étoiles comme des branches d'amandier. J'entrai dans la ville, après avoir pris un verre ou deux, sous un croissant de lune qui semblait tirer toute sa clarté du large. Tout sentait bon à nouveau. Le cercle de fer que Le Caire met autour de sa tête (la conscience d'être entièrement entourée par le désert brûlant?) se desserra, s'évanouit pour faire place à l'espérance d'une mer largement ouverte, et qui vous ramène déjà par l'esprit vers l'Europe... Pardon! Hors du sujet.

« Je téléphonai à la grande maison, mais ils étaient allés à une soirée; un peu soulagé, je me rendis au café Al Akhtar dans l'espoir d'y rencontrer quelques connaissances. Je n'y trouvai que notre ami Darley. Je l'aime bien. J'aime notamment sa façon de s'asseoir sur ses mains quand il se lance à corps perdu dans une discussion sur l'art, et il n'y manque jamais avec Votre Serviteur — je me demande pourquoi. Je lui donne la réplique du mieux que je peux tout en buvant mon *arak*. Mais ce genre de conversations générales me rase. L'art, ça n'existe pas pour l'artiste, pas plus que pour le public, je pense; c'est une notion qui n'existe que pour les critiques et ceux qui vivent sur le devant de leur cerveau, pour ainsi dire. L'artiste et le public se contentent d'enregistrer, à la manière d'un sismographe, une charge électromagnétique qui ne peut être rationalisée. Tout ce que l'on sait, c'est qu'il se produit une vague transmission, vraie ou fausse, avec ou sans résultat, selon le cas. Mais vouloir en disséquer les éléments pour y fourrer son nez ne mène à rien. (Et je ne suis pas loin de croire que cette façon d'aborder l'art est le fait de tous ceux qui sont incapables de s'abandonner à lui!) Paradoxe. Enfin, passons.

« Darley était en verve ce soir-là, et je l'écoutai pérorer avec un plaisir boudeur. Vraiment, c'est un brave type, et très sensible. Mais ce ne fut pas sans un certain soulagement que j'appris que Pombal devait bientôt venir nous rejoindre en sortant du cinéma où il était allé avec un flirt. J'espérais qu'il me proposerait de m'héberger car les hôtels sont chers et je pourrais ainsi boire toute mon indemnité de voyage. Enfin, ce brave P. s'amène, le visage tuméfié par la mère de la jeune fille qui les avait surpris au foyer. Nous avons passé une soirée magnifique, et je descendis chez lui comme je l'espérais.

« Le lendemain je me levai de bonne heure car, bien que je n'eusse toujours rien décidé, toute cette histoire me tracassait. Je me dis que rien ne m'empêchait de rendre visite à Nessim à son bureau comme cela m'était déjà souvent arrivé, pour passer un moment et me faire offrir un café. Mais une fois dans l'énorme cage de verre de l'ascenseur qui rappelle tellement un sarcophage byzantin, je me sentis pris de court. Je n'avais pas la moindre idée de ce que j'allais lui dire. Les employés et les dactylos parurent heureux de me voir et me conduisirent immédiatement dans la grande pièce au plafond en forme de dôme où il travaillait... Mais voici qui est plus curieux : non seulement il avait l'air de m'attendre, mais encore d'avoir deviné les raisons de ma visite! Il parut ravi, soulagé et empreint d'une espèce de sérénité espiègle. « Cela « fait des mois que j'attends, me dit-il, l'œil pétil- « lant de malice; je me demandais quand vous « finiriez par venir me poser des questions. Enfin! « Quel soulagement! » Après cela toute réserve fondit entre nous et je sentis que je pouvais lui parler à cœur ouvert. Ses réponses n'auraient pu être plus spontanées et plus candides. Elles emportèrent immédiatement ma conviction.

« La soi-disant société secrète, me dit-il, était une cellule qui se consacrait à l'étude de la Cabale et de tout ce mysticisme de salon qui fleurissait volontiers dans cette capitale de la superstition. Même Clea se fait refaire son horoscope tous les matins. Qu'y avait-il d'étrange à ce que Balthazar dispense sa science hermétique à un petit groupe d'apprentis occultistes? Quand aux cryptogrammes, il ne s'agissait de rien d'autre que d'un langage mystique chiffré — l'antique *boustrophedon* — qui permet aux maîtres de toutes ces cellules cabalistes disséminées dans tout le Moyen-Orient de rester

en contact. Assurément, il n'y a rien là de plus mystérieux que des calculs de Bourse ou des échanges courtois entre mathématiciens travaillant au même problème. Nessim m'en montra un et m'expliqua en gros comment on les utilisait. Il ajouta que tout cela pouvait être confirmé par Darley qui assistait lui aussi à ces réunions avec Justine pour sucer le miel de la science hermétique. *Lui,* il pourrait me dire à quel point ils étaient séditieux! Jusque-là, tout va bien. « Mais je ne puis
« vous cacher, poursuivit-il, l'existence d'un autre
« mouvement, purement politique celui-là, auquel
« je suis directement mêlé. C'est une affaire pure-
« ment copte et qui a simplement pour but de
« rallier les Coptes — et non de les pousser à la
« révolte contre quiconque (comment le pourrions-
« nous?), mais simplement à se serrer les coudes;
« à resserrer les liens religieux et politiques afin
« qu'ils retrouvent leur place au soleil. Maintenant
« que l'Egypte est libérée de la haine que les An-
« glais vouaient aux Coptes, nous avons les coudées
« plus franches pour briguer de hautes charges
« pour les nôtres, pour faire élire certains d'entre
« nous au Parlement, et ainsi de suite. Il n'y a
« rien dans tout cela qui puisse inquiéter un musul-
« man intelligent. Nous n'avons pas l'intention de
« sortir de la légalité ni d'user de la violence; nous
« voulons simplement retrouver la place qui nous
« est due dans notre pays en tant que minorité la
« plus intelligente et la plus compétente. »

« Et il me fit l'historique de la communauté

copte et de ses revendications — mais je ne vais pas vous ennuyer avec une foule de détails dont vous n'ignorez probablement rien. Il m'en parla avec une tendre passion, une fureur timide qui m'étonna car elle contrastait singulièrement avec le placide Nessim que nous connaissons. Plus tard, quand je rencontrai la mère, je compris; elle est l'âme de ce rêve, du moins j'en ai l'impression. Nessim poursuivit : « De même la France et la
« Grande-Bretagne n'ont rien à craindre de nous.
« Nous les aimons toutes deux. C'est d'elles que
« nous vient la culture moderne que nous
« avons acquise. Nous ne demandons ni aide ni
« argent. Nous nous considérons comme des
« patriotes égyptiens, mais nous savons comme le
« nationalisme est stupide et arriéré, comme il est
« fanatique, et nous craignons qu'avant longtemps
« la différence entre les Egyptiens et nous ne se
« traduise en termes de violence. Ils flirtent déjà
« avec Hitler. En cas de guerre... qui sait? De jour
« en jour le Moyen-Orient glisse entre les mains de
« la France et de l'Angleterre. C'est nous, les mino-
« rités, qui commençons à en ressentir les effets.
« Le seul espoir pour nous serait un répit, une
« guerre par exemple, qui nous permettrait de
« revenir et de regagner le terrain perdu. Sinon,
« nous serons expropriés, asservis. Mais nous espé-
« rons encore en vous. De ce point de vue, un petit
« groupe très uni et extrêmement riche de ban-
« quiers et d'hommes d'affaires coptes pourrait
« exercer une influence hors de proportions avec

« son petit nombre. *Nous sommes votre cinquième
« colonne en Egypte, amis chrétiens.* Dans un an
« ou deux, lorsque le mouvement sera bien au
« point, nous pourrons peser de tout notre poids
« sur la vie économique et industrielle du pays —
« et rien ne saurait mieux aider la politique que
« vous estimez nécessaire. C'est pour cela que je
« désirais tellement vous parler de nous : ce que
« l'Angleterre doit voir en nous, c'est une tête de
« pont pour l'Orient, une enclave amie dans un
« secteur qui vous devient de jour en jour plus
« hostile. »

« Il se laissa aller en arrière sur sa chaise, épuisé
mais souriant.

« Mais je comprends très bien, poursuivit-il, que
« ceci vous concerne en qualité de fonctionnaire.
« Je vous en prie, au nom de notre amitié, que
« ceci ne sorte pas du secret. Les Egyptiens seraient
« trop heureux de nous exproprier, de confisquer
« les millions dont nous disposons; peut-être même
« de nous tuer. Ils ne doivent rien savoir de tout
« cela. C'est pour cela que nous tenons des réunions
« secrètes, que nous avons mis sur pied notre orga-
« nisation avec une telle lenteur, une telle circons-
« pection. Il ne doit pas se produire de fuites,
« comprenez-vous. Maintenant, mon cher Purse-
« warden, je sais très bien que je ne puis vous
« demander d'accepter tout cela les yeux fermés,
« sans preuves. Aussi ferai-je une démarche assez
« inhabituelle. Après-demain c'est Sitna Damiana,
« et nous avons une réunion dans le désert. J'aime-

« rais que vous veniez avec moi afin que vous puis-
« siez juger par vous-même, que vous assistiez aux
« délibérations et que tout soit bien clair dans
« votre esprit en ce qui concerne nos personnes
« et nos intentions. Plus tard, nous serons très
« utiles aux Anglais, ici; viendrez-vous? »

« Si je désirais venir!

« J'y allai. Ce fut une expérience inoubliable, et qui me fit comprendre à quel point je connaissais peu l'Egypte, la véritable Egypte que l'on ne soupçonne pas dans les villes suffocantes accablées par les mouches, dans les salons des commerçants, les villes des banquiers au bord de la mer, la Bourse, le Yacht-Club, la Mosquée... Mais attendez.

« Nous nous mîmes en route au point du jour, sous un ciel froid et mauve et suivîmes un moment la petite route d'Aboukir avant d'obliquer vers l'intérieur et d'emprunter des routes poudreuses et des digues désertes le long des canaux et des sentiers abandonnés que les pachas d'autrefois avaient tracés pour gagner leurs pavillons de chasse, sur le lac. A la fin nous dûmes abandonner la voiture; l'autre frère nous attendait avec des chevaux, vous savez, Narouz, ce troglodyte à la gueule cassée. Quel contraste avec Nessim, ce paysan à la peau tannée! Et quelle puissance dans ce corps! J'étais subjugué par le personnage. Il caressait un fouet impressionnant en cuir d'hippopotame — le traditionnel *kurbash*. Je l'ai vu abattre des libellules sur des fleurs à quinze pas avec ça; un peu plus tard, dans le désert il a pris en chasse un chien sauvage et l'a presque fendu en deux d'un seul coup. Un autre coup de son joujou et la pauvre créature était complètement déchiquetée! Nous avons donc cheminé sans échanger plus de trois paroles jusqu'à la maison. Vous y êtes allé, je crois, il y a des années de cela? J'eus un long entretien avec la mère : curieuse femme autoritaire engoncée dans ses lourds voiles noirs, qui parle un anglais impeccable d'une voix desséchée, que l'on sent au bord de l'hystérie. Une belle voix cependant, mais étrangement tendue — la voix d'un père ou d'une sœur du désert? Je ne sais pas. Les deux frères devaient donc m'emmener dans un monastère en plein désert. Narouz devait y prendre la parole. C'était la première fois qu'il allait parler en public. Je dois dire que je ne pensais pas que ce sauvage hirsute en fût capable. Ses mâchoires étaient perpétuellement agitées d'un tic nerveux qui faisait saillir les muscles de ses tempes! Je me dis qu'il devait grincer des dents en dormant. Mais il a des yeux bleus candides comme ceux d'une jeune fille. Et Dieu, quel cavalier!

« Le lendemain matin nous nous mîmes en route avec une poignée de chevaux arabes qu'ils montaient en douceur et une file de chameaux dont Narouz devait faire don à la populace — ils seraient dépecés et dévorés. Ce fut une longue et harassante expédition agrémentée de mirages de chaleur affolants pour la pensée et pour la vue et d'infectes rasades d'eau tiède, puisées aux gourdes; votre serviteur dans un piteux état. Ce soleil sur le citron!

J'avais la cervelle qui commençait à frire dans mon crâne quand nous arrivâmes en vue du premier bouquet de palmiers — puis nous découvrîmes l'image tremblotante et bourdonnante du monastère où la pauvre Damienne s'est fait trancher sa dioclétienne tête pour la gloire de Notre-Seigneur.

« Le soir tombait quand nous y arrivâmes; on avait l'impression d'entrer tout de go dans une gravure haute en couleurs illustrant... quoi ? *Vathek !* Un immense campement de tentes et de huttes avait surgi à l'occasion de la fête. Il y avait là peut-être bien six mille pèlerins qui campaient dans des huttes de papier, d'étoffe et de tapis. Toute une cité avait poussé, avec son éclairage et son système primitif d'égouts autonomes, une ville comprenant même son quartier de bordels, exigus mais choisis Partout on entendait la rumeur des chameaux dans le crépuscule, tandis que montait la fumée des torches qui faisaient frissonner des ombres hallucinantes. Nos serviteurs nous dressèrent une tente derrière une voûte en ruine où s'entretenaient deux derviches graves et barbus, sous des gonfalons qui ondulaient comme les ailes de majestueux oiseaux d'apparat, à la lueur des grands lampions de papier couverts d'inscriptions. L'obscurité s'épaississant, les êtres et les choses prenaient une apparence plus insolite dans cette atmosphère de fête. Je mourais d'envie d'aller faire un tour dans cette ville irréelle, et comme ils avaient des préparatifs à faire à l'église, Nessim trouva mon idée excellente et me donna rendez-vous à la tente familiale dans une heure et demie de là. Je m'enfonçai avec ravissement dans ce dédale de ruelles fantomatiques et de longues avenues bordées de logettes de toile et d'éventaires proposant, à la lueur vacillante des lanternes, des nourritures de toute sorte : melons, œufs, bananes, sucreries. Tous les colporteurs et petits marchands d'Alexandrie avaient dû traverser le désert pour venir commercer avec les pèlerins. Dans les recoins d'ombre des enfants jouaient et glapissaient comme des souris tandis que leurs parents cuisinaient à l'entrée des tentes. Les spectacles et les jeux de hasard battaient déjà leur plein. Dans une loge une prostituée chantait une mélopée plaintive aux quarts de ton déchirants en se trémoussant dans son fourreau de sequins. Son tarif était inscrit sur sa porte. Je le trouvai très honnête; la chair est faible, et je commençai à maudire mes obligations sociales. Un peu plus loin, un conteur débitait d'une voix chantonnante les exploits d'El Zahur. Des buveurs de sorbet et de cannelle occupaient les sièges des cafés de fortune tout le long de ces artères illuminées et pavoisées. De l'intérieur du monastère montaient les psalmodies des prêtres, tandis que non loin de là deux champions de lutte aux bâtons se livraient au sport le plus populaire parmi les Egyptiens, fendant la nuit de claquements secs, ponctués par les rugissements de la foule acclamant les plus belles passes. Tombes disparaissant sous les fleurs, pastèques répandant une clarté butyreuse, plateaux chargés de nourritures odorantes — saucisses, côtelettes et chapelets d'entrailles grésillant sur les broches. Tout se fondait dans mon cerveau en une masse grouillante de sons et de lumières. La lune s'élevait lentement dans le ciel.

« Dans les tentes où l'on dansait le « Ringa », des groupes de Soudanais d'un mauve luisant ondulaient, le regard perdu dans le vague, au son d'une étrange musique issue d'une sorte d'harmonium branlant dont les touches étaient disposées verticalement et munies de gourdes peintes faisant office de caisses de résonance; mais ils réglaient leurs pas sur un grand Noir qui frappait avec une tige de fer sur un morceau de rail de chemin de fer suspendu au piquet de la tente. J'y rencontrai un domestique de chez les Cervoni qui parut enchanté de me voir et m'offrit de cette étrange bière soudanaise appelée *merissa*. Je m'assis et observai cette danse qui frise l'hystérie : lentes révolutions autour d'un centre virtuel brusquement interrompues par de petits sauts de côté sur les talons, puis le corps tout entier se soulève sur les orteils qui se crispent comme pour s'enfoncer dans la terre... Je fus tiré de l'espèce de torpeur hypnotique où je commençais à sombrer, par des battements de tambour, et je vis s'avancer un derviche portant une sorte de grosse timbale formée d'une peau de chameau tendue sur une demi-sphère de cuivre étincelant. C'était un Rifiya, un Nègre du plus beau noir, et comme je ne les avais jamais vus marcher sur des braises, manger des scorpions et autres diableries, je me dis que c'était ce soir l'occasion ou jamais et je le suivis. (C'était touchant d'entendre des musulmans chanter des cantiques religieux en l'honneur de sainte Damienne, une sainte chrétienne : j'entendais des voix aiguës ululer sans relâche les mots « *Ya Sitt Ya Bint El Wali* ». N'est-ce pas étrange? « O Dame, Dame du Vice-Roi. ») Je finis par repérer dans l'obscurité un groupe de derviches; une danse s'achevait. L'un d'eux était transformé en chandelier humain; il était littéralement couvert de chandelles allumées. Le corps ruisselant de cire chaude, il avait le regard fixe. Un vieux derviche prit alors un long poignard et se l'enfonça au travers des deux joues; après quoi il prit deux bougies allumées qu'il fixa aux deux extrémités du poignard et, se dressant sur la pointe des pieds, se mit à exécuter des mouvements giratoires — on aurait dit un arbre en feu qui dansait. La danse terminée, on lui retira simplement le poignard des joues, et le vieillard s'humecta le doigt de salive et tamponna négligemment ses blessures. Une seconde plus tard il souriait de nouveau, n'ayant apparemment ressenti aucune douleur. Mais il paraissait maintenant tout à fait éveillé.

« Et derrière, c'était le désert blanc qui, sous la lune, prenait l'aspect d'un immense champ de crânes et de pierres. On entendit un appel de trompettes, suivi d'un roulement de tambours, et une troupe désordonnée de cavaliers affublés de chapeaux coniques déboucha en brandissant des épées de bois et en poussant des glapissements de femmes. La course des chameaux contre les chevaux allait commencer. Je me dis que j'avais encore le temps d'aller voir ça; mais en chemin j'assistai à un spectacle que j'eusse volontiers évité si j'avais pu. On procédait au dépeçage des chameaux de Narouz pour la fête. Les pauvres bêtes s'agenouillaient paisiblement, repliant leurs pattes de devant sous elles, comme des chats, tandis qu'une horde d'hommes les attaquaient à coups de hache sous la lune. Mon sang se figea, et pourtant je ne pus détourner mes yeux de cet extraordinaire spectacle. Les animaux ne faisaient pas un mouvement pour parer les coups, ne poussaient pas un cri pendant qu'on les taillait en pièces. Les haches mordaient dans ces grands corps comme s'ils étaient faits de liège, et pénétraient profondément à chaque coup. Des membres entiers se détachaient, sans effort semblait-il, comme des arbres qu'on élague. Des enfants gambadaient au milieu de toute cette boucherie, s'emparaient d'un bon morceau et s'enfuyaient au cœur de la ville tremblotante de lumière en serrant ces grosses bouchées de viande saignante contre eux. Les chameaux regardaient fixement la lune sans rien dire. On tranchait des pattes, on taillait dans les entrailles et finalement un dernier coup de hache faisait rouler la tête dans le sable où elle gisait, immobile, les yeux ouverts. Les hommes qui maniaient la hache criaient et se lançaient des plaisanteries tout en démembrant les bêtes. Le sol fut bientôt recouvert d'un épais tapis visqueux de sang noir où les enfants pataugeaient et d'où partaient déjà d'innombrables empreintes de pieds nus qui allaient se perdre dans toutes les rues de l'éphémère cité. Je me sentis brusquement envahi par la nausée et je m'enfuis à toutes jambes pour aller boire un verre. Je m'assis sur le banc d'un café en plein air et je commençais à me remettre de mes émotions quand j'aperçus Nessim; nous revînmes ensemble vers le monastère, en passant devant une enfilade de cellules appelées « râteau ». (Savez-vous que toutes les religions primitives sont basées sur une structure cellulaire, se conformant en cela à Dieu sait quelle loi biologique?...) Et enfin nous arrivâmes à l'église.

« Le sanctuaire renfermait de magnifiques peintures anciennes, et sur les lutrins d'or brûlaient de gros cierges ruisselants de cire; les lumières étaient assourdies par une brume d'encens couleur de pollen tandis que les belles voix graves s'écoulaient comme un fleuve lent sur le fond de gravier de la liturgie de saint Basile. Montant et descendant, s'arrêtant puis repartant, la mélodie attaquait plus bas que le ton pour s'élever, avec des frémissements et des battements d'ailes à des hauteurs vertigineuses, par les gorges et les esprits de ces hommes à la peau noire et luisante. Le chœur passa devant nous comme un somptueux cortège de cygnes dans leur grand casque rouge, leur robe blanche et leur rabat à croix rouge. Et cette fantastique clarté qui flottait autour de ces visages inondés de sueur et de leurs boucles noires et luisantes! Ces yeux énormes, comme sortis de fresques irréelles, aux blancs étincelants! Tout cela était pré-chrétien; tous ces jeunes hommes en barette rouge étaient devenus des Ramsès II. Les grands cierges papillotaient et fumaient tandis que s'élevaient de nouvelles bouffées d'encens. Dehors c'étaient les cris des cavaliers excitant leurs chameaux de course; ici on n'entendait que le murmure de l'Univers. Des œufs d'autruche étaient suspendus aux grands lustres. (Ceci m'a toujours intrigué et mériterait une étude.)

« Je pensai que nous étions arrivés à destination, mais nous contournâmes la foule et nous prîmes un escalier qui nous conduisit à une crypte. Et enfin nous y voilà. C'était une série de chambres spacieuses disposées comme les cellules d'une ruche, blanchies à la chaux, immaculées. Dans une de ces chambres éclairées aux chandelles, une centaine de personnes étaient assises sur des bancs de bois branlants et nous attendaient. Nessim me prit le bras et me conduisit vers un groupe d'hommes âgés qui me firent place auprès d'eux. « Je veux « d'abord leur parler, me dit-il à l'oreille, puis « ce sera le tour de Narouz — ce sera la première « fois. » J'eus beau regarder autour de moi, je ne pus apercevoir la silhouette si reconnaissable du frère cadet. Les hommes à côté de qui j'étais assis portaient tous des robes, mais quelques-uns portaient par-dessous des vêtements européens. Certains avaient la tête enveloppée dans des guimpes. A en juger par leurs mains et leurs ongles nets ce n'étaient pas des travailleurs manuels. Ils parlaient arabe mais à voix basse. Personne ne fumait.

« Puis le bon Nessim se leva et leur tint le langage clair et précis d'un homme rompu à la routine des conseils d'administration. Il s'exprimait d'une voix égale et, pour autant que je pus en juger, se contenta de leur donner des détails sur certains événements récents, l'élection de certaines personnes à la tête de divers comités; puis il leur fit un rapport financier circonstancié. On aurait dit qu'il s'adressait à des associés. Ils écoutaient gravement. Quelques questions lui furent posées d'une voix paisible, auxquelles il répondit en termes concis. Puis il dit : « Mais ces détails ne sont pas « tout. Vous voulez aussi que l'on vous parle de « notre nation et de notre foi, des choses que même « nos prêtres ne peuvent vous dire. Mon frère « Narouz, que vous connaissez, va maintenant vous « parler. »

« Que pouvait bien avoir à leur dire ce singe de Narouz? pensai-je. Voilà qui était intéressant. De l'obscurité d'une cellule adjacente surgit Narouz, vêtu d'une robe blanche, pâle comme cendre. Il s'était graissé les cheveux et les avait plaqués sur son front, tel un mineur pour aller au bal. Non, il avait plutôt l'air d'un curé terrifié dans un surplis mal repassé; il joignait ses énormes mains sur sa poitrine et les serrait si fort que la peau en était toute blanche aux jointures. Il prit place devant une espèce de lutrin en bois où brûlait une chandelle, et jeta un regard manifestement terrifié sur l'assistance, les épaules légèrement voûtées par l'émotion. On aurait dit qu'il allait tomber. Il ouvrit sa bouche crispée, mais aucun son n'en sortit. Il semblait paralysé.

« Il y eut un mouvement dans l'assistance et l'on commençait à chuchoter; je vis Nessim le regarder d'un air angoissé, comme s'il craignait que son frère ne se trouvât mal. Mais Narouz se raidit comme une javeline, le regard fixé sur le mur blanc derrière nous, comme s'il voyait tout à coup s'y dérouler quelque terrifiant spectacle. Nous commencions tous à nous sentir mal à l'aise. Puis sa bouche eut un étrange mouvement, comme si sa langue enflait ou comme s'il s'efforçait à la dérobée d'avaler la boule qui l'étouffait, et un cri rauque lui échappa : « *Meded! Meded!* » C'était l'invocation à la puissance divine que lancent parfois les prêcheurs du désert avant de tomber en transes : les derviches. Tout son visage se contracta. Puis, brusquement, ce fut comme si un courant électrique s'était déchargé dans son corps, dans ses muscles, dans ses reins. Toute sa tension nerveuse tomba et lentement, en haletant, il commença à parler, roulant ses yeux étonnants, comme si la parole lui venait presque malgré lui, comme s'il faisait effort pour se maintenir au niveau des mots qui jaillissaient de lui... C'était un spectacle effrayant et, pendant un moment, je ne compris pas un mot, tant il articulait mal. Puis tout à coup le voile se déchira et sa voix gagna en puissance, vibrant comme un instrument de musique dans cette clarté de catacombes.

« Notre Egypte, notre patrie bien-aimée », dit-il en tirant les mots de sa bouche comme du caramel. Il était clair qu'il n'avait rien préparé — ce n'était pas un discours mais une invocation improvisée, comme un ivrogne qui se lance dans un flot de rhétorique parfois géniale, comme il en vient à des troubadours ou à ces pleureuses professionnelles qui suivent les processions funèbres avec des jets de poésie prophétique sur l'Au-delà. La puissance de son verbe se répandit dans la chambre souterraine; nous étions tous électrisés, même moi qui comprends si mal l'arabe! Le ton, l'ampleur, la fureur et la tendresse contenues que portaient ses paroles, nous frappaient, nous étourdissaient, comme une musique. Leur sens importait peu. Même encore maintenant il n'importe guère au regard de ses implications, et il serait impossible de les traduire. « Le Nil... le fleuve vert qui coule « dans nos cœurs entend ses enfants. Ils retourne- « ront à lui. Descendants des Pharaons, Enfants « de Ra, Lignée de saint Marc. Ils trouveront le « berceau de la lumière. » Et ainsi de suite. De temps en temps l'orateur fermait les yeux comme pour laisser les mots se déverser plus librement. Une fois, il renversa la tête, souriant comme un chien qui retrousse ses babines, les yeux toujours clos, et jusqu'à la flamme faisait scintiller toutes ses dents. Quelle voix! Elle semblait n'appartenir à aucun corps, s'enflait en un rugissement, s'amincissait en un murmure, tremblait, chantait, gémissait, scandant brusquement les mots comme une mitrailleuse ou les filant onctueusement comme du miel. Nous étions tous subjugués. Mais il y avait quelque chose de comique dans l'air déconcerté et inquiet de Nessim. Apparemment il ne s'attendait pas à cela car il était blême et il tremblait comme une feuille. Mais il se laissait aussi emporter parfois par le flot de rhétorique et je le vis essuyer furtivement une larme au coin de son œil d'un geste presque agacé.

« Cela dura pendant trois bons quarts d'heure, et brusquement, inexplicablement, le flot se tarit, la flamme de l'orateur s'éteignit. Narouz resta devant nous la bouche ouverte comme un poisson, comme si la marée de la musique intérieure l'avait rejeté sur un rivage étranger. Cela fut abrupt comme un rideau de fer que l'on descend — un silence irréparable. Ses mains se nouèrent à nouveau. Il émit un gémissement de surprise et s'enfuit de sa curieuse démarche trébuchante. Un énorme silence tomba sur l'assistance — le silence germinal où l'on peut entendre pousser, dans la psyché humaine, les graines qui s'efforcent de se frayer un chemin vers la lumière de la conscience. J'étais profondément troublé et complètement épuisé. Fécondé!

« A la fin, Nessim se leva et fit un geste vague. Lui aussi était épuisé et sa démarche était celle d'un vieillard; il me prit la main et à sa suite je remontai dans l'église où un vacarme étourdissant de cymbales et de cloches venait d'éclater. Nous traversâmes des nuées d'encens qui paraissaient maintenant monter du centre de la terre, de ces régions inférieures habitées par les anges et les démons. Dans le clair de lune il se mit à répéter : « Je ne me doutais pas, je n'aurais jamais imaginé « cela de Narouz. C'est un *prêcheur*. Je lui avais « seulement demandé de parler de notre Histoire « — mais il a... » Il ne trouvait pas les mots qui convenaient. Personne, semblait-il, n'avait soupçonné jusqu'alors l'existence d'un tel orateur parmi eux... l'homme au fouet ! « Il pourrait entraîner « un grand mouvement religieux », me dis-je à part moi. Nessim, les épaules voûtées, était perdu dans ses réflexions. « Oui, c'est un *prêcheur*-né, « répétait-il avec stupeur. Voilà pourquoi il va « voir Taor. » Il m'expliqua que Narouz partait souvent dans le désert pour aller rendre visite à une sainte femme très célèbre (on dit même qu'elle possède trois seins) qui vit dans une petite caverne près de Wadi Natrun ; elle est célèbre par les guérisons miraculeuses qu'elle accomplit, mais elle ne sort jamais à la lumière. « Quand il s'en va, dit « Nessim, c'est soit pour aller dans l'île pêcher « avec sa nouvelle carabine, soit pour aller visiter « Taor. C'est toujours l'un ou l'autre. »

« Quand nous revînmes à la tente le nouveau prêcheur était couché par terre, enveloppé dans une couverture, et sanglotait en poussant des cris rauques à la manière d'un chameau blessé. Il s'arrêta quand nous entrâmes, mais il continua à frissonner pendant un moment. Embarrassés nous ne savions quoi dire et nous nous installâmes pour la nuit dans un silence lourd. Nous venions de vivre des instants mémorables!

« Je mis longtemps avant de pouvoir m'endormir, l'esprit tout agité. Le lendemain nous fûmes debout à l'aube (un sacré froid pour un mois de mai — la tente raide de gelée) et en selle aux premiers feux du jour. Narouz était redevenu tout à fait lui-même. Il faisait tournoyer son fouet et s'amusait à jouer des farces aux régisseurs. Mais Nessim était songeur. La longue chevauchée nous mit l'esprit à vif, et c'est avec soulagement que nous vîmes enfin réapparaître les crêtes sombres des palmiers. Nous prîmes une nouvelle nuit de repos à Karm Abu Girg. La mère ne se montra pas, mais on nous dit qu'elle pourrait nous recevoir dans la soirée. C'est alors que se produisit une scène qui parut prendre Nessim aussi au dépourvu que moi-même. Comme nous traversions tous les trois la roseraie en direction de sa petite maison d'été, elle apparut à la porte avec une lanterne à la main et dit : « Eh bien, mes fils, comment « cela s'est-il passé? » A ce moment Narouz tomba à genoux et tendit les bras vers elle. Nessim et moi étions très embarrassés. Elle s'avança et prit dans ses bras ce paysan reniflant et sanglotant, tout en nous faisant signe de partir. Je dois dire que je fus soulagé de voir Nessim se glisser hors de la roseraie et je le suivis avec joie. « Voilà un nouveau « Narouz, répéta-t-il doucement, réellement déso-« rienté. Je ne savais pas qu'il y avait cette force « en lui. »

« Plus tard Narouz revint à la maison de très bonne humeur, et nous jouâmes aux cartes en buvant de l'arak. Il me montra, avec orgueil, une carabine qu'il s'était spécialement fait fabriquer à Munich. C'était une carabine à air comprimé qui peut lancer un fort harpon sous l'eau. Il me parla longuement de sa nouvelle méthode de pêche sous-marine. Cela me parut un sport passionnant et il m'invita à venir avec lui dans son île, pendant un week-end, pour le voir opérer. Il n'y avait maintenant plus trace du prêcheur; le frère cadet, le simple d'esprit, avait repris le dessus.

« Ouf! J'essaie de noter ici tous les détails quelque peu marquants qui pourront vous être utiles quand je serai parti. Désolé si vous trouvez cela ennuyeux. Sur le chemin du retour j'eus une longue conversation avec Nessim afin que tout soit clair dans mon esprit. Il me parut que, sur le plan politique, le mouvement copte pourrait nous être d'une grande utilité; et j'étais certain que si l'on expliquait cela correctement à Maskelyne il accepterait cette interprétation des faits. J'étais plein d'espoir!

« Aussi revins-je au Caire dans d'heureuses dispositions d'esprit pour remettre en ordre les pièces sur l'échiquier. J'allai trouver Maskelyne et lui annonçai la bonne nouvelle. A ma grande surprise il devint blanc de rage, son nez se pinça et ses oreilles se couchèrent en arrière comme celles d'un lévrier. Sa voix et ses yeux restèrent inchangés. « Dois-je comprendre que vous avez essayé d'obte-

« nir un complément d'informations relatif à un
« document secret en consultant personnellement
« l'intéressé? N'est-ce pas contraire aux principes
« les plus élémentaires de toute police et de toute
« politique? Et comment pouvez-vous croire un
« seul mot d'une affaire aussi manifestement montée
« de toutes pièces? Cela passe l'entendement.
« Vous retenez délibérément un document du
« ministère de la Guerre, vous jetez le dis-
« crédit sur mon réseau de renseignements,
« vous prétendez que nous ne connaissons rien
« à notre travail, etc. » Je vous laisse le soin
d'imaginer le reste de la tirade. La moutarde commençait à me monter au nez. Il répéta d'un ton
coupant : « Cela fait quinze ans que je fais ce
« travail. Je vous dis que ça sent la poudre, la
« subversion. Vous ne voulez pas croire mes
« sources et je vous dis que les vôtres sont ridicules.
« Pourquoi ne pas transmettre le dossier aux
« *Egyptiens* et les laisser se débrouiller eux-mêmes? »
Naturellement, je ne pouvais pas me permettre
cela et il le savait. Il me dit ensuite qu'il avait
prié le ministère de la Guerre de protester à Londres
et qu'il écrivait à Errol de « réparer ». Tout cela
n'avait évidemment rien de très surprenant. Je
l'attaquai alors par un autre flanc.

« — Ecoutez, dis-je, j'ai étudié toutes vos sources.
« Elles sont arabes, et en tant que telles peu dignes
« de foi. Que diriez-vous d'une convention verbale?
« Rien ne presse — nous pouvons enquêter sur les
« Hosnani tout à loisir. Mais nous pourrions nous

« en remettre à de nouvelles sources, anglaises
« celles-là? Si les interprétations concordent, alors
« je vous promets d'abandonner et de me rétracter
« entièrement. Sinon, je me battrai jusqu'au bout
« pour éclaircir cette affaire.

« — Quel genre de sources avez-vous en tête?

« — Eh bien, il y a un certain nombre d'Anglais
« dans la Police égyptienne qui parlent l'arabe et
« qui connaissent les personnes en question. Pour-
« quoi ne ferions-nous pas appel à certains d'entre
« eux? »

« Il me considéra un bon moment.

« — Mais ils sont aussi corrompus que les Arabes,
« me dit-il à la fin. Nimrod *vend* ses informations
« à la presse. *Le Globe* lui alloue vingt livres par
« mois contre des informations confidentielles.

« — Il doit y en avoir d'autres.

« — Par Dieu, il y en a! Si vous les voyiez!

« — Il y a aussi Darley qui assiste à ces réunions
« qui vous tracassent tant. Pourquoi ne pas lui
« demander de nous aider?

« — Je ne veux pas compromettre mon réseau
« en y introduisant des personnages comme lui.
« Ça n'en vaut pas la peine. C'est trop dangereux.

« — Pourquoi dans ce cas n'organiseriez-vous
« pas un réseau indépendant — Telford pourrait
« mettre ça sur pied — spécialement pour ce
« groupe, sans aucun lien avec les autres, et qui
« n'ait aucun contact avec votre organisation prin-
« cipale? Vous pourriez certainement faire cela. »

« Il me regarda longuement.

« — Je le pourrais si je le voulais, convint-il.
« Et si j'estimais que cela nous mène quelque part.
« Mais cela ne mènera à rien.

« — De toute façon, nous pourrions essayer?
« Votre position ici est assez équivoque tant qu'un
« ambassadeur ne sera pas là pour la définir et
« arbitrer entre nous. Suposez que j'envoie ce
« rapport et que tout le groupe soit ramassé?

« — Eh bien, alors?

« — Supposons, comme je le crois, qu'il s'agisse
« de quelque chose susceptible d'aider la politique
« britannique dans ce secteur, on ne vous remer-
« ciera guère d'avoir permis aux Egyptiens d'y
« fourrer leur nez. Si c'était le cas, vous trou-
« veriez... »

« — J'y réfléchirai. »

« Il n'avait nullement l'intention de le faire, je
le voyais bien, mais néanmoins il changea d'avis;
il me téléphona le lendemain pour me dire qu'il
allait faire ce que j'avais suggéré, quoique « sous
toutes réserves »; la guerre était déclarée entre
nous. Peut-être avait-il appris votre nomination
et connaissait-il nos liens d'amitié. Je n'en sais
rien.

« Ouf! Voilà à peu près tout ce que je voulais
vous dire; quant au reste, le pays est toujours là
— tout ce qui est hétéroclite, tortueux, polymorphe,
oblique, équivoque, opaque, ambigu, fourchu, ou
simplement complètement maboul. Je vous souhaite
bien du plaisir quand je serai parti! Je suis sûr
que votre première ambassade sera un succès écla-

tant. Peut-être tirerez-vous profit de ces bribes de renseignements de

« Votre,

« Ludwig van Pursewarden. »

Mountolive étudia ce document avec grande attention. Il en trouva le ton incommodant et les informations quelque peu gênantes. Mais c'était le lot de toutes les légations d'être le théâtre de factions rivales. Les querelles personnelles, les divergences d'opinion, accaparaient toujours le devant de la scène. Pendant un moment il se demanda s'il ne serait pas plus sage d'accorder à Pursewarden le transfert qu'il réclamait; mais il se dit alors que s'il voulait avoir la liberté d'agir, il ne devrait pas marquer déjà des hésitations — même devant Kenilworth. Il partit faire une longue marche à travers le paysage d'hiver, jugeant plus sage d'attendre que les événements se précisent. Finalement, il rédigea, après avoir longuement réfléchi et fait de nombreux brouillons, une lettre très tiède à l'adresse de Pursewarden, qu'il envoya par la valise diplomatique.

« Mon cher P.,

« Je vous remercie pour votre lettre et les renseignements très intéressants qu'elle contient. Il m'est impossible de prendre aucune décision avant mon arrivée. Je ne veux pas préjuger des événements. J'ai néanmoins décidé de vous garder comme attaché de Mission une année encore. Je vous demanderai d'observer une plus grande discipline que vos services ne semblent l'avoir fait jusqu'ici; et je sais que je peux compter sur votre appui, si désagréable que vous paraisse la perspective de demeurer en Egypte. Il y a beaucoup à faire à cette fin, et j'ai de nombreuses décisions à prendre avant de partir.

« Sincèrement votre,
             « David Mountolive. »

Cette lettre contenait, espérait-il, une dose égale d'encouragement et de critique. Mais il est bien évident que Pursewarden ne lui aurait pas écrit avec une telle désinvolture s'il avait envisagé de servir sous ses ordres. Néanmoins, s'il voulait que sa carrière prenne une bonne tournure, il devait s'imposer dès le départ.

Il faisait déjà en imagination des plans pour le transfert de Maskelyne et la nomination de Pursewarden aux fonctions de premier conseiller politique. Un certain sentiment de malaise subsistait toutefois. Mais il ne put s'empêcher de sourire quand il reçut une carte-postale de l'incorrigible. « Mon cher Ambassadeur, lut-il. La nouvelle n'a pas été accueillie avec un transport d'enthousiasme. Il y a tant de grands Etoniens barbus parmi lesquels vous n'aviez que l'embarras du choix... Enfin! Tout à votre service. »

# VI

L'avion perdit de la hauteur et amorça sa lente descente dans le crépuscule mauve. Le désert brun et la monotonie de ses dunes burinées par le vent avait maintenant fait place à une carte en relief du delta qui ravivait ses souvenirs. Les méandres paresseux de la rivière brune s'étiraient juste à la verticale, et de minuscules embarcations grosses comme des graines dérivaient lentement. Estuaires vides et barres de sable — régions inhabitées de l'arrière-pays où poissons et oiseaux se rassemblent en secret. De place en place le fleuve se fendait comme une tige de bambou autour d'une île où poussaient des figuiers, un minaret, quelques palmiers mourants — la douceur duveteuse des palmes ridant le paysage plat accablé de chaleur, de mirages et de silences moites. Les pièces de terre cultivées donnaient à ce pays l'aspect d'une couverture de laine laborieusement ravaudée; puis des étendues de marais bitumineux enserrés par les lents contours des eaux brunes. Çà et là affleuraient encore quelques barres de calcaire rose.

Il faisait affreusement chaud dans la petite cabine de l'avion, et Mountolive endurait mille morts dans son uniforme. Les tailleurs avaient fait des prodiges — il lui allait comme un gant. Mais quel poids! Il avait l'impression d'avoir endossé un gant de boxe. Il rôtissait à petit feu. Il sentait la sueur ruisseler tout le long de sa poitrine. Le mélange de joie et d'inquiétude qu'il ressentait se traduisait par une nausée persistante. Allait-il succomber au mal de l'air — pour la première fois de sa vie? Il espérait bien ne pas avoir à subir cette humiliation. Ce serait affreux de vomir dans cet impressionnant chapeau remis à neuf. «Atterrissage dans cinq minutes », ces mots hâtivement griffonnés sur une feuille détachée d'un bloc lui furent communiqués par le poste de pilotage à ce moment-là. Bien. Bien. Il hocha machinalement la tête et s'éventa le visage avec cet accessoire de comédie musicale. En tout cas il lui allait bien. Il avait été très surpris de voir comme il était élégant quand il s'était regardé de pied en cap dans un miroir.

Ils descendirent lentement en décrivant de larges cercles et le crépuscule mauve monta vers eux. L'Egypte tout entière semblait s'installer tout doucement dans un puits d'encre. Puis, surgis des tourbillons dorés lancés par des démons des sables errants, il vit fleurir les boutons des minarets et des tours des célèbres tombeaux; les collines du Moquattam étaient roses et nacrées comme des ongles.

Un groupe de dignitaires délégués pour la réception officielle l'attendaient sur l'aérodrome. Ils étaient flanqués des membres de son personnel accompagnés de leurs femmes — qui portaient toutes des chapeaux et des gants de garden-party comme si elles se trouvaient dans le paddock de Longchamp. Cependant, tout le monde transpirait, ruisselait sans contrainte. Mountolive sentit la terre ferme sous ses escarpins vernis et poussa un soupir de soulagement. Il faisait presque plus chaud encore à terre que dans l'avion; mais sa nausée avait disparu. Il fit un pas en avant et s'apprêtait à serrer des mains quand il réalisa qu'en endossant son uniforme tout avait changé. Un profond sentiment de solitude s'empara tout à coup de lui, car il comprit que maintenant sa qualité d'ambassadeur lui interdisait à jamais l'amitié des êtres humains ordinaires qui lui devaient leur *déférence*. Son uniforme l'isolait du monde mieux qu'une armure d'acier. « Seigneur, songea-t-il, je devrai toujours solliciter une réaction humaine normale des gens qui se doivent de déférer à mon *rang!* Je vais devenir comme cet affreux vicaire du Sussex qui jurait toujours à voix basse pour se prouver qu'il était encore un être humain ordinaire en dépit du faux-col! »

Mais ce léger accès de solitude se dissipa bientôt dans la joie d'une autorité nouvelle. Il n'avait rien d'autre à faire pour l'instant que d'exploiter son charme au maximum : ne pouvait-il pas apprécier sans s'en faire le reproche le sentiment d'être élégant et digne de sa charge ? Il fit ses preuves en s'adressant aux officiels égyptiens en un excellent arabe. Des sourires d'approbation et de satisfaction fleurirent sur toutes les faces. Il sut aussi se présenter légèrement de profil aux éclairs de flash des reporters quand il fit son premier discours — un tissu de réconfortantes platitudes prononcées en arabe avec un manque d'assurance charmant qui lui valurent les murmures flatteurs du groupe indiscipliné des journalistes.

Brusquement un orchestre attaqua, avec une conviction et un manque d'ensemble touchants, quelque chose d'épouvantablement faux, une espèce de mélodie européenne agrémentée de quarts de tons plaintifs où il mit un certain temps à reconnaître son hymne national. C'était saisissant, et il dut faire un effort pour ne pas esquisser un sourire. L'armée égyptienne avait dû s'entraîner en toute hâte au maniement du trombone à coulisse. Mais l'ensemble avait un air impromptu et décousu qui faisait penser à quelque forme rare de musique ancienne (Palestrina ?) exécutée sur une batterie de cuisine. Il s'immobilisa et se mit au garde-à-vous. Un vieux bimbashi affligé d'un œil de verre se tenait devant la clique, dans un garde-à-vous légèrement titubant. Quand ce fut terminé, Nimrod Pasha dit à mi-voix :

« Je suis désolé pour l'orchestre. Voyez-vous,

monsieur, la plupart des musiciens sont malades, et nous avons dû recruter une nouvelle formation au pied levé. »

Mountolive hocha gravement la tête pour marquer sa sympathie, et passa à la tâche suivante : passer en revue le détachement d'honneur, ce dont il s'acquitta avec zèle et grand plaisir. Il dut même refréner son envie de rendre les sourires qui s'offraient à lui. Puis, se retournant, il rendit ses devoirs au corps protocolaire, tout sourires et parfums sous les éclatants tarbouches rouges. Là, les sourires s'épanouissaient sans restriction, jonchaient la place comme des tranches de pastèque pas mûres. Un ambassadeur qui parlait l'arabe! Il adopta une attitude de modestie souriante dont il savait que le charme opérait. Il avait appris cela. Il remarqua avec fierté que son sourire conventionnel était attirant; même les membres de son propre personnel y succombaient; mais surtout les épouses. Elles lui présentèrent des visages détendus qui étaient comme autant de pièges de velours. Il eut une parole aimable pour chacun des secrétaires.

Enfin, la grande limousine l'emporta en douceur à la Résidence, sur les bords du Nil. Errol lui fit les honneurs de la maison et lui présenta la domesticité. Les dimensions et l'élégance de la demeure étaient tout à fait remarquables et quelque peu intimidantes. Un aussi grand nombre de pièces à sa disposition avait de quoi décourager un célibataire. « Enfin, pour recevoir, se dit-il mélancoliquement, je suppose que cela est nécessaire. » Il visita les salons d'apparat, les serres, les terrasses, s'attardant un instant à contempler les pelouses verdoyantes qui descendaient jusqu'au bord des eaux couleur chocolat du Nil. Nuit et jour des lances d'arrosage tourniquaient en sifflant et entretenaient un gazon vert d'émeraude et une délicieuse fraîcheur. Il se déshabilla en écoutant leur murmure et prit une douche froide dans la magnifique salle de bain garnie de babioles opalines; Errol avait eu la permission de se retirer, avec une invitation à revenir après le dîner pour discuter de la situation. « Je suis fatigué, lui avait avoué Mountolive, et j'aimerais me reposer un instant et dîner seul. Cette chaleur, j'aurais dû me la rappeler, mais je l'avais oubliée. »

Le Nil était en crue, imprégnant l'air de la moiteur estivale de ses inondations annuelles, gravissant pouce par pouce le mur de pierre visqueux au fond des jardins de l'ambassade. Il s'allongea sur son lit et prêta l'oreille aux allées et venues des voitures et aux bruits étouffés des voix et des pas dans le hall. Tous les membres de son personnel venaient signer le beau livre des visiteurs splendidement relié en maroquin rouge. Seul Pursewarden ne se manifesta pas. Il se cachait encore, sans doute? Mountolive se promit de le secouer un peu à la première occasion; il ne pouvait plus maintenant se permettre des absurdités qui le placeraient dans une situation délicate vis-à-vis du reste de son personnel. Il espérait que son ami ne l'obligerait pas à prendre des mesures d'autorité désagréables — cette idée le rongeait déjà. Néanmoins...

Après avoir pris une demi-heure de repos, il dîna seul dans un coin de la longue terrasse, sommairement vêtu d'un pantalon et d'une chemise, les pieds nus dans des sandales. Puis, ôtant ces dernières, il traversa les pelouses illuminées par des projecteurs et descendit jusqu'au fleuve, jouissant de la fraîcheur de l'herbe sous ses pieds nus. Mais c'était une variété de gazon africaine, grossière, aux racines sèches, même sous l'averse constamment entretenue, comme si elle était affligée de pellicules. Trois paons se promenaient gravement dans l'ombre. Le ciel de velours noir était poudré d'étoiles. Voilà, il était arrivé — dans tous les sens du terme. Il se remémora une phrase d'un livre de Pursewarden : « L'écrivain, le plus solitaire de tous les animaux... » Le verre de whisky était glacé dans sa main. Il s'étendit sur l'herbe, dans cette obscurité que pas un souffle d'air ne venait agiter, et contempla le ciel au-dessus de lui, n'osant plus penser à rien, mais laissant une torpeur s'insinuer en lui, pouce par pouce, comme les eaux du fleuve qui montaient lentement au fond des jardins. Pourquoi éprouvait-il comme une vague tristesse au fond de lui, alors qu'il parvenait au sommet de la puissance et qu'il était si plein de résolutions? Il n'aurait su le dire.

Errol revint à l'heure dite après un dîner hâtivement avalé, et fut ravi de trouver son chef étalé comme une étoile de mer sur l'élégante pelouse, presque endormi. Cette absence de cérémonie était un bon présage.

« Demandez donc qu'on nous apporte à boire, voulez-vous, dit Mountolive avec bienveillance, et venez vous asseoir ici. Il y a un soupçon d'air près du fleuve. »

Errol obéit et revint s'asseoir dans l'herbe, après une légère hésitation. Ils parlèrent de la situation générale.

« Je sais, dit Mountolive, que tout le personnel attend avec impatience l'installation d'été à Alexandrie. Moi aussi, je me rappelle, du temps où j'étais jeune attaché à la Commission. Eh bien, nous quitterons cette étuve dès que j'aurai présenté mes lettres de créance. Le roi tient conseil dans trois jours, n'est-ce pas? Oui, Abdel Latif me l'a fait savoir à l'aéroport. Bien. Demain j'inviterai à prendre le thé tous les secrétaires de l'ambassade ainsi que leurs femmes; et le soir les jeunes gens de la légation seront conviés à un cocktail. Le reste peut attendre jusqu'à ce que vous ayez retenu le train spécial et bouclé les valises. Comment cela va-t-il avec Alexandrie? »

Errol eut un pâle sourire.

« Tout est en ordre, monsieur. Il y a eu la bousculade habituelle; mais les Egyptiens ont été parfaits. Le Protocole a trouvé une excellente Résidence avec un immeuble pour les services d'été ainsi que divers autres bureaux qui ont été mis à notre disposition. Tout est splendide. J'ai dressé une liste du personnel qui nous permettra à tous de prendre à tour de rôle trois semaines de vacances. Les domestiques pourront partir en avant. Vous donnerez quelques réceptions, je suppose. La cour ne part que dans une quinzaine de jours. Donc pas de problèmes. »

Pas de problèmes! C'étaient là des paroles encourageantes. Mountolive soupira et ne dit rien. Dans l'obscurité, de l'autre côté des eaux du fleuve, une lointaine rumeur se fit entendre, comme le crépitement d'un essaim d'abeilles; des rires et des chants se mêlaient au cliquetis poignant des sistres.

« J'avais oublié, dit-il avec une pointe d'émotion. Les larmes d'Isis! C'est la Nuit des Larmes, n'est-ce pas?

— En effet, monsieur », dit Errol prudemment.

Bientôt le fleuve allait grouiller de felouques aux lignes élancées et retentir de voix et du chant des guitares. Isis-Diane allait briller aux cieux; mais ici les pelouses étaient isolées dans leur cône de lumière électrique, et le ciel en paraissait plus obscur. Il regarda vaguement autour de lui, cherchant à reconnaître les constellations.

« Eh bien c'est tout », dit-il.

Errol se leva aussitôt. Puis il s'éclaircit la gorge et dit :

« Pursewarden n'est pas venu parce qu'il a la grippe. »

Mountolive se dit que ce genre de franchise était de bon augure.

« Non, dit-il en souriant, je sais qu'il vous cause certains tracas. Je veillerai personnellement à ce que cela cesse. »

Errol parut agréablement surpris.

« Merci, monsieur. »

Mountolive le raccompagna lentement jusqu'à la maison.

« J'aimerais aussi inviter Maskelyne à dîner. Demain soir si cela lui convient. »

Errol approuva lentement.

« Il était à l'aéroport, monsieur.

— Je ne l'ai pas remarqué. Voudriez-vous demander à mon secrétaire de lui envoyer une carte pour demain soir? Mais téléphonez-lui d'abord, et si cela ne lui convient pas dites-lui de me le faire savoir. Vingt heures quinze, cravate noire.

— Comptez sur moi, monsieur.

— Comme nous devons prendre un certain nombre de dispositions nouvelles, je désire particulièrement avoir un entretien avec lui et j'aimerais pouvoir m'assurer de sa coopération. C'est un officier intelligent, m'a-t-on dit. »

Errol parut hésiter.

« Il a eu quelques échanges assez vifs avec Pursewarden. Il a plus ou moins assiégé l'ambassade ces dernières semaines. Il est intelligent, mais... un peu entêté peut-être? »

Errol était circonspect; manifestement il ne voulait pas s'aventurer.

« Bien, dit Mountolive, je lui parlerai et j'aviserai. Je pense que les nouvelles dispositions satisferont les deux parties en cause, même maître Pursewarden. »

Ils se souhaitèrent une bonne nuit.

Le lendemain Mountolive retrouva la routine qui lui était familière, mais vue sous un angle différent en quelque sorte, et d'une position qui mettait immédiatement tout le monde en branle. C'était très agréable, et en même temps embarrassant; même lorsqu'il avait rang de conseiller il s'était toujours efforcé d'établir de solides rapports amicaux avec les jeunes attachés de tous les grades. Il savait même mettre à l'aise ces lourdauds de fusiliers marins de la Garde par ses manières simples et ne craignait pas de faire un brin de conversation avec eux à l'occasion. Maintenant tous affichaient devant lui une attitude réservée, presque méfiante. C'étaient là les fruits amers du pouvoir, se disait-il en acceptant son nouveau rôle avec résignation.

Les premiers contacts furent cependant très encourageants; même la soirée donnée pour les membres de son personnel fut si réussie que tous parurent s'en aller avec regret. Il était en retard pour aller se changer avant de dîner avec Maskelyne, et ce dernier attendait depuis quelques instants déjà dans le petit salon lorsque Mountolive parut enfin, après avoir pris un bain et endossé des vêtements frais.

« Ah! Mountolive! dit le soldat en se levant et en lui tendant la main avec une sécheresse inexpressive. J'étais impatient de vous voir arriver. »

Mountolive fut quelque peu contrarié d'être accueilli avec un tel manque d'égards par ce personnage après toute la déférence qui lui avait été prodiguée durant la journée. « Diable! se dit-il, serais-je donc si provincial au fond? »

« Mon cher général. »

Il prononça ces mots avec une légère mais perceptible froideur. Peut-être le soldat voulait-il simplement lui laisser clairement entendre qu'il dépendait du ministère de la Guerre, et non des Affaires étrangères? C'était une façon assez maladroite de le faire. Néanmoins, Mountolive ne put s'empêcher d'éprouver une certaine attirance pour cet homme mince aux yeux tirés, à la voix sans chaleur, dont toute la personne semblait porter la marque d'une profonde solitude. Sa laideur n'était pas dénuée d'une certaine élégance. Son habit, pas très soigneusement repassé ni brossé, trahissait son âge, mais il était de bonne étoffe et de coupe excellente. Maskelyne, baissant avec circonspection son museau de lévrier vers son verrre, but avec calme et lenteur. Il dévisagea Mountolive avec la plus grande froideur. Ils échangèrent pendant un moment les politesses d'usage, et Mountolive dut s'avouer avec quelque dépit que l'homme ne lui était pas antipathique malgré ses façons un peu rudes. Et brusquement il crut reconnaître en lui un homme qui, comme lui-même, avait hésité à adopter un style de vie déterminé.

La présence des domestiques excluait tout échange de vues particulières durant le dîner, qu'ils prirent sur la pelouse, et Maskelyne parut satisfait d'attendre son heure. Le nom de Pursewarden ne fut prononcé qu'une fois, et il dit, d'un air dégagé :

« Oui, je le connais à peine, en dehors des rapports officiels naturellement. Ce qui est amusant c'est que son père — le nom est trop peu commun pour qu'il ne s'agisse pas de lui — son père était dans ma compagnie pendant la guerre de 14. Il a eu la Croix de Guerre. Je m'en souviens, car c'est moi qui ai rédigé la citation qui la lui valut : et naturellement c'est à moi qu'incombèrent les corvées d'usage. Le fils devait être un enfant à l'époque, je suppose. Bien entendu, je peux me tromper — encore que tout cela n'ait guère d'importance. »

Mountolive était intrigué.

« En fait, dit-il, je pense que vous ne vous trompez pas; il m'a parlé de quelque chose comme cela une fois. Lui en avez-vous jamais parlé vous-même?

— Grands dieux, non! Pourquoi l'aurais-je fait? s'écria Maskelyne comme s'il était légèrement choqué. Le fils n'est pas vraiment... mon genre, dit-il tranquillement mais sans animosité; il faisait simplement part d'un fait. Il... je... enfin, j'ai lu un de ses livres un jour. »

Il s'arrêta brusquement comme s'il n'était pas nécessaire de poursuivre sur ce terrain.

« C'était sans doute un homme très brave, dit Mountolive après un instant de silence.

— Oui... ou peut-être non, dit lentement son hôte, d'un air songeur. On ne peut pas savoir. Ce n'était pas un vrai soldat. Cela s'est vu souvent au front. Il arrive que des actes de bravoure soient plus souvent le fait de poltrons que d'hommes courageux — c'est cela qui est étrange. Son acte, dans ce cas particulier je veux dire, fut en fait un acte non militaire. Pour paradoxal que cela paraisse...

— Mais... protesta Mountolive.

— Laissez-moi m'expliquer. Il y a une différence entre un acte nécessaire de bravoure et l'héroïsme gratuit. S'il s'était rappelé son code d'instruction militaire il n'aurait pas fait ce qu'il a fait. Cela peut vous paraître de l'ergotage. Il a perdu la tête, littéralement, et il a agi sans réfléchir. En tant qu'homme je l'admire énormément, mais pas en tant que soldat. La vie exige beaucoup plus de rigueur — c'est une science, voyez-vous, ou du moins ce devrait l'être. »

Il s'exprimait d'une voix sèche et catégorique, et ses paroles étaient le fruit d'une mûre réflexion. Il était clair que ce sujet lui tenait à cœur.

« Je me demande, dit Mountolive.

— Je me trompe peut-être », concéda le soldat.

Les domestiques aux pas feutrés s'étaient enfin retirés, les laissant devant leur vin et leurs cigares, et Maskelyne sentit qu'il pouvait enfin aborder l'objet réel de sa visite.

« Je pense que vous avez étudié tous les différends qui ont surgi entre nous et vos propres services de renseignements. La querelle a été extrêmement vive, et nous attendons tous que vous l'arbitriez. »

Mountolive inclina légèrement la tête.

« En ce qui me concerne, les difficultés sont déjà résolues, dit-il avec une très légère nuance de contrariété (il avait horreur qu'on le bouscule). J'ai conféré avec votre général jeudi et élaboré une nouvelle combinaison qui, j'en suis persuadé, vous agréera. Vous en recevrez confirmation cette semaine par un ordre de transférer vos activités à Jérusalem, qui deviendra le quartier général de tout votre réseau. Ainsi seront évitées toutes les questions de rang et de préséance. Vous pourrez laisser ici une façade sous la direction de Telford, qui est un civil, mais naturellement ce sera un service subalterne. Pour plus de commodité il travaillera avec nous et assurera la liaison avec nos services. »

Un silence tomba. Maskelyne étudia avec attention la cendre de son cigare tandis que l'ombre d'un sourire naissait aux coins de sa bouche.

« C'est donc Pursewarden qui gagne, dit-il très calmement. Bien! Bien! »

Mountolive s'étonna de ce sourire et y vit une insulte, bien qu'il ne parût contenir aucun sous-entendu malveillant.

« Pursewarden, dit-il tranquillement, a reçu un blâme pour avoir retenu un rapport destiné au ministère de la Guerre; par ailleurs, il se trouve que je connais assez bien la personne qui fait l'objet de ce rapport et j'estime qu'il est nécessaire d'obtenir un supplément d'information avant de prendre des mesures.

— C'est ce que nous faisons; Telford est en train de tendre un filet autour du personnage en question, cet Hosnani — mais certains des candidats proposés par Pursewarden semblent plutôt... euh! préjudiciables, pour ne pas dire plus. Cependant, Telford s'efforce de lui être agréable en les engageant. Mais... eh bien, il y en a un qui vend des renseignements à la presse, et un autre qui se trouve être actuellement la consolateur de Mme Hosnani. Enfin, le nommé Scobie, qui s'amuse à se déguiser en femme et à se promener dans le port d'Alexandrie dans cet accoutrement — ce serait pure charité que de le supposer capable d'obtenir des renseignements secrets. Malgré tout, je serai très heureux de confier le réseau à Telford et d'entreprendre quelque chose d'un peu plus sérieux. Quel monde!

— Etant donné que je ne connais pas encore les détails, dit Mountolive calmement, je ne puis faire de commentaires. Mais j'étudierai la question.

— Je vous donnerai un exemple de leur compétence, dit Maskelyne. La semaine dernière, Telford désigna ce policier nommé Scobie pour une mission de pure routine. Quand les Syriens veulent jouer au plus fin, ils n'utilisent pas le courrier diplomatique; ils confient leur sac à une dame, la nièce du vice-consul, qui l'apporte au Caire par le train. Nous voulions examiner le contenu d'un de ces sacs — des détails concernant des livraisons d'armes, pensions-nous. Nous avons remis à Scobie des chocolats dont un, dûment marqué, contenait une dose de narcotique. Il était chargé d'endormir la dame pendant deux heures et d'emporter le sac. Savez-vous ce qui est arrivé? On l'a trouvé endormi dans le train à l'arrivée au Caire et il a fallu vingt-quatre heures pour le réveiller. Nous avons été obligés de l'envoyer à l'hôpital américain. Lorsqu'il a pris place dans le compartiment de la dame, le train a eu une brusque secousse et les chocolats se sont retournés dans la boîte. Incapable de se rappeler quel était celui que nous avions si soigneusement marqué, dans son affolement, c'est lui qui l'a mangé... »

L'œil austère de Maskelyne semblait lancer des éclairs tandis qu'il contait son anecdote.

« Comment voulez-vous vous fier à des gens pareils? conclut-il d'un ton acerbe.

— Je vous promets que j'examinerai la compétence de toutes les personnes proposées par Pursewarden; je vous promets aussi que si vous marquez des documents à mon intention il n'y aura pas de secousse, et que ces agissements abusifs ne se reproduiront pas.

— Merci! »

Il parut sincèrement reconnaissant tandis qu'il se levait pour prendre congé. Il refusa d'un geste la voiture officielle qui attendait devant la porte, murmurant quelque chose à propos d'une « promenade hygiénique », enfila un pardessus léger pour dissimuler son smoking et s'éloigna dans l'allée. Mountolive resta sur le perron et regarda un moment sa mince silhouette traverser les flaques de lumière que déversaient les hauts lampadaires. Il soupira, de soulagement et de lassitude. La journée avait été rude. « Voilà la question Maskelyne réglée. »

Il revint vers les pelouses désertes prendre un dernier verre, dans le calme, avant de se mettre au lit. Dans son ensemble, le travail accompli au cours de cette journée n'avait pas été insignifiant. Il avait mené à bien une douzaine de tâches, dont celle d'aviser Maskelyne de son avenir n'avait pas été la moins ardue. Il avait bien gagné un instant de détente.

Mais avant de gravir l'escalier, il parcourut un moment la maison silencieuse, en réfléchissant, ruminant la conscience de son accession au pouvoir avec toute la secrète fierté d'une femme qui découvre qu'elle est enceinte.

## VII

UNE fois ses tâches officielles dans la capitale remplies à sa propre satisfaction, Mountolive put envisager de devancer la cour en transférant son quartier général dans la seconde capitale : Alexandrie. Tout s'était très bien passé en somme. Le roi avait loué son aisance à manier la langue arabe, et son utilisation judicieuse de la langue en public lui avait valu la popularité de la presse, ce qui était une distinction assez rare. Tous les journaux publiaient de grandes photos de lui, toujours avec ce sourire modeste. Tout en triant cette petite montagne de coupures de presse, il se dit tout à coup : « Mon Dieu! ne suis-je pas tout doucement en train de me trouver séduisant? » C'étaient d'excellentes photos; il était incontestablement très élégant avec ses tempes grisonnantes et ses traits bien dessinés. « Mais la culture est une habitude qui ne suffit pas à vous défendre contre vos propres charmes. Je cours le risque d'être enterré vivant au milieu de ces douceurs, de ces facilités stériles d'une vie mondaine où je ne trouve même pas de plaisir. » Le menton sur le poignet, il songeait : « Pourquoi Leila n'écrit-elle pas? Peut-être lorsque je serai à Alexandrie, la semaine prochaine, aurai-je un mot? » Mais du moins pouvait-il quitter Le Caire par bon vent. Les autres légations étrangères crevaient de jalousie devant son succès.

Le déménagement fut accompli avec une célérité exemplaire par le diligent Errol et le personnel de la Résidence. Il put se permettre de flâner jusqu'au départ du train spécial chargé de tous les bagages diplomatiques qui leur permettraient d'assurer les services indispensables pendant leur absence... valises, malles et cantines, toutes marquées de monogramme dorés. La chaleur était devenue intolérable au Caire. Mais ils avaient le cœur léger quand le convoi s'ébranla et s'enfonça dans le désert en direction de la côte.

C'était la meilleure époque de l'année pour s'installer à Alexandrie car les horribles khamsins du printemps avaient cessé de souffler et la ville avait revêtu sa parure estivale : marquises rayées des cafés de la Grande Corniche, canots multicolores louvoyant sous les sombres tourelles des bâtiments de guerre ou sagement rangés dans les eaux bleues du port autour du Yacht-Club. La saison des réceptions d'été avait aussi commencé et Nessim eut enfin l'occasion de donner sa réception promise depuis longtemps pour le retour de son ami. Ce fut une fête somptueuse et barbare, et tout Alexandrie vint rendre hommage à Mountolive, comme pour fêter le retour d'un enfant prodigue, alors qu'en fait il ne connaissait que peu de monde à part Nessim et sa famille. Mais il fut heureux de renouer avec Balthazar et Amaril, les deux inséparables docteurs, qui se taquinaient sans cesse; et avec Clea qu'il avait eu l'occasion de rencontrer une fois en Europe. Le soleil, roulant vers l'horizon sur la pente majestueuse du soir, embrasait les grandes baies cerclées de cuivre, les changeait un moment en du diamant fondu, avant de s'adoucir et de s'enfoncer de nouveau dans le crépuscule aigue-marine de l'Egypte. Les rideaux furent tirés et des centaines de chandeliers firent éclater la somptueuse blancheur des nappes et scintiller une forêt de cristal. C'était la saison du loisir et des mondanités, et l'on donnait les premiers bals au cours desquels on organisait les prochaines randonnées à cheval ou des parties en mer. Les vents frais du large maintenaient une température agréable; l'air était léger et vivifiant.

Mountolive se laissa aller au mouvement habituel des choses avec un sentiment de sécurité, presque de béatitude. Nessim avait pour ainsi dire repris sa place, tel un portrait dans une niche creusée pour lui, et la compagnie de Justine — la sombre beauté au port de reine à ses côtés — facilitait plutôt qu'elle ne gênait ses relations avec le monde. Mountolive éprouva une grand sympathie pour elle; il aimait la façon dont elle posait sur lui ses yeux d'un noir profond où brillait une sorte de curiosité compatissante mêlée d'admiration. Ils formaient un couple splendide, se disait-il, presque avec une pointe d'envie; ils donnaient l'impression de ces êtres habitués à travailler ensemble depuis l'enfance, répondant instinctivement aux besoins et aux désirs inexprimés de l'autre, et n'hésitant jamais à se réconforter mutuellement d'un sourire. Malgré sa beauté et sa réserve, et bien qu'elle parlât peu, Mountolive croyait deviner une sincérité de bon aloi sous toutes ses paroles, comme d'une source cachée de secrète tendresse. Etait-ce le plaisir de rencontrer quelqu'un qui appréciait son mari autant qu'elle le faisait? La franche et froide pression de ses doigts pouvait le laisser supposer, de même que le frémissement de sa voix lorsqu'elle disait : « Il y a si longtemps que j'entends parler de David qu'il me sera difficile, je crois, de vous appeler d'un autre nom. » Quant à Nessim, il n'avait rien perdu de sa grâce durant le temps de leur séparation, et il avait acquis le poids d'une expérience et d'un jugement qui pouvait le faire passer pour un parfait Européen dans un milieu aussi provincial. Mountolive appréciait en particulier son tact qui lui interdisait de jamais faire allusion à des sujets ayant trait à ses fonctions officielles, et ceci en dépit du fait qu'ils allaient souvent chasser, nager ou peindre ensemble. Les renseignements de nature politique qu'il pouvait avoir à lui communiquer étaient toujours scrupuleusement transmis par le canal de Pursewarden. Il ne compromit jamais leur amitié en mêlant le travail au plaisir, ou en obligeant Mountolive à débattre entre l'affection et le devoir.

Mais le plus encourageant était encore l'ardeur avec laquelle Pursewarden avait assumé les nouvelles responsabilités de ses hautes fonctions et portait ce qu'il appelait « sa nouvelle étoile ». Deux minutes péremptoires rédigées de la terrible encre rouge — dont l'usage était la prérogative absolue des ambassadeurs — l'avaient apaisé et lui avaient arraché la promesse de « rentrer dans le droit chemin », ce qu'il avait fait incontinent. Sa réponse avait été cordiale et empressée et Mountolive s'était senti à la fois reconnaissant et soulagé de voir qu'il pouvait enfin se fier à un jugement qui était bien décidé à ne pas se laisser envahir ni à sombrer dans la facilité des influences et des doutes. Quoi encore? Oui, la nouvelle Résidence d'été était délicieuse et située au milieu d'un jardin frais planté de pins au-dessus de Roushdi. Il y avait deux excellents courts de tennis qui retentissaient toute la journée du claquement sec des balles et des raquettes. Le personnel de l'ambassade était satisfait de son nouveau maître. Pourtant... le silence de Leila était toujours une énigme. Et puis un soir Nessim lui tendit une enveloppe sur laquelle il reconnut son écriture. Mountolive la glissa dans sa poche pour la lire lorsqu'il serait seul.

« Votre retour en Egypte — vous l'avez peut-être deviné? m'a quelque peu bouleversée; a bouleversé mes plans. J'en suis toute stupéfaite moi-même, je l'avoue. J'ai vécu si longtemps avec vous

par l'imagination — et totalement *seule* ici — que
je suis presque obligée maintenant de vous réinventer
pour vous faire revenir à la vie. Peut-être vous ai-je
calomnié toutes ces années, peut-être le portrait que
je me suis fait de vous n'était-il vrai que pour moi-
même? Maintenant vous n'êtes plus qu'une fiction,
et non un dignitaire de chair et de sang vivant au
milieu des gens, des lumières, de la politique. Je
n'ai pas le courage de confronter ma vérité à la
réalité; j'ai peur. Soyez patient avec une stupide
entêtée qui semble ne jamais savoir où elle en est.
Nous aurions certes pu nous rencontrer depuis longtemps, mais je me rétractais comme un escargot à
cette pensée. Soyez patient. J'attends qu'au fond de
moi la marée se renverse. J'ai été si irritée quand
j'ai appris votre arrivée que j'en ai pleuré de rage.
Ou de panique? Je suppose que j'avais vraiment
réussi à oublier... mon visage, toutes ces années.
Et je l'ai brusquement senti de nouveau sur moi
comme un masque de fer. Bah! Le courage me
reviendra bientôt, soyez-en sûr. Tôt ou tard nous
nous reverrons et nous souffrirons du coup que
cela nous portera. Quand? Je ne sais pas encore.
Je ne sais pas. »

Il lut ces lignes sur les terrasses, dans la douceur du crépuscule, et il se dit, plein de tristesse :
« Je n'ai pas les idées assez nettes pour pouvoir
lui répondre quelque chose de sensé. Que pourrais-
je dire ou faire? Rien. » Mais ce mot rendait un
son creux. « Patience », se dit-il doucement à lui-
même, en retournant le mot dans tous les sens dans

son esprit pour l'étudier mieux. Un peu plus tard, au bal des Cervoni, parmi le papillotement des lumières bleues et les ondulations des serpentins, la patience lui parut plus aisée. Il évoluait de nouveau dans un monde joyeux où il ne se sentait plus coupé de ses semblables — un monde peuplé d'amis avec lesquels il pouvait évoquer le souvenir heureux des longues chevauchées avec Nessim, apprécier la conversation d'Amaril ou le plaisir troublant de danser avec la blonde Clea. Oui, ici il pouvait prendre patience. Le moment, le lieu et les circonstances étaient autant d'éléments favorables. Il ne sentait monter aucun mauvais présage d'un avenir sans nuage, alors que les prémonitions de la guerre qui s'avançait lentement étaient des lieux communs qu'il partageait publiquement avec les autres. « Est-il vrai que ces bombardiers peuvent raser des capitales entières? demandait Clea tranquillement. J'ai toujours pensé que nos inventions reflètent nos désirs secrets; et ne souhaitons-nous pas tous la fin de cette civilisation mécanique? Oui, mais il ne serait pas facile de prendre Londres et Paris. Qu'en pensez-vous? »

Qu'en pensait-il? Mountolive plissa son beau front et hocha la tête. Il pensait à Leila voilée de noir comme une nonne, assise dans sa petite maison d'été poussiéreuse à Karm Abu Girg, parmi les roses splendides, en compagnie de son serpent...

L'été s'avança ainsi, sans heurt, sans hâte. Août,

septembre, et Mountolive ne connut aucun sujet de découragement professionnel dans une ville si propice à l'amitié, si vulnérable à la moindre politesse, si experte au plaisir. Jour après jour les voiles de couleur palpitaient et flânaient sur le miroir du port entre les forteresses d'acier, et les vagues d'une blancheur surnaturelle venaient battre sur un rythme immuable les plages désertes calcinées par les soleils africains. La nuit, assis au-dessus d'un jardin resplendissant de lucioles, il entendait le ronronnement grave et assourdi par la distance des paquebots quittant le port et faisant route vers des villes lointaines à l'autre bout du monde. Dans le désert ils explorèrent des oasis de verdure que les mirages d'eau faisaient trembler et qui prenaient les teintes insubstantielles du rêve, ou suivirent à cheval les longues bandes de grès qui percent les sables tout autour de la ville, en prenant soin d'emporter nourriture et boissons.

Il visita Petra et l'étrange delta de corail sur la côte de la mer Rouge grouillante de poissons tropicaux parés de toutes les couleurs de l'arc-en-ciel. Les longues et fraîches galeries de la Résidence d'été résonnaient tous les soirs du cliquetis des cubes de glace dans les grands verres, du bruissement des lieux communs et des platitudes qui lui communiquaient un frisson de bonheur en raison de leur situation dans l'espace et dans le temps, et parce que ces propos s'harmonisaient si bien avec une ville qui savait que le plaisir était l'unique raison d'être des activités de l'homme; sur ces galeries, surplombant le littoral bleu nourri d'Histoire, dans la chaude clarté dispensée par les chandeliers, ces amitiés fragmentaires s'épanouissaient en de nouveaux liens d'affection dont la sincérité lui faisait oublier l'isolement où il avait craint que les pouvoirs dont il était investi ne le rejetassent. Il avait déjà acquis une grande popularité, et bientôt il serait aimé de tous. Même la morbide lassitude spirituelle et le sybaritisme de la cité lui paraissaient charmants, à lui qui, ayant un revenu assuré, pouvait s'offrir le luxe de vivre en dehors d'elle. Alexandrie lui semblait un cantonnement d'été très enviable, accessible à toutes les affections et à toutes les xénophilies, au sens grec du terme. Mais pourquoi ne se sentirait-il pas chez lui?

Les Alexandrins étaient eux-mêmes des étrangers et des exilés dans une Egypte qui existait au-dessous de la surface scintillante de leurs rêves, encerclée par les déserts brûlants et éventée par la tristesse d'une foi qui renonçait aux plaisirs du monde : l'Egypte des haillons et des plaies, de la beauté et du désespoir. Alexandrie était encore l'Europe, la capitale de l'Europe asiatique, si un tel état est concevable. Elle ne serait jamais semblable au Caire, qui descend d'une lignée purement égyptienne et dont l'arabe est la langue essentielle; ici c'étaient le français, l'italien et le grec qui étaient le plus largement répandus. L'atmosphère, les coutumes sociales, tout était différent, coulé dans un moule européen où les chameaux, les palmiers et les indigènes en robe ne formaient qu'une frise haute en couleur, la toile de fond d'une vie aux origines diverses.

Puis ce fut l'automne et ses devoirs le rappelèrent dans la capitale d'hiver; quoique intrigué, et même un peu chagriné, par le silence de Leila, il retrouva sans déplaisir les tâches absorbantes de sa profession. Il y avait les documents à établir, les rapports traitant de sujets économiques, sociaux et militaires à rédiger. Son personnel s'était maintenant très bien habitué à lui et travaillait avec zèle; même Pursewarden donnait le meilleur de lui-même. L'hostilité d'Errol, qui n'avait toutefois jamais été très vive, s'était trouvée neutralisée avec succès et avait fait place à une trêve à long terme. Il avait toutes les raisons du monde d'être content de soi.

Puis, à l'époque du carnaval, il reçut un message de Leila pour lui signifier son intention de le rencontrer — mais à la condition expresse que tous deux fussent revêtus du domino noir traditionnel, le masque d'orgie des Alexandrins. Il comprenait ses inquiétudes. Mais la perspective de cette proche entrevue le remplit d'aise, et c'est avec chaleur qu'il accepta l'invitation que lui transmit Nessim par téléphone, projetant de transférer toute la Chancellerie à Alexandrie pour le carnaval afin que ses attachés pussent profiter de l'occasion avec lui. C'est ainsi qu'ils prirent de nouveau leurs quartiers d'été à Alexandrie, qu'ils trouvèrent baignée par un ciel d'hiver encore vif, bleu comme un œuf de passereau, à peine effleurée, la nuit, par les gelées du désert.

Mais là, une nouvelle déception l'attendait : lorsque Justine, au plus fort du tumulte chez les Cervoni, le prit par la manche pour le conduire au lieu du rendez-vous parmi les grandes haies du jardin, ils ne virent, sur le banc de marbre vide, qu'un petit réticule de soie contenant un billet où une main tremblante avait griffonné à l'aide d'un bâton de rouge à lèvres : « Au dernier moment les nerfs me lâchent. Pardonnez. » Il s'efforça de cacher sa déconvenue et son chagrin à Justine, qui, de son côté, n'en croyait pas ses yeux et répétait : « Mais elle est venue spécialement de Karm Abu Girg pour vous rencontrer ! Je n'y comprends rien. Elle a passé toute la journée avec Nessim. » Il sentit la main de Justine presser son bras avec sympathie tandis qu'ils regagnaient tristement la maison bruyante et illuminée, passant avec impatience devant les silhouettes masquées dans le jardin bruissant de rires.

Près du bassin il aperçut Amaril, le visage découvert, assis près d'une mince silhouette masquée, parlant à mi-voix, suppliant, se penchant en avant de temps en temps pour l'étreindre. Et il surprit en lui un tressaillement de jalousie, bien qu'il n'y eût plus rien de charnel maintenant dans son désir de revoir Leila. C'était que, d'une manière assez paradoxale, l'Egypte ne serait pas vraiment et pleinement vivante pour lui tant qu'il ne l'aurait pas vue, car elle représentait une sorte d'image seconde,

presque mystique, de la réalité qu'il vivait, qu'il
expropriait jour après jour. Il était pareil à un
homme qui cherche à marier les deux images
jumelles dans le viseur d'une camera afin de mettre
son objectif au point. Tant qu'il n'aurait pas vécu
cette expérience, il se sentirait vaguement désemparé, incapable de vérifier les souvenirs qu'il avait
conservés de ce paysage merveilleux comme d'apprécier les nouvelles impressions qu'il lui communiquait. Cependant, il accepta son sort avec philosophie. Après tout, il n'y avait aucune raison de
s'alarmer. Patience... il y avait infiniment de place
pour la patience maintenant, pour attendre qu'elle
ait un peu plus de courage.

En outre, d'autres amitiés étaient venues combler
le vide : Balthazar (qui venait souvent dîner et
jouer aux échecs), Amaril, Pierre Balbz, la famille
Cervoni. Clea aussi, qui avait entrepris à cette
époque de faire son portrait. Sa mère l'avait supplié de se faire portraiturer; il pouvait maintenant
poser dans le resplendissant uniforme que Sir Louis
lui avait si obligeamment vendu. Ce serait son cadeau de Noël, se disait-il, et il éprouvait un certain
plaisir à voir Clea le fignoler et retoucher inlassablement les parties qui ne la satisfaisaient pas. Par
elle (car elle ne cessait de parler en travaillant, pour
que le visage de ses modèles reste toujours animé)
il apprit énormément, durant cet été, sur la vie
et les préoccupations des Alexandrins — la poésie
extravagante et les drames grotesques où se complai-
saient ces exilés; les contes de ces habitants

d'une moderne cité lacustre et des gratte-ciel de pierre qui regardaient, par-dessus les ruines du Pharos, vers l'Europe.

Un de ces récits enflamma son imagination : l'histoire d'amour d'Amaril, l'élégant médecin aimé de tous, et pour qui il s'était pris d'une affection toute spéciale. Son nom même sur les lèvres de Clea évoquait aussitôt leur commune affection pour cet homme timide et gracieux, qui avait si souvent affirmé qu'il n'aurait jamais la chance d'être aimé d'une femme.

« Pauvre Amaril, disait-elle avec un soupir accompagné d'un sourire en reprenant ses pinceaux; vous conterai-je son histoire? Elle est tout à fait typique. Elle a réjoui tous ses amis, car nous en étions tous arrivés à penser qu'il allait passer à côté de l'amour dans ce monde — qu'il avait manqué le coche.

— Mais Amaril doit partir pour l'Angleterre, dit Mountolive. Il nous a demandé un visa. Dois-je en déduire qu'il a le cœur brisé? Et qui est Semira? Je vous en prie, racontez-moi. »

Clea sourit de nouveau avec tendresse, et s'interrompant dans son travail, lui mit entre les mains un carton à dessin. Il l'ouvrit et tourna les feuilles.

« Que de nez! s'écria-t-il, surpris.

— Oui, des nez. J'ai passé près de trois mois à voyager et à dessiner des nez pour qu'elle en choisisse un; des nez de vivants et des nez de morts. Des nez du Yacht-Club, de l'Etoile, des fresques du

Musée, de médailles... Ce fut un rude travail de les réunir pour en faire une étude comparative. Ils ont fini par choisir le nez d'un soldat sur une fresque de Thèbes. »

Mountolive était stupéfait.

« Je vous en prie, Cléa, racontez-moi l'histoire.

— Me promettez-vous de ne pas bouger?

— Je vous le promets.

— Très bien. Vous connaissez bien Amaril maintenant; eh bien, cet être si charmant, si romantique — cet ami si fidèle et ce médecin si compétent — a fait notre désespoir pendant des années. On aurait dit qu'il était incapable de tomber amoureux. Cela nous attristait tous énormément. Vous n'ignorez pas qu'en dépit de notre apparente dureté, nous sommes, nous autres Alexandrins, les êtres les plus sentimentaux de la terre, et nous souhaitons sincèrement que nos amis jouissent de la vie. Non qu'il fût malheureux, et il avait bien des maîtresses de loin en loin, mais jamais une *amie* au sens particulier où nous l'entendons. Il s'en lamentait souvent, non pour provoquer notre pitié ou pour nous amuser, mais plutôt pour se rassurer lui-même, et comme pour se prouver qu'il était normal, et que les femmes le trouvaient sympathique et séduisant. Et puis, l'année dernière, pendant le carnaval, le miracle s'est produit : il rencontra un mince domino masqué. Ils tombèrent follement amoureux — il alla même beaucoup plus loin qu'un amant aussi prudent qu'Amaril ne se le permet d'ordinaire. Cette expérience le transforma complètement, mais...

la jeune personne disparut, toujours masquée, sans vouloir lui dire son nom. Deux belles mains blanches et une bague sertie d'une pierre jaune, voilà tout ce qu'il connaissait d'elle — car en dépit de leur subite passion, elle avait refusé de démasquer son visage, de sorte qu'il s'était vu refuser un simple baiser, alors qu'on lui avait accordé... d'autres faveurs. Mon Dieu, voilà que je me mets à cancaner! Enfin, tant pis.

« De ce jour, Amaril devint insupportable. La fureur romantique, je dois l'admettre, lui allait fort bien — car c'est un romantique jusqu'au bout des ongles. Pendant toute une année il courut la ville en quête de ces mains de rêve; il les cherchait partout, suppliant ses amis de l'aider, négligeant son travail; il fit tant et si bien qu'il faillit devenir la risée de toute la ville. Sa détresse nous amusait et nous touchait tout à la fois, mais que pouvions-nous faire? Comment la retrouver? Il attendit le carnaval de cette année avec une impatience croissante car elle avait promis de revenir à l'endroit même où ils s'étaient rencontrés la première fois. Et c'est maintenant que cela devient drôle. Elle revint, et une fois de plus ils échangèrent les plus brûlants serments; mais cette fois, Amaril était bien décidé à ne pas la laisser échapper — car elle ne voulait toujours pas lui donner son nom et son adresse. Désespéré et prêt à n'importe quoi, il refusa de la quitter, ce qui effraya beaucoup la jeune personne. (C'est lui qui m'a raconté tout cela : il fit irruption le lendemain matin, très tôt, chez moi, titubant comme un homme ivre, la chevelure en désordre, transporté et épouvanté tout à la fois.)

« La jeune fille tenta à plusieurs reprises de lui échapper, mais il ne se laissa pas faire et insista pour la raccompagner chez elle dans un de ces vieux fiacres qui roulent encore. Elle avait presque perdu la tête, et lorsqu'ils atteignirent le faubourg est de la ville, assez misérable et peu fréquenté, avec de vastes propriétés abandonnées et des jardins incultes, elle se sauva à toutes jambes. Amaril, que sa passion romantique avait rendu furieux, pourchassa la nymphe et la rattrapa au moment où elle se glissait dans une petite cour obscure. Incapable de se contenir, il saisit le capuchon au moment où la créature, le visage enfin dénudé, fondait en larmes sur le seuil de la porte. La description de cette scène par Amaril avait quelque chose de terrifiant. Elle restait assise là, secouée par les sanglots et émettant une sorte de hennissement sifflant, couvrant son visage de ses deux mains. *Elle n'avait pas de nez.* Pendant un moment, il fut la proie d'une terrible frayeur, car il n'y a pas plus superstitieux que lui, et il connaît toutes les légendes qui ont trait aux vampires qui apparaissent au cours du carnaval. Mais il fit le signe de la croix et touchant la gousse d'ail qu'il avait dans la poche — et elle ne disparut pas. Alors le médecin reprit le dessus et, l'entraînant dans la cour (elle mourait de peur et de honte), il l'examina attentivement. Il me dit qu'il pouvait entendre ronfler sa cervelle tandis qu'il essayait de formuler le diagnostic le plus précis possible, et qu'en même temps il sentait que son cœur s'était arrêté de battre et qu'il suffoquait... En un éclair il passa en revue toutes les causes possibles d'une telle infirmité, en se répétant avec terreur les mots syphilis, lèpre, lupus, tenant entre ses mains le petit visage décomposé. Il lui cria avec colère : « Comment t'appelles-tu? » et elle bégaya : « Semira... la ver- « tueuse Semira. » Il avait les nerfs si tendus qu'il partit d'un énorme éclat de rire.

« Mais voici maintenant plus étrange encore. Semira est la fille d'un vieillard complètement sourd. La famille, d'origine turque, avait connu une ère de splendeur sous les khédives. Mais la malchance s'est acharnée sur elle; les fils sont devenus fous, et ils vivent maintenant dans la misère et l'oubli. Le père, devenu à moitié fou lui aussi avec l'âge, tenait sa fille enfermée dans cette masure où elle gardait le voile en permanence. On parlait vaguement, parfois dans les salons, d'une fille qui avait pris le voile et qui passait sa vie en prières, qui n'avait jamais passé le seuil de sa maison, qui était une mystique; d'autres en faisaient une sourde-muette, paralytique de surcroît. Des faits imprécis, et déformés de bouche en bouche. Mais si de vagues rumeurs circulaient sur le compte de la soi-disant vertueuse Semira, elle était tout à fait inconnue de nous et sa famille complètement oubliée. Le carnaval avait donc aiguisé sa curiosité du monde et, revêtue d'un domino, elle s'introduisait en fraude dans les réceptions les plus animées.

« Mais j'oublie Amaril. Le bruit avait attiré un vieux domestique qui parut dans la cour, un bougeoir à la main. Amaril demanda à être reçu par le maître de maison. Il avait déjà pris sa décision. Le vieux père dormait sur un vétuste lit à colonnes, dans une chambre pleine de fientes de chauves-souris, tout en haut de la maison. Semira paraissait maintenant tout à fait inconsciente. Prenant la chandelle des mains du domestique et saisissant le bras de Semira, Amaril monta jusqu'à la chambre du vieillard, dont il ouvrit la porte d'un coup de pied. La scène dut avoir un instant quelque chose d'irréel aux yeux ensommeillés du pauvre homme, et Amaril la décrivit avec la flamme touchante du romantisme, s'émouvant si bien lui-même à son récit que les larmes lui inondaient les yeux. Il se laissait gagner par la magnificence de sa propre imagination, je crois bien ; je dois dire que moi aussi, qui l'aime tant, je sentais les larmes me monter aux yeux quand il me conta comment il avait posé la chandelle auprès du lit, et s'agenouillant avec Semira, déclara : « Je désire épouser votre « fille et la ramener dans le monde. » Il fallut un certain temps avant que la terreur et l'irréalité de cette visite inopinée ne se dissipent. Alors, le vieux se mit à trembler devant cette élégante apparition agenouillée auprès de son lit, tenant par le bras sa fille sans nez et proposant l'impossible avec tant de fierté et de passion.

« Mais personne ne la prendra, protesta le vieil-

« lard, voyez, elle n'a pas de nez. » Il sortit du lit, vêtu d'une chemise de nuit sale, et s'approcha d'Amaril, toujours agenouillé, pour l'étudier comme il aurait fait d'un spécimen entomologique. (Je cite les propres paroles d'Amaril.) Puis il le toucha de son pied nu, comme pour voir s'il était fait de chair et de sang, et répéta : « Qui êtes-vous pour « vouloir prendre une femme sans nez? » Amaril répondit : « Je suis un docteur d'Europe, et je lui « donnerai un nouveau nez », car cette idée, cette idée fantastique, s'était lentement insinuée dans son esprit. A ces mots, Semira se mit à sangloter et tourna son beau visage horrible vers le sien; Amaril dit alors, en martelant ses mots : « Semira, voulez-vous être ma femme? » Elle put à peine articuler une réponse et ne semblait pas moins douter de la fin de toute cette aventure que son père. Amaril leur parla longuement, et crut les avoir convaincus.

« Lorsqu'il revint le lendemain, le domestique lui remit un message où on l'informait que Semira n'était pas visible et que ce qu'il proposait était impossible. Mais Amaril n'était pas homme à se laisser rebuter si facilement, et il alla de nouveau forcer la porte du vieillard pour le houspiller.

« Voilà donc dans quelle fantaisie il s'est jeté. Car Semira, si sincèrement éprise qu'elle soit, ne peut quitter sa maison pour s'en aller dans le monde tant qu'il n'aura pas tenu sa promesse. Amaril désirait l'épouser tout de suite, mais le vieillard soupçonneux voulait être sûr du nez. Mais quel nez? D'abord Balthazar fut appelé en consultation et, ensemble, ils examinèrent Semira, et se persuadèrent que l'infirmité n'était due ni à la lèpre ni à la syphilis, mais à une forme exceptionnelle de lupus, une tuberculose de la peau particulièrement rare dont on avait signalé cependant un certain nombre de cas dans la région de Damiette. Elle n'avait pas reçu de soins et au bout de quelques années le nez avait été complètement rongé. Je dois dire qu'il est horrible : une simple fente, comme les ouïes d'un poisson. Car j'ai moi aussi participé aux délibérations des deux docteurs et je suis allée régulièrement chez Semira pour lui faire la lecture, dans la maison plongée en permanence dans la pénombre, où elle a passé presque toute sa vie. Elle a de magnifiques yeux noirs comme une odalisque, une très jolie bouche et un menton bien dessiné; et puis ces ouïes de poisson! C'est trop injuste. Il a fallu du temps pour la convaincre que la chirurgie pouvait réparer sa disgrâce. Là encore Amaril a fait preuve de beaucoup de bon sens, en réussissant à l'intéresser à la restauration de son visage, à lui faire surmonter le dégoût que son image lui inspirait, en la laissant choisir le nez qui lui conviendrait, en discutant tout le projet avec elle. Il lui a laissé se choisir un nez comme un autre aurait laissé sa maîtresse choisir un bracelet de prix chez Pierantoni. Et c'était précisément la chose à faire, car maintenant elle commence à oublier sa honte, et elle est presque fière d'avoir la liberté de choisir cet inestimable cadeau — ce trait le plus précieux du visage de la femme qui redresse tous les regards et change toutes les significations, et sans lequel les plus beaux yeux, les dents les plus parfaites, les cheveux les plus soyeux ne sont plus que des trésors inutiles.

« Mais ils se sont ensuite trouvés en présence d'autres difficultés, car la restauration d'un nez requiert une technique chirurgicale qui est encore toute récente, et bien qu'il soit chirurgien, Amaril ne veut pas s'exposer à commettre la moindre erreur qui compromettrait le résultat de l'opération. C'est que, voyez-vous, il va en quelque sorte créer une femme à partir de son imagination, un visage qui réponde à tous les vœux d'un mari; seul Pygmalion a eu cette possibilité jusqu'ici! Il travaille à ce projet comme si toute sa vie en dépendait — et je crois que s'il échouait, il en mourrait.

« L'opération elle-même devra se faire en plusieurs étapes, et il faudra beaucoup de temps pour la mener à bien. Je les ai si souvent entendus discuter de cela, dans les moindres détails, que je crois bien que je serais capable de l'effectuer moi-même. D'abord vous découpez une bande de cartilage costal, ici, où la côte s'articule au sternum, et vous la greffez. Ensuite vous découpez un triangle de peau sur le front et vous le rabattez pour recouvrir le nez — c'est ce que Balthazar appelle la technique indienne; mais ils débattent encore la question de savoir s'ils doivent prélever un morceau

de chair et de peau sur la face interne de la cuisse...
Vous imaginez comme tout cela est passionnant pour
un peintre et un sculpteur. Mais Amaril veut
d'abord aller en Angleterre pour parfaire sa
technique opératoire sous la direction des meilleurs
spécialistes. C'est pour cela qu'il a déposé une
demande de visa. Nous ne savons pas combien
de temps il restera absent, mais il s'embarque dans le même état d'esprit qu'un chevalier
partant à la conquête du Graal. Car il a l'intention
d'effectuer l'opération lui-même. Semira attendra
donc ici, et j'ai promis d'aller la voir fréquemment
pour la distraire. Ce n'est pas difficile, car tout ce
qui se passe hors des quatre murs de sa maison lui
paraît un monde étrange, cruel et fantastique. A
part le peu qu'elle a pu entrevoir aux époques du
carnaval, elle ne connaît à peu près rien de notre
manière de vivre. Pour elle, Alexandrie est un pays
de légende, et les récits les plus banals l'émerveillent
autant que des contes de fée. Elle mettra longtemps
avant de voir cette ville telle qu'elle est, avec ses
contours durs et insensibles et ses habitants méchants, perpétuellement en quête du plaisir. Mais
vous avez bougé ! »

Mountolive s'excusa et dit :

« C'est le mot « insensible » qui m'a fait sursauter, car je pensais justement à quel point
elle paraît pétrie de sensibilité aux yeux d'un
étranger.

— Amaril est une exception. Il y a peu d'êtres
aussi généreux, aussi désintéressés que lui, croyez-

moi. Pour ce qui est de Semira... je ne sais pas encore ce que l'avenir lui réserve au-delà de son aventure. »

Clea poussa un soupir et alluma une cigarette. « Espérons », dit-elle tranquillement.

# VIII

« Je vous ai prié cent fois de ne pas vous servir de mon rasoir, dit Pombal d'une voix plaintive, et vous recommencez. Vous savez pourtant bien que j'ai peur de la syphilis. Qui sait si un petit bouton ne va pas se mettre à suppurer quand on le coupe.

— *Mon cher collègue,* dit Pursewarden en français, entre ses dents (il était en train de se raser la lèvre), et avec une grimace qui voulait passer pour de la dignité offensée, que voulez-vous dire? Je suis Anglais. *Hein?* »

Il s'arrêta, et en marquant le rythme avec le rasoir à manche de Pombal, déclama d'un ton solennel :

« Les Anglais qui ont perfectionné la voiture automobile, mettent au point aujourd'hui le mariage sans sexe. Bientôt on ne pourra plus se mettre au lit sans l'accord préalable de son syndicat.

— Vous avez peut-être le sang infecté », dit son ami en maugréant contre son fixe-chaussette qui venait de casser; un pied posé sur le bidet, il exposait son gros mollet blanc. « Après tout, on ne sait jamais.

— Je suis un écrivain, dit Pursewarden avec un air de dignité de plus en plus offensée. Par conséquent *je sais*. Il n'y a pas de sang dans mes veines. Rien que du plasma, dit-il d'un air sombre, en essuyant le bout de son oreille. Voilà ce qui court dans mes veines. Sinon comment pourrais-je faire tout ce que je fais? Réfléchissez à ça. Dans *Spectator* je suis *Ubique*, dans le *New Statesman* je suis *Mens Sana*. Dans le *Daily Worker* je signe *Corpore Sano*. Je suis encore *Paralysis Agitans* dans le *Times* et *Ejaculatio Præcox* dans *New Verse*. Je suis aussi... Mais il se trouva à court d'imagination.

— Je ne vous ai jamais vu travailler, dit Pombal.

— Je travaille peu, et gagne moins encore. Si mon travail me rapportait plus de cent livres par an, je ne serais pas obligé de chercher refuge dans l'incompréhension, dit-il en produisant un petit sanglot étranglé.

— *Compris*. Vous avez bu. J'ai vu la bouteille sur la table du corridor en entrant. N'est-ce pas un peu tôt?

— Je voulais être absolument honnête. Après tout, c'est votre vin. Je ne voulais rien cacher. Oui, j'ai bu un ou deux petits coups.

— Vous fêtez quelque chose?

— Oui. Ce soir, mon cher Georges, je vais faire quelque chose assez indigne de moi. J'ai battu un dangereux ennemi et avancé mes positions par une large brèche. Dans notre service, on estime généralement que cela mérite un petit chant de victoire. Je vais m'offrir un dîner de félicitations.

— Qui paiera la note?

— Je commanderai, mangerai et paierai moi-même.

— Pas bien fameux. »

Pursewarden adressa une grimace excédée au miroir.

« Au contraire, dit-il. Une soirée tranquille, voilà ce dont j'ai le plus besoin. Je composerai un nouveau fragment de mon autobiographie devant les bonnes huîtres de chez Diamantakis.

— Quel titre?

— *Autour du pot.* Vous voulez entendre le début? « Quand je rencontrai Henry James, dans un bordel d'Alger, il avait deux houris nues sur les genoux. »

— Henry James était lesbienne, je l'ai toujours pensé. »

Pursewarden ouvrit la douche en grand et entra dessous en criant :

« Je vous en prie, pas de critique littéraire à la française. »

Pombal passa un peigne dans ses cheveux noirs avec une impatience laborieuse et consulta sa montre.

« *Merde!* dit-il, je vais encore être retardé. »

Pursewarden poussa un petit cri de joie. Chacun s'aventurait librement dans la langue maternelle de l'autre, et ils s'amusaient comme des écoliers des fautes qui émaillaient leurs conversations. Chaque maladresse était saluée par des vivats qui tournaient aux cris de guerre. Pursewarden esquissa un petit pas de danse sous la douche fumante et lança :

« Et si on restait là à jouir d'une gentille petite *émission nocturne* sur les courtes vagues? (C'est ainsi que Pombal avait parlé la veille d'un programme de radio et Pursewarden n'était pas près de l'oublier.)

— Je n'ai pas dit ça, dit Pombal.
— Et comment!
— Je n'ai jamais dit les « courtes vagues », mais les « courtes ondulations »...
— Encore plus horrible. Ces gens du Quai d'Orsay, non vraiment, vous me scandaliserez toujours. Je veux bien croire que mon français n'est pas des plus parfaits, mais je n'ai jamais fait un...
— C'est ça, parlons un peu des fautes que vous faites, vous... ha! ha! »

Pursewarden dansa la danse du scalp sous sa douche en criant :

« Emission nocturne sur les courtes ondulations. »

Pombal lui lança une serviette roulée en boule et quitta la salle de bain d'un pas pesant avant que son ami n'ait le temps d'exercer des représailles efficaces.

Ils reprirent les escarmouches alors que le Français mettait la dernière main à sa toilette devant le miroir de la chambre.

« Passerez-vous ensuite à l'Etoile?
— Certainement, dit Pursewarden. Je danserai un

fox-macabre avec la petite amie de Darley, ou avec Sveva. Et même plusieurs fox-macabres. Et puis, un peu plus tard, tel un explorateur à court de pemmican, j'en choisirai une et je l'emmènerai au mont Vautour. Histoire d'aiguiser mes serres sur une chair douce — en poussant de rauques croassements... »

Pombal frissonna.

« Monstre! cria-t-il. Je m'en vais... Adieu!

— Adieu! *Toujours la maladresse!* ajouta Pursewarden en français.

— *Toujours!* »

C'était leur cri de guerre.

Resté seul, Pursewarden se mit à siffloter en s'essuyant dans une serviette déchirée et acheva sa toilette. Les caprices de l'installation sanitaire de l'hôtel Mont Vautour lui faisaient souvent traverser la place pour aller se raser et prendre un bon bain chez Pombal. Parfois aussi, lorsque Pombal partait en congé, il lui sous-louait son appartement qu'il partageait, non sans un certain malaise, avec Darley : ce dernier logeait, presque à la dérobée, dans le petit réduit au bout du corridor. Cela lui faisait du bien de temps en temps d'échapper à la solitude de sa chambre d'hôtel et au monceau de papier qui proliférait autour de son prochain roman. Echapper — toujours échapper... Le désir d'un écrivain d'être seul avec lui-même — « l'écrivain, le plus solitaire de tous les animaux humains »; « Je cite le grand Pursewarden en personne », dit-il à son reflet dans le miroir en bataillant avec sa cravate. Ce soir il dînerait tranquillement, égoïstement, seul! Il avait poliment refusé une timide invitation à dîner d'Errol qui l'aurait embarqué ensuite dans une de ces soirées lugubres et insipides, où l'on joue aux petits papiers ou au bridge. « Seigneur! s'était un jour écrié Pombal, cette façon qu'ont vos compatriotes de tuer le temps! Ces salons qu'ils infectent de leur sentiment de culpabilité! Emettez une *seule idée* et tout le monde s'arrête la fourchette en l'air, tout le monde se tait, d'un air gêné... Je fais de mon mieux, mais chaque fois je mets les pieds dans le plat. Alors, automatiquement, j'envoie des fleurs le lendemain matin à mon hôtesse... Quel peuple vous êtes! Vous êtes une énigme pour nous autres Français parce que vous vivez d'une manière tellement *repoussante!* »

Pauvre David Mountolive! Pursewarden pensait à lui avec compassion et affection. Quel prix devait payer le diplomate de carrière pour cueillir les fruits du pouvoir! « Ses rêves doivent être empoisonnés à tout jamais par le souvenir de toutes les imbécillités subies — délibérément subies au nom de ce qui est le plus sacré dans la profession : le désir de plaire, la volonté de charmer afin d'influencer. Enfin! Il faut de tout pour défaire un monde! »

Tout en se coiffant, il s'aperçut qu'il pensait à Maskelyne, qui devait en ce moment se trouver dans l'express de Jérusalem, raide, traversant les dunes de sable et les champs d'orangers, fumant sa pipe à long tuyau; dans un wagon surchauffé, le cuir assailli par les mouches et le cœur desséché par cet orgueil de corps d'une tradition moribonde... Pourquoi se mourait-elle? Maskelyne, ruminant l'échec, l'ignominie d'un nouveau poste qui lui apportait aussi de l'avancement. Le cruel coup de grâce. (A cette pensée il éprouva un remords de conscience, car il ne sous-estimait pas le caractère désintéressé du soldat.) Etroit, revêche, desséché; mais si l'homme le condamnait, l'écrivain le prisait beaucoup. (Et il avait pris beaucoup de notes sur lui, fait qui aurait certainement fort surpris Maskelyne s'il l'avait appris.) Sa façon de tenir sa pipe, de lever le nez, ses réticences... Il pensait pouvoir utiliser cela un jour. « Les êtres humains réels deviennent-ils de simples prolongements d'humeurs capables de servir, et cela nous coupe-t-il un peu d'eux? Oui. Car l'observation isole la personne ou l'objet observé. Oui. C'est pour cela qu'il est plus difficile de donner une réponse absolue, de trouver la cause profonde des liens, des affections, de l'amour, et ainsi de suite. Mais ce problème n'intéresse pas seulement l'écrivain : c'est un problème universel. Toute croissance implique séparation afin de parvenir à une nouvelle union meilleure, plus lucide... Bah! » Il pouvait se consoler de sa furtive sympathie pour Maskelyne en se remémorant quelques-unes des absurdités de l'homme. Son arrogance, par exemple! « Mon cher ami, quand vous aurez été dans les services secrets aussi longtemps que moi vous commencerez à savoir ce que c'est que l'*intuition*. Vous sentirez les choses à un kilomètre. » L'idée qu'une créature comme Maskelyne pût posséder une parcelle d'intuition était particulièrement réjouissante. Pursewarden partit d'un long rire éraillé et prit son manteau.

Il descendit d'un pas léger dans la rue que le crépuscule envahissait déjà, en comptant son argent et en souriant. C'était le meilleur moment de la journée à Alexandrie : les rues prenaient lentement la teinte bleu métallique du papier-carbone, mais dégageaient encore la chaleur blonde du soleil. La ville n'avait pas encore allumé toutes ses lumières, et de gros morceaux de crépuscule mauve flottaient encore çà et là, estompant les contours de toutes choses, redessinant les bâtiments et les êtres humains en lignes de brouillard. Les cafés ensommeillés se réveillaient lentement aux accents geignards des mandolines et au crissement des pneus surchauffés sur le macadam des rues, qui commençaient à grouiller de robes blanches et de tarbouches écarlates. Une odeur pénétrante d'humus et d'urine s'échappait des bacs à fleurs sur les fenêtres. Les grandes limousines prenaient leur essor dans le quartier de la Bourse dans un concert de klaxons assourdis, tels des vols d'oies d'une espèce particulière. Etre à demi aveuglé par le crépuscule mauve, marcher d'un pas léger, s'enfoncer dans la foule, l'esprit en paix, dans cet air sec et vivifiant... c'étaient là les rares instants de bonheur que le hasard lui octroyait. Les trottoirs gardaient encore leur chaleur, comme les pastèques lorsqu'on les ouvre avant la nuit; une chaleur moite qui s'insinue lentement à travers la semelle mince de vos chaussures. Les souffles venus de la mer s'en allaient rafraîchir, par bouffées, la ville haute, mais ici l'air était encore sec, chargé d'électricité statique (le peigne crépitait dans les cheveux), et c'était comme nager dans une mer tiède parcourue de petits courants froids. Il se dirigea sans hâte vers Baudrot, traversant des îles flottantes d'odeurs — une femme qui passe dans un nuage de parfum, relents de jasmin s'échappant du trou noir d'un soupirail — sachant que bientôt l'air humide de la mer les absorberait toutes. C'était l'heure idéale pour prendre un apéritif.

Les longs balcons de bois, où s'alignaient des plantes en pot qui exhalaient l'odeur crépusculaire de terre fraîchement arrosée, étaient maintenant tous occupés par des êtres humains, à demi fondus par le mirage en de fugitives caricatures de gestes aussitôt défaits. Les marquises de toile rayée, multicolores, palpitaient faiblement au-dessus des voiles bleus qui bougeaient, inquiets, dans les ruelles progressivement envahies par l'ombre, frémissaient comme les sens des amoureux qui rôdaient là, attendant l'aimée, leurs gestes scintillant comme des papillons gorgés de toutes les promesses nocturnes d'Alexandrie. Bientôt la brume se dissiperait et les lumières embraseraient l'argenterie et les nappes blanches, les boucles d'oreilles et les bijoux étincelants, les chevelures lisses et luisantes et les sourires rendus plus éclatants par leur nature obscure

— peaux brunes balafrées par l'éclair immaculé d'un sourire. Puis les voitures redescendaient mollement de la ville haute avec leur élégante et fragile cargaison de dîneurs et de danseurs. C'était le meilleur moment de la journée. Adossé à un treillis de bois, anonyme, il pouvait contempler d'un œil distrait le spectacle de la rue. Même les silhouettes à la table voisine n'avaient pas de visage : simples contours d'êtres humains. Leurs voix lui parvenaient à travers la brume mauve du soir, voix voilées d'Alexandrins récitant les cours de la Bourse ou des poèmes d'amour en arabe... qui pouvait le dire?

Comme c'était bon, un verre de Dubonnet avec un zeste de citron, tout chargé des souvenirs concrets d'une Europe abandonnée depuis longtemps, mais qui vivait encore cependant, inoubliée, sous la surface de cette vie insubstantielle dans la piètre capitale d'Alexandre! Et tout en sirotant son apéritif, il songeait avec envie à Pombal, à sa ferme de Normandie où son ami espérait bien retourner un jour. Comme ce devait être réconfortant de se sentir ainsi relié à son pays, de vivre ici avec la certitude du retour! Mais son cœur se souleva à cette seule pensée; et en même temps le chagrin et le regret qu'il dût en être ainsi. (Elle disait : « Si j'ai lu les livres si lentement, ce n'est pas parce que je ne peux pas encore lire très vite le Braille, mais parce que je voulais m'abandonner au pouvoir de chaque mot, même les grossièretés et les faiblesses, pour atteindre au grain de la pensée. ») Le *grain!* C'était là une expression qui vous sifflait aux oreilles comme une balle qui vous a raté de peu. Il la voyait — visage d'une blancheur de marbre d'une déesse marine, cheveux flottant sur les épaules — les yeux tournés vers le parc où les branches et les feuilles mortes de l'automne brûlaient et fumaient, telle une Méduse parmi les neiges, emmitouflée dans son châle écossais. Les aveugles passaient toute leur journée dans cette obscure bibliothèque souterraine avec ses flaques de lumière et d'ombre, leurs doigts courant comme des fourmis sur la surface perforée des livres qu'une machine avait gravés pour eux. (« Je voulais tellement comprendre, mais je n'y arrivais pas. ») Bon, c'est là que vous attrapez une sueur froide; c'est là que vous faites un tour de trois cent soixante-cinq degrés, une terre humaine, pour enfouir en gémissant votre visage dans votre oreiller! (Maintenant les lumières s'allumaient, et les voiles de brume dérivaient lentement vers les hauteurs de la nuit et s'y évaporaient. Les visages des êtres humains...) Il les scrutait intensément, presque lubriquement, comme pour surprendre leurs intentions les plus secrètes, les desseins fondamentaux qui les poussaient à venir errer par là, comme des lucioles, à entrer et sortir des rais de lumière jaune; un doigt scintillant de bagues; l'éclair d'une oreille; une dent en or fixée au milieu d'un sourire amoureux. « Garçon, *kam wahed*, un autre, s'il vous plaît! » Et les pensées à demi formulées se remirent à flotter dans son esprit (innocent, purgé par l'obscurité et l'alcool) : des pensées qui pourraient s'habiller plus tard, se déguiser en vers... Visiteurs venus d'autres vies...

Oui, il ferait une année de plus — encore toute une année, uniquement par amitié pour Mountolive. Et il ferait en sorte que ce soit une bonne année. Puis il se ferait muter — mais il éloigna cette pensée, car ce pourrait être un changement catastrophique. Ceylan? Santos? Il y avait quelque chose dans cette Egypte aux immensités suffocantes, aux vides brûlants, avec ses grotesques monuments de granit élevés à des pharaons morts, nécropoles devenues cités, quelque chose dans tout cela qui l'étouffait. Ce n'était pas un lieu pour le souvenir — et la réalité sèche et stridente du monde diurne était plus que ne pouvait endurer un être humain. Plaies béantes, sexe, parfums, et argent.

On criait les journaux du soir dans un jargon bouleversant à base de grec, d'arabe et de français. Les vendeurs parcouraient les avenues en glapissant, tels des messagers de l'autre monde, annonçant... la chute de l'Empire byzantin? Leurs robes blanches retroussées aux genoux. Ils criaient d'une voix plaintive, comme s'ils agonisaient de faim. Il se pencha et acheta un journal pour lire en mangeant. C'était encore là une des petites satisfactions qu'il ne pouvait pas se refuser.

Puis il déambula tranquillement le long des arcades, prit les rues des cafés, passa devant une mosquée mauve (comme flottant dans le ciel), une bibliothèque, un temple (aux fenêtres grillagées : « Ici, jadis, reposa le corps d'Alexandre le Grand »); puis il se laissa porter par la pente des rues sinueuses qui menaient vers le port. Les courants frais furetaient encore dans les parages, mettant les joues au supplice.

Soudain, il se heurta à une silhouette serrée dans un imperméable et il reconnut, trop tard, Darley. Ils échangèrent des plaisanteries confuses, paralysés par une commune timidité. Leur politesse les engluait l'un à l'autre pour ainsi dire, les rivaient à la rue comme si elle s'était changée en un ruban de papier tue-mouches. A la fin, Darley réussit à se libérer de l'envoûtement et à se retourner vers la rue obscure en disant : « Bon, eh bien, je ne veux pas vous retenir. Je suis claqué. Je rentre faire un bout de toilette. » Pursewarden le regarda s'éloigner, tout étonné de sa propre confusion, et songeant tout à coup à l'état dans lequel il avait laissé la salle de bain : les serviettes trempées et la crasse de savon à barbe et de poils tout autour du lavabo... Pauvre Darley! Mais comment se faisait-il que, tout en aimant et en respectant l'homme, il se sentait toujours mal à l'aise et si peu naturel en sa présence? Avec lui, il prenait un ton cordial inhabituel, par pure timidité, qui devait passer pour une sorte de mépris cruel. Le ton bourru et cordial d'un médecin de campagne qui veut réconforter un malade... Merde! Il faudrait qu'il l'invite un jour à prendre un verre en tête-à-tête dans sa chambre d'hôtel pour essayer de le connaître mieux. Il avait pourtant essayé de le percer à jour en plusieurs occasions au cours de certaines promenades en hiver. Il chassa sa mauvaise humeur en se disant :

« Mais il s'intéresse encore à la *littérature*, le pauvre bougre. »

Il retrouva sa bonne humeur quand il arriva à la petite taverne grecque qui servait des huîtres, près de la mer; les murs étaient tapissés de bourriches et de barriques de toutes tailles et, des cuisines, s'échappaient de lourdes bouffées de fumée et d'odeurs de friture de blanchaille et de poulpe. Il prit place à une petite table, parmi les matelots débraillés, pour savourer ses huîtres et se plonger dans son journal, tandis que le soir s'installait tranquillement autour de lui, sans qu'aucune pensée, aucune nécessité de participer à une conversation et ses inévitables banalités ne vienne le troubler. Plus tard il serait de nouveau capable de rattacher ses idées au livre qu'il s'efforçait de mener à bien, avec tant de lenteur, tant de souffrance, dans les moments secrets d'une liberté si chèrement disputée au vide de sa vie professionnelle, disputée même aux événements que sa paresse, son grégarisme, tissaient autour de lui. (« On va prendre un verre? — Pourquoi pas! » Combien de soirées avait-il perdues de la sorte?)

Et les journaux? Il s'intéressait surtout aux *Faits Divers* — ces petites bizarreries du comportement humain qui reflétaient la nature véritable de l'homme, dont la vie se déroulait bien au-dessous des plus verbeuses abstractions, recherchant à tout prix le comique et le miraculeux dans des existences mornes, insensibles, soumises à la tyrannie d'une raison plate et sèche. Passant rapidement sur un gros titre qu'il lui faudrait interpréter le lendemain, dans une minute à l'attention de Mountolive (*L'Union arabe lance un nouvel appel*), il préférait se délecter des éternelles faiblesses humaines dans des articles intitulés *Un grand chef religieux enfermé dans un ascenseur* ou *Un fou fait sauter la banque à Monte-Carlo* qui reflétaient la macabre déraison du destin et des événements.

Plus tard, sous l'influence de l'excellente nourriture du *Coin de France*, il laissa la soirée s'écouler en lui, paisible, délicieuse, comme on s'abandonne à la douceur d'une pipe d'opium. Le monde intérieur déroulait ses bobines, se détendait, s'écoulait en un flot de pensées qui clignotaient par intermittence, comme du morse, dans sa conscience. Comme s'il était devenu un véritable appareil récepteur. Il appréciait ces rares bons moments de dictée!

A dix heures, il nota au dos d'une lettre de sa banque quelques-unes des phrases gnomiques qui trouveraient place dans son livre. Ainsi : « Dix heures. Pas d'attaque de l'hippogriffe cette semaine. Quelques répliques pour le Vieux Parr? » Et au-dessous, des mots sans suite qui, se condensant dans l'esprit comme de la rosée, pourraient être polis plus tard et refondus dans la trame des faits et gestes de ses personnages.

(a) A chaque pas accompli du connu vers l'inconnu, le mystère s'épaissit.

(b) Me voici, marchant sur deux jambes, doté

d'un nom — tout l'histoire intellectuelle de l'Europe de Rabelais à Sade.

(c) L'homme sera heureux quand ses dieux seront devenus parfaits.

(d) Même le saint meurt avec toutes ses imperfections sur sa tête.

(e) Un qui soit au-dessus de tout reproche divin, au-dessous de tout mépris humain.

(f) Posséder un cœur humain : maladie sans remède.

(g) Tous les grands livres sont des excursions dans la pitié.

(h) Le rêve de millet jaune est la voie de tout homme.

Plus tard, ces obscures pensées s'intégreraient toutes au personnage du vieux Parr, le Tiresias sensualiste de son roman, quoique en faisant ainsi éruption, au hasard, rien n'indiquât l'ordre dans lequel elles seraient finalement placées.

Il bâilla. Il ressentait une plaisante ivresse après son second armagnac. Au-delà des marquises grises, la ville, une fois de plus, avait repris sa vraie pigmentation nocturne. Les visages noirs se fondaient maintenant dans la noirceur; les vêtements que l'on voyait aller et venir, paraissaient vides, comme dans *L'Homme invisible*. Tarbouches rouges posés sur des absences de visage, l'ombre de l'ombre. En sifflotant, il paya son addition et redescendit d'un pas léger sur la Corniche, à l'endroit où, à l'angle d'une rue étroite, se balançait l'ampoule verte de l'Etoile. Il plongea dans le goulot de l'escalier exigu et émergea dans le caveau étouffant, à demi aveuglé maintenant par l'éclat brutal des rampes de néon. Il laissa Zoltan s'emparer de son imperméable pour l'emporter au vestiaire. Pour une fois il n'éprouvait pas le petit sentiment de terreur à la pensée de ses consommations non payées — il avait obtenu une substantielle avance sur son nouveau salaire. « Les deux nouvelles, lui glissa à l'oreille le garçon bas sur pattes, elles viennent toutes les deux de Hongrie. » Il se passa la langue sur les lèvres et sourit en découvrant ses dents. On aurait dit qu'il avait été frit dans l'huile d'olive à petit feu jusqu'à ce que sa peau ait pris une belle couleur brune.

La salle était bondée, et le spectacle tirait à sa fin. Il n'aperçut aucune figure de connaissance, ce dont il se réjouit. Les lumières baissèrent, virèrent au bleu, puis au noir... et dans un roulement de tambour accompagné d'un frisson de tambourins parut la dernière danseuse, sous le cône aveuglant et argenté d'un projecteur. Ses sequins accrochaient la lumière et l'enflammaient comme un vaisseau de Vikings, puis elle disparut dans un frémissement de paillettes vers le corridor grouillant d'odeurs qui desservait les loges d'artistes.

Il avait rarement eu l'occasion de parler à Melissa depuis leur première rencontre, il y avait des mois de cela, et les visites de la petite danseuse à l'appartement de Pombal coïncidaient rarement avec les siennes. Darley, de son côté, semblait vouloir cacher leurs relations; était-ce par jalousie, ou bien avait-il honte d'elle? Qui pouvait le dire? Ils se souriaient et se saluaient lorsqu'ils se croisaient dans la rue, sans plus. Il l'observa d'un air songeur tout en buvant son whisky, et lentement il sentit briller et brûler la lumière au-dedans de lui, et ses pieds répondre au battement morne et mou du jazz nègre. Il aimait danser, il aimait le mouvement confortable des pieds au rythme d'une mesure à quatre temps, le rythme qui imbibait le plancher sous les orteils. L'inviterait-il à danser?

Mais il était trop bon danseur pour se permettre des audaces et, tenant Melissa dans ses bras, il se contenta de se laisser aller doucement, légèrement, autour de la piste, en fredonnant pour lui-même l'air de *Jamais de la vie*. Elle lui souriait et paraissait heureuse de voir un visage familier du monde extérieur. Il sentait sa main étroite et son poignet mince posés sur son épaule, les doigts un peu crispés sur l'étoffe de sa veste comme une patte de moineau. « Vous êtes *en forme*? » dit-elle. « Je suis *en forme* », répondit-il. Ils échangèrent ensuite les insignifiantes plaisanteries qui convenaient au moment et à l'endroit. Il était intéressé et attiré par son français exécrable. Un peu plus tard elle vint s'asseoir à sa table et lui offrit du champagne — c'était le tarif imposé par la maison pour les conversations particulières. Ce soir elle était de service, et chaque danse se payait; elle accueillit donc cet intermède avec gratitude, car elle avait mal aux pieds. Elle parlait d'un air grave, le menton dans

la main, et en la regardant il lui trouva une sorte
de beauté étiolée. Elle avait de beaux yeux au
regard franc, où brillaient de petites timidités qui
révélaient peut-être les blessures que la vie inflige
à une trop grande honnêteté. Mais elle avait l'air
malade, et elle l'était manifestement. Il coucha les
mots « Les douces fleurs de la phtisie. » Le whisky
avait encore exalté sa bonne humeur un peu bou-
deuse, et les quelques plaisanteries qu'il fit, furent
saluées par un rire sans contrainte qu'il trouva,
à sa grande surprise, délicieux. Il commençait
vaguement à entrevoir ce que Darley devait trouver
chez elle : le charme gamin de la ville, de la
minceur et de la simplicité; la réponse que l'Arabe
de la rue est toujours prêt à offrir à un monde
cruel. Dansant de nouveau avec elle, il lui dit, mais
avec une ironie voilée par l'ivresse : « *Melissa,
comment vous défendez-vous contre la solitude?* »
Sa réponse lui alla droit au cœur, il ne sut pourquoi. Elle tourna vers lui ses yeux gonflés de toute
la sincérité de l'expérience et répondit doucement :
« *Monsieur, je suis devenue la solitude même.* » La
mélancolie de son visage souriant ne contenait pas
une ombre d'amertume. Elle fit un petit geste,
comme pour montrer tout un univers et dit :
« Regardez », en désignant les clients de l'Etoile,
pantins de chairs aux minables désirs qui grouillaient autour d'eux, dans cette cave sans air. Il
comprit et éprouva du remords de ne l'avoir jamais
prise au sérieux. Il était furieux de sa propre
suffisance. Sans préméditation, il appuya sa joue

contre la sienne, affectueusement, comme l'aurait fait un grand frère. Elle se montra entièrement *naturelle!*

Une barrière avait fondu entre eux, et ils purent alors bavarder plus librement, comme de vieux amis. A mesure que la soirée s'avançait, il s'aperçut qu'il dansait de plus en plus souvent avec elle. Elle parut accueillir ses hommages avec plaisir, bien qu'il se contentât maintenant de danser sans rien dire, heureux et détendu. Il ne tenta aucun geste d'intimité, et cependant il se sentait accepté d'elle. Puis, vers minuit, arriva un gros et manifestement riche banquier syrien, et il commença alors sérieusement à disputer sa compagnie. Pursewarden sentit à ce moment-là, et à son grand dépit, monter en lui une inquiétude qui confinait presque à une jalousie de propriétaire. Cela le fit jurer entre ses dents! Il s'installa alors à une table, au bord de la piste, afin d'être mieux placé pour la réclamer dès que l'orchestre attaquerait le morceau suivant. Melissa ne paraissait pas se soucier de cette furieuse compétition dont elle était l'enjeu. Elle était lasse. A la fin, il lui demanda :

« Que ferez-vous en partant d'ici? Irez-vous rejoindre Darley ce soir? »

Elle sourit en entendant prononcer ce nom, mais elle secoua la tête d'un air las.

« J'ai besoin d'argent pour... non, rien », dit-elle doucement; puis brusquement, comme si elle craignait qu'il ne la crût pas, elle ajouta : « ... pour mon manteau d'hiver. Nous avons si peu d'argent.

Dans ce métier, il faut s'habiller. Vous comprenez? »

Pursewarden dit :

« Pas avec cet horrible Syrien? »

L'argent! Il pensa à cela avec un serrement de cœur. Melissa le regarda avec un air de résignation amusée. Elle dit à mi-voix, mais sans emphase et sans honte :

« Il m'a offert cinq cents piastres pour que je vienne chez lui. Pour l'instant je dis non, mais plus tard... je crois que je ne pourrai pas faire autrement. »

Elle haussa les épaules. Pursewarden lança tranquillement un juron et dit :

« Non! Venez avec moi. Je vous en donnerai mille si vous en avez besoin. »

Ses yeux s'arrondirent en entendant mentionner une telle somme. Il pouvait l'entendre compter mentalement tout cet argent, pièce par pièce, les faire rouler entre ses doigts comme un abaque, les répartir en nourriture, loyer, vêtements...

« Je parle sérieusement », dit-il sèchement. Puis il ajouta presque aussitôt : « Et Darley, est-il au courant?

— Oui, bien sûr, dit-elle simplement. Vous savez, il est très gentil. Notre vie n'est pas rose, mais il me connaît. Il a *confiance* en moi. Il ne me pose jamais de questions, il ne me demande jamais de détails. Il sait qu'un jour, quand nous aurons assez d'argent pour partir, j'abandonnerai tout cela. Pour nous c'est sans importance. »

Cela sonnait étrangement, presque comme un

épouvantable blasphème dans la bouche d'une enfant. Pursewarden se mit à rire.

« Venez », dit-il brusquement; il avait maintenant follement envie de la posséder, de la serrer et de l'anihiler sous les répugnants baisers d'une fausse pitié. « Viens maintenant, Melissa chérie. »

Mais il la vit tressaillir et pâlir à ce mot, et il comprit qu'il avait commis une faute, car son affection pour Darley devait être tenue à l'écart de toute transaction sexuelle. Il se dégoûtait lui-même, et pourtant il était incapable d'agir autrement.

« Ecoutez, dit-il, dans quelques semaines je donnerai à Darley un tas d'argent, assez pour qu'il puisse vous emmener loin d'ici. »

Elle semblait ne pas entendre.

« Je vais chercher mon manteau, dit-elle d'une petite voix machinale, je vous rejoins dans le corridor. »

Elle partit discuter avec le directeur de l'établissement, et Pursewarden l'attendit, en proie aux affres de l'impatience. Il avait trouvé le moyen parfait de guérir les remords d'une conscience puritaine qui se cachaient sous la surface insouciante d'une vie amorale.

Quelques semaines auparavant, il avait reçu par l'intermédiaire de Nessim un billet de Leila, ainsi libellé :

« Cher Monsieur Pursewarden,

« Je vous écris pour vous demander de me rendre un service qui vous paraîtra peut-être quelque peu insolite. Un oncle avec qui j'étais très liée vient de mourir. Il aimait passionnément l'Angleterre et la langue anglaise qu'il connaissait presque mieux que sa langue maternelle; il a laissé dans son testament des instructions pour qu'une épitaphe en anglais soit inscrite sur sa tombe, en prose ou en vers, et si possible originale. Je tiens à honorer sa mémoire comme il convient et à respecter ses dernières volontés, et c'est pour cela que je vous écris, pour vous demander si vous pourriez vous charger de cette rédaction. C'était là chose commune pour les poètes de la Chine antique, mais cela ne se pratique plus guère aujourd'hui. Et j'aurai le plaisir de vous faire parvenir la somme de cinq cents livres pour ce service. »

L'épitaphe avait été rédigée, et l'argent déposé à sa banque, mais il n'osait pas toucher à cette somme. Une sorte de crainte superstitieuse l'en empêchait. Jamais il n'avait écrit de poésie sur commande, et encore moins une épitaphe. Quelque chose de maléfique lui paraissait s'attacher à une si grosse somme, et il l'avait laissée à la banque, intacte. Maintenant, brusquement, il avait la conviction qu'il devait en faire cadeau à Darley! Cela rachèterait en quelque sorte son manque de chaleur à son égard, son défaut d'estime.

Elle l'accompagna à son hôtel, pressée contre sa cuisse comme le fourreau d'une épée — de cette démarche si typique des professionnelles du trottoir. Ils n'échangèrent que de rares paroles. Les rues étaient vides.

Le vieil ascenseur crasseux, avec ses sièges bordés de galons usés et ses glaces aux rideaux de dentelle jaunie et pourrissante, les hissa lentement, par petites secousses, dans une obscurité tapissée de toiles d'araignées. Bientôt, se disait-il, il tomberait par la trappe les pieds en avant, les bras liés à à d'autres bras, les lèvres collées sur d'autres lèvres, jusqu'au moment où il sentirait le nœud coulant se resserrer autour de la gorge et où les étoiles exploseraient derrière ses prunelles. Sursis, oubli, que pouvait-on espérer d'autre du corps d'une femme inconnue?

Devant la porte de sa chambre, il l'embrassa lentement et délibérément, appuyant à l'intérieur du cône soyeux de ses lèvres gonflées jusqu'à ce que leurs dents se heurtent. Elle ne répondit pas à son baiser mais ne chercha pas à l'éviter, elle lui présentait son petit visage sans expression (sans regard dans la pénombre) comme un carreau de vitre gelé. Il ne sentait aucun frisson en elle, rien qu'une profonde, une dévorante lassitude. Ses mains étaient froides. Il les prit dans les siennes et une terrible mélancolie l'envahit. Allait-il encore une fois se retrouver seul en face de lui-même? Aussitôt il se réfugia dans une ivresse comique qu'il savait si bien feindre, et qui dresserait un échafaudage de mots devant la réalité, pour la troubler et en déranger l'ordre. « *Viens! Viens!* » s'écria-t-il vivement, en retrouvant presque le ton de fausse jovialité qu'il prenait avec Darley; il commençait presque à se sentir réellement ivre. « *Le maître vous invite.* » Sans un sourire, docile comme un agneau, elle pénétra dans la chambre et regarda autour d'elle. Il chercha à tâtons la lampe de chevet. Elle ne fonctionnait pas. Il alluma une bougie collée dans une soucoupe placée sur la table de nuit et se retourna vers elle; des ombres noires dansaient dans ses narines et dans ses orbites. Ils se regardèrent et il se lança dans une furieuse improvisation argotique pour dissimuler son malaise. Puis il s'arrêta, car elle était trop fatiguée pour sourire. Alors, toujours sans un mot et sans sourire, elle commença à se déshabiller, lentement, laissant tomber ses vêtements autour d'elle, sur le tapis râpé.

Pendant un long moment, il se contenta d'explorer, étendu à côté d'elle, son corps frêle, ses côtes obliques (une structure de fougère), ses seins petits, pas encore mûrs mais fermes. Troublée par son silence, elle poussa un soupir et dit quelque chose qu'il n'entendit pas. « *Laissez, laissez parler les doigts... comme ça* », murmura-t-il pour la faire taire. Il aurait aimé dire quelques paroles simples et concrètes. Dans le silence, il sentit qu'elle commençait à se débattre contre l'obscurité voluptueuse et la force grandissante de son désir, à lutter pour compartimenter ses sensations, pour les tenir à l'écart de sa vie propre parmi les laides transactions de l'existence. « Un compartiment séparé », se dit-il; puis : « Est-il marqué Mort? » Il était résolu à exploiter sa faiblesse, la tendresse qu'il sentait fluer et refluer dans les veines de ce corps tendre, mais sa propre force morale décrût et s'écroula. Il pâlit et resta allongé, les yeux brillants de fièvre tournés vers le plafond couvert de taches, remontant le cours du temps. Une pendule sonna dans une chambre voisine, et ce bruit éveilla Melissa, emportant sa lassitude, qui fit place, de nouveau, à une inquiétude, un désir d'en finir, afin de pouvoir s'abandonner au sommeil contre lequel elle luttait.

Ils jouèrent ensemble, contrefaisant une passion primesautière qui tournait en dérision ses origines et ne pouvait ni s'enflammer ni s'éteindre. (On peut rester des éternités les lèvres désunies, les jambes séparées, à se dire que c'est quelque chose que l'on a oublié, que l'on a là, sur le bout de la langue, au bord de l'esprit, mais on est incapable de se rappeler ce que c'est, le nom, la ville, le jour, l'heure... la mémoire biologique ne répond plus.) Elle renifla un petit coup, comme si elle pleurait, le tenant dans ses doigts pâles et sensibles, tendrement, comme un petit oiseau tombé du nid. Des ombres de doute et d'anxiété effleuraient son visage — comme si elle se sentait responsable de la baisse de courant, de la communication coupée. Puis elle poussa un gémissement — et il comprit qu'elle pensait à l'argent. Une telle somme! Jamais elle ne retrouverait un homme aussi prodigue! Alors sa sollicitude, sa grossièreté commencèrent à l'exaspérer.

« *Chéri!* »

Leurs étreintes étaient semblables à l'accolement

de figurines en plâtre sur une tombe de style classique. Elle lui caressa les côtes, les reins, la gorge, les joues, de ses deux mains expertes, appuyant ici et là ses doigts dans l'ombre, doigts d'un aveugle cherchant un panneau secret dans un mur, le bouton qui ferait jaillir la lumière et illuminerait un autre monde, hors du temps. Mais apparemment sans succès. Elle jetait des regards éperdus autour d'elle. Ils gisaient sous une fenêtre de cauchemar glauque, devant laquelle un unique rideau ondulait doucement, comme une voile, qui lui rappelait vaguement le lit de Darley. La chambre sentait l'encens refroidi, le manuscrit décomposé, et les pommes qu'il mangeait en travaillant. Les draps étaient sales.

Comme d'habitude, loin au-dessous du dégoût ou de l'humiliation, il écrivait en esprit, vite et sans effort. Il couvrait des pages et des pages. Il y avait des années qu'il s'était mis à écrire sa vie en esprit — le vécu et sa transcription étaient simultanés. Il transférait entièrement sur le papier l'instant tel qu'il était vécu, tout chaud sorti du four, nu et sans fard...

« Maintenant, dit-elle d'un ton irrité, bien décidée à ne pas laisser échapper les piastres qu'elle avait déjà dépensées en imagination, qu'elle avait déjà gagnées, maintenant je vais te faire *La Veuve* »; et il retint son souffle dans un frisson d'exultation littéraire pour ré-entendre cette merveilleuse expression d'argot tirée des anciens surnoms donnés à la guillotine française, avec cette terrible évocation des dents qui se reflétait dans la métaphore où se cachait l'obscur complexe de castration.

*La Veuve!* Mers infestées par les requins de l'amour qui se refermaient sur la tête du marin condamné, dans une muette paralysie du rêve, rêve des grands fonds qui vous aspire lentement, vous engloutit, vous écartèle... jusqu'à l'instant où, avec un claquement sec, tombe le couperet, et choit la tête habitée d'un grouillement de pensées, lugubrement, dans le panier, giclante et frétillante comme un poisson...

« *Mon cœur,* dit-il d'un voix rauque, *mon ange...* »

Simplement pour goûter les plus banales des métaphores, pour y débusquer une tendresse perdue, déchirée, rejetée dans les neiges. « *Mon ange.* » Une veuve marine, au fond de quelque chose de riche et d'étrange!

Soudain, elle s'écria d'une voix exaspérée :

« Enfin quoi, qu'est-ce qu'il y a? Tu ne veux pas? »

Sa voix mourut dans un gémissement. Elle lui prit la main, sa main douce et féminine, la posa sur son genou et l'ouvrit toute grande, comme un livre, approchant d'elle son visage intrigué. Elle prit la bougie pour mieux en étudier les lignes, soulevant en même temps ses jambes minces. Ses cheveux tombèrent sur son visage. Il caressa la lumière rosée sur son épaule et lui dit, d'un ton moqueur :

« Tu dis aussi la bonne aventure? »

Elle répondit sèchement, sans relever la tête :
« Tout le monde ici dit la bonne aventure. »

Ils restèrent ainsi un long moment, immobiles, comme un tableau vivant. « Le *caput mortuum* d'une scène d'amour », se dit-il. Puis Melissa poussa un soupir, comme de soulagement, et releva la tête.

« Je vois maintenant, dit-elle tranquillement. Vous êtes enfermé. Votre cœur est enfermé. Complètement. »

Et disant cela, elle joignit ses deux mains, index contre index, pouce contre pouce, comme si elle faisait le geste d'étrangler un lapin. Ses yeux brillèrent d'un éclat de sympathie.

« Votre vie est morte, cernée. Pas comme celle de Darley. Lui, il est... il est grand ouvert », dit-elle en écartant les bras un moment avant de les replier autour de ses genoux; puis elle ajouta, avec une conviction terriblement inconsciente : « Lui, il peut encore aimer. »

Il eut l'impression de recevoir une gifle. La flamme de la bougie vacilla.

« Regarde encore, dit-il d'un ton brusque. Dis-moi encore ce que tu vois. »

Mais elle n'entendit pas l'irritation et la souffrance qui perçaient dans cette voix, et elle se pencha de nouveau sur cette énigmatique main blanche.

« Voulez-vous que je vous dise *tout?* » murmura-t-elle, et pendant une minute il cessa de respirer.

« Oui », dit-il d'un ton tranchant.

Melissa sourit, d'un pâle sourire lointain, comme pour elle-même.

« Je ne suis pas très savante, dit-elle doucement. Je ne vous dirai que ce que je vois. » Puis elle leva sur lui ses yeux candides et ajouta : « Je vois la mort tout près.

— Bon », dit Pursewarden avec un sourire lugubre.

Melissa, d'un doigt, releva ses cheveux derrière son oreille et se pencha de nouveau sur la main.

« Oui, tout près. Vous apprendrez bientôt la nouvelle. C'est une question d'heures. Ah! c'est des bêtises! » ajouta-t-elle vivement, et elle fit entendre un petit rire; puis, à sa grande surprise, elle se mit à décrire sa sœur : « L'aveugle... *pas* votre femme. »

Elle ferma alors les yeux et tendit les bras en avant pour repousser la main de Pursewarden, comme une somnanbule.

« Oui, c'est elle, dit-il. C'est ma sœur.

— Votre sœur? » Melissa était surprise.

C'était la première fois qu'à ce jeu elle faisait une prédiction aussi précise. Pursewarden lui expliqua gravement :

« Elle et moi nous avons été amants. Nous ne pourrons plus jamais aimer personne. »

Et alors, une fois le récit commencé, il s'aperçut qu'il n'avait aucune peine à raconter le reste, à lui dire tout le reste. Il était parfaitement maître de lui et elle le considérait avec pitié et tendresse. Etait-ce parce qu'ils s'exprimaient en français? En français, la vérité de la passion résistait froidement et cruellement à l'examen de l'expérience humaine.

Il disait que c'était une langue qui ne souffrait pas les petits sous-entendus cyniques. A moins que ce ne fût la fugitive sympathie de Melissa qui rendît ces faits si aisés à rapporter? Elle, elle n'émettait aucun jugement; tout était connu, tout avait été vécu. Elle hochait gravement la tête pendant qu'il lui parlait de son amour et de son renoncement volontaire, puis de son mariage, et de son échec.

Pris entre la pitié et l'admiration, ils s'embrassaient, mais avec passion maintenant, unis par les liens de la confidence, par la sensation d'avoir vécu quelque chose ensemble.

« Je l'ai vu dans la main, dit-elle. Dans *ta* main. ».

Elle était un peu effrayée par sa clairvoyance inaccoutumée. Et lui? Il avait toujours désiré rencontrer quelqu'un à qui il pût parler librement — *mais il fallait que ce fût quelqu'un qui ne pouvait pas vraiment tout comprendre!* La flamme vacilla. Sur le miroir il avait écrit avec son savon à barbe ces vers railleurs à l'intention de Justine :

> *Que le frein est affreux!*
> *Intense la douleur,*
> *Quand les yeux commencent à voir,*
> *Les oreilles à entendre!*

Il se les répéta doucement, dans le secret de son esprit, en évoquant les sombres traits de son visage qu'il avait observés ici, à la clarté de cette même bougie, le sombre corps assis précisément dans la pose où se tenait Melissa en ce moment, le menton

entre les genoux, lui tenant la main avec sympathie.
Et tout en continuant à parler d'une voix paisible
de sa sœur, de sa perpétuelle quête de satisfactions
plus riches que celles dont il avait gardé le souvenir,
et auxquelles il avait délibérément renoncé, d'autres
vers flottaient dans son esprit : les commentaires
chaotiques que lui renvoyaient ses lectures autant
que ses expériences. Même en considérant de nouveau ce visage d'une blancheur de marbre, avec ses
boucles de cheveux noirs épars sur une nuque
mince et fragile, les lobes des oreilles, le menton
orné d'une petite fossette — un visage qui le rame-
nait toujours à ces immenses orbites vides — il
entendait une voix répéter au fond de sa tête :

> *Amors par force vos demeine!*
> *Combien durra vostre folie?*
> *Trop avez mené ceste vie.*

Il s'entendait dire des choses qui venaient d'ailleurs. Avec un rire amer, par exemple : « Les
Anglo-Saxons inventèrent le mot « fornication »
parce qu'ils ne pouvaient pas croire à la diversité
de l'amour. » Et Melissa, hochant si gravement la
tête par sympathie, commença à se sentir plus
importante, devant cet homme qui lui confiait des
choses qu'elle ne comprenait pas, des trésors de ce
mystérieux univers masculin qui oscillait toujours
entre la sentimentalité stupide et la brutalité
furieuse! « Dans mon pays, presque toutes les choses
délicieuses que vous pouvez faire à une femme sont

considérées comme des offenses criminelles, des causes de divorce. » Elle était terrifiée par son rire crépitant, tranchant. Il devenait alors affreusement laid. Il lui prit la main et la pressa sur sa joue, doucement, comme on éprouve la douleur d'une meurtrissure; et à l'intérieur, le commentaire inaudible se poursuivait :

> *Quelles fins poursuit le Ciel*
> *En imposant toutes ces lois,*
> *Eros, Agape... qui déchirent l'esprit,*
> *Qui écartèlent l'âme?*

Enfermés dans leur château enchanté, prisonniers de baisers affolés et d'intimités qui jamais ne seraient retrouvées, ils avaient étudié La Lioba! Quelle folie! Oseraient-ils jamais se mettre sur les rangs des autres amoureux? *Jurata fornicatio...* ces vers s'égouttaient de l'esprit; et son corps, selon Rudel, *gras, delgat et gen.* Il soupira, balayant les souvenirs comme des toiles d'araignées en se disant : « Plus tard, en quête d'une *askesis*, il suivit les pères du désert à Alexandrie, un lieu entre deux déserts, entre les deux seins de Melissa. *O morosa delectatio.* Et il enfouit son visage entre les dunes, recouvert par ses cheveux frémissants. »

Puis le silence se fit en lui, et il la regarda fixement de ses yeux clairs, ses lèvres tremblantes se fermant pour la première fois sur des mots caressants, qui étaient tantôt enflammés tantôt sincèrement passionnés. Elle frissonna tout à coup, sachant qu'elle ne pourrait lui échapper maintenant, qu'elle devrait se soumettre à lui totalement.

« Melissa », dit-il d'une voix triomphante.

Ils se donnèrent de la joie, sagement et tendrement, comme deux amis qui se cherchaient depuis longtemps et s'étaient enfin trouvés parmi la foule banale et vulgaire qui grouillait dans le tumulte de la ville. Il avait enfin dans ses bras la Melissa souhaitée : yeux clos, bouche entrouverte sur un souffle chaud, tirée du sommeil d'un baiser à la lumière blonde de la chandelle.

« Il est l'heure de partir. »

Mais elle se serrait plus fort contre son corps, geignant de lassitude. Il la regarda tendrement, nichée au creux de son bras.

« Et le reste de ta prophétie? dit-il gaiement.

— C'est des bêtises, tout ça, répondit-elle d'une voix ensommeillée. Parfois je peux lire un caractère dans une main... mais l'avenir! Je ne suis pas si habile. »

L'aube grattait à la fenêtre. Brusquement il se leva, passa dans la salle de bain en trois enjambées et ouvrit le robinet d'eau chaude : un flot bouillant se mit à couler en crachotant une vapeur sifflante! Voilà qui était typique de l'hôtel Mont Vautour : de l'eau bouillante ou pas du tout. Surexcité comme un écolier, il l'appela.

« Melissa, viens laver toute la fatigue de tes os, sinon je ne pourrai jamais te ramener chez toi. »

Il songeait en même temps aux moyens de faire

parvenir à Darley les cinq cents livres, sans qu'il se doute de leur origine. Il ne devrait jamais savoir qu'elles étaient le salaire d'une épitaphe pour un Copte, rédigée par un rival!

« Melissa! » appela-t-il encore; mais elle dormait.

Il la prit délicatement dans ses bras et la porta jusqu'à la salle de bain. Dans l'eau chaude, elle s'éveilla, s'épanouissant comme ces fleurs japonaises en papier qui s'ouvrent dans l'eau. Elle s'étira volupteusement, jouant avec l'eau, faisant des vagues qui recouvraient et découvraient ses seins légers tandis que ses cuisses prenaient une teinte rose crevette. Pursewarden s'assit sur le bidet et, une main dans l'eau chaude, lui parla pour qu'elle ne se rendorme pas.

« Ne reste pas trop longtemps, sinon Darley sera furieux.

— Darley! Bah! Il est encore sorti avec Justine la nuit dernière. »

Elle s'assit dans la baignoire et commença à savonner ses épaules, ses bras, sa poitrine, savourant tout le luxe de ce savon et de cette eau comme on goûte un vin rare. Elle prononçait le nom de sa rivale avec une sorte de répugnance servile qui paraissait quelque peu déplacée. Pursewarden fut surpris.

« Des gens pareils... ces Hosnani, dit-elle avec mépris. Et le pauvre Darley se laisse prendre. Elle se sert de lui, voilà tout. Il est trop bon, trop simple.

— Elle se *sert* de lui? »

Elle ouvrit la douche et, en s'ébattant sous le nuage de vapeur, lui adressa un petit clin d'œil.

« Je sais tout sur eux.

— Que veux-tu dire? Qu'est-ce que tu sais? »

Il éprouva tout à coup un malaise intérieur si aigu qu'il n'avait pas de nom pour cela. Il sentait qu'elle allait bouleverser son univers comme on renverse par mégarde un encrier ou le bocal d'un poisson rouge. Et elle était là, dans un nuage de vapeur, souriant comme un ange descendu du ciel dans une gravure du xviie siècle.

« Que sais-tu? » répéta-t-il.

Melissa examina les trous **dans ses** dents avec un miroir à manche, le corps encore humide et luisant.

« Eh bien, je vais te le dire. J'ai été la maîtresse d'un homme très important, un nommé Cohen; très important et très riche. (Il y avait quelque chose de pathétique dans cette bouffée d'orgueil.) Il travaillait avec Nessim Hosnani et il m'a dit des choses. Il parlait aussi en dormant. Il est mort maintenant. Je crois qu'on l'a empoisonné parce qu'il en savait trop. Il faisait passer des armes au Moyen-Orient, en Palestine, pour le compte de Nessim Hosnani. D'énormes quantités. Il disait : *Pour faire sauter les Anglais!* Elle lâcha ces mots avec une sorte de rancune, puis tout à coup, après un instant de réflexion, elle ajouta : « Il faisait ce geste-là (elle joignit le bout de ses doigts pour y déposer un grotesque baiser, puis ouvrit la main) en disant : *Tout à toi, John Bull!* » (Et elle plissa encore les yeux en une grimace malicieuse, pour imiter le mort.)

« Habille-toi maintenant », dit Pursewarden d'une voix blanche.

Il retourna dans la chambre et resta un moment à contempler le mur au-dessus des rayons de livres, le regard perdu. C'était comme si toute la ville venait de lui exploser aux oreilles.

« C'est pour ça que je n'aime pas les Hosnani, cria Melissa de la salle de bain, d'une voix changée, la voix claironnante d'une harengère. En secret, ils haïssent les Anglais.

— Habille-toi, lança-t-il sèchement, comme s'il parlait à un cheval. Et grouille-toi. »

Brusquement refroidie, elle s'essuya et sortit de la salle de bain sur la pointe des pieds en disant :

« J'en ai pour une minute. »

Pursewarden contemplait toujours le mur, le regard fixe, comme hébété. Comme s'il venait de tomber d'une autre planète. Immobile, figé, comme une statue de bronze, Melissa lui jetait des regards furtifs tout en s'habillant.

« Qu'y a-t-il? » lui dit-elle à la fin.

Il ne répondit pas. Il réfléchissait furieusement.

Quand elle fut prête, il la prit par le bras et ils descendirent l'escalier en silence. L'aube commençait à poindre; les réverbères étaient encore allumés et jetaient de pâles ombres. De temps en temps, elle tournait la tête vers lui, mais son visage était muet, inexpressif. Régulièrement leurs ombres s'allongeaient, s'amincissaient, se déformaient, pour être happées par un cercle de lumière jaune avant de reprendre leur forme. Pursewarden marchait d'un pas lent, harassé. Il tenait toujours le bras de Melissa. Et dans chacune de ces ombres étirées et sautillantes, il voyait nettement la silhouette de Maskelyne le vaincu.

Au coin de la place il s'arrêta et, avec cette même expression lointaine, il dit :

« Tiens! J'oubliais. Voilà les mille piastres que je t'ai promises. »

Il l'embrassa sur la joue et reprit le chemin de son hôtel sans un mot.

# IX

MOUNTOLIVE était en viste officielle dans les usines à égrener le coton du Delta, lorsque Telford lui téléphona la nouvelle. Bouleversé, il n'en crut pas ses oreilles. Telford parlait, d'une voix gonflée d'importance, avec ce curieux chuintement que lui donnait un dentier mal ajusté; il fallait toujours compter avec la mort dans son métier. Mais la mort d'un ennemi! Il devait faire effort pour garder un timbre de voix grave, sombre, et pour ne pas laisser percer sa satisfaction personnelle. Il parlait du ton d'un notaire.

« J'ai pris sur moi d'interrompre votre visite, car j'ai pensé que vous aimeriez être tenu au courant. Nimrod Pasha m'a téléphoné au milieu de la nuit et je suis accouru. La police avait déjà mis les scellés; le docteur Balthazar s'y trouvait. J'ai jeté un coup d'œil pendant qu'il rédigeait le certificat de décès. J'ai été autorisé à emporter divers papiers personnels appartenant au... défunt. Rien de bien intéressant. Le manuscrit d'un roman.

Ce fut une grande surprise pour tout le monde. Il avait beaucoup bu... comme d'habitude, j'en ai peur. Oui.

— Mais... dit faiblement Mountolive, partagé entre la rage et l'incrédulité. Enfin, pourquoi, qu'est-ce que... » Ses jambes se dérobaient sous lui. Il prit une chaise et s'assit sans lâcher le téléphone, puis cria avec humeur : « Oui, oui, Telford, allez-y! Dites-moi tout ce que vous savez. »

Telford s'éclaircit la gorge, conscient de l'intérêt que soulevait sa nouvelle, et s'efforça de mettre de l'ordre dans ses idées.

« Eh bien, monsieur, nous avons réussi à reconstituer ses faits et gestes. Il est monté ici, l'air hagard, pas rasé (c'est Errol qui me l'a dit) et vous a demandé. Mais vous veniez de partir. Votre secrétaire dit qu'il s'est alors assis à votre bureau et qu'il s'est mis à écrire quelque chose — cela lui a pris un certain temps — qui devait vous être remis personnellement. Puis il a cacheté sa lettre à la cire, et inscrit en travers le mot « SECRET » en grosses lettres... elle se trouve maintenant dans votre coffre. Puis il semble qu'il soit allé... euh, faire la bombe. Il a passé toute la journée dans une petite taverne près de Montaza où il se rendait souvent. Ce n'est qu'une hutte au bord de la mer — quelques madriers supportant un toit de feuilles de palmier — tenue par un Grec. Il y a passé toute la journée à écrire et à boire. Au dire du propriétaire il a bu une forte quantité de *zibib*. Il s'était fait dresser une table tout au bord de la mer, sur le sable. Il y avait du vent et le propriétaire lui a dit qu'il serait peut-être mieux à l'abri; mais non, il a préféré s'installer près de l'eau. Vers la fin de l'après-midi, il a mangé un sandwich et pris le tram pour revenir en ville. Il m'a alors téléphoné.

— Bon continuez! »

Telford hésitait; il baissa le ton.

« Il est venu au bureau. Je dois dire que bien qu'il ne se fût toujours pas rasé, il paraissait de très bonne humeur. Il a fait quelques plaisanteries. Mais il me demanda une tablette de cyanure — vous les connaissez. Je n'en dirai pas plus. La ligne n'est pas très sûre. Vous comprenez, monsieur?

— Oui, oui, continuez donc! » cria Mountolive.

Rassuré, Telford poursuivit d'une traite :

« Il a dit qu'il voulait empoisonner un chien malade. Cela paraissait assez vraisemblable, aussi lui en ai-je donné une. C'est probablement ce qu'il a pris, d'après le docteur Balthazar. J'espère que vous n'allez pas penser, monsieur, que je suis en quelque manière responsable... »

Mountolive ne pensait rien, et n'éprouvait qu'une indignation croissante à l'idée qu'un membre de sa légation ait manqué à ce point de tact en commettant en public un acte aussi gênant! Non, c'était stupide. « C'est stupide », murmura-t-il pour lui-même. Mais il ne pouvait s'empêcher de penser que Pursewarden était coupable de quelque chose. Un tel manque d'égards... vraiment, cela passait les bornes de l'inconvenance... et puis c'était si mystérieux. Le visage de Kenilworth flotta un instant devant lui. Il secoua le récepteur pour obtenir une meilleure écoute, et cria :

« Mais qu'est-ce que tout cela signifie?

— Je n'en sais rien, dit Telford d'une voix faible. C'est tout à fait mystérieux. »

Un Mountolive très pâle se retourna vers le petit groupe de pashas qui attendaient, un peu en retrait, dans le hangar lugubre où était installé le téléphone, et murmura quelques excuses. Aussitôt ils écartèrent tous les mains et les agitèrent, comme des colombes prenant leur envol, pour protester qu'ils n'y voyaient aucune objection. Il était tout naturel qu'un ambassadeur se trouvât accaparé par de graves événements. Ils pouvaient attendre.

« Telford, dit Mountolive d'une voix impatiente.

— Oui, monsieur.

— Dites-moi tout ce que vous savez d'autre. »

Telford s'éclaircit la gorge et poursuivit de sa voix grasse :

« Eh bien, à mon avis, il n'y a rien d'exceptionnellement important. La dernière personne qui l'ait vu en vie est ce nommé Darley, le professeur. Vous ne le connaissez probablement pas, monsieur. Il l'a rencontré lorsqu'il regagnait son hôtel. Il invita Darley à prendre un verre dans sa chambre et ils sont restés ensemble longtemps à parler et à boire du gin. Le défunt ne lui a rien dit qui présente un intérêt spécial — et certainement rien qui laissât suposer qu'il avait l'intention de se suicider. Au contraire, il lui dit qu'il allait prendre le train le soir même pour Gaza. S'offrir des vacances. Il a montré à Darley les épreuves de son dernier roman, corrigées et prêtes à être expédiées, et un imperméable bourré de choses dont il pouvait avoir besoin pendant son voyage : pyjama, dentifrice, etc. Qu'est-ce qui a bien pu le faire changer d'avis? Je ne sais pas, monsieur, mais la réponse se trouve peut-être dans votre coffre. C'est pourquoi je vous ai téléphoné.

— Je vois », dit Mountolive.

C'était étrange, mais il commençait déjà à s'habituer à l'idée que Pursewarden n'était plus. Le coup était trop terrible; il ne restait plus que le mystère. Telford crachotait encore sur la ligne.

« Oui, dit-il en reprenant son sang-froid; oui. »

Quelques instants plus tard Mountolive reprenait son maintien officiel et s'appliquait de nouveau à marquer un léger intérêt aux métiers et à leur mécanisme assourdissant. Il s'efforça de ne pas paraître trop absorbé et de se montrer impressionné comme il convenait par ce qui lui était montré. Il essaya d'analyser l'absurde sentiment de colère qu'il avait éprouvé contre Pursewarden : l'acte qu'il venait de commettre ressemblait à... un grossier solécisme! Comme c'était absurde. Et pourtant, cet acte était tellement typique parce que tellement inconsidéré; peut-être aurait-il dû le prévoir? Un profond sentiment de découragement vint ensuite lui faire oublier son mouvement d'humeur.

Il rentra en voiture dans l'après-midi, mal à son aise et impatient d'en savoir plus. C'était un peu comme s'il s'attendait à trouver Pursewarden au travail, comme s'il allait lui demander des explications et lui administrer une bonne semonce. Il arriva dans la splendeur du crépuscule au moment où l'ambassade fermait ses portes, bien que le diligent Errol travaillât encore à rédiger des papiers officiels, dans son bureau. Tout le monde, jusqu'aux employés du chiffre, paraissait atteint par cet air de grave affliction que les morts subites confèrent toujours aux vivants qui se sentent comme gênés. Il se força à marcher lentement, à parler lentement, à ne manifester aucune hâte. La hâte, comme l'émotion, était toujours déplorable : elle trahissait l'empire des passions, là où seule la raison devait régner. Sa secrétaire était déjà partie mais il obtint les clés de son coffre aux Archives et gravit posément les deux étages pour gagner son bureau. Les battements du cœur ne sont heureusement perceptibles par nul autre que soi-même.

Les « effets » du mort (la poésie de la causalité n'aurait pu être mieux exprimée que par ce mot) étaient entassés sur son bureau, l'air étrangement privé de vie : un monceau de papiers et de manuscrits, un paquet adressé à un éditeur, un imperméable et diverses autres bricoles décrites par le consciencieux Telford, dans un souci de vérité (bien qu'elles n'eussent que peu de beauté pour Mountolive). Il sursauta violemment en apercevant sur son sous-main les traits exsangues de Pursewarden qui le regardaient : un masque mortuaire en

plâtre de Paris avec un billet de Balthazar disant :
« J'ai pris la liberté de faire exécuter un moulage
de son visage avant qu'on ne l'emporte. J'espère
que cela paraîtra judicieux. » Le visage de Pursewarden! Vu sous un certain angle, le mort avait un
air bougon. Mountolive toucha l'effigie du bout
du doigt, avec répugnance, avec une crainte superstitieuse. Il s'aperçut tout à coup qu'il avait peur de
la mort.

Il alla ensuite ouvrir son coffre, d'où il retira une
enveloppe dont il rompit le sceaux grossiers, d'un
pouce tremblant et il s'assit à son bureau. Il allait
enfin obtenir une explication rationnelle de cette
énorme faute de goût! Il prit une profonde inspiration.


« Mon cher David,

« J'ai déchiré une demi-douzaine d'autres lettres
pour tenter d'expliquer tout ceci. Mais chaque
fois je versais dans la littérature. Il y en a bien
assez comme cela. J'ai décidé d'en finir avec la
vie. Paradoxe! Je suis affreusement désolé, mon
cher ami.

« Tout à fait par hasard, et d'une façon tout à
fait inattendue, j'ai découvert que les théories de
Maskelyne sur Nessim étaient justes, et les miennes
fausses. Je ne vous donnerai pas mes sources, mais
je sais maintenant que Nessim introduit des armes
en Palestine, et cela depuis un certain temps déjà.
Il est manifestement la source inconnue impliquée

dans les opérations qui font l'objet du Document Sept — vous vous rappelez! (Mandat Secret Dossier 341. *Intelligence service*.)

« Je ne me sens pas de taille à faire face aux conséquences morales que cette découverte implique. Je sais ce qui me reste à faire. Mais cet homme est mon ami. Donc... *quietus*. (Ce qui résoudra également d'autres problèmes plus intimes.) *Ach!* quel triste monde nous avons créé autour de nous! Les boues de l'intrigue et de la contre-intrigue. Je viens seulement de me rendre compte que ce monde n'est pas du tout le mien. (J'entends d'ici les jurons que vous allez pousser en me lisant.)

« Je me sens un peu goujat de retirer comme cela mon épingle du jeu, de fuir mes responsabilités, mais au fond je sais qu'elles ne m'appartiennent pas vraiment, qu'elles n'ont jamais été les miennes. Mais vous, vous êtes responsable! Et vous vous apercevrez bientôt qu'elles sont encore plus grosses et plus amères que vous ne le supposez. Mais... vous êtes dans la carrière... et vous devez agir à ma place!

« Je sais que c'est là manquer au sens du devoir, mais j'ai laissé indirectement entendre à Nessim qu'il était soupçonné en hauts lieux. Naturellement, une telle imprécision vous autoriserait à faire disparaître tout cela, à l'oublier purement et simplement. Je n'envie pas vos tentations. Pour ce qui est des miennes, elles ne valent pas qu'on s'y appesantisse. Je suis las, mon cher ami, malade à en mourir, comme disent les vivants.

« Alors...

« Voulez-vous dire à ma sœur que mes pensées sont avec elle. Merci.

« Votre ami affectionné,

« L. P. »

Mountolive était interdit. Il se sentait devenir de plus en plus pâle à mesure qu'il lisait. Puis il resta un long moment à contempler le visage du mort, cet air d'impertinence solitaire qu'arborait toujours le profil de Pursewarden au repos, et qui s'était gravé dans le plâtre de son masque d'éternité; mais il devait encore lutter obstinément contre cet absurde sentiment d'un outrage diplomatique qui flottait autour de son esprit, qui l'embrasait par intermittence comme les sourdes lueurs d'un orage atmosphérique.

« C'est de la folie! » s'écria-t-il tout haut, incapable de contenir sa contrariété, et il frappa sur son bureau du plat de la main. « De la folie pure et simple! Personne ne se tue pour des motifs officiels! » Et, tout aussitôt, il eut envie de rougir de s'être laissé aller à une aussi stupide pensée. Pour la première fois de sa vie son esprit se trouvait en proie au plus complet désarroi.

Pour se calmer il se força à lire lentement et méthodiquement le rapport, tapé à la machine, de Telford, lisant chaque mot avec les lèvres, comme s'il s'agissait d'un exercice. C'était la relation des faits et gestes de Pursewarden durant les vingt-quatre heures qui précédèrent sa mort, par les diverses personnes qui l'avaient vu. Certains de ces comptes rendus étaient très intéressants, en particulier celui de Balthazar qui l'avait rencontré le matin au café Al Akhtar alors que Pursewarden buvait de l'*arak* en mangeant un croissant. Il venait de recevoir une lettre de sa sœur et il était en train de la lire, d'un air préoccupé. Il l'avait brusquement rangée dans sa poche à l'arrivée de Balthazar. Il paraissait hagard et ne s'était pas rasé depuis la veille. La conversation qui s'ensuivit avait peu d'intérêt, à l'exception d'une remarque (une boutade probablement?) qui avait frappé Balthazar. Pursewarden avait dansé avec Melissa la soirée précédente, et il dit que c'était le genre de femme que l'on pouvait avoir envie d'épouser. (« C'était sans doute une plaisanterie », ajoutait Balthazar.) Il dit aussi qu'il avait entrepris un nouveau livre « entièrement consacré à l'Amour ». Mountolive soupira en laissant lentement courir ses yeux sur la page dactylographiée. L'Amour! Puis il tomba sur quelque chose de curieux. Pursewarden avait acheté une formule de testament et l'avait remplie, faisant de sa sœur son exécuteur littéraire, et léguant une somme de cinq cents livres à Darley, le professeur, et à sa maîtresse. Il l'avait antidatée de deux mois — pour quelle raison? Ou bien, peut-être, avait-il tout simplement oublié la date? Il avait pris deux employés du chiffre comme témoins.

La lettre de sa sœur était là aussi, mais Telford l'avait mise avec tact dans une enveloppe distincte et l'avait scellée. Mountolive la lut, en hochant la

tête, abasourdi, puis la fourra dans sa poche, la
conscience un peu troublée. Il se passa la langue
sur les lèvres et regarda le mur en fronçant le
sourcil. Liza!

Errol passa timidement la tête par la porte et
éprouva un choc en surprenant des larmes sur la
joue de son supérieur. Il se retira délicatement et
retourna en hâte à son bureau, très affecté par un
sentiment d'inconvenance diplomatique, assez voisin de ce qu'avait éprouvé Mountolive lorsque
Telford lui avait téléphoné. Errol s'assit à son
bureau, en proie à une certaine agitation, et se
dit : « Un bon diplomate ne doit jamais extério-
riser ses sentiments. » Puis il alluma une cigarette
en méditant d'un air lugubre. Pour la première
fois, il se rendait compte que son ambassadeur
avait des pieds d'argile. Ce qui renforça en lui
le sentiment de sa propre dignité. Mountolive,
après tout, n'était qu'un homme... Néanmoins,
cette vision l'avait ébranlé.

A l'étage au-dessous, Mountolive avait lui aussi
allumé une cigarette afin de calmer ses nerfs. Son
malaise se transférait lentement de l'*acte* même
commis par Pursewarden (ce plongeon inopportun
dans l'anonymat) à la signification centrale de cet
acte — aux nouvelles qui l'accompagnaient.
Nessim! Quelque chose se contracta alors dans sa
poitrine, et un sentiment de colère plus profond,
plus informulé, l'envahit. Il avait accordé sa
confiance à Nessim! « Pourquoi? lui disait une voix
intérieure. Cela n'était pas nécessaire. » Et main-

tenant, par cette méchante pirouette, Puroewarden venait en effet de lui léguer tout le poids de ce problème moral. Il l'avait fourré dans un guêpier : le conflit vieux comme le monde entre le devoir, la raison et les affections personnelles qui sont la croix et la principale faiblesse de tout homme politique! « Quel salaud! » se dit-il (avec une sorte d'admiration pour cette audace de pensée); et Pursewarden lui avait laissé tout cela sur les bras avec une aisance déconcertante : il s'était retiré, purement et simplement! Il ajouta tristement : « J'avais confiance en Nessim à cause de Leila! » Humiliation sur humiliation. Tout en fumant il contemplait le visage du mort, en plâtre blanc (que les tendres mains de Clea avaient tiré du grossier négatif de Balthazar), sur lequel il voyait, comme en surimpression, se profiler le beau visage tout chaud de vie du fils de Leila : les sombres traits, tirés d'une fresque de Ravenne! Le visage de son ami. Et puis, ses pensées s'exprimèrent en un murmure : « Peut-être Leila est-elle au fond de tout cela? »

(« Les diplomates n'ont pas de vrais amis, avait dit Grishkin un jour, pour le piquer, pour le blesser. Ils se servent de tout le monde! » Elle lui laissait entendre qu'il s'était servi de son corps, de sa beauté; et maintenant qu'elle était enceinte...)

Il aspirait la fumée, lentement, profondément, pour laisser à l'oxygène chargé de nicotine le temps d'apaiser ses nerfs, d'éclaircir son cerveau. Et, le brouillard se levant, il commençait à découvrir un nouveau paysage qui s'ouvrait devant lui, car désormais tout le calendrier de son séjour en Egypte allait se trouver modifié : les amitiés et les rencontres de hasard, le tennis, le cheval, la natation... La simple idée de participer au monde ordinaire des habitudes et des plaisirs de la société, d'alléger le *tædium vitæ* de son isolement, se trouvait empoisonnée par ce qu'il venait d'apprendre. En outre, que faire des renseignements que Pursewarden lui avait jetés sur les bras avec tant de désinvolture? Il fallait, bien entendu, en référer. Là, il put s'accorder un temps de réflexion. *Devait-il* en référer? Les faits mentionnés dans la lettre n'étaient étayés par aucune preuve... si ce n'est la preuve accablante de sa mort qui... Il alluma une autre cigarette et murmura : « Son équilibre mental inspirait depuis quelque temps des inquiétudes. » Ceci au moins valait un sourire légèrement cynique! Après tout, le suicide d'un haut fonctionnaire n'était pas un événement tellement extraordinaire : il y avait eu ce jeune Greaves, amoureux d'une danseuse de cabaret en Russie... Mais une aussi méchante trahison de son amitié pour l'écrivain le chagrina encore davantage.

Bon. Et s'il brûlait tout simplement la lettre, supprimant du même coup le poids de responsabilité morale qu'elle contenait? Rien de plus facile : cela pouvait se faire dans sa cheminée, à l'aide d'une simple allumette. Il pourrait continuer à se conduire comme si rien ne lui avait jamais été révélé... hormis le fait que Nessim savait qu'il était au courant! Non, il était pris au piège.

Alors son sentiment du devoir, telles des chaussures trop justes d'une demi-pointure, commença à le blesser à chaque pas. Il revit Justine et Nessim dansant ensemble, en silence, les yeux mi-clos, détournant leur visage l'un de l'autre. Ils prenaient déjà à ses yeux une dimension nouvelle — comme la projection dépoétisée des personnages d'une fresque primitive. Eux aussi, vraisemblablement, devaient lutter contre un sentiment du devoir et des responsabilités — contre qui? « Contre eux-mêmes, peut-être », murmura-t-il tristement, en hochant la tête. Jamais plus il ne pourrait regarder Nessim dans les yeux.

Et la vérité se fit jour tout à coup dans son esprit. Jusque-là leurs relations personnelles avaient été préservées de tout ce qui aurait pu leur nuire par le tact de Nessim — *et par l'existence de Pursewarden*. L'écrivain, en servant de lien officiel, avait laissé le champ libre à leur vie personnelle. Les deux hommes n'avaient jamais été obligés de discuter de sujets ayant le plus lointain rapport avec des questions officielles. Maintenant, ils ne pourraient plus se rencontrer dans ces agréables dispositions. Dans ce contexte aussi, Pursewarden avait trahi sa liberté. Quant à Leila, c'était peut-être là qu'il fallait chercher la clé de son enigmatique silence, son incapacité à le rencontrer face à face.

Il soupira, et sonna Errol.

« Jetez donc un coup d'œil à ceci », dit-il.

Son chef de légation s'assit et se mit à lire le document avec avidité. De temps en temps il hochait lentement la tête. Mountolive s'éclaircit la voix :

« Cela me paraît quelque peu incohérent », dit-il, en se méprisant d'essayer de jeter un doute sur des mots si clairs, d'influencer Errol dans un jugement que, dans le secret de son esprit, il avait déjà formé. Errol relut la lettre une seconde fois, lentement, puis la tendit à Mountolive par-dessus le bureau.

« Cela paraît quelque peu extraordinaire », dit-il sans vouloir se compromettre, d'un ton respectueux. Ce n'était pas à lui de proposer une interprétation du message. Cela revenait de droit à Son Excellence.

« Cela paraît un peu... disproportionné, ajouta-t-il, s'enhardissant, cherchant une voie.

— C'est, hélas! bien dans la manière de Pursewarden, dit Mountolive d'un air morose. Je regrette maintenant de n'avoir pas tenu compte de vos recommandations à son sujet. J'avais tort, semble-t-il, et vous aviez raison en ce qui concernait ses aptitudes. »

L'œil d'Errol lança un éclair de modeste triomphe. Il ne dit rien cependant, et se contenta de regarder Mountolive.

« Bien entendu, comme vous le savez, certains soupçons s'étaient portés sur Hosnani, à une époque.

— Je sais, monsieur.

— Mais il n'y a aucune *preuve* qui vienne à l'appui de ses dires. »

Il frappa deux fois la lettre d'un doigt irrité. Errol se renversa contre son dossier et releva légèrement la tête.

« Je ne sais pas, dit-il vaguement. Cela me paraît assez concluant.

— Je ne pense pas, dit Mountolive, que cela mérite un rapport circonstancié. Naturellement, nous informerons Londres. Mais je ne pense pas que cela puisse aider en quoi que ce soit le Parquet, dans ses investigations. Qu'en pensez-vous ? »

Errol balança un instant ses genoux. Un sourire rusé releva lentement les coins de sa bouche.

« Cela intéresserait peut-être les Egyptiens, dit-il doucement. Et cela éviterait les pressions diplomatiques si... par la suite, la chose prenait une tournure plus concrète. Je sais qu'Hosnani était de vos amis, monsieur. »

Mountolive sentit une légère rougeur lui monter au visage.

« Lorsque le travail est en cause, un diplomate n'a pas d'amis, dit-il sèchement, et il se dit que Ponce Pilate avait dû s'exprimer avec le même détachement superbe.

— C'est juste, monsieur, dit Errol avec un regard d'admiration.

— Une fois que la culpabilité d'Hosnani sera établie, nous devrons agir. Mais tant que nous n'aurons pas de preuves formelles notre position sera des plus faibles. Avec Memlik Pasha — vous savez qu'il n'est pas très anglophile... Je me demande...

— Oui, monsieur? »

Mountolive attendit, prenant le vent comme un animal sauvage, sentant qu'Errol commençait à approuver son jugement. Ils restèrent un moment sans rien dire, dans la pénombre crépusculaire qui flottait dans la pièce, en réfléchissant. Puis, d'un geste théâtral, Son Excellence appuya brusquement sur le bouton de sa lampe de bureau et dit d'un ton sans réplique :

« Si vous n'y voyez pas d'objection, nous ne remettrons pas cela aux Egyptiens tant que nous ne serons pas mieux informés. C'est Londres qui doit l'avoir. Affaire classée, naturellement. Mais pas les particuliers, même la famille. A propos, pouvez-vous vous charger de la correspondance avec la famille? Je vous laisse le soin d'arranger quelque chose. »

Son cœur se serra en voyant se lever devant lui le visage de Liza Pursewarden.

« Oui. J'ai son dossier ici. Il n'y a que sa femme, et une sœur, à l'Institut impérial pour les aveugles, je crois. »

Errol ouvrit d'un air pénétré d'importance une chemise verte, mais Mountolive dit :

« Oui, oui. Je la connais. »

Errol releva la tête. Mountolive ajouta :

« Et je pense, qu'en bonne justice, nous devrions informer Maskelyne à Jérusalem, ne croyez-vous pas?

— Certainement, monsieur.

— Et garder le secret pour l'instant?

— Oui, monsieur. »

Il se sentit tout à coup très vieux et très faible. Il doutait même que ses jambes puissent le porter jusqu'à la Résidence.

« Ce sera tout pour l'instant. »

Errol prit congé et ferma la porte derrière lui avec la gravité d'un muet.

Mountolive téléphona à l'office et demanda qu'on lui montât un bol de bouillon et des biscuits. Il mangea et but goulûment, sans pouvoir détacher ses yeux du masque blanc et du manuscrit du roman. Il éprouvait à la fois un profond dégoût et la sensation d'un deuil immense, et il n'aurait su dire lequel de ces deux sentiments était le plus fort. Il se dit aussi que Pursewarden l'avait, sans le vouloir, séparé à tout jamais de Leila. Oui, ceci aussi, et peut-être pour toujours.

Ce soir-là, pourtant, il fit un discours plein d'esprit (rédigé par Errol) au cours du banquet annuel de la Chambre de commerce d'Alexandrie, émerveillant l'assistance de banquiers par l'aisance avec laquelle il s'exprimait en français. Les applaudissements fusèrent, enflèrent et s'épanouirent dans l'auguste salle de banquet du Club Mohamed Ali. Nessim, assis à l'autre bout de la longue table, adressa sa réponse avec calme et gravité. A une ou deux reprises au cours du dîner, Mountolive sentit les yeux sombres de son ami, pleins d'une lourde interrogation, chercher les siens, mais il les évita. Il y avait maintenant entre eux un abîme béant que ni l'un ni l'autre ne savait comment franchir. Après le dîner, au moment du départ, il rencontra un court instant Nessim dans le hall, et il éprouva alors le désir presque irrésistible d'évoquer la mort de Pursewarden. L'événement se dressait entre eux comme une montagne à pic. Il en avait honte comme d'une difformité physique; comme si son aimable sourire était défiguré par l'absence d'une incisive. Il ne dit rien, et Nessim garda également le silence. Rien de ce qui s'agitait sous la surface ne transparut dans l'attitude des deux hommes élégants qui se tenaient sur le perron, fumant un cigare en attendant leur voiture. Mais une sourde et inexorable méfiance avait pris corps entre eux. Etrange de penser que quelques mots griffonnés sur une feuille de papier avaient suffi à faire d'eux des ennemis!

Puis, se carrant sur la moelleuse banquette de sa voiture à l'avant de laquelle flottait un petit Union Jack, tirant lentement sur son excellent cigare, Mountolive eut l'impression que son être le plus profond devenait aussi poussiéreux, aussi étouffant qu'un tombeau égyptien. Etrange aussi qu'à côté de ces graves et profondes préoccupations, les petites pensées superficielles eussent encore le pouvoir d'attendrir son esprit : le succès qu'il avait remporté auprès des banquiers le remplissait d'aise. Il avait été incontestablement brillant! Il savait que son discours serait reproduit mot pour mot dans la presse du lendemain, illustré de nouvelles photos de lui. Les Coptes seraient jaloux, comme d'habitude. Comment se faisait-il que personne n'avait encore songé à faire une déclaration publique au sujet de l'étalon-or, de cette manière détournée? Il essaya de maintenir son esprit en effervescence, de l'ancrer solidement dans les eaux calmes de la satisfaction personnelle, mais en vain. L'ambassade reprendrait bientôt ses quartiers d'hiver. Il n'avait toujours pas vu Leila. La reverrait-il jamais?

Quelque part en lui, une barrière s'était effondrée, une digue s'était rompue. Il était entré en conflit avec lui-même, ce qui donnait une fermeté nouvelle à ses traits, un rythme plus décidé à sa marche.

Cette nuit-là, il fut la proie de cette intolérable douleur dans les oreilles qui marquait toujours son retour chez lui. Mais c'était la première fois que son attaque le prenait loin de la douce sécurité de la maison maternelle, et cela l'inquiéta. Il essaya vainement de s'administrer la potion que sa mère utilisait toujours, mais il fit trop chauffer l'huile et il se brûla grièvement durant l'opération. Après cet incident il resta trois jours au lit, à lire des romans policiers et à méditer, le regard fixé sur le mur blanchi à la chaux. Cela du moins lui évita d'assister à la crémation de Pursewarden — il y eût sûrement rencontré Nessim. Parmi les nombreux messages et cadeaux qui commencèrent à affluer lorsque la nouvelle de son indisposition fut connue, se trouvait un splendide bouquet de fleurs de la part de Nessim et de Justine, avec leurs vœux de prompt rétablissement. En tant qu'Alexandrins, et amis de surcroît, c'était la moindre des choses!

Il pensa longuement à eux durant ces longues journées et ces nuits sans sommeil, et pour la première fois, à la lumière de ce qu'il avait appris, ils lui apparurent comme deux énigmes. Ils devenaient maintenant un véritable problème, et même leur union lui apparut comme une chose qu'il n'avait jamais vraiment comprise, jamais nettement déterminée. L'amitié qu'il leur portait l'avait en quelque sorte empêché de voir en eux des êtres capables, comme lui-même, de vivre sur plusieurs plans à la fois. Des conspirateurs, des amants... quelle était la clé de l'énigme? Il n'arrivait pas à découvrir ce que c'était.

Peut-être fallait-il remonter plus haut dans le passé pour trouver cette clé — plus haut que ni lui ni Pursewarden n'avaient pu le faire à partir des données en leur possession.

Il y avait bien des faits qu'ils ignoraient sur Justine et Nessim, dont certains étaient essentiels pour la compréhension de leur cas. Mais il nous faut pour cela revenir brièvement à la période précédant immédiatement leur mariage.

# X

LE crépuscule bleu d'Alexandrie n'était pas encore tout à fait tombé.

« Mais est-ce que... comment dire cela?... Etes-vous vraiment épris d'elle, Nessim? Je sais bien que vous êtes obsédé par elle; et elle sait ce que vous avez en tête. »

La chevelure dorée de Clea était appuyée contre la fenêtre, et elle avait les yeux fixés sur le pastel qu'elle était en train d'exécuter. Il était presque fini; encore quelques touches légères, précises, et elle pourrait rendre la liberté à son modèle. Nessim avait revêtu pour la circonstance un pull-over rayé. Il était allongé sur le petit divan inconfortable et tenait, en fronçant le sourcil, une guitare dont il ne savait pas jouer.

« Comment écrivez-vous le mot amour à Alexandrie? dit-il à la fin, lentement. Toute la question est là. Insomnie, solitude, *bonheur, chagrin*... Je ne veux ni la blesser ni l'importuner, Clea. Mais j'ai le sentiment qu'elle a besoin de moi comme j'ai besoin d'elle. Oui, je ne puis me défaire de cette pensée. Vous ne dites rien, Clea? »

Il savait qu'il mentait. Mais pas Clea.

Elle hocha la tête d'un air de doute, sans cesser d'examiner son travail, puis elle haussa les épaules.

« Je vous aime tous les deux; que pourrais-je souhaiter de mieux? Et je lui ai parlé, comme vous me l'avez demandé; j'ai essayé de la piquer, de la sonder. Cela me paraît sans espoir. »

Etait-ce la stricte vérité, se demandait-elle? Elle était toujours trop portée à croire ce qu'on lui disait.

« Fausse pudeur? dit-il d'un ton tranchant.

— Elle rit d'un air désabusé... comme cela! dit Clea avec un geste de grande lassitude pour imiter Justine. Je crois que depuis ce livre, *Mœurs*, elle a l'impression d'être toute nue quand elle passe dans la rue. Elle pense qu'elle ne peut plus donner la paix de l'esprit à personne. Du moins c'est ce qu'elle dit.

— Qui lui demande une chose pareille?

— Elle croit que c'est ce que vous cherchez. Et puis, naturellement, il y a votre position sociale. Et aussi le fait qu'elle est juive. Mettez-vous à sa place. »

Clea se tut un moment. Puis elle ajouta du même ton détaché :

« Si elle a besoin de vous, c'est pour utiliser votre fortune et pour l'aider à rechercher l'enfant. Et elle est trop fière pour cela. Mais... vous avez lu *Mœurs*. A quoi bon me répéter?

— Je n'ai jamais lu *Mœurs*, déclara-t-il avec feu, et elle sait que je ne lirai jamais ce livre. Je le lui ai dit. Oh! ma chère Clea! »

Il poussa un soupir. C'était encore un mensonge.

Clea s'arrêta, en souriant, pour considérer son visage sombre. Puis elle poursuivit, en frottant un coin de son dessin avec le pouce :

« *Chevalier sans peur,* etc. Cela vous ressemble, Nessim. Mais est-il sage de nous idéaliser ainsi, nous autres femmes? Vous êtes encore un peu bébé, pour un Alexandrin.

— Je ne l'idéalise pas; je sais parfaitement qu'elle est triste, qu'elle est folle, qu'elle est mauvaise. Ne le sommes-nous pas tous? Son passé et son présent... tout le monde les connaît. Je crois simplement qu'ils s'accordent parfaitement à...

— A quoi?

— A ma *stérilité,* dit-il à la stupéfaction de Clea, en détournant la tête, souriant et fronçant le sourcil en même temps. Oui, il m'arrive de penser que je ne pourrai jamais vraiment tomber amoureux avant que ma mère ne meure — et elle est encore relativement jeune... Dites quelque chose, Clea! »

Clea hocha lentement la tête, tira une bouffée de la cigarette qui se consumait dans le cendrier, à côté de son chevalet, et se pencha de nouveau sur le portrait.

« Bien, dit Nessim, je la verrai moi-même ce soir et je tâcherai sérieusement de lui faire comprendre.

— De vous « faire aimer », vous voulez dire?

— Comment le pourrais-je?

— Si elle ne *peut pas* aimer, il serait malhonnête de faire semblant.

— Je ne sais même pas si je le peux moi-même; nous sommes tous deux des *âmes veuves,* ne voyez-vous pas?

— Oh là là! dit Clea d'un ton indécis mais en souriant toujours.

— Pendant quelque temps l'amour pourra nous accompagner *incognito,* dit-il en reprenant la pose, l'air grave, les yeux fixés sur le mur. Mais il sera là. Je m'efforcerai de le lui faire savoir. Suis-je donc si énigmatique à vos yeux? dit-il en se mordant la lèvre. Est-ce que je vous ai déçue?

— Bon, vous avez bougé », dit-elle d'un ton de reproche; puis au bout d'un moment, elle reprit tranquillement : « Oui. C'est très énigmatique. Votre passion a l'air si *voulue.* Un *besoin d'aimer* sans un *besoin d'être aimé*? Zut! »

Il avait encore bougé. Elle s'arrêta et allait de nouveau lui en faire le reproche lorsqu'elle aperçut la pendule sur la cheminée.

« Il est l'heure de partir, lui dit-elle. Vous ne devez pas la faire attendre.

— Très bien », dit-il d'un ton sec, et il se leva, ôta le pull-over rayé, passa sa veste de bonne coupe, chercha les clefs de sa voiture, dans ses poches, et s'apprêta à sortir. Puis il se retourna, revint devant le miroir et coiffa ses cheveux noirs rapidement, avec impatience, essayant tout à coup d'imaginer comment Justine le voyait.

« Je voudrais pouvoir exprimer exactement ce que je pense. Ne croyez-vous pas qu'il soit possible de signer un contrat d'amour, pour ceux dont l'âme n'est pas encore mûre pour aimer? Une *tendresse* contre un *amour-passion,* Clea? Si elle avait des parents, je leur aurais acheté leur fille sans hésiter. Si elle avait treize ans, elle n'aurait rien à dire, rien à penser, n'est-ce pas?

— Treize ans! s'écria Clea indignée; elle frémit d'horreur et tira sur le bas de sa veste.

— Peut-être, poursuivit-il ironiquement, l'infortune est-elle une espèce de *diktat* pour moi... Qu'en pensez-vous?

— Mais alors vous croiriez à la passion. Or, vous n'y croyez pas.

— J'y crois... mais... »

Il eut un sourire charmant et fit un geste vague, mi-résignation, mi-colère.

« Ah! vous ne m'êtes d'aucun secours, dit-il. On attend toujours des autres qu'ils vous enseignent quelque chose.

— Allez! dit Clea, j'en ai assez de ce sujet. Mais embrassez-moi d'abord. »

Les deux amis s'embrassèrent et elle murmura :

« Bonne chance! »

Tandis que Nessim disait entre ses dents :

« Il faut que je cesse de vous poser des questions puériles. C'est absurde. Je dois prendre moi-même une décision à son sujet. » Il se frappa par deux fois la paume de la main de son poing droit, et elle fut surprise d'une telle impétuosité chez un être si réservé à l'ordinaire.

« Eh bien, dit-elle en ouvrant tout grand ses yeux bleus sous le coup de la surprise, voilà qui est nouveau! »

Ils partirent tous deux d'un grand éclat de rire.

Il lui pressa le coude et dévala l'escalier d'un pas léger. La grande voiture répondait merveilleusement à sa pression délicate sur les pédales; elle bondit en lançant d'impérieux coups de klaxon, descendit Saad Zaghoul, traversa les lignes de tram et se laissa glisser par les pentes qui menaient à la mer. Il se parlait à lui-même, doucement et rapidement, en arabe. Elle l'attendait peut-être déjà dans le lugubre salon du Cecil Hotel, ses mains gantées croisées sur son sac, regardant par les fenêtres la mer ramper, se vautrer, se gonfler et s'abaisser derrière le rideau de palmiers du petit square municipal qui battaient et grinçaient comme des voiles mal tendues.

A un tournant, il se trouva brusquement arrêté par une procession déguenillée qui se dirigeait vers la ville haute, toutes bannières déployées; une petite pluie s'était mise à tomber, poussée par une brise marine chargée d'embruns; tout flottait et s'agitait dans une grande confusion. Les chants et les tintements des triangles s'élançaient timidement en l'air. Fâché de ce contretemps, il rangea sa voiture, ferma la portière à clef et parcourut, au pas de course, les cent mètres le séparant encore de la grande porte à tambour qui le projeta dans le silence et l'odeur de moisi du grand salon. Il entra, essoufflé, mais très conscient de la gravité du moment. Il y avait maintenant des mois qu'il avait entrepris le siège de Justine. Comment se terminerait-il : par la victoire ou par une défaite?

Il se rappela les mots de Clea : « Je crois que ces créatures-là ne sont pas des êtres humains. Si elles sont vivantes, ce n'est que dans la mesure où elles ont une forme humaine. Mais quiconque est dominé par une passion unique, offre le même spectacle. Pour la plupart d'entre nous, la vie n'est qu'un passe-temps. Mais elle, elle semble être une représentation picturale tendue et exhaustive de la nature dans son état le plus superficiel, le plus puissant. Elle est possédée — et les possédés ne peuvent ni apprendre ni enseigner. Ce qui ne la rend pas moins adorable aux yeux de tout ce qui est mû par la mort; mais mon cher Nessim — sous quel angle allez-vous l'accepter? »

Il ne le savait pas encore; ils en étaient encore aux escarmouches, ils ne parlaient pas la même langue. Et cela pourrait durer toujours, se désolait-il.

Ils s'étaient rencontrés souvent, mais officiellement pour ainsi dire, et presque comme des associés en affaires, pour discuter de ce mariage avec le détachement de courtiers d'Alexandrie mettant au point les modalités d'une fusion de deux sociétés. Mais ce sont là les mœurs de la cité.

Par un geste qu'il estimait très caractéristique, il lui avait offert une grosse somme d'argent.

« Pour que votre décision ne soit pas influencée par une inégalité de fortune, je me propose de vous faire un cadeau d'anniversaire qui vous permettra de vous considérer comme une personne entièrement indépendante — comme une femme, tout simplement, Justine. Cet argent détestable qui empoisonne les pensées de tout le monde dans la ville, qui infecte tout! »

Mais cela n'avait pas donné de résultat; ou plutôt cela n'avait fait que provoquer une question insultante, incompréhensible :

« Est-ce vraiment parce que vous avez envie de coucher avec moi? Vous le pouvez. Oh! je ferais n'importe quoi pour vous, Nessim. »

Cela le dégoûta et l'irrita. Il s'était fourvoyé. Apparemment, il était inutile de poursuivre dans cette voie. Puis tout à coup, après un long moment de méditation, il entrevit la vérité dans un éclair. Il murmura pour lui-même, très surpris : « Voilà pourquoi on ne me comprend pas : c'est que je ne suis pas vraiment honnête. » Il reconnut que, bien qu'il ait été au début submergé par sa passion, il ne savait pas par quel moyen l'intéresser autrement que, d'abord, par un don en espèces (sous le prétexte de la « libérer », mais en fait uniquement pour essayer de se l'attacher) — et puis, à mesure que son désespoir augmentait, il comprit qu'il n'avait d'autre ressource que de se livrer entièrement à sa merci. En un sens c'était de la folie — mais il ne voyait aucun autre moyen de faire naître en elle un sentiment d'obligation sur lequel tous les autres liens pourraient se greffer. C'est ainsi qu'il arrive qu'un enfant s'expose à un danger pour attirer l'attention de sa mère et forcer l'amour dont il se croit privé.

« Ecoutez, dit-il d'une voix changée, chargée de vibrations nouvelles, et il était devenu très pâle. Je veux être franc avec vous. La *vie réelle* ne m'intéresse pas. (Le tremblemnt de sa voix se communiquait à ses lèvres.) Je songe à un lien beaucoup plus étroit en un sens que tout ce que la passion pourrait inventer — un engagement basé sur la confiance mutuelle. »

Pendant un moment, elle se demanda s'il appartenait à quelque étrange religion nouvelle, si c'était de cela qu'il s'agissait. Elle attendit avec curiosité, amusée, mais troublée cependant de voir à quel point il était ému.

« Je veux maintenant vous faire une confidence qui, si vous la trahissiez, pourrait me causer un tort irréparable, ainsi qu'à ma famille; et surtout à la cause que je sers. Je veux me mettre entièrement en votre pouvoir. Supposons que nous soyons tous deux morts à tout sentiment d'amour... je veux vous demander de prendre part à une dangereuse... »

Le plus étrange, c'est que, lorsqu'il se mit à tenir ce langage, lorsqu'il fut sur le point de lui révéler ses pensées les plus secrètes, elle commença pour la première fois à le voir comme un homme. Pour la première fois, il toucha en elle une corde qui se mit à vibrer à l'unisson, par une confession qui, paradoxalement, était tout l'opposé d'une déclaration d'amour. Elle comprit, à sa grande surprise, et avec regret mais aussi avec un frisson de plaisir, qu'il ne lui demandait pas seulement de partager sa couche, mais sa vie tout entière, l'idée fixe sur laquelle elle reposait. D'ordinaire, il n'y a que l'artiste qui puisse proposer un contrat aussi étrange et désintéressé — mais c'est un contrat qu'aucune femme digne de ce nom ne peut refuser. Ce qu'il lui demandait, ce n'était pas seulement de l'épouser (et c'est sur ce point que ses mensonges avaient créé un malentendu) mais de partager avec lui le *daimon* auquel il était enchaîné. C'était, au sens le plus strict, le seul moyen qu'il voyait de déjouer le mot « amour ». D'une voix calme et posée. il commença, en retrouvant tous ses esprits maintenant qu'il avait pris la décision de tout lui dire, en choisissant ses mots, en les maîtrisant.

« Vous savez, nous savons tous que nos jours sont comptés depuis que les Français et les Anglais ont perdu le contrôle du Moyen-Orient. Nous, les communautés étrangères, avec tout ce que nous avons édifié ici, nous sommes petit à petit absorbés par la poussée arabe, la marée musulmane. Certains d'entre nous s'efforcent d'arrêter le flot; Arméniens, Coptes, Juifs et Grecs ici en Egypte, tandis que d'autres s'organisent ailleurs. Je travaille à cette tâche ici... Pour nous défendre, simplement, pour sauver notre vie, pour défendre notre droit d'appartenir à cette terre, sans plus. Vous savez cela. Tout le monde sait cela. Mais pour ceux qui voient un peu plus loin dans notre Histoire... »

Là il eut un sourire en coin — un sourire laid, avec une ombre de suffisance.

« Ceux qui voient plus loin savent que ceci n'est qu'un paravent; nous ne pourrons nous maintenir dans ce monde qu'avec l'appui d'une nation assez forte et assez civilisée pour dominer tout le secteur. Aujourd'hui, la France et l'Angleterre — quelle que soit l'affection que nous leur portions — ont perdu la partie. Qui donc peut les remplacer? »

Il s'arrêta, reprit son souffle, puis croisa les mains et les serra entre ses genoux, comme s'il voulait exprimer d'une éponge, lentement, voluptueusement, la pensée la plus secrète. Il poursuivit dans un murmure :

« Il n'y a qu'une nation capable de décider de l'avenir du Moyen-Orient. Capable de tout changer; et même, paradoxalement, l'existence des misérables musulmans dépend de sa puissance et de ses ressources. M'avez-vous compris, Justine? Dois-je prononcer son nom? Peut-être ces choses ne vous intéressent-elles pas, après tout? »

Il lui adressa un sourire étincelant. Leurs yeux se rencontrèrent. Et ils restèrent un moment à se regarder les yeux dans les yeux, comme seuls peuvent se regarder ceux qui sont passionnément amoureux. Il ne l'avait jamais vue si pâle, si attentive, toute son intelligence refluant dans son regard.

« Dois-je dire son nom? » répéta-t-il d'une voix plus sèche.

Alors, poussant un long soupir, elle hocha la tête et dit, à voix très basse mais distinctement :

« La Palestine. »

Il y eut un long silence pendant lequel il la dévisagea avec une joie triomphante.

« Je ne m'étais pas trompé », dit-il à la fin, et elle comprit tout à coup ce qu'il voulait dire : que le jugement qu'il portait sur elle depuis longtemps n'avait pas été pris en défaut. « Oui, Justine, la Palestine. Que les Juifs gagnent leur liberté, et nous pourrons tous respirer. C'est notre seul espoir, à nous, les *étrangers* dépossédés. »

Il dit ces derniers mots avec un petit rictus d'amertume. Ils allumèrent lentement des cigarettes, les doigts tremblants, et soufflèrent la fumée devant eux, enveloppés par une atmosphère toute nouvelle de paix et de compréhension.

« Toute notre fortune a passé dans la lutte qui est sur le point de s'engager ici, dit-il à mi-voix. Tout dépend de cela. Ici, naturellement, nous faisons d'autres choses que je vous expliquerai. Les Anglais et les Français nous aident, ils n'y voient pas de malice. Je suis désolé pour eux. Ils sont dans une situation lamentable parce qu'ils n'ont plus le désir de se battre, ni même de penser. (Son mépris avait quelque chose de féroce, mais plein d'une sincère pitié également.) Les Juifs, au contraire, représentent un élément jeune : ils sont le poste avancé de l'Europe dans ces marécages croupissants d'une race moribonde. »

Il s'arrêta, et dit brusquement, d'une voix aiguë et frémissante :

« Justine! »

Lentement, les yeux dans les yeux, leurs mains se joignirent. Leurs doigts glacés se mêlèrent et s'étreignirent très fort. Leurs deux visages exprimaient le ravissement que leur communiquait une commune volonté d'action, presque de la terreur!

L'image de Nessim s'était brusquement métamorphosée. Elle était illuminée par une grandeur nouvelle, terrifiante. Justine le regardait, en fumant, et elle voyait maintenant quelqu'un de tout différent de celui qu'elle avait vu jusque-là : un aventurier, un corsaire, jouant avec la vie et la mort; sa puissance aussi, la puissance de son argent, formait une sorte de toile de fond tragique à toute l'aventure. Et elle comprit que ce n'était pas elle qu'il voyait — la Justine dont les miroirs à cadres dorés renvoyaient l'image, ou la Justine couverte de fards et de vêtements coûteux — mais quelque chose de plus proche encore qu'une amoureuse au lit.

C'était un pacte faustien qu'il lui proposait. Mais il y avait encore plus surprenant : pour la première fois, elle sentit le désir s'éveiller en elle, dans les lombes de ce corps de rebut, ce corps acquis d'avance et qu'elle ne considérait que comme un objet avide de plaisir, un simulacre de la réalité. Il lui vint le désir tout à fait inattendu de coucher avec lui... non pas avec son corps, mais avec ses projet, ses rêves, ses obsessions, son argent, sa mort! C'était comme si elle venait seulement de comprendre la nature de l'amour qu'il lui offrait : c'était toute sa richesse, sa seule richesse, ce pitoyable rêve politique qu'il nourrissait en son cœur, depuis si longtemps et au prix de tant de tourments qu'il avait étouffé tout le reste de sa sensibilité. Et elle eut tout à coup l'impression de s'être laissé prendre dans une gigantesque toile d'araignée, emprisonner par des lois qui demeuraient au-dessous du niveau de sa conscience, de sa volonté, de ses désirs, le flux et le reflux autodestructeurs de sa personnalité humaine. Leurs doigts étaient toujours noués, comme un accord musical, et à travers ce lien passait et s'échangeait toute l'énergie de leurs corps. L'entendre dire : « Maintenant, ma vie est entre vos mains » mettait son cerveau en feu, faisait battre lourdement son cœur dans sa poitrine.

« Je dois partir maintenant, dit-elle, saisie d'une terreur toute nouvelle, quelque chose qu'elle n'avait encore jamais éprouvé. Vraiment, il faut que je parte. »

Elle se sentait faible et chancelante, touchée par les cajoleries d'une force plus puissante que n'aurait pu l'être aucune attirance physique.

« Loué soit Dieu! dit-il à mi-voix. Loué soit Dieu! »

Enfin, tout était décidé.

Mais le soulagement qu'il éprouvait était mêlé de terreur. Par quel moyen avait-il réussi à tourner la clé dans la serrure? En trahissant la vérité, en se mettant pieds et poings liés à sa merci. Son dernier recours avait été une imprudence aux conséquences incalculables. Il avait été obligé d'en passer par là. Et il savait aussi, subconsciemment, que la femme orientale n'est pas une sensualiste au sens européen du terme; la sensiblerie ne fait pas partie de sa constitution. Elle n'a que l'obsession de la puissance, de la politique et des biens matériels, bien qu'elle s'en défende. Le sexe est toujours présent à son esprit, mais ses mouvements sont réchauffés par la brutalité cinétique de l'argent. En acceptant de participer à une action commune, Justine était plus sincère envers elle-même qu'elle ne l'avait jamais été : c'était la réponse spontanée d'une fleur qui se tourne tout naturellement vers la lumière. Et c'est là, tandis qu'ils devisaient calmement, froidement, leurs têtes penchées l'une vers l'autre comme des fleurs, qu'elle put enfin dire, magnifiquement :

« Ah! Nessim! je n'aurais jamais cru que j'accepterais. Comment saviez-vous que je n'existe que pour ceux qui croient en moi? »

Il la regarda, un peu épouvanté, reconnaissant en elle la parfaite soumission de l'esprit oriental, la soumission féminine absolue qui est une des plus grandes forces du monde.

Ils sortirent et marchèrent ensemble jusqu'à la voiture, et Justine se sentit tout à coup très faible, comme si on l'avait tirée de son puits et abandonnée en pleine mer.

« Je ne sais que dire de plus.

— Rien. Commencez à vivre. »

Les paradoxes du véritable amour sont infinis. Elle eut l'impression de recevoir une gifle. Elle entra dans le premier café et commanda une tasse de chocolat chaud, qu'elle but les mains tremblantes. Puis elle alla se coiffer et refaire son maquillage. Elle savait que sa beauté n'était qu'une réclame et elle la soignait avec dédain.

Quelques heures plus tard, Nessim, assis à son bureau, décrocha le téléphone luisant et composa le numéro de Capodistria.

« Da Capo, dit-il calmement, vous vous rappelez le projet que j'avais formé d'épouser Justine? Tout va bien. Nous avons une nouvelle alliée. Je veux que vous soyez le premier à l'annoncer au comité. Je pense que maintenant ils ne feront plus de réserves sur le fait que je ne suis pas Juif — puisque j'épouse une Juive. Qu'en pensez-vous? »

Il écouta avec impatience les félicitations ironiques de son ami.

« C'est une impertinence, dit-il à la fin, d'un ton glacial, d'imaginer que mes sentiments n'entrent pas en ligne de compte. Vous êtes un vieil ami, et à ce titre je dois vous prier de ne plus prendre ce ton avec moi. Ma vie privée, mes sentiments n'appartiennent qu'à moi. S'ils s'accordent avec d'autres considérations, c'est tant mieux. Mais rendez-moi cette justice : j'ai toujours été un homme d'honneur. Je l'aime. »

Et en prononçant ces mots il eut envie de vomir; brusquement il se dégoûtait lui-même, jusqu'à la nausée. Et pourtant le mot était parfaitement exact : l'amour !

Il reposa doucement l'écouteur, comme s'il pesait une tonne, et resta un moment à contempler son reflet sur le bureau poli. Il se disait : « C'est tout simplement que je ne suis *pas* un homme qu'elle pense pouvoir aimer. Si je n'avais pas eu un tel projet à lui offrir, j'aurais pu la supplier en vain pendant un siècle. Quel est donc le sens de ce petit mot de cinq lettres que nous agitons dans notre esprit comme des dés : l'amour ? » Et il se méprisait tant, qu'il en suffoquait presque.

Elle arriva ce soir-là à l'improviste, à la grande maison, comme les pendules sonnaient onze heures. Il n'était pas encore couché, mais occupé à trier des documents près de la cheminée.

« Vous n'avez pas téléphoné ? s'écria-t-il avec joie, mais étonné. Quelle bonne surprise ! »

Elle resta à la porte sans dien dire, l'air sombre, attendant que le domestique qui l'avait introduite se fût retiré. Elle fit alors un pas en avant, en laissant glisser sa cape de fourrure de ses épaules. Ils s'étreignirent passionnément, en silence. Puis, tournant vers lui ses yeux qui prenaient un air à la fois terrifié et rayonnant de joie à la lueur du foyer, elle dit :

« Enfin je vous connais, Nessim Hosnani. »

Amour et conspiration. Le pouvoir de la richesse et de l'intrigue, ces ambassadeurs de la passion, l'animait tout entière maintenant. Son visage avait cet air d'innocence radieuse que montrent ceux qui viennent de se convertir à la vie monastique!

« Je suis venue prendre vos instructions, vos nouvelles directives », dit-elle.

Nessim était transfiguré. Il courut dans sa chambre au premier prendre dans son coffre les dossiers de correspondance — comme pour lui prouver son honnêteté, et que ses paroles pouvaient être vérifiées sur-le-champ. Il lui révéla ce que ni sa mère ni son frère ne savaient : le rôle important qu'il jouait dans le complot de Palestine. Ils s'accroupirent devant le feu et s'entretinrent de ce sujet presque jusqu'à l'aube.

« Vous voyez quelles sont mes préoccupations les plus immédiates. Vous pouvez y prendre part. D'abord, les doutes et les hésitations du Comité juif. Je veux que *vous* leur parliez. Ils s'étonnent de voir un Copte les soutenir alors que les Juifs d'ici se tiennent à l'écart; ils se méfient, ils ont peur de perdre la confiance des Egyptiens. Nous devons les convaincre, Justine. Il nous faut encore plus d'un an pour réunir la quantité d'armes nécessaire. Et il y a encore nos bons amis Français et Anglais qui doivent tout ignorer de cela. Je sais qu'ils s'efforcent de découvrir la nature exacte de mes activités clandestines. Je crois qu'ils ne soupçonnent rien encore. Mais il y a deux personnes parmi eux qui nous inquiètent particulièrement. Un de ces *points névralgiques* est la liaison de Darley avec la petite Melissa; comme je vous l'ai dit, elle était la maîtresse du vieux Cohen qui est mort cette année. C'était lui qui était chargé de l'embarquement des armes à destination de la Palestine, et il connaissait toute l'organisation. Lui a-t-il dit quelque chose? Je ne sais pas. Un autre personnage encore plus équivoque est Pursewarden; lui, appartient ouvertement aux services de renseignements de l'ambassade. Nous sommes les meilleurs amis du monde mais... je ne sais pas s'il soupçonne quelque chose, ni quoi au juste. Nous devons le rassurer; au besoin nous devrons même essayer de lui démasquer le mouvement clandestin de la communauté copte! Que sait-il? Que soupçonne-t-il? C'est là que vous pouvez m'aider. Oh! Justine, je savais que vous comprendriez! »

Ses traits sombres et tendus, si composés à la clarté du feu, étaient empreints d'une nouvelle lumière, une nouvelle force. Elle approuva de la tête. De sa voix rauque elle dit :

« Je vous remercie, Nessim Hosnani. Je vois maintenant ce que j'ai à faire. »

Ensuite, ils fermèrent les grandes portes à clé, rangèrent les papiers, et, dans la grisaille du jour naissant, devant le feu, ils se dévêtirent, pour faire l'amour avec le détachement passionné de deux succubes. Si sauvages et triomphants que fussent leurs baisers, ils n'étaient que l'illustration lucide de leur drame humain. Ils avaient tous deux découvert chez l'autre sa plus secrète faiblesse, ce lieu géométrique de l'amour. Et alors, enfin, il n'y eut plus aucune restriction ni inhibition dans l'esprit de Justine, et ce qui aurait pu paraître libertinage était en réalité le puissant facteur d'un abandon total à l'amour lui-même — une forme d'identité véritable qu'elle n'avait jamais éprouvée avec aucun autre homme! Le secret qu'ils partageaient la rendait libre d'agir. Et Nessim, sombrant dans ses bras avec une féminité étrangement douce, presque virginale, se sentit ébranlé et écrasé comme une poupée de chiffon. Le mordillement de ses lèvres lui rappelait la jument arabe à la robe blanche qu'il avait eue quand il était enfant; des souvenirs confus remontaient et voltigeaient comme des volées d'oiseaux bariolés. Il se sentit épuisé, au bord des larmes, mais irradié par une immense gratitude, une tendresse infinie. Toute sa solitude avait fondu dans la splendeur de ces baisers. Il avait trouvé un être à qui faire partager son secret, une femme selon son cœur. Paradoxe sur paradoxe!

Pour elle, c'était comme si elle avait pillé le trésor spirituel de Nessim dont les biens terrestres étaient l'étrange symbole : le canon froid des fusils, les seins provocants et glacés des bombes et des grenades nées du tungstène, de la gomme arabique, du jute, des flottes marchandes, des opales, des plantes médicinales, de la soie et des arbres.

Il sentait qu'elle menait le jeu, et dans la houle puissante de ses reins, il sentait que le désir le magnifierait, féconderait ses actes; ferait fructifier ces instruments fatals de sa puissance, donnerait vie aux luttes déchirantes d'une femme vraiment stérile. Le visage de Justine était aussi dénué d'expression qu'un masque de Siva. Il n'était ni laid ni beau, mais nu comme la puissance en personne.

Il paraissait (cet amour) contemporain de l'amour faustien des saints qui sont passés maîtres dans l'art glacial de retenir leur semence afin de mieux se reconnaître — car ses flammes bleues ne communiquaient au corps aucune chaleur, mais un froid intense. L'esprit et la volonté brûlaient comme s'ils avaient été plongés dans un bain de chaux vive. C'était une véritable sensualité exempte de tous les poisons civilisés qui font d'elle une sensation anodine, agréable au goût d'une société humaine fondée sur une idée romantique de la vérité. L'amour en était-il moindre pour cela? Paracelse a décrit des relations semblables en usage parmi les cabalistes. Dans tout cela on reconnaît l'austère et primitif visage indifférent d'Aphrodite.

Et pendant tout ce temps il se disait : « Quand tout cela sera terminé, quand j'aurai retrouvé son enfant perdue — alors nous serons si proches l'un de l'autre qu'il ne pourra jamais être question pour elle de me quitter. » La passion de leurs étreintes venait d'une *complicité*, de quelque chose de plus profond, de plus pervers que les capricieuses tentations de la chair ou de l'esprit. Il l'avait conquise en lui offrant une vie conjugale qui était un faux-semblant, mais en la mettant en même temps au fait d'un projet qui pouvait les entraîner tous deux à la *mort!* C'était là tout ce que le sexe pouvait signifier pour elle maintenant. Cette perspective de leur mort avait quelque chose de fascinant, de sexuellement fascinant!

Il la reconduisit chez elle, dans la clarté tremblante du petit jour; il attendit, écouta l'ascenseur gravir lentement, péniblement, les trois étages, puis redescendre, et s'arrêter devant lui en rebondissant un peu; la lumière s'éteignit avec un léger cliquetis. La personne n'était plus là, mais son parfum subsistait.

Un parfum appelé « *Jamais de la Vie* ».

## XI

Durant tout l'été et l'automne, les conspirateurs avaient organisé une série de réjouissances avec une ampleur rarement atteinte dans la ville. La grande maison ne connaissait jamais plus de quelques heures de repos maintenant. Elle était animée en permanence par les fraîches et désuètes envolées d'un quatuor à cordes, ou secouée par les soubresauts viscéraux des saxophones, cornant à la nuit comme des canards. Les cuisines jadis désertes, vastes comme des antres, grouillaient maintenant d'une armée de cuisiniers, mettant de l'ordre après une fête somptueuse, ou préparant le prochain festin. On disait en ville que Nessim avait décidé de lancer Justine dans le monde — comme si les splendeurs provinciales d'Alexandrie pouvaient encore avoir des charmes pour lui, qui était devenu un véritable Européen de cœur. Non, ces assauts délibérément lancés contre la société de la deuxième capitale avaient un double but d'exploration et de diversion. Ces festivités fournissaient aux conspirateurs une toile de fond, devant laquelle ils pouvaient se mouvoir avec la liberté qu'exigeait leur tâche. Ils travaillaient infatigablement, et ce n'est que lorsqu'ils étaient trop exténués qu'ils se permettaient de brèves vacances au petit pavillon d'été que Nessim avait baptisé « le Palais d'été de Justine »; là, ils pouvaient lire, écrire, se baigner et recevoir quelques amis intimes : Clea, Amaril, Balthazar.

Mais toujours, après ces longues soirées passées dans le tumulte des conversations et la jungle des assiettes et des bouteilles, ils fermaient les portes, assujettissaient eux-mêmes les gros verrous et montaient l'escalier en poussant un soupir de soulagement, laissant aux domestiques ensommeillés le soin de nettoyer le champ de bataille de tous ses débris; car la maison devait être prête, à nouveau, dès le lendemain matin; ils allaient lentement, en se donnant le bras, s'arrêtant au premier palier pour se débarrasser de leurs chaussures et se sourire dans la grande glace. Puis, pour se calmer un peu l'esprit, ils faisaient deux ou trois fois le tour de la galerie de peinture qui contenait une splendide collection d'impressionnistes, en échangeant des propos anodins tandis que les yeux gourmands de Nessim exploraient lentement les grandes toiles, muets témoignages de la validité de son univers privé et de ses désirs secrets.

Et, enfin, ils arrivaient à leurs deux chambres

communicantes, intimes et meublées avec richesse
et goût, situées dans l'aile nord, la partie fraîche
de la maison. C'était toujours le même cérémonial : Nessim s'allongeait sur le lit tout habillé,
tandis que Justine allumait la lampe à alcool pour
lui préparer l'infusion de valériane qu'il prenait
avant de dormir, pour se calmer les nerfs. Puis
elle roulait près du lit la petite table de jeu et
ils faisaient une ou deux parties de cribbage ou
de piquet tout en parlant des affaires qui obsé-
daient leurs esprits. Leurs visages sombres, passionnés, irradiaient alors dans la lumière douce
une sorte de halo, d'auréole que leur conférait le
secret, les appétits d'une volonté commune, des
désirs jumeaux. Ce soir-là il en était de même.
Comme elle faisait la première donne, le téléphone
placé à la tête du lit se mit à sonner. Nessim prit
l'appareil, écouta une seconde, puis le lui tendit
sans un mot. En souriant, elle leva les sourcils d'un
air interrogateur, et son mari approuva d'un signe
de tête. « Allô! » dit-elle d'une voix rauque, feignant une grande lassitude, comme si elle avait
été tirée du lit. « Oui, mon chéri... Naturellement.
Non, je ne dormais pas. Oui, je suis seule. » Nessim prit ses cartes, les rangea en éventail dans sa
main et se mit à étudier son jeu d'un air totalement inexpressif. La conversation se poursuivit un
moment, à mots entrecoupés, puis le demandeur
souhaita bonne nuit et raccrocha. Avec un soupir,
Justine reposa l'écouteur, puis passa lentement sa
main sur son bras, comme lorsqu'on retire un gant

sale, ou lorsque l'on se débarrasse d'un écheveau de laine.

« C'était ce pauvre Darley », dit-elle en ramassant ses cartes.

Nessim leva les yeux un moment, posa ses cartes et fit une demande. En commençant à jouer, elle se mit à parler à voix basse, comme pour elle-même.

« Il est absolument fasciné par les cahiers du journal intime. Vous vous souvenez? C'est moi qui recopiais toutes les notes d'Arnauti pour *Mœurs* quand il s'est cassé le poignet. Nous les avons reliées. Tout ce qu'il n'a pas utilisé dans son roman. Je les ai données à Darley en lui faisant croire que c'était mon propre journal. (Ses joues se creusèrent en un triste sourire.) Il les a prises comme telles, et il trouve, et pour cause, que j'ai une forme d'esprit masculine! Il dit aussi que mon français n'est pas fameux — voilà qui ferait plaisir à Arnauti, n'est-ce pas?

— Il me fait de la peine, dit Nessim posément, tendrement. Il est si brave. Un jour il faudra que je lui explique tout.

— Mais je ne vois pas pourquoi vous vous tracassez pour la petite Melissa, dit Justine, moins comme si elle s'adressait à Nessim que comme si elle poursuivait le cours de ses réflexions. J'ai essayé de le sonder de toutes les manières possibles. Il ne sait rien. Et je suis sûre qu'elle ne sait rien elle non plus. Simplement parce qu'elle était la maîtresse de Cohen... Je ne sais pas. »

Nessim posa ses cartes et dit :

« Je n'arrive pas à me défaire de cette impression qu'elle sait quelque chose. Cohen était un imbécile et un vantard, et il était certainement au courant de tout.

— Mais pourquoi lui en aurait-il parlé?

— C'est simplement qu'après la mort de Cohen, toutes les fois que je la rencontrais, elle me regardait d'un air différent... comme à la lumière de quelque chose qu'elle aurait appris sur moi; c'est difficile à définir. »

Ils jouèrent en silence jusqu'à ce que la bouilloire commence à crachoter. Justine posa alors ses cartes et alla préparer la valériane. Pendant qu'il buvait sa tisane, elle alla dans sa chambre ôter ses bijoux. Buvant à petites gorgées et regardant pensivement le mur, Nessim l'entendit déposer ses boucles d'oreilles dans une coupe; puis il perçut le bruit des tablettes de somnifère tombant au fond d'un verre. Au bout d'un moment elle revint s'asseoir à la table de jeu.

« Puisque vous avez peur d'elle, pourquoi n'essayez-vous pas de la faire disparaître? »

Il lui lança un regard stupéfait, et elle ajouta :

« Non, comprenez-moi, je veux seulement dire que vous pourriez vous arranger pour l'éloigner d'ici. »

Nessim sourit.

« J'y ai songé, mais lorsque Darley est tombé amoureux d'elle, je... j'ai eu de la sympathie pour lui.

— La sympathie n'a rien à voir ici », dit-elle sèchement, et il approuva de la tête, presque humblement.

« Je sais », dit-il.

Justine donna les cartes, et de nouveau ils étudièrent leur jeu en silence.

« En ce moment j'essaie de la faire partir... par Darley lui-même. Amaril dit qu'elle est sérieusement malade et il lui a déjà recommandé d'aller suivre un traitement spécial à Jérusalem. J'ai offert l'argent à Darley. Le pauvre est bourrelé de scrupules. Très anglais. C'est un brave type, Nessim, mais il a très peur de vous, et il se fait un tas d'idées qui le minent. Il est si désemparé, il me fait pitié.

— Je sais.

— Mais il faut que Melissa parte. Je le lui ai dit.

— Bien. »

Puis, d'un ton tout différent, il leva les yeux vers elle et dit :

« Et Pursewarden? »

La question resta un moment en suspens dans l'air entre eux, frémissante comme l'aiguille d'une boussole. Puis il baissa de nouveau les yeux sur son jeu. Le visage de Justine prit une nouvelle expression, irritée et affolée tout à la fois. Elle alluma lentement une cigarette et dit :

« Je vous l'ai déjà dit, c'est un homme qui sort vraiment de l'ordinaire. *C'est un personnage.* Il serait tout à fait impossible de lui arracher un secret. C'est difficile à dire. »

Elle le regarda longuement, l'air absent.

« Je veux dire, ils sont tellement différents tous les deux. Darley est si sentimental et si fidèle qu'il ne constitue pas le moindre danger. Même s'il entrait en possession d'un renseignement qui pourrait nous nuire, il ne s'en servirait pas, il l'enterrerait. Pas Pursewarden! Il est intelligent, froid et maître de lui, dit-elle, l'œil brillant. Complètement amoral... comme un Egyptien! Si demain nous mourions, il s'en ficherait éperdument. Je n'arrive pas à le saisir. Mais c'est un ennemi en puissance qu'il ne faut pas sous-estimer. »

Il leva les yeux vers elle et ils restèrent ainsi un long moment, leurs deux esprits étroitement enlacés. Ses prunelles étaient maintenant pleines d'une douceur brûlante, comme celles de quelque étrange et noble oiseau de proie. Il s'humecta les lèvres avec la langue mais ne dit rien. Il avait été sur le point de laisser étourdiment échapper ces mots : « J'ai terriblement peur que vous ne tombiez amoureuse de lui. » Mais une étrange pudeur le retint.

« Nessim.

— Oui. »

Elle écrasa sa cigarette, l'air absorbé, se leva et se mit à faire les cent pas dans la chambre, les mains serrées sous les aisselles. Comme toujours lorsqu'elle était plongée dans ses réflexions, elle se mettait à aller et venir d'une démarche étrange, presque impudique, qui le faisait penser à un fauve en cage. Nessim avait maintenant le regard

vague et terne. Il prit machinalement les cartes et
les battit, une fois, deux fois. Puis il les déposa
et porta ses paumes à ses joues brûlantes.

Aussitôt elle fut à côté de lui et posa sa main
tiède sur son front.

« Vous avez encore la fièvre.

— Je ne crois pas, dit-il vivement, machinalement.

— Prenez votre température.

— Non. »

Elle s'assit en face de lui, penchée en avant, et
le regarda de nouveau dans les yeux.

« Nessim, que se passe-t-il? Votre santé... ces
fièvres... et vous ne dormez pas? »

Il sourit d'un air las et appuya le dos de sa main
contre sa joue brûlante.

« Ce n'est rien, dit-il. Un peu de fatigue après
cette soirée, voilà tout. Et puis il a fallu que je
dise toute la vérité à Leila. Elle s'est alarmée lorsqu'elle a saisi toute l'ampleur de nos projets. Et
cela rend ses rapports avec Mountolive beaucoup
plus difficiles. Je pense que c'est pour cette raison
qu'elle a refusé de le rencontrer le soir du carnaval, vous vous rappelez? Je lui avais tout dit
ce matin-là. Peu importe. Encore six mois et tout
sera sur pied. Le reste dépend d'eux. Mais naturellement l'idée de partir chagrine Leila. Je savais
qu'elle refuserait. Et puis, j'ai d'autres graves
préoccupations.

— Quelles préoccupations? »

Mais il hocha la tête, puis se leva, se déshabilla

et se mit au lit. Il finit alors sa valériane et resta
allongé, immobile, les mains et les pieds croisés,
comme un chevalier mort en Terre sainte. Justine
éteignit l'électricité et resta à la porte, sans mot
dire. A la fin, elle dit :

« Nessim, je ne comprends pas ce qui vous arrive.
Ces jours-ci... êtes-vous malade? Je vous en prie,
confiez-vous à moi! »

Il y eut un long silence. Puis elle dit :

« Comment tout cela va-t-il tourner? »

Il se souleva légèrement sur ses oreillers et la
regarda.

« A l'automne, quand tout sera prêt, nous devrons
prendre de nouvelles dispositions. Il nous faudra
nous séparer toute une année peut-être, Justine. Je
veux que vous alliez là-bas et que vous y restiez
pendant que les événements se dérouleront. Leila
ira à la ferme dans le Kenya. Ici il y aura certainement des réactions très vives et je dois rester
pour y faire face.

— Vous parlez en dormant.

— Je suis épuisé », cria-t-il d'un ton bref, irrité.

La silhouette de Justine, qui se découpait dans
l'encadrement de la porte, demeura immobile.

« Et les autres? » demanda-t-elle doucement au
bout d'un moment.

Il se souleva de nouveau sur ses oreillers pour
lui répondre d'une voix maussade.

« Le seul qui nous donne des inquiétudes pour
le moment est Da Capo. Il faut s'arranger pour le
faire passer pour mort. De toute façon il doit dis-

paraître de la scène, car il est très compromis. Je n'ai pas encore mis au point tous les détails. Il veut que je touche son assurance sur la vie car il est criblé de dettes, complètement ruiné, de sorte que sa disparition n'étonnera personne. Nous reparlerons de cela plus tard. Ce devrait être relativement simple à arranger. »

Elle se retira dans sa chambre et se prépara pour la nuit. Elle pouvait entendre Nessim qui soupirait et s'agitait dans la chambre voisine. Dans la grande glace, elle examina son visage tendu, douloureux, lui enleva ses fausses couleurs et peigna voluptueusement ses cheveux noirs. Puis elle se glissa nue entre les draps et éteignit, sombrant sans effort, en quelques minutes, dans un sommeil léger.

Il faisait presque jour lorsque Nessim entra, pieds nus, dans sa chambre. Elle s'éveilla au contact de ses bras autour de ses épaules; il était agenouillé près du lit, secoué par une crise qu'elle prit tout d'abord pour une crise de larmes. Mais, il tremblait, comme s'il avait la fièvre, et ses dents s'entrechoquaient.

« Qu'y a-t-il ? » s'écria-t-elle bouleversée.

Il posa la main sur sa bouche pour la faire taire.

« Il faut que je vous dise pourquoi je me suis conduit d'une manière aussi étrange. Je n'en puis plus, Justine, il y a autre chose. Il s'agit de Narouz : c'est horrible, mais je dois envisager la possibilité de le faire disparaître. C'est pour cela que j'ai failli devenir fou. Il nous a complètement échappé. Et je ne sais que faire. Je ne sais que faire! »

Cette conversation avait lieu très peu de temps avant le suicide inattendu de Pursewarden à l'hôtel Mont-Vautour.

## XII

Mais ce n'était pas seulement pour Mountolive que toutes les pièces de l'échiquier avaient été brutalement dérangées par l'acte solitaire, par la lâcheté de Pursewarden — et la découverte inattendue des mobiles, de la cause première de sa mort. Nessim, lui aussi, qui s'était laissé bercer depuis si longtemps par les mêmes rêves d'action précise et sans faille, se trouvait maintenant, tout comme son ami, la proie des forces d'attraction inhérentes au moteur de nos actes, qui les font se déployer, se ramifier, se déformer, s'étendre comme une tache s'élargit sur un plafond blanc. Maintenant, les maîtres commençaient à s'apercevoir qu'ils n'étaient en réalité que les serviteurs des forces qu'ils avaient déclenchées, et que la nature est foncièrement ingouvernable. Ils devaient bientôt se trouver lancés dans des voies qu'ils n'avaient pas choisi de suivre, emprisonnés dans un champ magnétique en quelque sorte par les mêmes forces qui déroulent les marées à l'appel de la lune, ou qui poussent les saumons scintillants à remonter une rivière grouillante — actions qui s'incurvent et s'enflent vers un avenir que les mortels sont incapables de canaliser ou de détourner. Mountolive savait cela, vaguement inquiet, allongé sur son lit en regardant monter vers le plafond vide les volutes de son cigare. Pour Nessim et pour Justine, étendus front contre front, les yeux grands ouverts dans la somptueuse chambre baignée d'ombre, parlant à voix basse, c'était une certitude encore plus grande. Ils savaient que cela dépassait leurs volontés, et ils sentaient les mauvais présages s'amonceler autour d'eux — les paradigmes des forces déchaînées qui devaient se réaliser, mais comment, de quelle manière? Ce n'était pas encore absolument clair.

Pursewarden, avant de s'allonger pour la dernière fois sur son lit crasseux, entre les images chuchotantes et de plus en plus lointaines de Melissa et de Justine — et tous les autres souvenirs intimes — avait téléphoné à Nessim d'une voix changée, empreinte d'une âpre résignation, chargée des splendeurs de la mort toute proche.

« C'est une question de vie ou de mort, comme on dit dans les livres. Oui, je vous en prie, venez immédiatement. Il y a un message pour vous dans un endroit approprié : sur le miroir. »

Et il raccrocha avec un ricanement qui glaça Nessim à l'autre bout du fil : il avait aussitôt pressenti un désastre. Sur le miroir de cette chambre d'hôtel minable, parmi d'obscures citations à l'usage exclusif de l'écrivain, il trouva les mots suivants, écrits en majuscules, avec un morceau de savon à barbe humide :

NESSIM. COHEN, PALESTINE, ETC.
TOUT DECOUVERT ET SIGNALE

C'était ce message qu'il avait en partie effacé lorsqu'il avait entendu des voix dans l'escalier et des coups frappés à la porte; avant que Balthazar et Justine ne pénètrent sur la pointe des pieds dans la chambre. Mais les mots et le souvenir de ce petit ricanement d'adieu (telle la voix de quelque dieu Pan ressuscité) s'étaient à jamais gravés au fer rouge dans son esprit. Lorsqu'il rapporta ces faits à Justine, plus tard, son visage était vide de toute expression, comme un homme atteint de névralgie faciale, car la nature publique de cet acte l'avait glacé d'effroi. D'abord, il avait compris qu'il lui serait impossible de dormir; c'était un message qui méritait d'être étudié longuement, passé au crible. Ils étaient étendus côte à côte, immobiles comme deux statues sur un tombeau alexandrin, dans la chambre plongée dans l'obscurité, les yeux grands ouverts, se regardant comme des objets, aveugles, inhumains, miroirs de quartz, étoiles mortes... Main dans la main, ils soupiraient et chuchotaient.

« Je vous avais bien dit que c'était Melissa... Cette façon qu'elle avait de me regarder... Je m'en doutais... »

Les autres aspects angoissants de l'affaire se mêlaient et se chevauchaient dans son esprit, et notamment le cas de Narouz.

Il éprouvait ce que devait éprouver un chevalier, dans le silence d'une forteresse investie, qui entend brusquement des coups de bêches et de pioches, le choc lancinant des barres de mine, et devine que les assaillants progressent lentement sous les murs. Que serait *tenu* de faire Mountolive, à supposer qu'il soit au courant? (Etrange comme cette seule expression les trahissait tous deux, les rejetait hors du libre jeu de la volonté humaine.) Ils étaient maintenant tous deux *tenus* d'agir, enchaînés comme des esclaves, au déroulement d'une action qui n'illustrait les dispositions naturelles ni de l'un ni de l'autre. Ils s'étaient engagés dans le libre exercice de la volonté pour se trouver en fin de compte pris dans les mailles du devenir historique. Un seul petit mouvement imprimé au kaléidoscope avait suffi à provoquer cela. Pursewarden! L'écrivain qui se plaisait à dire : « Les gens finiront par comprendre un jour qu'il n'y a que l'artiste qui puisse réellement faire *arriver* les choses; c'est pour cela que toute la société devrait reposer sur lui. » Un *deus ex machina!* En se tuant, il s'était servi d'eux comme... d'une commodité publique, comme pour démontrer la vérité de ses propres aphorismes! Il aurait pu utiliser bien d'autres démonstrations pour ce faire, sans les séparer par l'acte de sa mort, sans les brouiller en portant à leur connaissance des faits dont ni l'un ni l'autre ne pourraient profiter! Tout ne tenait plus qu'à un fil maintenant. Mountolive agirait, oui, mais seulement *s'il y était obligé;* et un seul mot à Memlik Pasha déchaînerait de nouvelles forces, ferait poindre de nouveaux dangers...

La ville déclenchait autour d'eux, dans l'obscurité, ses rythmes de mort obsédants — gémissement des pneus sur les places désertes, appel déchirant d'un remorqueur dans le bassin, sirène d'un bateau qui lève l'ancre. Jamais il n'avait ressenti, avec un tel poids l'évidence, l'irrésistible enfoncement de la ville suffoquée de poussière dans la mort et les dunes stériles de Mareotis. Il tournait son esprit dans un sens, puis dans l'autre, comme un sablier; mais c'était toujours le même sang qui coulait, les mêmes questions insolubles qui défilaient au même pas pesant. Devant eux, se dressait la possibilité d'un désastre en prévision duquel — bien qu'ils en aient pesé objectivement tous les risques — ils n'avaient fait aucune réserve de forces. C'était étrange. Mais Justine, réfléchissant furieusement, le front baissé, le poing contre les dents, semblait toujours impassible, et il éprouva de la pitié pour elle, car la dignité de son silence (l'œil impassible de la sibylle) lui donnait le courage de fixer sa pensée sur le dilemme. Ils devaient continuer comme si rien n'était changé, alors qu'en fait tout avait changé. Savoir qu'ils devaient, imperturbablement, tels des chevaliers vissés dans leurs armures, poursuivre dans la voie tracée, leur donnait à la fois le sentiment qu'un abîme s'était creusé et qu'un nouveau lien, plus fort, les unissait, une camaraderie plus passionnée, semblable à celle que connaissent les soldats sur un champ de bataille, conscients d'avoir renoncé à tous sentiments humains — amour, famille, amis, foyers — et de n'être plus que les serviteurs d'une volonté de fer qui se révèle sous les traits cuirassés du devoir.

« Nous devons nous préparer à toute éventualité, dit-il, les lèvres desséchées par les cigarettes qu'il avait fumées, et tenir le coup jusqu'à ce que tout soit mis en place — disons pour Noël. Nous avons peut-être plus de temps devant nous que nous ne l'imaginons; il se peut même qu'il ne se passe rien du tout. Nous ne savons pas si Mountolive est au courant. »

Puis il ajouta, d'une voix plus sourde, comme s'il n'avait en réalité aucune illusion :

« Mais s'il est au courant, nous le saurons. Son attitude ne pourra pas nous tromper. »

A tout instant maintenant il pouvait craindre de se trouver face à face avec un homme armé d'un pistolet — à n'importe quel coin de rue, dans n'importe quel coin sombre de la ville; un domestique suborné par ses ennemis pouvait verser du poison dans sa nourriture... Du moins pourrait-il réagir contre ces éventualités, par une vigilance de tous les instants. Justine restait allongée, immobile, sans rien dire, les yeux grands ouverts.

« Et puis, dit-il, demain je parlerai à Narouz. Il faut qu'il regarde les choses en face. »

Quelques semaines auparavant, au moment d'en-

trer dans son bureau, il avait trouvé le grave Séra-
pamoun assis dans le fauteuil réservé aux visiteurs,
fumant tranquillement une cigarette. Il était, de
loin, le Copte le plus important et le plus influent
de tous les rois du coton, et il avait joué un rôle
décisif en soutenant le mouvement clandestin dont
Nessim était l'instigateur. Ils étaient de vieux amis,
bien que le plus âgé fût d'une autre génération.
Son visage doux et serein et sa voix calme étaient
empreints de l'autorité que lui conférait une éducation européenne. Sa conversation était celle d'un
homme à l'esprit vif et réfléchi.

« Nessim, dit-il doucement, je ne viens pas ici
en ami, mais en tant que représentant de notre
comité. J'ai un devoir pénible à remplir. Puis-je
vous parler franchement, sans passion ni rancœur?
Nous sommes très inquiets. »

Nessim alla fermer la porte, donna un tour de
clé, décrocha son téléphone et serra affectueusement l'épaule de Serapamoun, en passant derrière
le fauteuil de son visiteur pour gagner le sien.

« Je ne demande que cela, dit-il. Parlez.

— Il s'agit de votre frère, Narouz.

— Oui, eh bien, qu'y a-t-il?

— Nessim, lorsque vous avez fondé le mouvement de la communauté copte, votre but n'était pas
d'allumer une *jehad* — une guerre sainte — ni de
rien tenter de subversif contre le gouvernement
égyptien. Certainement pas. C'est ce que nous pen-
sions, et si nous vous avons suivi c'est que nous
avions foi en votre conviction que les Coptes de-

vaient s'unir afin de participer plus directement aux affaires publiques. »

Il fuma un moment en silence, plongé dans une profonde réflexion. Puis il poursuivit :

« Notre patriotisme communautaire ne diminuait en rien notre patriotisme envers l'Egypte, n'est-ce pas? Nous nous sommes réjouis d'entendre Narouz prêcher les vérités de notre religion et de notre race, oui, nous nous en sommes beaucoup réjouis, car il était nécessaire de dire ces choses, nécessaire de les *sentir*. Mais... vous n'avez pas assisté à une réunion depuis trois mois. Savez-vous le changement qui s'est opéré? Narouz s'est laissé entraîner si loin par ses pouvoirs insoupçonnés qu'il proclame maintenant des choses qui pourraient tous nous compromettre sérieusement. Nous sommes très inquiets. Il se croit chargé d'une sorte de mission. Sa tête est un fatras de toutes sortes de notions étranges, et lorsqu'il prêche, c'est un torrent qui se déverse de sa bouche, je n'ose imaginer ce qui arriverait si ses paroles venaient aux oreilles de Memlik Pasha. »

Il se tut à nouveau. Nessim se sentit pâlir. Serapamoun reprit, de sa voix égale et bien timbrée.

« Dire que les Coptes retrouveront leur place au soleil est une chose; mais dire qu'ils balaieront le régime corrompu des pashas qui possèdent quatre-vingt-dix pour cent de la terre... parler de prendre possession de l'Egypte et de remettre de l'ordre...

— Il dit des choses pareilles? bégaya Nessim, et le vieil homme approuva gravement de la tête.

— Oui. Dieu merci, nos réunions sont secrètes. Au cours de la dernière assemblée il s'est mis à hurler comme un *melboos* (possédé) et à crier que si cela était nécessaire pour parvenir à nos fins, il armerait les Bédouins. Pouvez-vous faire quelque chose?

— Je ne vois pas, dit-il.

— Nous sommes très inquiets sur les conséquences que peuvent avoir de telles paroles pour toute l'organisation. Nous comptons sur vous pour prendre des mesures. Mon cher Nessim, il faudrait le retenir; ou du moins lui faire un peu mieux comprendre notre rôle. Il fréquente trop la vieille Taor — il est tout le temps dans le désert avec elle maintenant. Je ne pense pas qu'elle ait des idées politiques, mais il revient de sa caverne avec une ferveur religieuse accrue. Il m'a parlé d'elle et il m'a dit qu'ils restaient à genoux dans le sable, pendant des heures, sous le soleil brûlant, et qu'ils prient ensemble. « Maintenant, je vois ses « visions et elle voit les miennes. » Voilà ce qu'il m'a dit un jour. Et il s'est mis aussi à boire plus que de raison. Je pense qu'il est urgent de s'occuper de lui.

— Je le verrai sans tarder », avait dit Nessim.

Et maintenant, se tournant sur le côté pour plonger à nouveau ses yeux dans les yeux noirs et impassibles d'une Justine qu'il savait plus forte que lui, il se répétait lentement cette phrase, en la tâtant avec l'esprit, comme on essaie le fil d'une lame, en l'effleurant délicatement du pouce. Il avait reculé cette entrevue sous un prétexte ou un autre, tout en sachant bien que tôt ou tard il devrait s'y résoudre, qu'il lui faudrait affronter Narouz, le mettre au pas... mais un Narouz bien différent de celui qu'il avait toujours connu.

Et voilà que Pursewarden avait mis les pieds dans le plat, qu'il avait ajouté sa mort et sa trahison au fardeau de toutes ces préoccupations auxquelles Narouz n'entendait rien. Son esprit enfiévré courait maintenant sur des voies parallèles qui s'enfuyaient, à l'infini... Il avait la sensation que les choses se refermaient sur lui, qu'il commençait lentement à étouffer sous le poids des soucis qu'il s'était suscités à lui-même. Tout était arrivé si soudainement, en l'espace de quelques semaines. Il commençait à sentir le désespoir s'insinuer en lui, car maintenant toutes les décisions qu'il pourrait prendre ne paraissaient plus être les effets de sa volonté, mais des réponses à des pressions extérieures à lui; les exigences d'un processus historique où il se sentait entraîné, aspiré comme par des sables mouvants.

Mais s'il ne pouvait plus contrôler les événements, il était nécessaire qu'il pût se contrôler lui-même, et maîtriser ses nerfs. Il y avait maintenant des semaines que les sédatifs lui tenaient lieu de sang-froid : ils ne faisaient en réalité qu'exorciser temporairement les crispations de son subconscient; il s'exerçait au pistolet, mais c'étaient là de bien piètres et puériles précautions contre l'assassinat, et sans grande efficacité contre sa tension nerveuse. Il était possédé, assailli par des rêves où surgissait toute son enfance; qui faisaient éruption sans raison, et qui le prenaient presque par surprise lorsqu'il était éveillé. Il consulta Balthazar, mais il ne pouvait évidemment pas lui confier les véritables soucis qui l'accablaient, de sorte que son vieux roublard d'ami lui suggéra de noter ses rêves le plus souvent qu'il le pourrait; ce qu'il fit. Mais on ne peut se débarrasser de ses tensions psychiques que si on accepte de les regarder en face pour les surmonter, si on lutte avec les fantômes de la raison chancelante...

Il avait décidé d'attendre le moment où il se sentirait plus fort pour avoir une entrevue avec son frère. Heureusement, les réunions du groupe étaient peu fréquentes. Mais il se sentait de jour en jour moins de taille à aller affronter son frère et ce fut en fin de compte Justine qui trouva les mots qu'il fallait et réussit à le décider à partir pour Karm Abu Girg.

« J'irais bien le tuer moi-même, si je n'étais sûre que cela nous séparerait à tout jamais. Mais si vous estimez qu'il n'y a pas d'autre solution, je trouverai le courage d'en donner l'ordre à votre place. »

Naturellement, elle ne parlait pas sérieusement. C'était une ruse pour le tirer de son apathie, et instantanément son esprit retrouva toute sa lucidité; toutes les brumes de son indécision se dissipèrent d'un coup. Ces mots, si terribles, et prononcés cependant d'une voix sereine, dépourvue même de la moindre nuance de fierté pour avoir pris une décision eurent le pouvoir de réveiller son amour passionné pour elle, et les larmes lui montèrent aux yeux. Il la contempla comme un croyant contemple une icône — et en fait le visage de Justine, lugubre et figé, où brûlaient deux prunelles ardentes, évoquait assez bien quelque antique peinture byzantine.

« Justine, dit-il, les mains tremblantes.

— Nessim », dit-elle de sa voix rauque, en passant la langue sur ses lèvres desséchées, mais avec une détermination farouche dans le regard.

Ce fut presque d'un ton de triomphe (car toutes les barrières étaient tombées) qu'il dit :

« Je partirai ce soir, n'ayez aucune crainte. Tout sera résolu d'une manière ou d'une autre. »

Il se sentit tout à coup inondé de forces, et décidé à amener son frère à partager ses vues, afin d'écarter le danger de se compromettre une deuxième fois aux yeux de ses frères, les Coptes. Lorsqu'il prit la route cet après-midi-là, ses nouvelles dispositions d'esprit ne l'avaient pas abandonné, et la grande voiture, conduite d'une main ferme, l'emporta rapidement, le long des digues poudreuses des canaux, vers le bac où les chevaux qu'il avait demandés par téléphone devaient l'attendre. Il avait hâte de voir son frère maintenant, de lui faire baisser les yeux, de le ramener à la raison, de le réhabiliter à ses propres yeux. Ali l'accueillit au lieu convenu avec les civilités habituelles qui lui parurent de bon augure et le renforcèrent dans ses nouvelles résolutions. Il était l'aîné, après tout! L'homme avait amené le propre cheval de Narouz, son arabe blanc, et ils galopèrent le long des canaux à vive allure, tandis que leurs reflets dans l'eau les poursuivaient en frissonnant. Il avait seulement demandé si son frère était à la maison, et Ali lui avait répondu d'un air morose qu'il s'y trouvait. Ils n'échangèrent pas d'autres paroles pendant tout le trajet. La lumière violette du crépuscule était déjà suspendue dans l'air et les vapeurs du soir s'exhalaient lourdement du lac vers le ciel. Les moustiques s'élevaient sur l'œil du soleil mourant en turbulents essaims d'argent, pour retenir sur leurs ailes quelques minutes encore les derniers souvenirs de la chaleur. Les oiseaux rassemblaient leurs familles. Comme tout cela paraissait paisible! Les chauves-souris avaient commencé leur inlassable ballet des ténèbres. Les *chauves-souris!*

Le manoir des Hosnani était déjà plongé dans une pénombre mauve au pied d'un mamelon, dans l'ombre du petit village d'où la tige blanche du minaret émergeait et brillait encore au soleil. En mettant pied à terre il entendit un sinistre claquement du fouet, et il aperçut l'homme qui se tenait sur le dernier balcon de la maison, regardant intensément dans la mare bleue de la cour. C'était Narouz; mais en même temps ce n'était pas vraiment Narouz. Un seul geste d'un être que l'on connaît intimement peut-il révéler toute une transformation intérieure? L'homme au fouet qui se tenait là-haut et plongeait un regard si intense sur le sombre puits de la cour, trahissait, par sa pose même, une puissance toute nouvelle, inquiétante, une autorité qui n'appartenait pas, pour ainsi dire, au répertoire connu des gestes de Narouz.

« Il s'exerce, dit lentement le régisseur, en rêtenant le cheval de Nassim; presque tous les soirs maintenant, il s'exerce sur les chauves-souris. »

Nessim fut tenté de ne pas comprendre le sens de ces paroles.

« Les chauves-souris? » répéta-t-il lentement à mi-voix.

L'homme sur le balcon — le Narouz de cette fugitive impression — émit tout à coup un bref éclat de rire et s'écria de sa voix gutturale :

« Treize! »

Nessim poussa les battants de la porte et resta immobile devant le carré de lumière. Il leva la tête vers le ciel qui s'obscurcissait rapidement, et, calmement, presque sur le ton de la conversation, projetant sa voix à la façon d'un ventriloque, s'adressa à la silhouette enveloppée d'un manteau qui se tenait tout en haut de l'escalier, le long fouet enroulé à côté de lui, au repos.

« Ya Narouz! dit-il, prononçant l'affectueuse et traditionnelle formule d'accueil qu'ils avaient toujours utilisée depuis l'enfance.

— Ya Nessim! »

La réponse tomba après une longue seconde d'hésitation. Puis un long silence se referma entre eux. Nessim, dont les yeux étaient accoutumés au cré-

puscule, vit que le sol de la cour était jonché
de corps de chauves-souris, comme des lambeaux
de parapluie déchiré, les unes palpitant et se démenant dans les flaques de leur propre sang, les autres
déchiquetées et inertes. Voilà donc à quoi Narouz employait ses soirées — à « s'exercer sur les
chauves-souris »! Pendant un instant, il éprouva
une sorte de vertige, et il ne sut que dire. Le
régisseur referma brutalement les grandes portes
derrière lui, et, plongé dans l'obscurité, Nessim leva
de nouveau les yeux vers le sommet de l'escalier
où ce frère inconnu se tenait dans une attitude tendue, comme ramassé dans sa force.

Une chauve-souris surgit du ciel, et s'approcha
en voletant de la façade; il vit le bras de Narouz
se lever d'un geste automatique, et retomber aussitôt; de son poste d'observation, au sommet de
l'escalier, il pouvait atteindre ses cibles en les frappant au-dessous de lui. Pendant un moment ni
l'un ni l'autre ne prononcèrent une parole; puis
une porte s'ouvrit en grinçant, projetant un rais
de lumière dans la cour, le régisseur sortit des
communs armé d'un balai et se mit à rassembler
les victimes déchiquetées de Narouz, qui jonchaient
le sol de la cour. Narouz le regarda faire, penché
sur la balustrade de son balcon, et lorsqu'il n'y
eut plus qu'un seul tas de chairs et de membranes
palpitantes devant la porte des communs, il dit de
sa voix gutturale :

« Treize, hein?

— Treize », confirma Ali d'une voix sans timbre.

Nessim sentit tous ses nerfs se contracter en entendant la voix de son frère, car c'était la voix impérative et éraillée d'un homme qui s'adonne au haschich, peut-être, ou à l'opium; la voix d'un homme qui s'exprime à partir d'une nouvelle orbite, du fond d'un univers inconnu. Il prit une profonde inspiration, jusqu'à ce que ses poumons soient entièrement remplis d'air, puis leva de nouveau la tête vers la silhouette de son frère en haut de l'escalier.

« Ya Narouz! Je suis venu te parler de choses très importantes. C'est très urgent.

— Monte! aboya Narouz d'un ton bourru. Je t'attends, Nessim. »

Ces paroles ne firent que confirmer à Nessim le changement qui s'était opéré chez son frère, car en tout autre temps il se serait précipité pour l'accueillir et se serait gauchement jeté dans ses bras en disant : « Nessim, quelle joie de te revoir! » Nessim traversa la cour et posa la main sur la rampe de bois poussiéreuse.

« C'est important », dit-il sèchement, comme pour affirmer l'importance de son rôle dans ce tableau — la cour noyée d'ombre, et ce personnage énigmatique, là-haut, sur le balcon, se détachant contre le ciel plus clair, qui le guettait en tenant légèrement, sans effort, le long fouet meurtrier. Narouz répéta le mot « Monte! » dans un registre plus grave, et brusquement s'assit sur la dernière marche de l'escalier, en posant le fouet à côté de lui. C'était la première fois, songea Nessim, que n'avait pas lieu la petite cérémonie familiale qui d'ordinaire saluait son retour à Karm Abu Girg. Il gravit lentement l'escalier, la tête levée vers le ciel.

Il faisait déjà plus clair sur le premier palier, et au second il faisait encore assez jour pour qu'il pût distinguer les traits de son frère. Narouz était assis, parfaitement immobile, chaussé de bottes et drapé dans un manteau. Le fouet était enroulé à côté de lui, la poignée sur ses genoux. Derrière lui, sur le plancher poussiéreux, gisait une bouteille de gin à moitié vide. Son menton reposait sur sa poitrine et il regardait monter l'étranger, sous ses sourcils broussailleux, avec une expression de cruauté mêlée d'une étrange tristesse. Il contractait et décontractait les mâchoires — un tic qui lui était familier et qui faisait saillir les muscles de ses tempes selon un rythme régulier, comme un pouls qui bat. Il observait la lente ascension de son frère d'un air sombre et indécis, et dans ses yeux brillait par instants l'éclair d'une colère sourde, maîtrisée à grand-peine. Lorsque Nessim posa le pied sur la dernière marche, Narouz frémit et lança une sorte d'aboiement rauque — un son que l'on aurait mieux imaginé dans la gueule d'un chien que dans la gorge d'un être humain — et tendit une main velue. Nessim s'arrêta et entendit son frère lui dire :

« Assieds-toi là, Nessim », d'une voix nouvelle, pleine d'autorité, mais sans aucune note de menace.

Nessim hésita, se penchant en avant pour mieux interpréter le geste inhabituel de cette large main tendue, comme pour accompagner une imprécation, les doigts écartés, mais qui tremblaient légèrement.

« Tu as bu, finit-il par dire, d'un ton calme, mais où perçait un profond dégoût: Narouz, voilà qui est nouveau chez toi. »

L'ombre d'un sourire se joua sur les lèvres torves de son frère, un sourire empreint, semblait-il, d'une sorte de mépris cynique. Puis il creva brutalement en un rictus qui fendit son bec-de-lièvre sur toute sa largeur, puis disparut aussitôt, comme avalé, absorbé brusquement par une pensée qu'il ne pouvait exprimer. Narouz avait à ce moment un air étrange de suffisance mal assurée, d'orgueil à la fois insipide et hébété.

« Qu'est-ce que tu me veux? dit-il de sa voix rauque. Dis-le ici. Je suis en train de m'exercer.

— Rentrons, nous serons plus tranquilles pour parler. »

Narouz hocha lentement la tête et, après avoir réfléchi, déclara d'un ton cassant :

« Tu peux parler ici.

— *Narouz!* » cria Nessim, irrité par ces réponses qui n'étaient pas dans le ton habituel de son frère, et de la voix que l'on prend pour réveiller un homme profondément endormi, « *Narouz, je te prie!* »

L'homme assis sur la dernière marche de l'escalier leva la tête vers lui, l'œil allumé d'une flamme étrange, mais le visage empreint d'une grande tristesse, et secoua de nouveau la tête.

« J'ai parlé, Nessim », dit-il d'une voix caverneuse.

Nessim répéta, avec une note de compassion qui alla se briser contre le silence de la cour.

« Il faut que je te parle, comprends-tu ?

— Parle ici, parle maintenant. J'écoute. »

C'était là un personnage très nouveau et inattendu que cet homme enveloppé dans son manteau. Nessim sentit le rouge lui monter au visage.

« Narouz, siffla-t-il d'un ton impérieux, ce sont *eux* qui m'envoient. Pour l'amour de Dieu, que leur as-tu donc dit ? Le comité a été effrayé par tes paroles. »

Il s'arrêta et agita sous le nez de son frère, d'un air indécis, le memorandum que Serapamoun lui avait remis, en criant :

« Ces... ces papiers m'ont été remis par eux. »

L'œil de Narouz étincela une seconde d'un orgueil puéril. Puis il lança le menton en avant, fit jouer ses puissantes épaules et bomba le torse.

« Mes paroles, Nessim ? » gronda-t-il ; puis il hocha la tête. « Et les paroles de Taor. Quand le temps sera venu nous saurons comment agir. Personne n'a rien à craindre. Nous ne sommes pas des rêveurs.

— *Des rêveurs !* » s'écria Nessim, presque hors de lui ; et aussitôt il se sentit mortifié par cette façon si peu conventionnelle de s'adresser à un frère aîné. « Mais si, vous rêvez ! Est-ce que je n'ai pas essayé de t'expliquer mille fois ce que nous essayons de faire... ce que tout cela signifie? Un paysan, un idiot, voilà ce que tu es... »

Mais ces paroles, qui autrefois se fussent plantées comme des aiguillons dans l'esprit de Narouz, parurent émoussées, sans effet. Il pinça les lèvres et écarta l'air devant lui, de sa paume largement ouverte.

« Des mots! cria-t-il d'un ton rêche. Je te connais, maintenant, mon frère. »

Nessim regarda craintivement autour de lui pendant un instant, comme pour chercher du secours ou quelque instrument assez lourd pour enfoncer la vérité de ce qu'il avait à dire dans la tête de cet homme assis devant lui. Il sentit une rage sourde monter en lui, devant cette silhouette abrutie par l'alcool qui mettait tant d'obstination à refuser de lui obéir. Il en tremblait; il n'avait certes rien imaginé de pareil lorsqu'il s'était mis en route, quelques heures auparavant, l'esprit encore tout exalté par ses nouvelles résolutions.

« Où est Leila? » lança-t-il sèchement, comme si sa mère pouvait lui être de quelque secours.

Narouz émit un bref ricanement.

« Dans la maison d'été, tu le sais bien. Va donc la trouver, tiens! »

Il ricana de nouveau, puis il ajouta, en hochant la tête avec une expression absurdement puérile :

« Elle est fâchée contre *toi*, maintenant. Pour une fois, c'est contre *toi*, pas contre *moi*. Tu l'as fait pleurer, Nessim. »

Et en disant cela, sa lèvre inférieure se mit à trembler.

« Ivrogne », siffla Nessim, au désespoir.

Le regard de Narouz lança un éclair. Puis il partit d'un éclat de rire, un son dur, une sorte d'aboiement sec, en rejetant la tête en arrière. Et tout aussitôt le sourire s'évanouit et il reprit son expression tendue, chargée d'une grande tristesse. Il se lécha les lèvres et murmura « Ya Nessim » à voix très basse, comme s'il retrouvait lentement le sens des mesures. Mais Nessim, blanc de rage, voyait tous ses espoirs anéantis et ne parvenait plus à se maîtriser. Il fit un pas en avant, saisit Narouz à l'épaule et le secoua en criant presque :

« Imbécile, tu nous fais courir à tous un immense danger. Regarde ça, c'est le rapport de Serapamoun. Si tu ne cesses pas de parler comme tu le fais, le comité se dissoudra. Tu comprends ? Tu es fou, Narouz. Au nom de Dieu, Narouz, essaie de comprendre ce que je dis... »

Mais la grosse tête de son frère paraissait maintenant ahurie, assaillie par des expressions contradictoires, comme le garrot d'un taureau en proie à une douleur intolérable.

« Narouz, *écoute-moi.* »

Le visage qui se levait lentement vers Nessim paraissait plus large et plus vide, les yeux plus ternes, mais comme accablés par une soudaine et douloureuse connaissance nouvelle qui ne devait rien aux stériles révolutions de la raison; plein aussi d'une sorte de colère trouble et d'une incompréhension qui cherchaient à s'exprimer. Ils se regardèrent, les yeux chargés de haine. Nessim était blême; il haletait. Mais son frère restait assis, immobile, le regard fixe, les lèvres retroussées sur ses dents blanches, comme hypnotisé.

« M'entends-tu? Es-tu sourd? »

Nessim le secoua encore, mais d'un geste de ses puissantes épaules Narouz se libéra de cette main importune, tandis que le sang affluait à son visage. Nessim ne s'en soucia pas et poursuivit, entraîné par les préoccupations brûlantes qui jaillissaient de lui sous la forme d'un torrent de reproches.

« Tu nous as tous mis dans un mauvais pas, même Leila, même toi, même Mountolive. »

Quel mauvais génie l'avait poussé à prononcer ce nom fatal? Les syllabes de ce nom parurent électriser Narouz et le recharger d'un nouveau désespoir, presque triomphant.

« Mountolive! Cet Anglais, ce porc! »

Il cracha ces mots avec une violence sauvage, comme s'il allait avoir une crise de folie furieuse. Il ne bougea pas cependant; mais sa main eut un mouvement involontaire vers la poignée du grand fouet couché à ses pieds.

« Pourquoi dis-tu cela? »

Alors se produisit un autre changement aussi soudain qu'inattendu : tous les muscles de Narouz parurent se relâcher, s'affaisser; puis il lança à Nessim un regard cauteleux, presque obscène, et il dit avec un ricanement qui sortit en sifflant de sa lèvre fendue :

« C'est toi qui lui as vendu notre mère, Nessim. Tu savais que cela tuerait notre père. »

C'en était trop. Nessim se jeta sur lui et le frappa à toute volée de ses deux poings serrés en proférant des jurons en arabe. Mais ses coups étaient sans effet sur ce corps massif. Narouz ne fit pas un mouvement, ne tenta pas d'esquiver les coups de son frère ou de leur répondre — enfin la supériorité de l'aîné se manifestait. Il ne pouvait se résoudre à frapper son frère aîné. Il resta assis, plié en deux, ricanant sous la futile grêle de coups, se contentant de répéter inlassablement, haineusement :

« Tu as vendu notre mère! »

Nessim ne s'arrêta que lorsque ses doigts enflés commencèrent à lui faire atrocement mal. Narouz courbait la tête sous cet assaut fébrile, le subissant avec ce même sourire triste, amer et hagard, en répétant inlassablement la même phrase dans un murmure passionné.

« *Arrête!* » cria Nessim.

Mais il dut s'arrêter lui-même. Il s'appuya contre la balustrade, les jambes flageolantes, épuisé, et il redescendit lentement jusqu'au premier étage. Il tremblait de tout son corps. Il brandit le poing vers la forme accroupie en haut de l'escalier et lança d'une voix entrecoupée de hoquets :

« J'irai voir Serapamoun moi-même. Tu verras qui commande. »

Narouz fit entendre un ricanement méprisant, mais ne dit rien.

Remettant de l'ordre dans ses vêtements, Nessim descendit d'un pas chancelant dans le lac d'ombre de la cour. Il détacha son cheval, et au moment où il se mettait en selle, toujours tremblant et maugréant, le régisseur accourut pour ouvrir le portail. Narouz s'était levé; sa silhouette se détachait maintenant contre la clarté jaune du salon. Des fulgurations spasmodiques de rage striaient encore l'esprit de Nessim, accompagnées d'une grande irrésolution et du sentiment que la mission qu'il s'était assignée avait été très mal remplie, qu'elle s'était en fait soldée par un fiasco complet. Il hésitait à partir ainsi; cherchant le moyen d'offrir encore à ce personnage silencieux, là-haut, une dernière chance de discussion, une possibilité de *rapprochement* quelconque, il tourna sa monture, retraversa la cour, et resta un moment sous les balcons, la tête levée. Narouz s'agita.

« Narouz, dit doucement Nessim. Je te l'ai dit une fois pour toutes. Tu verras qui est le maître. Il serait sage que tu... »

Mais l'homme, là-haut, éclata d'un rire épais et grinçant comme un braiment d'âne.

« Maître et valet, lança-t-il avec mépris. Oui, Nessim, nous verrons bien. Et maintenant... tiens! »

Il se pencha par-dessus la balustrade et, dans l'ombre, Nessim entendit le grand fouet glisser sur les planches sèches comme un cobra, et lécher l'air crépusculaire de la cour. Puis un claquement sec, comme une gigantesque souricière qui se referme, éclata à quelques centimètres de lui, et la liasse de papiers, dans sa main, s'envola brutalement et alla s'éparpiller sur les pavés. Narouz partit alors d'un gros rire hystérique. Nessim sentit la chaleur du coup de fouet sur sa main, bien que la mèche ne l'eût pas touché.

« Va-t'en maintenant! » cria Narouz, et le fouet siffla à nouveau et claqua derrière la croupe de son cheval. Nessim se dressa sur ses étriers et brandissant à nouveau le poing contre son frère, lui lança :

« Nous verrons! »

Mais sa voix lui parut mince, comme étouffée par les imprécations qui bouillonnaient dans son esprit. Il planta les éperons dans les flancs de son cheval et traversa la cour comme une flèche, couché sur la crinière de sa monture dont les fers tirèrent des gerbes d'étincelles des pavés. Il reprit le chemin du bac comme un fou, le visage tordu de rage; mais le galop régulier du cheval le calma et bientôt toute sa colère tomba pour faire place à un immense dégoût qui vrillait lentement ses anneaux dans son esprit, comme un serpent venimeux. Puis des vagues de remords commencèrent à le submerger, car il comprit que le principe même de leurs rapports familiaux venait de s'effondrer. Dépossédé de l'autorité qui, dans leur univers encore féodal, revenait de droit à l'aîné, il se sentit tout à coup comme un fils prodigue, un orphelin presque. Et au cœur de sa rage se nouait aussi un sentiment de culpabilité; il se sentait sale, comme s'il venait de se commettre en débauche dans ce combat inattendu avec son frère. Il reprit le chemin de la ville en roulant à faible allure; des larmes voluptueuses d'épuisement et d'attendrissement coulaient le long de ses joues.

Il était étrange, inexplicable, que dès l'instant où Serapamoun lui avait discrètement parlé de son frère, il avait prévu et redouté cette rupture irréparable, ce qui réveillait d'une manière plus angoissante le spectre de ses devoirs et de ses responsabilités envers les causes dont il avait été l'instigateur, et auxquelles il devait maintenant consacrer toutes ses énergies. Il devrait donc se préparer à mettre Narouz hors d'état de nuire, à le déposer, et même, si cela était nécessaire, à le...! (Il appuya à fond sur le frein de la voiture, coupa le contact, et demeura immobile, les lèvres tremblantes. Pour la centième fois, il avait censuré cette pensée dans son esprit. Mais il fallait regarder les choses en face. Il n'avait jamais compris Narouz, songea-t-il avec tristesse. Mais est-il nécessaire de comprendre un être pour l'aimer? En réalité son sentiment n'avait jamais été très profond : ce n'était en somme qu'une convention familiale, rien de plus. Et ce lien venait subitement de se briser.) Il frappa le volant de la voiture de ses paumes endolories et s'écria : « Non, jamais je ne le toucherai. »

Il remit la voiture en marche, en se répétant inlassablement le mot « Jamais » au plus profond de son esprit. Mais il savait que cette décision était encore une autre faiblesse, car elle trahissait son idéal du devoir. Ici sa conscience vint à son secours

en se dédoublant, pour lui suggérer des formules
d'apaisement telles que : « Ce n'est pas si grave
que cela. Naturellement, il nous faudra dissoudre
le mouvement pendant un certain temps. Plus tard
je demanderai à Serapamoun de mettre sur pied
quelque chose de similaire. Nous pourrons alors
isoler et expulser ce... fanatique. » Il ne s'était
jamais vraiment rendu compte jusque-là à quel
point il aimait ce frère haï, dont l'esprit avait été
ébranlé par des rêves, dont la religieuse poésie
conférait à leur Egypte un nouvel avenir, merveilleux, idéal. « Nous devons nous efforcer d'incarner
les forces éternelles de la nature ici, sur cette terre,
dans nos cœurs, dans cette Egypte qui est la nôtre. »
Voilà ce que Narouz avait dit, parmi bien d'autres
paroles dont Serapamoun avait demandé qu'on
transcrive des fragments. « Nous devons lutter ici,
sur terre, contre l'injustice du siècle, et dans nos
cœurs contre l'injustice d'une divinité qui ne res-
pecte que les luttes que mène l'homme pour la
conquête de son âme. » N'étaient-ce là que les élu-
cubrations délirantes de Taor, ou ces formules pou-
vaient-elles être attribuées à un fanatique inculte?
D'autres phrases, parées de toute la magnificence
de la poésie, lui revenaient à l'esprit : « Commander,
c'est être commandé; mais le maître et le serviteur
doivent avoir une conscience divine de leur rôle,
de leur participation à l'héritage du Divin. La
boue de l'Egypte monte pour étouffer nos poumons,
les poumons avec lesquels nous crions vers Dieu
notre désir de vivre. »

Il revit tout à coup le visage crispé, la petite voix haletante de Narouz, le jour où, pour la première fois, il avait été possédé, il avait invoqué l'esprit divin, il l'avait supplié de lui envoyer une vision de vérité. « Meded! Meded! » Il frissonna. Et puis, lentement, cette pensée s'insinua paradoxalement en lui que Narouz n'avait pas tort de vouloir enflammer les volontés endormies — et il vit le monde, non plus seulement comme un échiquier politique mais encore comme un pouls battant au cœur d'une volonté supérieure, que seule la poésie des psaumes était capable d'invoquer, de promouvoir. Capable non seulement d'éveiller les impulsions de l'intelligence prisonnière de ses formulations limitées, mais aussi la beauté enfouie, la conscience poétique qui gisait, enroulée comme un ressort, au cœur de tout être. Cette pensée l'épouvanta, car il vit tout à coup que son frère aurait pu être un religieux — dans d'autres circonstances, en un autre temps, un autre lieu. C'était un prodige de la nature, mais ses facultés se développaient dans un terrain stérile qui jamais ne pourrait les nourrir, qui ne pouvait que les étouffer.

Arrivé à destination, il laissa la voiture devant la porte et se précipita vers l'escalier qu'il gravit quatre à quatre. Il venait d'être pris par une de ses brusques crises de diarrhée et de vomissements de plus en plus fréquentes depuis quelques semaines. Il passa rapidement devant Justine, allongée sur le lit, les yeux grands ouverts, la lampe de chevet allumée à côté d'elle, la partition d'un concerto pour piano posée sur sa poitrine. Elle ne fit pas un mouvement mais continua à fumer d'un air pensif, disant seulement, à voix basse :

« Tu es déjà de retour? »

Nessim se précipita dans la salle de bain et ouvrit en grand les robinets du lavabo et de la douche pour noyer ses vomissures. Puis il se débarrassa de ses vêtements avec dégoût, comme on ôte des pansements purulents, et se mit sous la douche brûlante pour se laver de toutes les indignités qui polluaient ses pensées. Il savait qu'elle écouterait, qu'elle fumerait, qu'elle respirerait avec une régularité de métronome, attendant qu'il parle, allongée sous les rayons chargés de livres, devant le masque accroché au mur, qui souriait ironiquement. Puis il coupa l'eau et elle l'entendit qui se frottait vigoureusement avec une serviette.

« Nessim! appela-t-elle doucement.

— Tout a échoué, dit-il aussitôt. Il est complètement fou, Justine, je n'ai rien pu tirer de lui. C'était horrible. »

Justine continua à fumer en silence, les yeux fixés sur les rideaux. La chambre était pleine du parfum des pastels qui brûlaient dans la coupe à fleurs près du téléphone.

« Nessim, dit-elle de sa voix rauque qui lui était devenue si chère.

— Oui. »

Il sortit aussitôt de la salle de bain, les cheveux humides et en désordre, nu-pieds, vêtu d'une robe de chambre de soie jaune, les mains enfoncées dans les poches, une cigarette allumée au coin de la bouche. Il se mit à marcher lentement de long en large, au pied du lit. Puis il dit, en pesant ses mots :

« Tout cela vient de ce que j'ai peur que nous soyons obligés de lui faire du mal. Mais même si nous courons un danger à cause de lui, nous ne devons jamais le toucher. Je me suis juré cela. J'ai examiné la question à fond. Cela peut paraître une trahison à nos devoirs, mais je veux que ceci soit bien net. Sinon, je ne pourrai pas retrouver mon calme. Etes-vous avec moi ? »

Il la regarda de nouveau avec tendresse, avec les yeux de son imagination. Allongée, comme si elle flottait sur la courtepointe damasquinée, les mains et les pieds croisés à la manière d'un gisant, elle posait sur lui ses grands yeux noirs. Une mèche de cheveux barrait son front. Elle gisait dans le silence de la chambre qui avait assisté (si les murs avaient des oreilles) à leurs plus secrètes délibérations, sous un masque tibétain aux orbites allumées. Derrière elle, luisaient les rayons de livres qu'elle avait rassemblés, bien qu'elle ne les eût pas tous lus. (Elle utilisait leurs textes comme des moyens de lire l'avenir, les ouvrant et posant le doigt au hasard sur une phrase — on appelle cet art la « bibliomancie ».) Schopenhauer, Hume, Spengler, et beaucoup de romans, parmi lesquels trois ouvrages de Pursewarden. Les reliures polies reflétaient la lumière des chandelles. Elle s'éclaircit la gorge,

éteignit sa cigarette, et dit d'une voix calme :
« Je peux me résigner à tout ce que vous direz. Pour le moment, cette faiblesse dont vous faites preuve est un danger pour nous deux. De plus, votre santé nous inquiète tous, et notamment Balthazar. Même des gens aussi peu observateurs que Darley commencent à le remarquer. Ce n'est pas bon. »

Elle parlait d'une voix glacée et sans timbre.

« Justine! » s'écria-t-il.

Il était pénétré d'admiration. Il vint s'asseoir près d'elle sur le lit, mit ses bras autour de sa taille et l'embrassa sauvagement. Ses yeux brillaient d'une joie toute nouvelle, une nouvelle gratitude.

« Je suis si faible », dit-il.

Il s'allongea alors auprès d'elle, croisa les mains derrière la tête et se tut. Il réfléchissait. Ils demeurèrent ainsi côte à côte, en silence, un long moment. A la fin elle dit :

« Darley est venu dîner ce soir et il est parti juste avant votre arrivée. J'ai appris par lui que l'ambassade va regagner Le Caire la semaine prochaine. Mountolive ne reviendra pas à Alexandrie avant Noël. Cela nous laissera peut-être un répit et nous permettra de souffler un peu. J'ai dit à Selim que nous partirions la semaine prochaine à Abu Sueir pour un mois. Vous avez besoin de repos maintenant, Nessim. Nous pourrons nous baigner et courir le désert et ne plus penser à rien — à rien, entendez-vous? Dans quelque temps j'inviterai Darley à venir passer quelques jours avec nous, afin que vous ayez un peu de compagnie à part moi. Je sais que vous l'aimez bien, que vous trouverez en lui un compagnon agréable. Cela nous fera du bien à tous les deux. De temps en temps je pourrai venir passer ici une nuit pour voir où nous en sommes... Qu'en dites-vous? »

Nessim gémit doucement et tourna la tête.

« Pourquoi? murmura-t-elle doucement, en détournant ses lèvres. Pourquoi faites-vous cela? »

Il poussa un profond soupir et dit :

« Ce n'est pas ce que vous pensez. Vous savez que je l'aime beaucoup et que nous nous entendons bien. Mais c'est cette simulation, ce rôle qu'il faut tenir, même devant ses amis. Si seulement nous n'avions pas été obligés de jouer un rôle, Justine. »

Mais il vit qu'elle le regardait maintenant avec de grands yeux, et une expression voisine de l'horreur ou de la consternation.

« Ah! dit-elle au bout d'un moment, d'un air rêveur, plein de tristesse, en fermant les yeux. Ah! Nessim! Alors je n'aurais pas su qui j'étais. »

Les deux hommes étaient assis dans la serre chaude, et se taisaient devant un magnifique échiquier aux pièces d'ivoire; ils avaient tous deux plaisir à être ensemble. Le jeu était le cadeau d'anniversaire que Mountolive avait reçu de sa mère, pour ses vingt et un ans. De temps en temps l'un ou l'autre pensait tout haut, le regard absent. Ce n'était pas une conversation, mais seulement la communication de deux esprits que la

grandiose stratégie des échecs absorbait réellement;
un sous-produit de l'amitié qui a ses racines dans
les silences féconds du jeu royal. Balthazar parlait de Pursewarden.

« Cela me tourmente, son suicide. J'ai l'impression de l'avoir mal interprété. J'ai pris cela pour
une manifestation de mépris du monde, de mépris
pour la façon dont vont les choses dans ce monde. »

Mountolive leva vivement la tête.

« Non, non. C'est un conflit entre le devoir et
l'affection. »

Puis il ajouta aussitôt :

« Mais je ne puis vous en dire beaucoup là-
dessus. Lorsque sa sœur viendra, elle vous en apprendra peut-être davantage, si elle peut. »

Ils se turent un moment. Balthazar soupira et
dit :

« La vérité toute nue et sans pudeur. C'est une
merveilleuse expression. Mais nous la voyons toujours comme elle se montre, et jamais telle qu'elle
est. Chacun a une interprétation personnelle. »

Un autre silence prolongé. Puis Balthazar se mit
à soliloquer, tout en étudiant une combinaison.

« Parfois on se prend pour Dieu, et l'instant
d'après on reçoit une leçon bien amère. A une
époque, je détestais profondément Dmitri Randidi; mais je n'avais rien contre sa fille. Histoire
de l'humilier (c'était au bal du carnaval, je m'étais
déguisé en gitane), je me mis à dire la bonne aventure à sa fille. « Demain, lui dis-je, il vous arrivera
« quelque chose qui changera le cours de toute

« votre vie : vous rencontrerez un homme assis
« dans la tour en ruine de Taposiris. Vous ne
« direz rien, lui dis-je, mais vous vous jetterez dans
« ses bras, les yeux fermés. Vous devrez faire cela,
« c'est votre destin, c'est écrit. Son prénom com-
« mence par un L, et son nom de famille par un J. »
(En fait, j'avais déjà pensé à un jeune homme
particulièrement hideux dont c'étaient les initiales,
et il se trouvait ce soir-là en face, au bal des Cervoni. Cils décolorés, profil en groin de porc, cheveux blondasses.) Je gloussai d'aise en voyant
qu'elle me croyait. Lui ayant fait cette prophétie
— tout le monde croit à ce que dit une gitane, et
avec ma gueule noire et mon nez crochu je faisais
une splendide sorcière — ayant donc arrangé cela,
je traversai la rue et me mis en quête de L.J. Je
lui dis que j'avais un message pour lui. Je savais
qu'il était superstitieux. Il ne me reconnut pas.
Je lui dis le rôle qu'il aurait à jouer. Méchant,
sordide, je pense. Je n'avais imaginé cela que pour
embêter Randidi. Et tout marcha comme je l'avais
« prévu ». Car la jolie fille obéit à la gitane et
tomba dans les bras de ce rouquin au faciès de
crapaud et à la peau tachée de son. On n'aurait
pu imaginer couple plus mal assorti. Il y avait là
de quoi faire enrager Randidi — et il n'y manqua
pas. Il devint fou furieux, et moi, je me félicitais
tout bêtement de mon astuce. Naturellement, il
interdit le mariage. Les amoureux — que *moi*
j'avais inventé de toutes pièces, *mes* amoureux —
furent séparés. Alors, Gaby Randidi, la jolie fille

de mon ennemi, s'empoisonna. Là, vous imaginez que je commençais à me sentir moins fier de moi. A la suite de cela, le père tomba malade et la neurasthénie (jamais très loin de la surface dans la famille) finit par avoir raison de lui. L'automne dernier, on trouva Randidi pendu au treillage qui soutient la vigne la plus fameuse de toute la ville et dont... »

Dans le silence qui suivit on put l'entendre ajouter ces mots :

« Encore une aventure de cette ville impitoyable. Mais, échec à votre reine, si je ne m'abuse... »

# XIII

Avec les premières averses d'automne, Mountolive reprit ses quartiers d'hiver au Caire sans avoir encore pris aucune décision importante en matière de politique; Londres gardait le silence sur les révélations contenues dans la lettre d'adieu de Pursewarden et semblait apparemment plus disposée à partager la douleur d'une Excellence dont les subordonnés étaient somme toute assez douteux, qu'à le critiquer ou à soumettre toute l'affaire à une enquête plus approfondie. Rien n'aurait pu mieux exprimer le sentiment général, peut-être, que la longue lettre ampoulée dans laquelle Kenilworth analysait la tragédie et donnait l'assurance que tout le monde « à l'Office » était attristé mais non surpris. Pursewarden n'avait-il pas toujours été considéré comme un personnage plutôt *outré*? Depuis longtemps, semblait-il, on s'était attendu à un tel dénouement. « Son charme, écrivait Kenilworth — dans le style auguste réservé à ce qu'il était convenu d'appeler « une estimation nuancée » —

ne pouvait couvrir ses aberrations. Il n'est pas nécessaire que je m'étende sur le dossier personnel que je vous ai montré. *In Pace Requiescat*. Mais vous avez notre sympathie pour la bonne foi avec laquelle vous avez repoussé ces considérations afin de lui donner une autre chance dans une légation qui avait déjà trouvé ses manières insupportables, ses opinions erronées. » Mountolive était au supplice en lisant cela; cependant, sa contrariété se mêlait à un vague et paradoxal soulagement, car il voyait, tapies derrière ces considérations, les ombres de Nessim et de Justine, les hors-la-loi.

S'il avait quitté Alexandrie à regret, c'était uniquement parce que la question de Leila, toujours en suspens, le tracassait encore. Il était épouvanté par les nouveaux jugements qu'il était obligé de formuler à son sujet, et la possibilité de sa participation à la conspiration — si conspiration il y avait — et il éprouvait les transes du criminel dont le forfait n'a pas encore été découvert. Ne serait-il pas préférable de prendre les devants, d'arriver un jour à Karm Abu Girg sans se faire annoncer et de lui arracher la vérité? Non, il ne pouvait faire cela. Il n'en aurait jamais le courage. Il s'efforça de ne plus penser à l'avenir et commença à faire ses bagages, en poussant de nombreux soupirs, s'apprêtant à se replonger dans le tiède courant de ses activités mondaines afin de distraire son esprit.

C'était la première fois que la contrainte de ses tâches officielles lui paraissait agréable, presque sé-

duisante. Il se lança dans la ronde des réjouissances
prescrites — qui ont pour but de tuer le temps et
la douleur tout ensemble — avec une ardeur et
une application qui avaient presque un effet hypnotique. Jamais il n'avait rayonné d'un charme
plus calculé, jamais il n'avait su mieux accorder, à
des futilités, une attention telle qu'elles prenaient
les proportions de véritables ornements sociaux.
Toute une colonie de fâcheux se mit à rechercher
sa société. C'était peu de temps avant que l'on
commençât à remarquer comme il avait vieilli, et en
si peu de temps, et que l'on attribuât ce changement
à la ronde incessante des plaisirs où il se jetait avec
un enthousiasme frénétique. Quelle ironie! Les
ondes de sa popularité allaient en se propageant
autour de lui. Mais il commençait à soupçonner
qu'il y avait fort peu de chose derrière le beau
masque indolent qu'il présentait au monde, à part
une crainte latente et une incertitude qu'il n'avait
encore jamais éprouvée. Coupé de Leila, il se sentait dépossédé, orphelin. Tout ce qui lui restait,
c'était l'amère potion des devoirs de sa charge,
auxquels il s'adonnait avec l'ardeur du désespoir.

S'éveillant le matin au bruit des rideaux que
venait tirer le maître d'hôtel — lentement et respectueusement, comme s'il écartait les rideaux du
tombeau de Juliette — il mandait le courrier et
le lisait attentivement tout en choisissant sur le
plateau de son petit déjeuner les friandises auxquelles son existence l'avait accoutumé. Mais déjà,
il était impatient d'entendre frapper à la porte, qui

s'ouvrirait devant la silhouette juvénile et barbue de son troisième secrétaire muni de son carnet de rendez-vous et des autres impedimenta de ses fonctions. Il souhaitait toujours sincèrement avoir une journée chargée, et il éprouvait presque de l'angoisse à la pensée de n'avoir que quelques obligations de peu d'importance à remplir. Heureusement, ces jour-là étaient rares. Renversé sur ses oreillers, pénétré d'une impatience contenue, il écoutait Donkin lui lire le programme de la journée du ton qu'il aurait pris pour lire le *Credo*. Si ternes qu'ils fussent toujours, ces rendez-vous officiels sonnaient aux oreilles de Mountolive comme une promesse d'espoir, une prescription contre l'ennui et l'angoisse. Il écoutait comme un sybarite inquiet, la voix qui récitait :

« Onze heures, visite à Rahad Pasha pour remettre un *aide-mémoire* concernant une mise de fonds proposée par des sujets britanniques. La Chancellerie possède tous les documents. Puis, Sir John et Lady Gilliatt viennent déjeuner. Errol est allé les accueillir à leur descente d'avion. Oui, nous avons fait le nécessaire pour que des fleurs soient envoyées à leur hôtel. Ils signeront le livre aujourd'hui à onze heures. Leur fille est souffrante, ce qui bouleverse toute notre table, mais comme vous aviez déjà Haida Pasha et le ministre américain, j'ai pris la liberté d'inscrire Errol et madame; comme ceci le *placement*[1] va très bien. Je n'ai pas eu besoin de consulter le protocole puisque Sir

---

1. En français dans le texte.

John est ici en visite privée — cela a été annoncé dans toute la presse. »

Reposant tous les memoranda très joliment tapés sur un beau papier rigide et armorié, Mountolive soupira et dit :

« Le nouveau *chef* est-il bon? Voudriez-vous me l'envoyer plus tard à mon bureau. Je connais un plat dont les Gilliatt sont friands. »

Donkin acquiesça respectueusement et griffonna une note sur son bloc avant de poursuivre, d'une voix sans timbre :

« A six heures, cocktail en l'honneur de Sir John chez Haida. Vous avez accepté de dîner à l'ambassade italienne — un dîner en l'honneur de Signor Maribor. Il y aura beaucoup de monde.

— Je me changerai avant, dit Mountolive pensivement.

— Il y a encore ici une ou deux notes de votre main que je n'arrive pas très bien à interpréter. L'une mentionne le Bazar aux Parfums, Lilas de Perse.

— Ah! oui! J'ai promis d'y conduire Lady Gilliatt. Tenez les voitures prêtes pour la visite, je vous prie, et faites-leur savoir que je viens. Après déjeuner — disons quinze heures trente.

— Puis il y a une note intitulée « Présents de table ».

— Ah! oui, dit Mountolive. Je deviens très oriental. Voyez-vous, Sir John peut nous être très utile à Londres, à l'Office; aussi tiens-je à ce qu'il garde une très bonne impression de sa visite. Je connais ses goûts; auriez-vous la bonté d'aller chez Karda, dans Suleinam Pasha, et de m'acheter deux de ces petites copies polychromes des figurines de Tel Al Aktar? Je vous en serai très reconnaissant. Ce sont de jolies babioles. Et vous voudrez bien veiller à ce qu'elles soient enveloppées avec une carte et qu'on les place à côté de leurs assiettes? Je vous remercie. »

Resté seul, il but son thé et s'abandonna en imagination à la journée qui se présentait devant lui, avec sa promesse de distractions qui ne laisseraient aucune place à des questions angoissantes. Il prit son bain et s'habilla lentement, avec application, en concentrant toute son attention sur le choix des vêtements qu'il convenait de porter pour cette visite officielle matinale, nouant soigneusement sa cravate devant son miroir. « Il faudra bientôt que je change radicalement de vie, se dit-il, sinon elle deviendra complètement vide. Quelles seront les meilleures mesures à prendre? » Quelque part dans la chaîne des causes et des effets, il décela un espace vide qui se cristallisa dans son esprit autour du mot « compagnie ». Il le répéta à haute voix devant son miroir. Oui, il y avait une lacune de ce côté-là. « Il faudra que je m'achète un chien pour me tenir compagnie, se dit-il d'une manière quelque peu pathétique. Je pourrai prendre soin de lui. Nous irons nous promener ensemble au bord du Nil. » Puis l'absurdité de la chose lui sauta aux yeux et il sourit. Néanmoins, au cours de sa visite quotidienne aux bureaux de l'ambas-

sade, ce matin-là, il entra dans le bureau d'Errol
et lui demanda très sérieusement quelle sorte de
chien ferait un agréable compagnon. Ils eurent
une longue et plaisante discussion sur les diverses
races canines et décidèrent qu'un fox-terrier serait
un compagnon très convenable pour un célibataire.
Un fox-terrier! Il se répéta ce mot en traversant
le couloir pour aller rendre visite aux attachés
d'ambassade, en souriant de sa sottise. « Et
ensuite! »

Son secrétaire avait soigneusement disposé ses
papiers sur leurs plateaux respectifs et placé la
boîte de dépêches rouge contre le mur; l'unique
barre du radiateur électrique maintenait, dans le
bureau, une douce tiédeur convenant parfaitement au travail routinier de la journée. Il lut ses
télégrammes avec une attention exagérée, ainsi que
les doubles des réponses qui avaient déjà été dic-
tées par son équipe de jeunes attachés. Il se surprit à couper et modifier certaines phrases, à changer de place certains termes ici et là, à ajouter des
notes marginales. Voilà qui était nouveau, car
jusque-là il n'avait jamais fait preuve d'un zèle
excessif en matière de prose officielle, et il redoutait même les circonlocutions superfétatoires dont
il avait été obligé de truffer ses propres minutes,
du temps qu'il était jeune attaché au service d'un
ministre qui se piquait de style — mais y a-t-il une
seule exception dans les services des Affaires étrangères? Non. Il n'avait jamais eu de telles exigences;
mais maintenant la tension d'esprit que sa vie et

son travail lui imposaient, se traduisait par des pédanteries tâtillonnes qui commençaient à agacer un peu le diligent Errol et son personnel. Bien qu'il en eût conscience, Mountolive n'en persistait pas moins hardiment; il critiquait, raillait et rectifiait un travail dont il n'aurait pu dire qu'il était mal exécuté, en s'aidant de l'Unabridged Oxford Dictionary et d'un Skeat — tout à fait comme un clerc du Moyen Age coupant des cheveux théologiques en quatre. Il allumait un cigare et fumait pensivement en corrigeant et raturant le papier-minute moiré.

Ce jour-là à dix heures, comme tous les jours à pareille heure, ce fut le tintement familier des tasses et des soucoupes et Bohn, le garde de la Chancellerie, se présenta un peu gauchement avec la tasse de Bovril et une assiette de biscottes pour annoncer l'entracte bienvenu consacré aux rafraîchissements. Mountolive se détendit un quart d'heure dans un fauteuil, buvant tout en regardant gravement le mur blanc orné d'estampes japonaises — la décoration standard choisie par le ministère des Travaux Publics pour les bureaux des ambassadeurs. Dans un moment ce serait l'heure du courrier de Palestine; on le triait déjà au service des Archives — les lourds sacs de marin en grosse toile gisant à terre, la gueule béante, les employés triant rapidement sur les tables à tréteaux, recouvertes de reps vert, les secrétaires des différents services attendant patiemment derrière le treillis de bois leur part de butin... Ce matin-là, il éprouvait comme un pressentiment, un malaise, car Maskelyne n'avait pas encore donné signe de vie. Il n'avait même pas accusé réception de la dernière lettre de Pursewarden. Il se demandait pourquoi.

On frappa à la porte, et Errol entra de sa démarche embarrassée, tenant une volumineuse enveloppe chargée de sceaux impressionnants.

« De Maskelyne, monsieur », dit-il, et Mountolive se leva et s'étira d'un air de nonchalance étudiée.

« Seigneur! dit-il en soupesant le pli dans sa main avant de le rendre à Errol. Voilà qui a dû venir par pigeon voyageur, hein? Je me demande ce que cela peut bien être. On dirait un roman, vous ne trouvez pas?

— Oui, monsieur.

— Eh bien, ouvrons-le, mon cher. »

Il se rendit compte alors avec mélancolie qu'il avait pris certains tours de langage de Sir Louis; il devait prendre garde à cela et s'efforcer de se corriger de cette manie avant qu'il ne soit trop tard.

Erroll fendit maladroitement l'énorme enveloppe avec le coupe-papier. Un gros memorandum et une liasse de photocopies se répandirent entre eux, sur le bureau. Mountolive eut un imperceptible mouvement de recul en reconnaissant l'écriture arachnéenne du soldat sur le papier armorié de la lettre annexe.

« Qu'est-ce que c'est que cela? » dit-il en s'installant à son bureau.

« Mon cher Ambassadeur »; le reste de la lettre était impeccablement tapé à la machine en gros caractères. Tout en feuilletant d'un doigt curieux la liasse de photocopies soigneusement agrafées, Errol siffla doucement. Mountolive lut :

« Mon cher Ambassadeur,

« Je suis persuadé que les documents ci-joints vous intéresseront; ils ont tous été découverts récemment par mes services au cours d'une série d'investigations d'envergure menées ici en Palestine.

« Je suis en mesure de fournir de nombreuses pièces relatives à une correspondance détaillée échangée depuis ces dernières années entre Hosnani, le sujet de mon rapport original *en instance,* et l'organisation qui se dénomme « Les Combattants juifs pour la Liberté » à Haïfa et à Jérusalem. Un seul coup d'œil convaincrait n'importe quelle personne de bonne foi que mes premiers jugements sur l'homme en question péchaient par modestie. Les quantités d'armes et de munitions dont vous trouverez ci-inclus la liste, sont si considérables qu'elles causent de graves préoccupations aux autorités du Mandat. Nous mettons tout en œuvre pour localiser et confisquer ces énormes stocks, mais sans grand succès jusqu'ici.

« Ceci bien entendu soulève une fois de plus, et avec beaucoup plus d'urgence, l'aspect politique de nos rapports avec cette personne.

« Comme vous le savez, j'avais déjà estimé qu'un

mot jeté à propos aux Egyptiens résoudrait le problème. Je doute que même Memlik Pasha s'exposerait à nuire aux relations anglo-égyptiennes et à la liberté nouvellement acquise de l'Egypte en refusant d'agir si une pression était exercée. Et il ne serait pas nécessaire que nous manifestions trop d'intérêt pour les méthodes qu'il compterait employer. De la sorte, nous garderions les mains propres. Mais il est clair qu'il faut mettre un terme aux activités d'Hosnani — et vite.

« J'envoie une copie de ces pièces au ministère de la Guerre et au Foreign Office. La copie pour Londres part par avion par valise diplomatique avec un message personnel et urgent du commissaire au secrétaire des Affaires Etrangères en le priant d'agir dans ce sens. Vous aurez certainement une réaction de Londres avant la fin de la semaine.

« Tout commentaire sur la lettre de M. Pursewarden me paraît superflu à ce stade. Les pièces jointes à ce mémorandum sont suffisamment éloquentes. Il est clair qu'il avait failli à son devoir.

« Je suis, monsieur, votre très obéissant serviteur,

« OLIVER MASKELYNE,
« Général de Brigade. »

Les deux hommes poussèrent un soupir en même temps et se regardèrent.

« Bien, dit Errol en feuilletant les photocopies glacées d'un doigt voluptueux. Nous avons enfin des preuves tangibles. »

Il rayonnait de satisfaction. Mountolive hocha faiblement la tête et alluma un autre cigare.

« Je n'ai fait que feuilleter la correspondance, monsieur, dit Errol, mais chaque lettre est signée Hosnani. Naturellement, ce sont toutes des lettres tapées à la machine. Je suppose que vous désirez les étudier à loisir, aussi vais-je me retirer jusqu'à ce que vous ayez besoin de moi. Est-ce tout ? »

Mountolive effleura du doigt la grosse liasse de papier avec une sensation de dégoût, comme s'il allait être pris de nausée, et acquiesça en silence.

« Parfait, dit Errol vivement, et il tourna les talons. Lorsqu'il fut à la porte, Mountolive retrouva sa voix, bien qu'à ses propres oreilles elle parût faible et voilée.

— Errol, dit-il, une chose encore : informez Londres que nous avons reçu le mémorandum de Maskelyne et que nous sommes *au courant*. Dites que nous attendons des instructions. »

Errol fit un signe de la tête et se retira en souriant. Mountolive se pencha de nouveau sur son bureau et posa un œil vague et bilieux sur les fac-similés. Il lut une ou deux lettres lentement, presque sans comprendre, et il se sentit tout à coup pris de vertige. Il avait l'impression que les murs de la pièce se refermaient lentement sur lui. Il ferma les yeux et prit une profonde inspiration par les narines. Ses doigts se mirent inconsciemment à battre sur son buvard un rythme syncopé, le rythme désarticulé des petits tambours de terre cuite que l'on pouvait entendre tous les soirs flotter sur les eaux du Nil. Et il se demandait, en battant doucement un rythme de danse obsédant où s'exprimait toute l'âme de l'Egypte, il se demandait : « Et maintenant, que va-t-il arriver? »

Mais que pouvait-il bien arriver?

« Dans l'après-midi je recevrai un télégramme », murmura-t-il. C'est là que ses obligations mondaines lui parurent d'un grand secours. En dépit de ses préoccupations intimes, il se laissa entraîner par le courant social comme un chien au bout de sa laisse. La matinée fut relativement chargée. Son déjeuner fut un indiscutable succès, et la visite-surprise au Bazar aux Parfums ensuite confirma sa réputation d'hôte brillant et délicat. Lorsque cette partie du programme fut achevée, il s'accorda une demi-heure de détente dans sa chambre, tous rideaux tirés, buvant une tasse de thé et poursuivant son habituel débat avec lui-même qui commençait toujours par la phrase : « Vaut-il mieux être un crétin ou un dandy? Toute la question est là. » Le mépris qu'il éprouvait pour lui-même écarta de son esprit l'affaire Nessim jusqu'à six heures, heure à laquelle la Chancellerie rouvrait ses portes. Il prit une douche froide et se changea avant de se diriger vers la Résidence d'un pas de flâneur.

Quand il regagna son bureau, il vit sa lampe de travail allumée et Errol assis dans le fauteuil, souriant benoîtement et tenant le télégramme rose entre ses doigts.

« Il vient d'arriver à l'instant, monsieur », dit-il

en le tendant à Son Excellence comme si c'était un bouquet de fleurs cueillies spécialement à son intention.

Mountolive s'éclaircit la gorge — s'efforçant au moyen de cet acte physique de s'éclaircir en même temps l'esprit. Il craignait que ses doigts ne tremblassent en le tenant, aussi le plaça-t-il soigneusement sur son sous-main, enfonça ses mains dans les poches de son pantalon et se pencha pour l'étudier, ne témoignant (du moins l'espérait-il) guère plus qu'une nonchalance polie.

« C'est tout à fait clair », dit Errol plein d'espoir, comme pour tirer de Son Excellence la réponse d'une petite étincelle d'enthousiasme. Mais Mountolive lut le télégramme lentement et pensivement par deux fois avant de relever la tête. Il fut pris d'une soudaine et très forte envie d'aller aux lavabos.

« Excusez-moi un instant, dit-il vivement, en mettant pratiquement le jeune homme à la porte. Je reviens tout de suite et nous discuterons de cela. Toutefois, cela me paraît assez clair. Dès demain il me faudra agir. Un instant, voulez-vous? »

Errol disparut, l'air désappointé. Mountolive se précipita aux toilettes; ses genoux s'entrechoquaient. Au bout d'un quart d'heure, toutefois, il se reprit et se sentit capable de descendre d'une démarche légère dans le bureau d'Errol; il entra doucement, le télégramme à la main. Errol était assis à son bureau; il venait juste de reposer le téléphone et il souriait.

Mountolive tendit le télégramme rose et se laissa tomber dans un fauteuil, en remarquant avec une pointe de contrariété le fouillis d'objets personnels qui encombraient le bureau d'Errol — un cendrier en porcelaine en forme d'irish-terrier, une Bible, une pelote d'épingles, un stylo de grand prix incrusté de marbre vert, une statuette d'Athena formant presse-papier... C'était là le genre de babioles que l'on pourrait trouver dans la corbeille à ouvrage d'une vieille dame, se dit-il; mais en fait Errol avait quelque chose de la vieille dame. Il se râcla la gorge.

« Eh bien, monsieur, dit Errol en ôtant ses lunettes, j'ai joint le Protocole et j'ai dit que vous aimeriez avoir une entrevue avec le ministre des Affaires étrangères égyptien demain pour une affaire extrêmement urgente. Je suppose que vous irez en uniforme?

— Uniforme? répéta vaguement Mountolive.

— Cela impressionne toujours les Egyptiens.

— Je vois. Oui, je suppose.

— Ils ont tendance à juger de l'importance de ce que vous avez à dire à la façon dont vous vous habillez pour le dire. Donkin nous en rebat toujours les oreilles, et je crois que c'est assez juste.

— Tout à fait, mon cher. (Là, encore ce ton à la Sir Louis! Zut!)

— Et je suppose que vous aimerez appuyer votre protestation verbale par un *aide-mémoire*. Vous devrez leur donner tous les éléments nécessaires pour étayer nos affirmations, ne pensez-vous pas, monsieur ? »

Mountolive acquiesça vivement. Il se sentit brusquement submergé par une vague de haine pour Nessim, et c'était là une émotion si peu habituelle qu'il en fut tout surpris. Et de nouveau, il reconnaissait, à l'origine de sa colère, l'indiscrétion de son ami qui l'avait placé en si fâcheuse position, qui lui avait forcé la main en l'obligeant à prendre des mesures contre lui. Une série d'images défila devant lui — Nessim fuyant le pays, Nessim dans la prison de Hadra, Nessim dans les fers, Nessim empoisonné à sa table par un domestique... Avec les Egyptiens, on pouvait s'attendre à tout. Leur ignorance n'avait d'égal qu'un excès de zèle qui pouvait se manifester n'importe où. Il poussa un soupir.

« Naturellement, je porterai l'uniforme, dit-il gravement.

— Je rédigerai le projet d'*aide-mémoire*.

— Très bien.

— Je pourrai vous fixer l'heure dans une demi-heure.

— Merci. Et j'aimerais emmener Donkin avec moi. Son arabe est bien meilleur que le mien et il pourra rédiger un compte rendu de l'entrevue afin que Londres reçoive par télégramme un rapport détaillé. Voulez-vous me l'envoyer quand il aura vu le dossier ? Merci. »

Il passa le reste de la soirée dans son bureau à compulser des dossiers au hasard, se forçant à tra-

vailler. Finalement, le jeune homme barbu entra
avec l'*aide-mémoire* tapé à la machine et la nouvelle que le rendez-vous de Mountolive était fixé
à neuf heures le lendemain matin. Sa petite bar-
biche donnait à son visage maigre et nerveux et
à ses yeux humides un air plus juvénile encore.
Il accepta une cigarette et fuma en rejetant rapidement la fumée sans l'inhaler, comme une jeune
fille.

« Eh bien, dit Mountolive, Errol vous a dit?...
— Oui, monsieur.
— Que pensez-vous de cette... énergique protes-
tation officielle? »

Donkin prit une profonde inspiration et dit d'un
ton grave :

« Je doute que vous obteniez d'eux une action
immédiate, monsieur. Depuis la maladie du roi,
tout est désorganisé au sein du gouvernement. Ils
se méfient tous les uns des autres et chacun s'efforce de tirer la couverture à soi, si j'ose m'exprimer
ainsi. Je suis persuadé que Nur sera d'accord et
fera pression sur Memlik pour agir en conséquence... mais... (Il se mordilla un instant la lèvre
d'un air pensif.) Je ne sais pas. Vous connaissez
la réputation de Memlik. Il déteste l'Angleterre. »

Mountolive reprit soudain courage, malgré lui.

« Seigneur, dit-il, je n'avais pas pensé à cela.
Mais ils ne peuvent tout de même pas ne pas
prendre en considération une protestation formulée
en ces termes. Après tout, mon cher, la chose est
pratiquement une menace voilée.

— Je sais, monsieur.

— Je ne vois vraiment pas *comment* ils pourraient ne pas en tenir compte.

— Eh bien, monsieur, la vie du roi ne tient pour l'instant qu'à un fil. Il peut mourir d'un jour à l'autre, cette nuit même. Il n'a pas siégé au Divan depuis près de six mois. Les jalousies, les rivalités personnelles se produisent au grand jour maintenant, et violemment. Sa mort changerait complètement la face des choses — et tout le monde le sait. Nur le premier. A propos, monsieur, j'ai appris qu'il n'est pas en très bons termes avec Memlik. Les pots-de-vin que Memlik reçoit ont même failli provoquer un scandale.

— Mais Nur lui-même est-il incorruptible? »

Donkin eut un petit sourire sardonique et il hocha la tête lentement, d'un air indécis.

« Je ne sais pas, dit-il d'un air pincé. Je crois qu'ils sont tous vénaux. Mais je me trompe peut-être. Mais si j'étais Hosnani, je ferais à Memlik un présent royal. Sa vénalité est... presque légendaire en Egypte. »

Mountolive s'efforça de paraître très affecté par ces révélations.

« J'espère que vous vous trompez, dit-il. Parce que le gouvernement de Sa Majesté est décidé à prendre des mesures, et j'y suis décidé moi aussi. Enfin, nous verrons bien, n'est-ce pas? »

Donkin réfléchissait toujours, d'un air grave et pénétré. Il resta un moment assis à fumer, puis il se leva.

« Errol a laissé entendre que Hosnani savait que nous étions sur sa trace. S'il en est ainsi, pourquoi n'a-t-il pas filé? Il doit bien se douter de la façon dont nous agirons, il me semble. S'il ne bouge pas, c'est qu'il doit se sentir assez sûr de pouvoir tenir Memlik d'une manière ou d'une autre. Excusez-moi, monsieur, je ne faisais que penser tout haut. »

Mountolive le considéra un long moment. Il essayait sincèrement de se défendre d'un soudain et, lui semblait-il, déloyal mouvement d'optimisme.

« Très intéressant, dit-il à la fin. Je dois avouer que je n'avais pas songé à cet aspect de la question.

— Personnellement, je ne confierais rien du tout aux Egyptiens, dit Donkin d'un air matois; il ne détestait pas taquiner Son Excellence à l'occasion. Mais je ne suis pas qualifié pour en juger. Toutefois, il me semble que Maskelyne dispose de plusieurs lignes de conduite. Pour ma part j'estime que nous serions plus avisés d'abandonner les voies de la diplomatie et, tout simplement, de payer quelqu'un pour abattre ou pour empoisonner Hosnani. Cela ne coûterait pas plus de cent livres.

— Eh bien, je vous remercie beaucoup, dit Mountolive faiblement, son optimisme faisant place une fois de plus à un sombre tourbillon d'émotions à demi lucides au sein desquelles il semblait devoir se laisser ballotter perpétuellement. Merci, Donkin. »

« Donkin, songeait-il avec colère, ressemblait affreusement à Lénine lorsqu'il parlait de poison et de poignard. Il était facile pour un troisième secrétaire de commettre un meurtre par procuration. » Resté seul, il se mit à arpenter le tapis vert, agité par des émotions contradictoires qui prenaient alternativement la forme de l'espoir et du découragement. Le tour qu'allaient prendre les choses était maintenant irrévocable. Il était engagé dans une politique dont les conséquences ne devaient pas être jugées en termes humains. Il y avait sûrement une résignation philosophique à tirer de cette certitude. Il veilla tard ce soir-là, à écouter ses disques préférés et à boire plus qu'il n'avait coutume de le faire. De temps en temps, il traversait la pièce et allait s'asseoir à son bureau de style George, la plume en suspens au-dessus d'une feuille de papier glacé.

« Ma chère Leila. Il me paraît aujourd'hui plus nécessaire que jamais de vous rencontrer et je vous demande de surmonter votre... »

Mais il n'y arrivait pas. Il froissa les lettres les unes après les autres et les jeta à regret dans la corbeille à papier. Surmonter ses quoi? Allait-il se mettre à haïr Leila elle aussi? Quelque part dans l'hinterland de sa conscience flottait cette idée, qui était devenue presque une certitude maintenant, que c'était elle, et non pas Nessim, qui avait été l'instigatrice de cet horrible complot. Ne devait-il pas le dire à Nur? Ne devait-il pas le dire à son gouvernement? N'était-il pas vraisemblable que Narouz, qui était l'homme d'action de la famille, fût encore plus directement impliqué dans le complot que Nessim lui-même? Il soupira. Que pouvaient-ils retirer de la victoire d'une insurrection juive? Mountolive croyait trop fermement à la mystique anglaise pour admettre qu'on pût perdre foi en elle et en la certitude qu'elle était garante d'une sécurité, d'une stabilité future.

Non, à ses yeux tout cela n'était qu'une folie purement gratuite; un projet insensé dans le but de réaliser des gains considérables! Que cela était donc typiquement égyptien! Il tourna lentement son mépris avec cette pensée comme on tourne de la moutarde dans un pot. Comme cela était égyptien, oui, et pourtant, comme cela ressemblait peu à Nessim!

Il n'arriva pas à trouver le sommeil, cette nuit-là. Il enfila un manteau léger, pour se dissimuler plus que pour se vêtir, et partit faire une promenade le long du fleuve dans l'espoir de mettre un peu d'ordre dans ses idées, éprouvant l'absurde regret de n'avoir pas un chien pour l'accompagner et occuper son esprit. Il était sorti par la porte de service, et le resplendissant *kawass* et les deux policiers de garde ne furent pas peu surpris de le voir rentrer par la porte principale, vers deux heures du matin, à pied, ce qui ne devrait pas être permis à un ambassadeur. Il leur souhaita très courtoisement bonne nuit en arabe et s'introduisit dans la Résidence avec sa clef. Il accrocha son manteau et traversa le grand hall allumé, toujours suivi par un chien imaginaire qui laissait partout des traces humides de pattes sur les parquets polis comme des miroirs...

En regagnant sa chambre il trouva son portrait
par Cléa, achevé maintenant, appuyé contre le
mur du premier palier. Il jura entre ses dents, car
la chose lui était complètement sortie de l'esprit;
cela faisait six semaines qu'il avait l'intention de
l'envoyer à sa mère. Il donnerait des instructions
pour qu'il parte par la valise diplomatique dès le
lendemain. Ils auraient peut-être quelques scrupules en raison de ses dimensions, se dit-il, mais
néanmoins, il insisterait pour qu'on passe outre aux
formalités d'une licence d'exportation d'une soi-
disant « œuvre d'art ». (Ce n'en était certainement
pas une.) Depuis qu'un archéologue allemand avait
volé quantité de sculptures égyptiennes pour les
vendre aux musées d'Europe, le gouvernement
veillait jalousement à ne laisser sortir du pays
aucune œuvre d'art. Ils mettraient certainement des
mois avant d'acorder la licence. Non, le service de
la valise devait faire le nécessaire; sa mère serait si
contente. Il songea à elle avec une bouffée d'émotion; il la voyait assise, en train de lire près du
feu, dans ce paysage de neige. Elle devait attendre
une longue lettre de lui. Oui, mais pas maintenant. « Quand nous en aurons fini avec tout
cela », se promit-il; et il frissonna involon-
tairement.

Il se mit au lit, et bientôt s'enfonça dans un
labyrinthe oppressant de rêves peu profonds et
exténuants où il pataugea toute la nuit — images
du vaste lacis de lacs grouillants de poissons, survo-
lés par des nuées d'oiseaux sauvages devant lesquelles

se profilaient une fois de plus les silhouettes juvéniles de Leila et de lui-même, bercés par les lentes secousses des rames dans l'eau, envahis par le crépuscule mauve ponctué par le battement voilé d'un petit tambour arabe; à la lisière du rêve, une autre barque se déplaçait, comme en ombre chinoise, portant deux formes sombres : les deux frères; tous deux armés de longues carabines. Bientôt, ils le rattraperaient; mais bien au chaud dans les bras de Leila qui l'enlaçaient, tel Antoine à Actium, il ne parvenait pas à avoir peur. Ils ne parlaient pas, ou du moins il n'entendait pas leurs voix. Il ne percevait que les messages du sang qui battait dans les veines de la femme. Messages et visions du passé, silhouettes d'un passé inoublié qui s'éloignaient sans regret, infiniment chères maintenant qu'elles étaient enfuies à tout jamais. Au cœur du rêve, il savait qu'il rêvait, et il s'éveilla, surpris et inquiet de constater que son oreiller était mouillé de larmes. En déjeunant selon le rite établi, il eut tout à coup l'impression d'avoir de la fièvre, mais le thermomètre refusa de confirmer cette impression. Il se leva donc, à regret, et arriva en grande tenue à l'heure dite dans le hall où Donkin faisait les cent pas, tenant une liasse de papiers sous le bras et paraissant nerveux.

« Eh bien, dit Mountolive avec un geste vague pour montrer sa tenue, me voici enfin. »

Dans la voiture noire à l'avant de laquelle flottait un Union Jack rutilant, ils traversèrent la ville en douceur et arrivèrent au Ministère où le timide et simiesque Egyptien les attendait plein de prévenances et d'appréhensions. Il était visiblement impressionné par le grand uniforme et par le fait que les deux meilleurs arabisants de l'ambassade britannique avaient été désignés pour lui rendre visite. Il souriait, l'œil luisant, et s'inclinait, en écartant automatiquement ses mains ouvertes avec un art consommé. C'était un petit homme maussade, hirsute, portant des boutons de manchettes en étain. Son désir de plaire, d'obliger, était si grand qu'il prenait volontiers des attitudes d'amitié, presque d'attendrissement. Ses yeux se mouillaient facilement. Il força ses hôtes à accepter le café et les friandises turques traditionnelles comme si ce geste représentait presque une déclaration d'amour. Il s'épongeait perpétuellement le front en découvrant son large sourire de pithécanthrope.

« Ah ! Excellence, dit-il d'une voix tendre lorsque les compliments cédèrent la place aux affaires. Vous connaissez bien notre langue et notre pays. Nous avons confiance en vous. »

Ce qui pouvait se traduire par : « Vous savez que notre vénalité est indéracinable, qu'elle est la marque d'une culture antique, par conséquent nous n'avons pas honte devant vous. »

Puis il s'assit et croisa les mains sur son gilet gris, triste comme un fœtus dans un bocal, tandis que Mountolive déclamait sa protestation énergique et exhibait le monument dû au zèle acharné de Maskelyne. Nur écoutait, hochant de temps en temps la tête d'un air incrédule, les yeux ronds.

Lorsque Mountolive eut terminé, il se leva et dit avec fougue :

« Naturellement! Sur-le-champ! Sur-le-champ! »

Puis il se rassit, gauchement, comme s'il était assailli par un doute, et se mit à jouer avec ses boutons de manchettes. Mountolive soupira et se leva.

« C'est un devoir désagréable, dit-il, mais nécessaire. Puis-je donner à mon gouvernement l'assurance que les mesures adéquates seront prises rapidement?

— Rapidement. Rapidement. »

Le petit homme inclina deux fois la tête et se lécha les lèvres; on avait l'impression qu'il ne comprenait pas très bien les mots qu'il employait.

« Je verrai Memlik aujourd'hui même », ajouta-t-il à voix plus basse.

Mais le timbre de sa voix avait changé. Il toussa et suça un bonbon, en essuyant la poudre de sucre de ses doigts avec un mouchoir de soie.

« Oui », dit-il.

S'il manifestait de l'intérêt pour l'énorme document qui se trouvait devant lui, c'était (du moins Mountolive en eut l'impression) seulement parce que les photocopies l'intriguaient. Il n'en avait encore jamais vu. Elles appartenaient au vaste univers étranger de la science et de l'illusion dans lequel vivaient ces Occidentaux — univers à la puissance et aux responsabilités immenses — d'où ils sortaient parfois, vêtus d'uniformes resplendissants, pour rendre le sort des pauvres Egyptiens encore plus dur que dans le bon vieux temps.

« Oui. Oui. Oui », dit encore Nur, comme pour donner à la conversation plus de stabilité et de profondeur, pour assurer son visiteur de ses bonnes intentions.

Mountolive n'aimait pas cela du tout; le ton général manquait de franchise, de détermination. L'absurde sensation d'optimisme gonfla une fois encore sa poitrine, et pour s'en punir (et aussi parce qu'il était extrêmement consciencieux), il prit les devants et fit légèrement progresser la conversation.

« Si vous le voulez bien, Nur, et si vous m'y autorisez expressément, je me propose d'exposer les faits et de faire mes représentations à Memlik Pasha moi-même. Parlez. »

Mais c'était là appuyer sur la peau mince et toute neuve du protocole et du sentiment national.

« Excellence, dit Nur avec un sourire implorant et le geste d'un mendiant qui importune un riche passant, cela ne serait pas dans les règles. Il s'agit d'une affaire d'ordre intérieur. Il ne serait pas bienséant que j'accède à votre requête. »

Et voilà, réfléchissait Mountolive en rentrant à l'ambassade, légèrement dépité; ils ne pouvaient plus donner d'ordres en Egypte comme du temps de la Haute Commission. Donkin regardait ses doigts avec un sourire railleur et pensif. L'Union Jack sur le radiateur de la voiture flottait joyeusement, et rappelait à Mountolive le guidon frissonnant du cotre de trente pieds de Nessim fendant les eaux du port...

« Que présagiez-vous de cette visite, Donkin ? dit-il en posant son bras sur le coude du jeune homme barbu.

— Franchement, monsieur, je doutais.

— Moi aussi, à la vérité. »

Puis il éclata :

« Mais il faudra bien qu'ils agissent; il le faudra. Je ne me laisserai pas écarter comme cela. »

(Il songeait : « Londres va nous mener la vie dure tant que je ne leur aurai pas donné quelques satisfactions. ») Et de nouveau il fut submergé par une vague de haine pour une image de Nessim dont les traits se confondaient, comme sur un cliché impressionné deux fois par erreur, avec ceux du taciturne Maskelyne. En traversant le hall il aperçut son visage dans la grande glace en trumeau et fut étonné de constater qu'il portait les traces d'une légère irritation.

Ce jour-là il se surprit à plusieurs reprises à manifester des mouvements d'humeur avec son personnel et la domesticité de la Résidence. Il commençait presque à se sentir persécuté.

## XIV

Si Nessim avait l'audace de rire doucement sous cape en lisant l'invitation, s'il dressait ce grand carton fleuri contre le grand encrier pour mieux l'étudier, en riant doucement, mal à son aise, c'est qu'il se disait :

« Dire qu'un homme manque de scrupules, c'est laisser à entendre qu'il est né avec des scrupules et qu'il décide maintenant de les ignorer. Mais peut-on imaginer un homme *né* sans conscience? Un homme privé de *naissance* des facultés ordinaires de l'âme? (Memlik). »

Oui, il serait facile de se le représenter s'il était cul-de-jatte, manchot ou aveugle; s'il était atteint d'une déficience glandulaire reconnue, s'il était infirme de toute une portion de l'âme, au point qu'il en devienne un objet d'émerveillement, peut-être même de commisération. (Memlik.) Il y a des hommes dont les sentiments s'éparpillent en fines gouttelettes, comme s'ils avaient passé par le tuyau d'un vaporisateur; ceux qui les ont frigorifiés —

« les épingles et les aiguilles du cœur » —; il y en a d'autres qui sont nés privés de tout sens des valeurs, et ceux qui sont affligés de daltonisme moral. Les très puissants sont souvent ainsi : des hommes qui vont, dans le rêve brumeux de leurs actes dont ils ne comprennent même pas le sens. Memlik était-il aussi de ce type? Nessim éprouvait pour l'homme la curiosité passionnée que peut avoir un entomologiste pour une espèce d'insecte non encore classifiée.

Il alluma une cigarette. Se leva et arpenta la chambre, s'arrêtant de temps en temps pour lire l'invitation et rire à nouveau, en silence. Il ne savait s'il devait se sentir soulagé ou inquiet. Il décrocha le téléphone et parla calmement à Justine, d'une voix enjouée : « La Montagne est allée à Mahomet. » (Code pour Mountolive et Nur.) « Oui, ma chère. Quel soulagement d'être sûr! Tous mes traités de toxicologie et mon entraînement au pistolet!... Comme cela paraît bête maintenant! Je ne pouvais rien imaginer de mieux; mais bien entendu il faut prendre des précautions. Oui, on fait pression sur Mahomet, et il a accouché d'une petite souris sous la forme d'une invitation à une *Wird*. » Il l'entendit rire d'un ton incrédule. « Je vous en prie, ma chère, dit-il, trouvez-moi le plus beau Coran que vous pourrez et envoyez-le-moi au bureau. Il y en a de très anciens avec une couverture en ivoire dans la bibliothèque. Oui, je l'emporterai au Caire mercredi. Il l'aura, son Coran. » (Memlik.) Ils pouvaient se permettre de plaisanter. Ce ne serait qu'un répit momentané; mais du moins, pour l'instant, n'avait-il plus à redouter le poison, ou une ombre furtive entrevue au détour d'une ruelle qui pourrait... Non. Les événements semblaient accorder la promesse d'un répit profitable.

Aujourd'hui, dans les années 50, la maison de Memlik Pasha est devenue célèbre jusque dans les capitales les plus reculées du monde par l'architecture très particulière des banques qui portent le nom de leur fondateur; et il est de fait que leur style révèle d'une manière assez curieuse le goût de cet homme mystérieux — car elles semblent toutes sorties du même moule grotesque, sorte de parodie d'un tombeau égyptien revu et corrigé par un élève de Le Corbusier! Et que ce soit dans les rues de Rome ou de Rio, on reste bouche bée devant leurs sinistres façades. Les piliers trapus font penser à des mammouths frappés d'éléphantiasis, survivance grotesque, ou peut-être renaissance, de quelque chose de foncièrement macabre, une espèce de gothique turco-égyptien. Comme si la gare Euston s'était multipliée par fissiparité binaire! Mais à l'heure qu'il est, la puissance de l'homme a fui par ces étranges entonnoirs du vaste monde — toute cette puissance qui prenait naissance sur la petite table à café sur laquelle (parfois) il écrivait, sur le divan jaune tout déchiré où sa léthargie le tenait cloué jour après jour. (Pour les rendez-vous particulièrement importants, il portait son tarbouche et des gants de suède jaunes. Il tenait à la main un chasse-mouches de bazar que son joail-

lier avait orné d'un motif en semence de perles.)
Il ne souriait jamais. Un photographe grec qui
l'en avait un jour supplié, au nom de l'art, avait
été sans plus de cérémonie châtié pour une telle
audace : on l'avait emmené dans le jardin sous
les palmiers grinçants et il avait reçu douze coups
de fouet pour cet affront.

L'étrange panachage de son hérédité n'était peut-
être pas étranger à cela : de père albanais et de
mère nubienne, son enfance avait été hantée par le
cauchemar de leurs incessantes querelles. Il était
fils unique. C'était peut-être pour cela que la féro-
cité pure et simple réussissait à s'allier chez lui à un
semblant d'apathie, que sa voix, qui n'était le plus
souvent qu'un murmure, grimpait parfois dans un
registre suraigu, sans que le geste l'accompagne.
Son aspect physique aussi — ses longs cheveux
faisant vaguement penser à une corde de soie, son
nez et sa bouche sculptés à la manière d'un bas-
relief dans le sombre grès nubien sur une tête de
montagnard parfaitement sphérique — dénonçait
ce singulier amalgame. Et s'il avait souri, il aurait
découvert une demi-circonférence de blancheur
nègre sous des narines épatées et aplaties comme
du caoutchouc. Sa peau, parsemée de grains de
beauté noirs, était d'une couleur très admirée en
Egypte : feuille de tabac. L'usage de pommades
épilatoires telles que le *halawa* laissait tout son
corps glabre, y compris ses mains et ses avant-bras.
Mais ses yeux étaient petits et enfoncés dans des
replis de peau comme deux clous de girofle. Leur

inquiétude se manifestait par une expression de perpétuel assoupissement — le blanc décoloré donnant une impression de vide mental glauque, comme si l'âme qui habitait ce grand corps était perpétuellement en congé pour convenance personnelle. Ses lèvres étaient très rouges, l'inférieure en particulier; et leur apparence de fruit blet suggérait... l'épilepsie?

Comment avait-il pu réaliser une ascension aussi rapide? Degré par degré, en occupant successivement de lourds et délicats emplois à la Commission (où il avait appris à mépriser ses maîtres); et ensuite par les voies du népotisme. Il procédait avec méthode. Lorsque l'Egypte fut libre, il obtint d'un seul bond, et à la surprise de tous, le ministère de l'Intérieur. C'est alors seulement qu'il déchira le masque de médiocrité derrière lequel il s'était tapi durant toutes ces années. Il sut alors entourer sa renommée des claquements du fouet — il en portait un maintenant. L'âme timorée de l'Egyptien appelle toujours le fouet. « La faiblesse est facilement exploitée par celui qui s'est entraîné à considérer les hommes et les femmes comme des mouches », dit le proverbe. En l'espace d'un an son nom était devenu un objet de terreur; on chuchotait que le roi lui-même n'osait pas le contrecarrer ouvertement. Et la liberté toute fraîche de son pays lui avait du même coup procuré une magnifique liberté — du moins devant les Egyptiens musulmans. Les Européens avaient encore le droit, aux termes du traité, de soumettre leurs problèmes juridiques ou la réfutation des accusations portées contre eux aux Tribunaux mixtes, tribunaux européens avec leurs avocats européens, pour engager les poursuites ou pour les défendre. Mais la Justice égyptienne (si l'on ose employer un tel terme) était aux mains des hommes de Memlik, survivance d'un féodalisme aussi terrible qu'il était dénué de sens. L'ère du cadi était loin d'être révolue pour eux et Memlik agissait avec toute l'autorité d'un homme investi des pouvoirs d'un sultan. En fait il n'y avait personne pour lui porter la contradiction. Il punissait durement et fréquemment, sans poser de questions et souvent sur simples dénonciations ou de très vagues soupçons. Des gens disparaissaient en silence, sans laisser de traces, et il n'y avait pas de cour d'appel pour entendre leur pourvoi — ou bien on les voyait reparaître en public proprement estropiés ou dûment aveugles, et étrangement peu désireux de conter leurs infortunes en public. (« Voyons s'il saura chanter », disait Memlik ; ceci était une allusion à l'opération qui consistait à brûler les yeux d'un canari à l'aide d'un fer rouge, opération de pratique courante et qui avait la réputation de donner à l'oiseau une plus belle voix.)

Homme indolent autant qu'intelligent, il employait surtout des Grecs et des Arméniens à son service. Il ne se rendait que rarement à son bureau au ministère et laissait la marche des affaires aux soins de ses mignons, expliquant et se plaignant qu'il était sans cesse assiégé par les requêtes de solliciteurs qui lui faisaient perdre tout son temps.

(En réalité il craignait qu'on ne vienne un jour l'y assassiner — car c'était un endroit des plus vulnérables. Il aurait été facile, par exemple, de placer une bombe dans un des placards jamais nettoyés où les souris folâtraient parmi des piles de dossiers jaunis. C'était Hakim Effendi qui lui avait mis cette idée dans la tête, afin d'avoir les coudées franches au ministère. Memlik n'était pas dupe, mais il n'en avait cure.)

Il s'était donc retiré dans la vieille masure au bord du Nil où il donnait ses audiences. Elle était entourée d'un bosquet touffu de palmiers et d'orangers. Le fleuve sacré coulait devant ses fenêtres, et il y avait toujours quelque chose à voir, à surveiller : des felouques qui descendaient et remontaient le fleuve, des yachts à moteur où se donnait quelque partie de plaisir... Et aussi, elle était trop loin pour que les solliciteurs viennent l'importuner au sujet d'un parent embastillé. (De toute façon Hakim partageait les pots-de-vin.) Memlik ne recevait là que les personnages trop importants pour être éconduits : se redressant avec effort sur le divan jaune et posant ses chaussures impeccablement cirées (ornées de demi-guêtres gris perle) sur le pouf recouvert de soie devant lui, la main droite dans sa poche intérieure, la gauche tenant le chasse-mouches de bazar comme un objet ayant pour fonction d'accorder l'absolution. Le personnel qui l'assistait ici, dans ces transactions quotidiennes, comprenait un secrétaire arménien (Cyril) et le petit Italien aux traits délicats de poupée, Rafael (coiffeur et maquereau de son état), qui lui tenait compagnie et égayait la monotonie des tâches officielles par la suggestion de plaisirs dont la perversité savait enflammer un homme qui donnait l'impression d'avoir renoncé à tous les appétits de l'esprit autres que l'argent. Je dis que Memlik ne souriait jamais, mais parfois, lorsqu'il était de bonne humeur, il tirait les cheveux de Rafael d'un air songeur et posait les doigts sur sa bouche pour étouffer son rire. Ce qui se produisait lorsqu'il réfléchissait profondément avant de décrocher le récepteur de l'antique téléphone en col de cygne pour appeler la prison centrale, par exemple, pour le plaisir d'entendre la frayeur manifeste du gardien quand il disait son nom. Rafael se mettait alors à pousser de petits gloussements adulateurs, riant jusqu'à ce que les larmes lui coulent sur les joues, et se fourrant un mouchoir dans la bouche. Memlik, lui, ne souriait pas. Il creusait légèrement les joues et disait : « Allah! tu ris! » Mais un tel événement était des plus rares.

Etait-il vraiment aussi terrible que sa réputation le peignait? Nul ne saura jamais la vérité. Si les légendes se forment aisément autour de tels personnages, c'est qu'ils appartiennent plus à la légende qu'à la vie. (« Un jour qu'il se sentit menacé d'impuissance, il descendit à la prison et ordonna que, sous ses yeux, on flagelle à mort deux femmes tandis qu'une troisième était « obligée » — que les métaphores poétiques sont donc pittoresques dans la langue du Prophète! — afin de ranimer ses humeurs languissantes. » On disait qu'il assistait en personne à toutes les exécutions capitales, durant lesquelles il tremblait et crachait sans arrêt. Après quoi, il demandait un siphon d'eau de Seltz pour étancher sa soif... Mais qui saura jamais la vérité sur ces légendes?)

Il était d'une superstition morbide et d'une vénalité incurable — et il était en train de se bâtir une fortune immense sur les seuls pots-de-vin qu'il recevait. Mais comment ajouter encore à tout cela le fait de sa religiosité démesurée — un zèle, dans l'observance des pratiques, proprement fanatique, et qu'il faut être Egyptien pour comprendre? C'est sur ce point que sa querelle avec le pieux Nur s'était élevée, car Memlik avait institué une sorte de cérémonial de cour pour la réception des présents. Sa collection de Corans était célèbre. Il l'abritait tout en haut de la maison, dans une sorte de grenier délabré. Tout le monde savait que la manière polie pour l'approcher était de glisser entre les pages d'un exemplaire, particulièrement précieux du Saint Livre, des billets de banque ou toute autre forme de monnaie et (avec une profonde révérence) de lui offrir cette modeste addition à sa superbe bibliothèque. Il acceptait le cadeau et répondait, en remerciant le donateur, qu'il devait tout de suite aller voir s'il ne possédait pas déjà cet exemplaire. A son retour, le solliciteur savait qu'il avait réussi si Memlik le remerciait de nouveau et lui disait qu'il avait rangé le livre dans sa bibliothèque; mais si Memlik déclarait qu'il possédait déjà cet exemplaire et rendait le livre (dûment vidé de son contenu), le solliciteur comprenait que sa démarche avait échoué. C'était une petite cérémonie dont Nur disait qu'elle « jetait le discrédit sur le Prophète » — ce qui lui avait valu la haine tenace de Memlik.

La longue serre en forme de L où il tenait ses audiences privées avait, elle aussi, quelque chose de très déconcertant. Les impostes garnies de grossiers vitraux transformaient les visiteurs en arlequins, les éclaboussant de vert, de pourpre ou de bleu durant leur traversée de la longue pièce pour aller saluer leur hôte. Sous les fenêtres obscures coulait le fleuve couleur de chocolat, sur l'autre rive duquel se trouvait l'ambassade britannique avec ses élégants jardins où Mountolive se promenait les soirs où il n'était retenu par aucune obligation sociale. La grande salle d'audience de Memlik était occupée dans presque toute sa longueur par deux énormes tableaux victoriens de quelque maître oublié, assez incongrus dans ce cadre, et comme ils étaient beaucoup trop grands et trop lourds pour être accrochés au mur, ils reposaient simplement sur le plancher, ce qui leur donnait l'apparence de deux tapisseries encadrées. Mais le sujet de ces toiles! Sur l'une on voyait les Hébreux traversant la mer Rouge qui s'écartait gentiment pour leur livrer passage; sur l'autre, un Moïse hirsute frappait un rocher de carton-pâte avec une houlette de berger. Ces références bibliques s'accordaient parfaitement avec le reste du mobilier :

grands tapis ottomans, horribles chaises à dossier droit, recouvertes de damas bleu, immense chandelier de cuivre torsadé avec son cercle d'ampoules électriques dépolies qui brûlaient nuit et jour. A côté du divan jaune, un buste grandeur nature de Fouché attirait immédiatement l'œil du solliciteur par son incongruité. Un jour Memlik avait été flatté par la remarque d'un diplomate français qui lui avait déclaré : « Vous êtes le meilleur ministre de l'Intérieur de l'histoire moderne; on peut même dire que depuis Fouché pas un ne peut vous être comparé. » La remarque était peut-être empoisonnée, mais elle avait cependant frappé l'imagination de Memlik qui s'était empressé de commander en France un buste dudit Fouché. Il avait un air légèrement réprobateur au milieu de toute cette flagornerie égyptienne, et il était recouvert d'une bonne couche de poussière. Ce même diplomate, décrivant un jour la salle de réception de Memlik, avait dit qu'elle tenait du musée géologique à l'abandon et d'un coin du vieux Palais de Cristal — ce qui était dur mais parfaitement juste.

L'œil poli de Nessim enregistra tous ces détails avec une lueur d'amusement dissimulée tandis qu'il se faisait annoncer. Il était ravi d'avoir été invité à participer à une prière en commun, une *Wird*, en compagnie du redoutable Memlik. Ces séances n'avaient rien d'exceptionnel, quelque étranges qu'elles pussent paraître, car Memlik organisait souvent ce que l'on appelait une « Nuit de Dieu » et sa piété ne semblait pas en contradiction avec le reste de son mystérieux personnage; il écoutait attentivement le récitant, souvent jusqu'à deux ou trois heures du matin, immobile comme un serpent endormi. Il lui arrivait même parfois de joindre sa voix au hoquet traditionnel (Allah!) par lequel l'assistance manifestait sa joie à certains passages particulièrement saisissants du Coran...

Nessim traversa la pièce d'un pas alerte, porta la main à son cœur et à ses lèvres selon l'usage et s'assit devant Memlik pour lui exprimer sa gratitude et marquer qu'il se sentait grandement honoré. Ce soir-là, Memlik n'avait convié que neuf ou dix personnes, et Nessim était sûr que c'était pour pouvoir être étudié plus à loisir; peut-être même pour avoir une conversation privée. Il tenait à la main le délicieux petit Coran enveloppé dans du papier de soie dont il avait soigneusement lardé les pages de chèques négociables en Suisse.

« O Pasha! dit-il doucement, j'ai entendu vanter les mérites de votre légendaire bibliothèque, et je vous prie humblement d'accepter de la main d'un amoureux des livres ce modeste exemplaire. »

Il déposa son cadeau sur la petite table basse et accepta le café et les sucreries qu'on plaça devant lui. Memlik ne répondit pas et se contenta de boire son café à petites gorgées; puis au bout d'un moment, il déclara négligemment :

« L'hôte est honoré. Voici mes amis. »

Il fit de brèves et superficielles présentations; les autres visiteurs formaient une assez étrange compagnie pour une récitation en commun du Coran : Nessim nota que pas un n'apartenait à la « société » du Caire. Il n'en connaissait même pas un seul de vue, mais il se montra d'une politesse étudiée envers chacun. Puis il se permit quelques commentaires d'ordre général sur la beauté et le goût de la salle d'audience ainsi que sur la grande valeur des peintures contre le mur. Cela ne déplut pas à Memlik qui dit, nonchalamment :

« Ceci est mon bureau de travail et ma pièce de réception tout à la fois. C'est ici que je vis.

— J'en ai souvent entendu faire la description, dit Nessim de son ton de courtisan, par ceux qui ont eu le privilège de vous rendre visite, pour le travail ou pour le plaisir.

— Je travaille le mardi seulement, dit Memlik avec une lueur dans le regard. Je consacre le reste de la semaine au plaisir de recevoir mes amis. »

Nessim saisit la menace contenue dans cette allusion; le mardi pour le musulman est le jour le moins favorable de la semaine aux entreprises humaines; il croit que c'est le mardi que Dieu a créé toutes les choses déplaisantes. C'est le jour choisi pour l'exécution des criminels; personne n'osera se marier un mardi, car le proverbe dit : « Marié un mardi, pendu le jeudi. » Et selon la parole du Prophète : « Le mardi Dieu créa les ténèbres absolues. »

« Par bonheur, dit Nessim en souriant, nous sommes lundi, le jour où Dieu a créé les arbres. »

Et Nessim parvint à donner à la conversation générale un tour familier qui rompit la glace et lui valut l'admiration des autres visiteurs, avec l'approbation des grands palmiers qui chuchotaient derrière les fenêtres.

Le vent avait tourné, et après une demi-heure de propos inoffensifs, les grandes portes coulissèrent à l'autre bout de la pièce pour les inviter à un banquet dressé sur deux longues tables. La pièce était décorée de fleurs magnifiques. Là du-moins, par-dessus les coûteuses friandises qui paraient la table de Memlik, les convives se départirent quelque peu de leur réserve. Deux ou trois se mirent à parler avec plus de chaleur et Memlik lui-même, bien qu'il ne mangeât pas, allait lentement de l'un à l'autre, en échangeant des civilités à voix basse. Il s'approcha enfin de Nessim et dit, très simplement, d'un air presque candide :

« Je souhaitais particulièrement vous voir, Hosnani.

— J'en suis honoré, Memlik Pasha.

— Je vous ai vu dans des réceptions; mais nous n'avions pas d'amis communs pour nous présenter. Grands regrets.

— Grands regrets. »

Memlik soupira, s'éventa avec son chasse-mouches, et se plaignit que la nuit était chaude. Puis il dit, du ton d'un homme qui délibère, presque avec hésitation :

« Monsieur, le Prophète a dit que la puissance engendre les ennemis. Je sais que vous êtes un homme puissant.

— Ma puissance est insignifiante, et cependant j'ai des ennemis.

— Grands regrets.

— Certes. »

Memlik fit porter le poids de son corps de la jambe droite sur la jambe gauche, et se gratta une dent d'un air pensif pendant un moment; puis il poursuivit :

« Je crois que nous nous entendrons bientôt à la perfection. »

Nessim s'inclina cérémonieusement et garda le silence tandis que son hôte l'observait intensément, en respirant lentement, d'un rythme égal, entre ses lèvres entrouvertes.

« Quand ils veulent se plaindre, dit Memlik, ils viennent à moi, la source même de toutes les plaintes. Je trouve cela épuisant, mais je suis parfois contraint d'agir pour le bien de ceux qui se plaignent. Vous saisissez mes paroles? »

— Parfaitement.

— A certains moments, je ne suis pas tenu d'agir. Mais il y a d'autres moments où je suis forcé d'agir. De sorte que, Nessim Hosnani, l'homme sage retire tout sujet de plaintes. »

Nessim s'inclina de nouveau avec élégance et, là encore, garda le silence. Il était inutile de poursuivre la dialectique de leurs positions respectives tant que son présent n'aurait pas été définitivement accepté. Memlik sentit peut-être cela, car il soupira et s'en fut vers un autre groupe de visiteurs. A ce moment le dîner s'achevait et les invités regagnèrent la longue salle de réception. Le pouls de Nessim se mit alors à battre plus fort, car Memlik prit le petit paquet enveloppé dans son papier de soie sur la table et s'excusa, en disant :

« Je dois aller comparer ceci avec les autres ouvrages de ma collection. Le cheik de ce soir — celui d'Imbabi — ne tardera pas maintenant. Prenez des sièges et disposez de ces lieux à votre guise. Je vous rejoindrai bientôt. »

Il quitta la pièce. Une conversation générale s'engagea, à laquelle Nessim s'efforça de prendre part, bien qu'il eût conscience que son cœur battait à un rythme excessif et que ses doigts tremblaient quand ils portaient sa cigarette à ses lèvres. Au bout d'un moment les portes se rouvrirent pour laisser entrer un vieux cheik aveugle qui venait présider cette « Nuit de Dieu ». L'assemblée se pressa autour de lui pour lui serrer les mains et lui adresser des compliments. Puis Memlik entra brusquement et Nessim vit qu'il avait les mains vides; il récita intérieurement une prière d'actions de grâces et s'épongea le front.

Il ne lui fallut pas longtemps pour se reprendre. Il se tenait un peu à l'écart du groupe d'hommes vêtus de noir qui se pressaient autour du vieux prêcheur aveugle, dont le visage vide, comme hébété, se tournait successivement dans la direction de chaque voix à la manière de quelque appareil automatique destiné à enregistrer les ondes sonores; son air de douce confusion suggérait le ravissement intérieur d'une foi absolue en une chose d'autant plus convaincante qu'elle n'était pas pleinement appréhendée par la raison. Les mains croisées sur sa poitrine, il avait l'air d'un très vieil enfant timide, empreint de la beauté transcendante d'un être humain dont l'âme est devenue un objet votif.

Le pasha se dirigea lentement vers Nessim, mais en suivant un itinéraire si détourné, s'arrêtant à maintes et maintes reprises pour distribuer des compliments ici et là, et d'un air si détaché, que Nessim crut qu'il n'arriverait jamais jusqu'à lui. Enfin, il se trouva à ses côtés, ses longs doigts souples et nerveux tenant toujours le chasse-mouches orné de perles.

« C'est un ouvrage très précieux que vous m'avez offert, dit enfin Memlik d'une voix traînante, légèrement doucereuse. Il est tout à fait recevable. Votre savoir et votre discernement sont d'ailleurs très légendaires, monsieur. Ce serait faire montre de la plus vulgaire ignorance que d'en manifester de la surprise. »

La formule qu'employait invariablement Memlik était si savamment tournée en arabe que Nessim ne put s'empêcher d'en paraître surpris et charmé. C'était un tour de langage choisi comme seule une personne réellement cultivée pouvait en employer. Il ne savait pas que Memlik l'avait soigneusement apprise par cœur en vue de semblables circonstances. Il inclina la tête en se penchant légèrement, comme on le fait pour recevoir une accolade, mais garda le silence. Memlik s'éventa un moment avec son chasse-mouches avant d'ajouter, sur un autre ton :

« Mais naturellement, il y a une chose. J'ai déjà parlé des doléances qui me sont adressées, cher *effendi*. Dans tous les cas je suis obligé, tôt ou tard, de rechercher les causes. Grands regrets. »

Nessim posa son doux regard noir sur l'Egyptien et dit à voix basse en souriant toujours :

« Monsieur, vers le temps de la Noël européenne — une question de mois — il n'y aura plus aucun sujet de plainte. »

Il y eut un silence.

« Alors le temps est important, dit Memlik d'un air songeur.

— Le temps est l'air que nous respirons », dit un proverbe.

Le pasha, à demi tourné maintenant, et comme s'il s'adressait à la ronde, ajouta :

« Ma collection a besoin de votre science très éclairée. J'espère que vous pourrez me trouver encore d'autres trésors de la Sainte Parole. »

De nouveau Nessim s'inclina.

« Autant qu'il pourra s'en trouver d'acceptables, Pasha.

— Je regrette que nous ne nous soyons pas rencontrés auparavant. Grands regrets.

— Grands regrets. »

Mais le pasha se devait maintenant à ses hôtes et il s'éloigna. Les chaises inconfortables au dossier raide étaient presque toutes occupées par les autres visiteurs. Nessim en prit une au bout de la rangée lorsque Memlik regagna son divan jaune, en se hissant lentement dessus comme un nageur se hisserait sur un radeau en plein océan. Il fit un signe et les domestiques vinrent enlever les tasses à café et les sucreries; ils apportèrent ensuite un très beau fauteuil à haut dossier, aux bras finement sculptés, capitonné de vert, qu'ils installèrent pour le prêcheur à la droite de Memlik. Un invité se leva et, en murmurant de respectueuses salutations, conduisit l'aveugle à son siège. Les domestiques se retirèrent en bon ordre et fermèrent les portes à l'autre bout de la salle. La *Wird* allait commencer. Memlik ouvrit solennellement la séance par une citation de Ghazzali le théologien — ce qui étonna grandement Nessim qui s'était fait de l'homme une idée uniquement basée sur la légende.

« Le seul moyen, dit Memlik, de s'unir avec Dieu est d'être en rapport constant avec lui. »

Ayant dit ces mots, il se renversa dans ses coussins et ferma les yeux, comme épuisé par l'effort. Mais la phrase fit l'effet d'un signal, car tandis que le prêcheur aveugle levait son cou décharné et prenait une profonde inspiration avant de commencer, toute l'assistance réagit comme un seul homme : toutes les cigarettes furent immédiatement éteintes, toutes les jambes se décroisèrent, les vêtements furent rajustés et les attitudes négligentes des corps furent corrigées.

Puis tous attendirent avec émotion que cette vieille voix, mélodieuse et usée par l'âge, profère les premières strophes du Saint Livre, mais il n'y avait rien de feint dans l'attention empreinte de vénération qui se peignit sur ces visages vénaux. Certains se léchaient les lèvres et se penchaient en avant, comme pour recueillir les paroles sur leurs lèvres; d'autres baissaient la tête en fermant les yeux comme pour mieux se concentrer sur une expérience musicale inédite. Le vieux prêcheur, ses mains cireuses jointes sur ses genoux, récita la première *sura*, pleine d'une douce et chaude poésie familière et directement accessible, d'une voix légèrement chevrotante au début, mais tirant petit à petit plus de force et d'assurance du profond silence environnant. Ses yeux grands ouverts étaient ternes comme ceux d'un lapin mort. Ses auditeurs écoutaient les vers qui tombaient de ses lèvres avec attention et ravissement, cherchant les uns après les autres à se frayer un chemin vers le grand courant de poésie où ils souhaitaient entrer et se perdre, comme un banc de poissons suivant d'instinct un des leurs et se dirigeant vers la pleine mer. Nessim sentit le malaise et la contrainte qui avaient pesé sur lui jusque-là fondre et faire place à une grande chaleur intérieure, car lui aussi aimait les *suras*, et le vieux prêcheur avait une voix magnifique, bien que le timbre en fût encore

légèrement voilé et sans accent. Mais c'était une
« voix du plus profond du cœur » — toute sa
présence spirituelle s'écoulait comme un fleuve de
sang dans les vers splendides qu'elle enrichissait
de toute sa ferveur; et l'on pouvait sentir son audi-
toire frémir et répondre à la caresse de cette voix
comme les voiles d'un navire répondent à la pression du vent. « Allah! » soupiraient-ils, saluant
ainsi au passage des images dont toute la poésie
leur revenait en mémoire, et ces petits hoquets
augmentaient la confiance de la vieille voix douce
et aiguë. « Une voix plus mélodieuse que la charité », dit le proverbe. C'était un texte dramatique
et de style très varié, le prêcheur changeant de
ton selon la substance des mots, tantôt menaçant,
tantôt suppliant, tantôt lyrique et objurgateur. En
Egypte, les prêcheurs aveugles sont renommés pour
leur faculté de retenir les textes sacrés par cœur;
au reste, le Coran n'excède pas les deux tiers du
Nouveau Testament. Nessim l'écoutait avec attendrissement et admiration, les yeux fixés sur le tapis,
plongé dans un état voisin de l'extase par la pulsation d'une poésie qui détournait son esprit des
épuisantes spéculations auxquelles l'avait soumis la
question de savoir quelle réponse donnerait Memlik
aux pressions que Mountolive avait exercées sur
lui.

Entre chaque *sura* tombait un petit moment de
silence durant lequel personne ne bougeait ni ne
parlait, mais où tous paraissaient plongés dans la
contemplation intérieure de ce qui avait précédé.

Le prêcheur laissait alors reposer son menton sur sa poitrine comme pour reprendre des forces et refermait doucement les doigts. Puis il relevait les yeux vers une lumière invisible, reprenait sa déclamation, et l'on sentait de nouveau la tension des mots traverser la conscience attentive de ses auditeurs. Après minuit, lorsque la récitation du Coran fut achevée et que l'assistance eut pris quelques instants de détente, le vieillard entreprit de conter des histoire traditionnelles : celles-ci n'étaient plus écoutées comme une musique, mais suivies avec l'attention soutenue d'un esprit formé à la tradition des proverbes; elles représentaient la dialectique de la révélation — son éthique et son application. Et cette fois l'assistance réagissait aux changements de ton en laissant les visages s'épanouir et s'accorder aux expressions multiples et quotidiennes des divers métiers de ce monde : banquiers, étudiants ou commerçants.

Il était deux heures lorsque la soirée s'acheva, et Memlik reconduisit ses hôtes jusqu'au seuil de sa maison, devant laquelle les voitures attendaient, couvertes d'une mince couche de rosée blanche. A Nessim, il dit d'une voix calme et délibérée, une voix qui descendait au cœur de leur amitié toute récente comme un fil à plomb lourdement lesté :

« Je vous inviterai encore, monsieur, aussi longtemps que cela sera possible. Mais réfléchissez. »

Et il effleura doucement du doigt le bouton de

la jaquette de son hôte comme pour souligner la remarque.

Nessim le remercia et gagna sa voiture; l'immense soulagement qu'il éprouvait n'en était pas moins teinté d'un sérieux doute. Il avait tout au plus, se disait-il, gagné un répit qui ne modifiait pas fondamentalement la nature des forces dirigées contre lui. Mais même un simple répit était le bienvenu; serait-il de longue durée? Il ne lui était pas encore possible d'en juger.

Justine n'était pas couchée. Elle était assise dans le salon de l'hôtel Shepheards, sous la pendule, devant une tasse de café turc qu'elle n'avait pas touchée. Elle se leva vivement quand elle le vit franchir la porte avec son sourire habituel empreint de douceur et d'affabilité; elle ne fit pas un pas mais le fixa d'un œil intense, comme si elle s'efforçait de deviner ses sentiments d'après sa démarche. Puis elle se détendit et sourit.

« Comme me voilà soulagée. Dieu merci! Dès que vous êtes entré, j'ai vu sur votre visage que tout allait bien. »

Ils s'embrassèrent doucement et il se laissa tomber dans un fauteuil à côté d'elle en murmurant :

« Seigneur! j'ai cru que cela ne finirait jamais. Pendant presque tout ce temps je n'ai pas cessé de me faire du souci moi aussi. Avez-vous dîné seule?

— Oui. J'ai vu David.

— Mountolive?

— Il assistait à un grand dîner. Il s'est incliné d'un air glacial mais il ne s'est pas arrêté pour me parler. Mais il y avait des gens avec lui, des banquiers, je crois bien. »

Nessim commanda un café qu'il but en faisant à Justine le récit de sa soirée chez Memlik.

« Il est clair, dit-il d'un air pensif, que tout vient de cette correspondance que les Anglais ont interceptée en Palestine. Le bureau d'Haïfa l'a dit à Capodistria. Ce ne serait peut-être pas mauvais d'offrir ceci à Nur et de le pousser à... passer à l'action. »

Il dessina au crayon une petite potence au dos d'une enveloppe avec un petit pendu gros comme une mouche.

« Tout ce que j'ai pu obtenir de Memlik, c'est qu'il *retarde* le moment où il sera obligé d'agir, mais les Anglais ne peuvent relâcher leur pression, et Memlik ne pourra pas l'ignorer indéfiniment; tôt ou tard il sera obligé de donner satisfaction à Nur. Je lui ai pratiquement laissé entendre que pour Noël je serai en mesure... j'aurai quitté la zone dangereuse. Ses recherches ne mèneront nulle part.

— *Si* tout se passe comme prévu.

— Tout se passera comme nous l'avons prévu.

— Et ensuite?

— Et ensuite! »

Nessim étira ses longs bras par-dessus sa tête, en bâillant, et lui fit un clin d'œil de côté.

« Nous prendrons de nouvelles dispositions. Da

Capo disparaîtra; vous partirez. Leila ira prendre de longues vacances avec Narouz au Kénya. Voilà ce qu'il y aura ensuite!

— Et vous?

— Je resterai encore ici quelque temps. La Communauté a besoin de moi. Il reste encore beaucoup à faire sur le plan politique. Puis je viendrai vous rejoindre et nous irons faire un grand voyage en Europe, ou ailleurs, où vous voudrez, pour nous reposer... »

Elle le regardait sans sourire.

« Je me sens nerveuse, dit-elle enfin avec un petit frisson. Nessim, allons faire une promenade le long du Nil pendant une heure avant d'aller nous coucher. »

Il accepta avec joie, et pendant une heure la voiture roula doucement sur les routes bordées de jacarandas qui longent le fleuve; de temps en temps ils échangeaient quelques phrases à mi-voix, puis ils se laissaient de nouveau envahir par le silence et le ronronnement apaisant du moteur.

« Ce qui me tracasse, dit-elle, c'est que pendant tout ce temps-là vous aurez Memlik sur le dos. Pourrez-vous jamais vous en débarrasser? S'il détient des preuves formelles contre vous, il ne vous lâchera que lorsqu'il vous aura pressuré jusqu'au bout.

— De toute façon, dit tranquillement Nessim, ce serait mauvais pour nous. Car s'il procédait à une enquête ouverte, vous savez très bien que cela donnerait au gouvernement la possibilité de séquestrer nos biens. Je préfère satisfaire sa cupidité personnelle tant que je pourrai le faire. Ensuite, nous verrons. L'essentiel est de concentrer toutes nos énergies en vue de cette... bataille à venir. »

Comme il disait ces mots, ils passèrent devant les jardins brillamment éclairés de l'ambassade britannique. Justine sursauta et tira Nessim par la manche, car elle venait d'apercevoir une silhouette en pyjama qui descendait les allées de cette démarche nonchalante qu'il connaissait bien.

« Mountolive », dit-elle.

Nessim jeta un regard voilé de tristesse sur son ami; il éprouva un instant la tentation d'arrêter la voiture et d'aller le surprendre dans les jardins. Un tel geste eût été chose toute naturelle il y avait à peine trois mois. Comment les choses avaient-elles pu changer à ce point?

« Il va attraper froid, dit Justine. Il est pieds nus. Il tient un télégramme. »

Nessim appuya sur l'accélérateur et la voiture s'engagea dans la large courbe de l'avenue.

« Il ne pouvait probablement pas dormir; il est venu se rafraîchir les pieds dans l'herbe avant d'aller se recoucher. Nous faisions souvent cela, vous vous rappelez?

— Mais le télégramme? »

En fait, il n'y avait aucun mystère dans ce télégramme que l'ambassadeur tenait à la main et qu'il étudiait de temps en temps en parcourant lentement son domaine, tout en fumant un cigare. Une fois par semaine il faisait une partie d'échecs par correspondance avec Balthazar, ce qui lui procurait un grand délassement comparable à celui que des hommes d'affaires fatigués trouvent à résoudre un problème de mots croisés. Il ne vit pas la grande voiture passer devant les jardins et disparaître vers la ville.

## XV

Pendant des semaines maintenant, les acteurs devaient rester ainsi, comme figés une fois pour toutes dans des postures qui auraient pu illustrer l'incalculable diversité des voies de la Providence. Mountolive plus que tous les autres avait le sentiment décourageant de son incapacité professionnelle, son impuissance à agir autrement que comme un instrument (et non plus comme un agent); il était pris dans le champ des forces magnétiques de la politique. Les humeurs et les impulsions privées ne comptaient plus. Nessim sentait-il lui aussi l'odeur de stagnation s'exhaler de toutes choses, se demandait-il? Il se remémorait maintenant souvent cette phrase qu'avait dite Sir Louis un jour, en se coiffant devant le miroir. « L'illusion que vous êtes libre d'agir! » Il était de plus en plus souvent sujet à d'atroces maux de tête, et ses dents commençaient à le faire régulièrement souffrir. Il se mit un jour dans l'idée que cela venait de ce qu'il fumait trop, et il essaya sans succès de se défaire de cette habitude. Sa lutte contre le tabac ne fit qu'accroître ses maux.

Mais s'il se trouvait ligoté, les autres l'étaient bien davantage encore. Telles les projections étiolées d'une imagination malade, ils se sentaient dépourvus de toute signification, vides comme des corps sans âme; de simples pièces d'artillerie occupant leurs positions dans ce drame des volontés adverses. Nessim, Justine, Leila... ils avaient maintenant un air insubstantiel, telles des projections de rêve agissant dans un monde peuplé de mannequins de cire inexpressifs. Il était difficile de concevoir qu'il pût même encore leur devoir un peu d'amour. Le silence de Leila surtout laissait entendre plus clairement encore la nature coupable de leur complicité.

L'automne s'achevait et Nur n'avait toujours aucune preuve décisive qui lui permît de passer à l'action. Les lignes de communication qui reliaient l'ambassade de Mountolive à Londres furent encombrées par des échanges de télégrammes de plus en plus longs, pleins des réitérations bilieuses issues d'esprits croyant pouvoir influencer le cours de ce qui n'était pas le simple hasard — Mountolive le savait maintenant — mais en réalité le destin. Et, paradoxalement, cette première grande leçon que sa profession devait lui enseigner n'était pas dénuée d'intérêt : hors du petit cercle de ses craintes et de ses hésitations personnelles, il observait toute l'affaire avec une sorte d'attention concentrée, presque d'admiration craintive. Mais il

se faisait l'effet d'une momie à l'air maussade
quand il s'offrit de nouveau au regard de Nur,
presque honteux du luxe de cet uniforme d'occasion qui n'avait si manifestement d'autre but que
d'en imposer au ministre. Le vieillard était fébrilement désireux de le satisfaire; il ressemblait à
un singe sautillant gaiement au bout de sa chaîne.
Mais que pouvait-il faire? Il faisait des grimaces
pour faire passer ses excuses trop transparentes.
L'enquête menée par Memlik n'était pas encore
achevée. Il était essentiel de connaître toute la
vérité. Il y avait encore des pistes à suivre. *Et
cætera*. Et les jours passaient.

Mountolive fit ce qu'il n'avait encore jamais fait
au cours de toute sa carrière : il frappa la table
couverte de poussière entre eux d'un air d'exaspération amicale. Il prit un air sombre comme un
nuage d'orage et prédit une rupture des relations
diplomatiques. Il alla même jusqu'à promettre à
Nur de lui faire obtenir une décoration... se ren-
dant compte que c'était là son ultime recours. Mais
en vain.

Quant à Memlik, accroupi d'un air rêveur sur
son divan, sous la lumière oblique de la fenêtre
de sa salle d'audience, il promettait tout mais ne
faisait rien. Immobile, imperturbable, avec une très
légère pointe de malveillance. Tout le monde
faisait maintenant pression sur un autre, au-delà
même des limites de la conciliation polie; Maskelyne et le haut-commissaire pressaient Londres
d'agir; Londres, imbue de sa noblesse moralisante,

pressait Mountolive; Mountolive faisait pression sur Nur, accablant le vieillard du sentiment de sa propre impuissance, car lui-même n'avait aucun pouvoir sur Memlik sans le secours du roi; et le roi était malade, très malade. Et au bas de cette pyramide, la petite silhouette du ministre de l'Intérieur, avec son inestimable collection de Corans, enfermée dans des placards poussiéreux.

Contraint malgré tout de maintenir la pression diplomatique, Mountolive était accablé par un sentiment de futilité, assis (comme un *jeune premier* vieillissant) et subissant le torrent d'excuses que lui déversait Nur, tout en buvant le café traditionnel et cherchant à sonder ces yeux usés par l'âge et implorants.

« Mais quelles preuves vous faut-il encore, Pasha? Les documents que nous vous avons remis ne sont-ils pas suffisamment éloquents? »

Le ministre fit un grand geste de la main, comme pour essuyer l'air entre eux, comme pour l'enduire d'une couche de pommade; il exsudait la bonace, la conciliation et l'excuse, comme un onguent.

« Il s'en occupe, croassa-t-il d'un air désespéré. D'abord, il y a plus d'un Hosnani », ajouta-t-il.

Il agitait sa tête ridée de tortue d'avant en arrière, d'un mouvement régulier de balancier. Mountolive gémit intérieurement à la pensée de ces longs télégrammes qui se succédaient, interminables comme un ténia. Nessim se trouvait en quelque sorte coincé entre ses différents adversaires, et dans une position telle qu'aucun d'entre eux ne pouvait l'atteindre, pour le moment du moins. La machine était bloquée.

Seul Donkin prenait un plaisir ironique à ces joutes si caractéristiques de l'Egypte. L'affection qu'il éprouvait pour les musulmans lui avait appris à deviner clairement leurs mobiles, à discerner le jeu des cupidités puériles sous les silences cabotins d'un ministre, sous ses promesses gratuites. Même l'exaspération croissante qu'il lisait sur le visage de Mountolive devant ces perpétuels coups de freins, était une source d'amusement pour le jeune secrétaire. Toute cette tension avait fait de son ambassadeur un dignitaire irritable et inconsistant. Qui aurait jamais imaginé pareil changement?

La remarque qu'il n'y avait pas qu'un seul Hosnani était étrange, et le fruit des prévoyantes pensées de Rafael, un matin qu'il rasait tranquillement son maître, selon la coutume; Memlik faisait grand cas des réflexions de son barbier — n'était-il pas européen? Pendant que le petit barbier le rasait, ils discutaient des transactions de la journée. Rafael était toujours plein d'idées et d'avis, mais il les présentait d'une manière oblique, en les simplifiant de façon qu'ils se montrassent sous une forme aisément compréhensible. Il savait que Memlik avait été ennuyé par l'insistance de Nur, bien qu'il n'eût pas assisté à l'entrevue; il savait, de plus, que Memlik n'agirait que si la santé du roi lui permettait d'accorder une audience à Nur. C'était une question de chance et de temps; en attendant, pourquoi ne pas plumer Hosnani le

plus possible? Ce n'était là qu'une parmi bien
d'autres affaires sur lesquelles s'accumulait la poussière (et les petits cadeaux) pendant que le roi était
malade.

Un beau jour Sa Majesté se sentirait mieux,
grâce aux soins de ses médecins allemands, et
reprendrait ses audiences. Elle ferait appeler Nur.
Puis l'antique téléphone à col de cygne à côté du
divan jaune sonnerait et la voix du vieillard (s'efforçant de ne pas laisser percer un ton de triomphe)
dirait : « Ici Nur, qui parle du Divan même du
roi qui nous a reçu en audience. L'affaire dont
nous avons parlé, concernant le gouvernement britannique. Il faut aller de l'avant. Louanges à
Dieu! »

« Louanges à Dieu! », et dès ce moment Memlik
aurait les mains liées. Mais pour l'instant il était
encore un exécuteur libre, libre de manifester son
mépris pour le vieux ministre, par l'inaction.

« Il y a deux frères, Excellence, avait dit Rafael
d'un ton de récitant, et son petit visage de poupée
avait pris une expression de maturité ténébreuse.
Deux frères Hosnani, pas seulement un, Excellence. »

Puis il poussa un soupir, appuya ses doigts blancs
sur la peau brune de Memlik et mit son rasoir en
action. Il procédait lentement, car pour faire enregistrer une idée à un musulman il faut opérer
comme pour peindre un mur : il faut attendre
que la première couche soit sèche (la première idée)
avant d'appliquer la seconde.

« Des deux frères, l'un possède beaucoup de terres, et l'autre possède beaucoup d'argent — celui du Coran. Les terres ne serviraient à rien à son Excellence. Mais celui dont la bourse est inépuisable... »

Le ton de sa voix exprimait tout le mépris d'un homme sans biens pour de la belle èt bonne terre.

« Très bien, très bien, mais... dit Memlik avec une impatience contenue, presque sans bouger les lèvres sous la caresse du rasoir tranchant. Il était impatient de développer ce thème. Rafael sourit et se tut pendant un moment.

— Certes, dit-il d'un ton pensif, les papiers que Son Excellence vous a communiqués étaient signés Hosnani — du nom de famille. Qui peut dire lequel des deux frères les a signés, lequel est coupable et lequel est innocent? Le sage sacrifierait-il un homme riche d'argent à un homme riche de terres? Moi, je n'hésiterais pas, Excellence, non, je n'hésiterais pas.

— Que ferais-tu, mon petit Rafael?

— Pour des gens comme les Anglais il serait facile de laisser entendre que c'est le pauvre qui était coupable, non le riche. Mais je pense tout haut, Excellence, et je ne suis qu'un petit homme parmi de grandes affaires. »

Memlik respira tranquillement par la bouche, en gardant les yeux fermés. Il savait l'art de ne jamais manifester de surprise. Mais cette idée, nonchalamment en suspens dans son esprit, lui donnait ample matière à réflexion et à étonnement.

Au cours du dernier mois il avait reçu trois nouveaux volumes à ajouter à sa bibliothèque, ce qui ne lui laissait plus guère de doute sur la fortune de son client, l'aîné des Hosnani. La Noël approchait. Satisfaire à la fois les Anglais et sa propre cupidité... Voilà qui serait très habile, en vérité !

A moins de huit cents mètres du fauteuil où Memlik se faisait raser et conseiller, sur l'autre rive des eaux brunes du Nil, Mountolive était assis devant ses papiers. Sur le grand bureau poli se trouvait le grand carton d'invitation qui le priait d'honorer de sa présence l'une des grandes manifestations mondaines annuelles : la chasse au renard que Nessim donnait sur le lac Mareotis. Il le dressa contre son encrier pour le relire, avec une fugitive expression de reproche.

Mais il y avait une autre communication plus importante encore : même après ce long silence il reconnaissait l'écriture nerveuse de Leila sur l'enveloppe doublée, parfumée au chypre. Mais à l'intérieur il avait trouvé une page déchirée d'un cahier, couverte de mots et de phrases décousues, griffonnées, semblait-il, en toute hâte.

« David, je pars pour l'étranger, peut-être pour longtemps, peut-être pas, je ne puis le dire : contre mon gré. Nessim insiste. Mais il faut que je vous voie avant de partir. Il faut que je trouve le courage de vous rencontrer la veille de mon départ. Ne refusez pas. J'ai quelque chose à vous demander, quelque chose à vous dire. « Toute cette

« affaire! » Je n'étais pas au courant jusqu'au jour du carnaval, je le jure : mais vous seul pouvez sauver... »

La lettre se poursuivait ainsi, chaotique. Mountolive était en proie à des sentiments étrangement contradictoires : un soulagement immotivé qui frémissait au bord de l'indignation. Après tout ce temps, voilà qu'elle allait l'attendre à la tombée de la nuit près de l'*Auberge Bleue*, dans un vieux fiacre arrêté en retrait de la route, sous les palmiers! Du moins c'était bien là dans le ton de son ancienne fantaisie! Mais pourquoi Nessim devait-il absolument ignorer ce rendez-vous? Pourquoi le désapprouverait-il? Néanmoins il se sentit inondé de soulagement et de tendresse en apprenant qu'elle n'avait pris aucune part à la conspiration de son fils. Et dire que pendant tout ce temps, il n'avait voulu voir en Leila qu'un prolongement hostile de Nessim, qu'il s'était efforcé de la haïr! « Ma pauvre Leila! » dit-il à haute voix, en portant l'enveloppe à ses narines pour respirer le parfum de chypre. Il décrocha le téléphone et demanda Errol. « Je suppose que toute l'ambassade a été invitée à la partie de chasse de Hosnani? Oui? Je dois dire qu'il ne manque pas d'audace... Naturellement, je dois refuser, mais j'aimerais que vous y alliez tous, pour m'excuser. Uniquement pour sauver les apparences. Vous voulez bien? Je vous remercie. Autre chose : je m'absenterai pour une affaire personnelle ce soir-là et je serai de retour le lendemain — nous nous croiserons probablement sur la route du désert. Non, je suis très heureux que vous y alliez. Et bonne chasse! »

Les dix jours qui suivirent s'étirèrent dans une sorte de rêve, ponctués seulement par les piqûres intermittentes d'une réalité qui n'était plus une drogue, une distraction qui ligotait ses nerfs : ses tâches étaient maintenant une torture d'ennui. Il se sentait harassé, épuisé, vidé au-delà de toute mesure lorsqu'il contemplait son visage dans la glace de la salle de bain, le présentant au fil de son rasoir avec un dégoût non dissimulé. Ses cheveux avaient très nettement blanchi sur ses tempes. Quelque part dans le quartier des domestiques une radio déversait la mélodie d'une vieille chanson qui avait obsédé Alexandrie tout un été : *Jamais de la vie*. Maintenant, elle lui portait sur les nerfs. Cette nouvelle époque — limbes où flottaient les fragments épars d'habitudes, de devoirs et d'événements — le remplissait d'une impatience dévorante; et au-dessous de toutes ces sensations, il avait conscience que toutes ses forces se rassemblaient, en vue d'affronter ce rendez-vous avec Leila, si longtemps attendu. Il allait déterminer en quelque sorte non pas tant la signification physique, tangible, de son retour en Egypte, que sa signification psychique en relation avec toute sa vie intérieure. Seigneur! quelle façon maladroite d'exprimer cela — mais peut-on exprimer ces choses autrement? C'était une sorte de barrière intérieure qu'il devait franchir, une puberté du sentiment qu'il fallait dépasser.

Il s'élança sur la route du désert, heureux d'entendre le doux sifflement de l'air contre le pare-brise de sa voiture climatisée. Il y avait longtemps qu'il n'avait pas eu l'occasion de rouler ainsi, seul, dans le désert — cela lui rappelait d'autres voyages, autrefois, dans des temps plus heureux. L'aiguille du compteur se maintenait en tremblotant au voisinage des soixante milles; il fredonnait doucement, malgré lui, le refrain :

*Jamais de la vie*
*Jamais dans la nuit.*
*Quand ton cœur se démange de chagrin...*

Depuis quand se surprenait-il à chantonner ainsi? Une éternité déjà. Ce n'était pas par allégresse, mais par un irrésistible besoin qu'avait son esprit de se détendre. Même cette chanson qu'il détestait, l'aidait à retrouver l'image perdue d'une Alexandrie dont il avait autrefois apprécié le charme. Pourrait-il jamais la revoir sous ce jour?

L'après-midi était déjà fort avancée quand il atteignit la limite du désert et amorça les lents virages qui le conduiraient aux premiers faubourgs crasseux de la ville. Le ciel était couvert. Un orage planait sur Alexandrie. A l'est, une averse criblait d'épingles les eaux vertes du lac dont la peau éclatait en un million de cloques; le tambourinement de la pluie couvrait le murmure du moteur. Il aperçut une ville de perles à travers le voile sombre des nuages, les minarets ensanglantés par un précoce coucher de soleil. Une brise venue de la mer taquinait les franges de l'estuaire. Plus haut, des paquets de fumée rôdaient encore, nuages pourpres qui jetaient d'étranges reflets dans les rues et sur les places de la ville blanche. La pluie était un phénomène rare et bref à Alexandrie. En quelques minutes le vent de mer se levait, changeait de cap, roulait les nuages comme d'énormes tapis et le ciel redevenait pur. La fraîcheur vitreuse du ciel d'hiver retrouvait sa couleur et astiquait de nouveau la cité qui étincelait bientôt comme un bloc de quartz sur le fond du désert, comme un bel objet ouvragé. Il n'éprouvait plus d'impatience. Le crépuscule commençait doucement à absorber le couchant. En approchant des hideuses rangées de masures et d'entrepôts aux abords de la rade, ses pneus surchauffés se mirent à fumer et à grésiller sur l'asphalte humide. Il était temps de ralentir...

Il pénétra lentement sous le rideau de l'orage, émerveillé par les clartés glauques d'un horizon d'où jaillissaient d'étranges lueurs de soleil qui allaient s'éparpiller en rubis sur les bâtiments de la rade (accroupis sous leurs canons comme des crapauds cornus). Il retrouvait la cité qu'il avait connue jadis, et il se laissa griser par sa pénétrante mélancolie sous la pluie, tandis qu'il la traversait à faible allure pour gagner la Résidence d'été. Les éclairs de l'orage la recréaient, lui donnaient un aspect irréel, fantomatique — chaussées défoncées où l'on roulait sur du papier d'étain, des coquilles d'escargots, des cornes brisées, du mica; maisons de briques couleur sang de bœuf; les amoureux qui rôdent sur la place Mohammed Ali, désorientés par la pluie, maussades comme des instruments désaccordés; grincement des trams violets le long de la Corniche; crissement des palmes; toute la désuétude d'une ville antique dont les rues sont enduites de la poussière de sable du désert qui l'encercle. Il ressentait de nouveau tout cela, et laissait la ville se déployer panoramiquement dans sa conscience — gémissement d'un paquebot qui monte lentement vers la barre du couchant, trains qui ruissellent comme un torrent de diamants et s'enfoncent vers l'intérieur du pays, chuchotement des roues parmi les ravins de galets et la poussière des temples abandonnés, enfouis sous des siècles de sable...

Mountolive ressentait tout cela maintenant avec une lassitude où il reconnaissait les stigmates des expériences qui vieillissent un homme. Le vent fouettait les vagues dans le port. Les mâts et les agrès dansaient et s'entrechoquaient comme le feuillage d'un arbre gigantesque. L'essuie-glace s'activait sans bruit sur le pare-brise ruisselant... Un court répit dans cette étrange obscurité meurtrie, illuminée par les spasmes lointains des éclairs, puis le vent réaffirmait son emprise, le magistral vent du nord ébouriffant les crêtes de la mer, faisant voler ses plumes blanches, forçant les portes du firmament jusqu'à ce que les visages des hommes et des femmes reflètent une fois encore le vaste ciel d'hiver. Il avait encore tout le temps.

Il alla à la résidence d'été pour s'assurer que le personnel avait été prévenu de son arrivée; il avait l'intention d'y passer la nuit et de rentrer au Caire le lendemain matin. Il entra par la grande porte avec sa clé, agita la sonnette et perçut bientôt le pas traînant d'Ali. A ce moment, une bourrasque de vent ébranla toutes les fenêtres dans leur châssis, et la pluie cessa brusquement, comme si l'on avait fermé un robinet.

Il avait encore une bonne heure devant lui avant le rendez-vous, ce qui lui laissait largement le temps de prendre un bain et de se changer. A sa grande surprise, il se sentait maintenant parfaitement calme; il n'éprouvait plus ni l'angoisse du doute ni la joie du soulagement. Il s'en remettait tout entier aux événements.

Il mangea un sandwich et but deux whiskies secs avant de regagner sa voiture et de descendre doucement par la Grande Corniche vers l'*Auberge Bleue* située dans les faubourgs de la ville, dans un décor de dunes et de palmiers. Le ciel était clair de nouveau et les vagues accouraient du large pour venir s'écrouler en nuages d'écume contre les poutrelles de Chatby. De sourdes lueurs d'orage éclairaient encore par instants l'horizon, comme si, très loin, dans le silence, une bataille navale était en cours.

Il roula lentement sur le bord de la route puis se rangea dans le parc à voitures encore désert et éteignit toutes les lanternes. Il resta un moment assis à l'intérieur pour s'accoutumer au crépuscule

bleuâtre. L'auberge était vide — ce n'était pas
encore l'heure où dîneurs et danseurs se pressent
en foule autour des bars et sur les pistes élégantes.
Puis il l'aperçut : de l'autre côté de la route, juste
en face du parking, devant une plage de sable et
quelques palmiers aux troncs courbés, un vieux
fiacre était arrêté. Ses antiques lanternes à pétrole
étaient allumées et papillotaient légèrement comme
des lucioles dans la nuit fraîche. Sur le siège du
cocher on apercevait une vague silhouette qui
paraissait endormie sous son tarbouche.

Il traversa la route d'un pas allègre, faisant crisser
le gravier sous ses semelles, et lorsqu'il fut près du
fiacre, il appela, à voix basse :

« Leila! »

Il vit la silhouette du cocher contre le ciel se
redresser et rectifier son attitude; à l'intérieur il
entendit une voix — la voix de Leila — qui disait :

« Ah! David, enfin nous nous retrouvons. J'ai
fait tout ce chemin pour vous dire... »

Il se pencha en avant, intrigué, s'efforçant de
percer l'obscurité, mais il ne put distinguer qu'une
vague forme tassée à l'autre bout de la banquette.

« Entrez! lança-t-elle d'une voix autoritaire. Entrez, et nous pourrons parler. »

C'est alors que Mountolive se sentit gagné par
un sentiment d'irréalité, sans pouvoir en déterminer la cause. Il avait cette impression que l'on
éprouve parfois en rêve, de marcher sans toucher
le sol, ou encore d'être soulevé en l'air comme un
bouchon sur la crête d'une vague. Tous ses sens,

telles des antennes, se tendaient vers cette silhouette
sombre, essayant de saisir le sens de ces phrases
décousues et d'analyser l'étrange sensation de
désarroi qu'elles recelaient comme une intonation
étrangère qui se glisse dans le timbre d'une voix
familière; quelque part en lui, tout s'effondrait.

Que se passait-il donc? Il ne reconnaissait pas
du tout cette voix. Ou plus exactement, tout en
sachant que c'était la voix de Leila, il refusait d'admettre ce qu'il entendait. Ce n'était pas là la voix
si chère qui, dans son imagination, avait continué
à vivre, et à faire vivre le souvenir de Leila. Sa
voix avait maintenant une sorte d'inconsistance
gloutonne, et toutes les vibrations en paraissaient
émoussées. Il attribua cela à l'émotion et à Dieu
sait quels autres sentiments. Mais... des phrases
qui s'interrompaient, pour reprendre au milieu,
des phrases qui tournaient court et retombaient,
brisées par l'effort d'assembler deux idées? Il plissa
le front dans l'obscurité en essayant d'analyser le
caractère étrangement irréel, comme distrait, de
cette voix. Etait-ce bien là la voix qui appartenait
à Leila? Puis une main lui prit le bras, et il put
l'observer attentivement, dans la douce flaque de
lumière qui émanait de la lanterne à pétrole, sur
son support de cuivre, près du siège du cocher.
C'était une petite main grasse et peu soignée, aux
ongles coupés ras, sans vernis, avec des petites
peaux qui débordaient.

« Leila, est-ce bien vous? demanda-t-il presque
malgré lui, sans pouvoir se défaire de cette sen-

sation d'irréalité, de désarroi; comme deux rêves qui se chevauchent, chacun cherchant à chasser l'autre.

— Entrez! » dit la nouvelle voix de l'invisible Leila.

Il obéit, pénétra dans le fiacre branlant et fut alors assailli par l'étrange amalgame de ses parfums — et ce fut un nouveau et troublant démenti infligé au souvenir qu'il conservait depuis si longtemps : fleur d'oranger, menthe, eau de Cologne et sésame. Elle avait l'odeur d'une vieille dame arabe! Puis il perçut encore un triste relent de whisky. Elle aussi avait dû boire pour calmer ses nerfs, avant de venir au rendez-vous! La sympathie et l'indécision luttaient en lui; l'ancienne image de l'élégante, de l'intelligente Leila refusait de coïncider avec la nouvelle. Il fallait qu'il vît son visage. Comme si elle lisait dans sa pensée, elle dit :

« J'ai fini par venir à vous, *sans voile*. »

Il se dit tout à coup, en sursautant : « Seigneur! Je n'avais pas pensé à quel point Leila devait avoir vieilli! »

Elle fit un petit signe et le vieux cocher en tarbouche tourna lentement son petit cheval vers la chaussée illuminée de la Grande Corniche et ils partirent au pas. Les lampes bleues des réverbères jetèrent un œil, l'une après l'autre, à l'intérieur du fiacre, et à ces premières lueurs indiscrètes Mountolive se tourna pour contempler la femme assise à côté de lui. Il la reconnut très vaguement. Il vit une Egyptienne d'âge incertain, grasse, le visage tout grêlé des marques laissées par la petite vérole, les yeux grotesquement agrandis par des traits de crayon bleu. Les yeux mutins et tristes d'une caricature gauchement dessinée. Oui, elle avait eu le courage de se dévoiler, cette étrangère assise en face de lui qui le regardait de cet œil peint comme on en voit sur les fresques, l'air pitoyable et égaré, plein d'une muette supplication. Devant son amant, elle avait un air à la fois embarrassé et audacieux, mais ses lèvres tremblaient et ses larges mâchoires s'entrechoquaient à chaque cahot de la voiture. Ils se regardèrent pendant deux secondes d'éternité avant que l'obscurité n'engloutisse à nouveau la lumière. Alors, elle leva la main et posa ses doigts sur les lèvres de Mountolive. Une main qui tremblait comme une feuille. A la lueur fugitive du réverbère, il avait aperçu ses cheveux emmêlés qui lui pendaient dans le cou, sa robe noire chiffonnée et mal ajustée. Toute son apparence avait un air désinvolte et improvisé. Et sa peau sombre, si cruellement couturée et boursouflée par la petite vérole, semblait aussi rêche qu'une peau d'éléphant. *Il ne la reconnaissait pas du tout!*

« Leila! » s'écria-t-il (presque dans un gémissement), en faisant semblant de la reconnaître enfin et de se réjouir de retrouver l'image de sa maîtresse (maintenant dissoute et dispersée à tout jamais) dans cette pitoyable caricature — une grosse femme égyptienne portant toutes les marques de l'excentricité et de l'âge. Chaque fois qu'un rayon de lumière révélait l'intérieur du fiacre il la regardait encore, et à chaque fois il avait l'impression de se trouver en présence d'une sorte d'animal caricatural — un éléphant, par exemple. C'est à peine s'il pouvait prêter attention à ses paroles, tant ses souvenirs et ses sensations se bousculaient dans son esprit.

Elle lui prit la main, et une nouvelle bouffée de sésame, de menthe et de whisky assaillit ses narines.

« Je savais que nous nous reverrions un jour. Je le savais. »

Elle se mit à parler et il l'écouta, mal à son aise, mais avec toute l'attention que l'on prête à une langue qui ne vous est pas familière; et chaque fois que la lumière des lampadaires frappait les fenêtres il la regardait avidement, comme s'il attendait qu'un brusque changement survienne dans son apparence. Puis une autre pensée lui vint tout à coup : « Et si j'avais changé autant qu'elle, moi aussi? » Il leur était arrivé, dans un passé déjà lointain, d'échanger des photos, comme des gages de fidélité; mais que pourrait-elle voir sur son visage maintenant : les traces de la faiblesse qui avait dévasté sa jeunesse et ruiné ses énergies? Il avait maintenant rejoint les rangs de ceux qui ont, de bonne grâce, accepté les compromis avec la vie. Son manque d'efficacité, de virilité, devait certainement se lire sur son visage aux traits mous, comiquement affables? Il la contemplait mélancoliquement, en se demandant sincèrement, pitoya-

blement, si elle l'avait reconnu. Il avait oublié
que les femmes n'oublient jamais l'image d'un être
aimé; non, son amour ancien l'aveuglerait toujours, refuserait de se laisser déconcerter par une
image plus récente.

« Vous n'avez pas du tout changé, dit cette
inconnue au parfum désagréable. Mon bien-aimé,
mon chéri, mon ange. »

Mountolive se sentit rougir dans l'obscurité sous
la caresse de ces mots tendres qui sortaient des
lèvres d'un personnage inconnu. Qu'était donc devenue la Leila qu'il avait aimée? Alors il comprit
que cette image précieuse qui avait si longtemps
habité son cœur, s'était complètement effacée,
éteinte, dissoute! Il se trouvait tout à coup face à
face avec la signification profonde de l'amour et
du temps. Ils avaient perdu à jamais le pouvoir de
féconder leurs esprits! Il ne ressentait plus que
pitié et dégoût alors qu'il aurait dû éprouver de
l'amour! Et c'étaient là des sentiments proprement
inadmissibles! Il eut envie de jurer, tandis qu'ils
allaient et venaient sur la Corniche, dans un fiacre
suranné, pareils à des infirmes qui prennent le frais,
en se touchant la main de temps en temps. Puis
elle se mit à parler plus vite, en sautant d'un sujet
à un autre. Mais toutes ces phrases semblaient
n'être qu'une introduction au sujet dont elle était
venue l'entretenir. Elle devait partir le lendemain
soir.

« C'est Nessim qui l'exige. Justine viendra me
chercher après la partie de chasse. Nous disparais-

sons ensemble. A Kantara nous nous séparerons et je continuerai seule jusqu'à la ferme du Kenya. Nessim ne peut pas dire, ne sait pas encore pour combien de temps. Il *fallait* que je vous voie. Il *fallait* que je vous parle avant. Ce n'est pas pour moi — ce n'est jamais pour moi, mon cher cœur. C'est au sujet de ce que j'ai appris sur Nessim le jour du carnaval. J'allais venir vous rencontrer; mais ce qu'il m'a dit sur la Palestine! Mon sang s'est figé. Faire quelque chose contre les Anglais! Moi! Comment aurais-je pu faire une chose pareille? Nessim a dû devenir fou. Je ne suis pas venue parce que je n'aurais pas su quoi vous dire. Comment oser paraître devant vous? Mais vous savez tout maintenant. »

Elle parlait d'une voix oppressée, comme si elle avait hâte d'en venir à l'essentiel. Brusquement, elle y arriva.

« Les Egyptiens veulent tuer Nessim, et les Anglais essaient de les amener à faire cela. David, vous devez user de votre influence pour empêcher une chose pareille. Je vous demande de le sauver. Il faut que vous m'écoutiez, il faut que vous m'aidiez. C'est la première fois que je vous demande une faveur. »

Ses joues striées de larmes bleues lui donnaient un air encore plus étranger, plus irréel, à la lueur des réverbères. Il se mit à bégayer. Elle s'écria, plus fort :

« Je vous en supplie, aidez-moi! »

Et tout à coup, à sa grande humiliation, elle se

mit à gémir et à se balancer comme une Arabe, en
l'implorant.

« *Leila!* s'écria-t-il. *Cessez, je vous en prie!* »

Mais elle se balançait en répétant, plus pour
elle-même, semblait-il, que pour qui que ce soit :

« Vous seul pouvez le sauver maintenant. »

Puis elle fit mine de vouloir se jeter à genoux
et de lui embrasser les pieds. Mountolive tremblait
de colère, de stupéfaction et de dégoût. Ils passaient devant l'auberge pour la dixième fois.

« Si vous ne cessez pas immédiatement!... »
s'écria-t-il exaspéré...

Mais elle se mit à gémir de plus belle, et n'y
tenant plus il sauta maladroitement sur la route.
C'était affreux de devoir interrompre ainsi leur
entrevue. Le fiacre s'arrêta. Il dit, se sentant ridicule, d'une voix qui lui parut venir de très loin
et qui semblait avoir perdu toute expression reconnaissable, à part une légère aigreur désuète :

« Je ne puis discuter d'un sujet officiel avec une
personne privée. »

Quoi de plus absurde que ces mots? A peine les
eut-il prononcés qu'il en eut horriblement honte.

« Leila, au revoir », dit-il à mi-voix, en toute
hâte, et il lui pressa une fois la main avant de se
retourner. Puis il se sauva à toutes jambes. Il ouvrit
la portière de sa voiture, se laissa tomber sur la
banquette, tout essoufflé, et se sentit pris de vertige
après les minutes de folie qu'il venait de vivre. Il
entendit le fiacre s'ébranler dans l'obscurité. Il le
regarda tourner lentement le long de la Corniche

et disparaître. Il alluma alors une cigarette et mit le moteur en marche. Et tout à coup il lui sembla qu'il n'avait plus aucun endroit où aller. Tous les élans, tous les désirs s'étaient brisés.

Au bout d'un long moment il se décida à partir et regagna lentement la Résidence d'été, en soliloquant à mi-voix. Il n'y avait pas une seule fenêtre qui fût éclairée, et il entra avec sa clé. Il alla de pièce en pièce, ouvrant toutes les lumières, se sentant tout à coup étourdi de solitude; il ne pouvait accuser les domestiques d'avoir déserté leur poste puisqu'il avait dit à Ali qu'il dînerait en ville. Il se mit à arpenter les salons, les mains dans les poches. Mais les pièces n'avaient pas été chauffées depuis longtemps et il sentit bientôt l'humidité le pénétrer. La face blême, et comme chargée d'un muet reproche, d'une pendule lui dit qu'il n'était guère plus de neuf heures. Brusquement, il se dirigea vers la cave à liqueurs et se versa un grand verre de whisky avec deux doigts de soda, qu'il but d'une seule traite, la bouche grande ouverte, comme une potion amère. Son esprit bourdonnait ainsi qu'une ligne à haute tension. Il se dit qu'il devait sortir et aller dîner seul quelque part, mais où aller? Alexandrie, toute l'Egypte lui parut soudain insupportable, ennuyeuse et vide.

Il but plusieurs autres whiskies, appréciant la douce chaleur qui s'insinuait dans son sang. Leila venait brusquement de le placer en face d'une réalité qui, se disait-il, n'avait jamais cessé de hanter la tapisserie poussiéreuse de ses rêves romantiques. En un sens, elle avait *été* l'Egypte, son Egypte particulière; et brusquement cette vieille image avait éclaté comme une gousse trop mûre. « Il ne serait pas sage de boire davantage », se dit-il en vidant son verre, lui qui ne buvait qu'à petites doses. Oui, c'était cela! Il n'avait jamais été intempérant, jamais naturel. Il s'était toujours caché derrière des attitudes, derrière la mesure et le compromis; et ce manque de spontanéité lui avait fait perdre l'image de l'Egypte qui avait nourri son rêve depuis si longtemps. Tout cela n'était-il donc que mensonge?

Il avait l'impression qu'une barrière intérieure était sur le point d'éclater, qu'un barrage allait se rompre. Il lui vint alors l'idée d'aller dîner dans le quartier arabe, simplement, humblement, comme un petit employé de la ville, comme un commerçant, un marchand. Cela ne lui était pas arrivé depuis sa jeunesse. Il irait manger un pigeon au riz et des pâtisseries dans un petit restaurant du cru; la nourriture lui calmerait les nerfs et il retrouverait dans ce décor le sentiment d'un contact avec la réalité. Il ne se souvenait pas de s'être jamais senti aussi gris, d'avoir eu les jambes aussi lourdes que ce soir. Ses pensées flottaient dans un nuage de remords informulés.

Tout en agitant ces désirs incohérents et à demi conscients, il alla brusquement ouvrir le placard du hall pour en retirer le tarbouche de feutre rouge qu'un invité avait oublié à un cocktail, l'été

précédent. Il venait de se le rappeler à l'instant.
L'objet se trouvait parmi un fouillis de clubs de
golf, d'étriers et de raquettes de tennis. Il le posa
sur sa tête en pouffant de rire. Ce simple couvre-
chef transformait complètement son apparence. En
se contemplant d'un œil un peu honteux dans la
glace du hall il fut très surpris du changement :
il avait maintenant en face de lui un visiteur
étranger distingué, mais... *un homme quelconque;*
un commerçant syrien, un courtier de Suez ou un
représentant d'une compagnie aérienne de Tel-
Aviv. Il ne restait plus qu'une petite chose pour
que la qualité de citoyen du Moyen-Orient ne lui
fût plus contestée : les lunettes noires, que l'on
garde même en hiver, à l'intérieur! Il y en avait
une paire dans le premier tiroir du bureau.

Il roula lentement jusqu'au petit square de la
gare Ramleh, éprouvant une absurde exaltation à
la pensée de son déguisement et rangea sa voiture
dans le parc de stationnement du Cecil Hotel; puis
il verrouilla la portière et partit, du pas tranquille
d'un homme qui abandonne les habitudes de toute
une vie, pénétré d'un sentiment de confiance en
soi très nouveau et délicieux, vers les quartiers de
la ville arabe où il pourrait commander le dîner
dont il rêvait. Il eut un mouvement de recul toutefois en apercevant, sur la Corniche, une silhouette
bien connue qui traversait la route et se dirigeait vers lui : Balthazar! On ne pouvait se tromper sur cette démarche traînante; Mountolive se
sentit tout penaud, mais il n'en continua pas

moins son chemin. Il constata avec plaisir que
Balthazar lui jetait un vague coup d'œil puis regardait ailleurs sans reconnaître son ami. Ils se croisèrent très rapidement et Mountolive poussa un
grand soupir de soulagement; c'était vraiment très
singulier, cet anonymat que vous conférait un
couvre-chef rouge en forme de pot de fleurs qui
modifiait radicalement les contours du visage humain. Et les lunettes noires! Il rit doucement sous
cape en tournant le dos à la mer et s'enfonça dans
le dédale de ruelles qui le conduirait dans le quartier des bazars arabes et des petits restaurants du
port marchand.

Par ici il n'aurait pas une chance sur cent d'être
reconnu, car peu d'Européens s'aventuraient dans
cette partie de la ville. Le quartier qui s'étendait
au-delà de la ceinture de lanternes rouges, habité
par de petits commerçants, des changeurs, des trafiquants de café, des fournisseurs de la marine, des
contrebandiers; dans la rue, on avait l'impression
que le temps était étalé, pour ainsi dire, comme
une peau de bœuf; là, c'était la carte du temps
que l'on pouvait lire d'un bout à l'autre, en la
jalonnant de points de repère connus. Cet univers
du temps musulman remontait à Othello et au-delà
— cafés où retentissaient tout au long du jour
les roulades des oiseaux dans des cages garnies de
miroirs pour leur donner l'illusion de la compagnie. Chants d'amour que les oiseaux dédiaient à
des compagnons imaginaires — et qui n'étaient
que des reflets d'eux-mêmes! Déchirantes mélodies

qui étaient l'illustration de l'amour humain! Là encore, dans la lugubre et tremblotante clarté que répandaient les flammes de naphte, de vieux eunuques jouaient au tric-trac en fumant leurs longs narguilés qui gargouillaient à chaque bouffée comme des sanglots de colombes; les murs des vieux cafés luisaient de la sueur des tarbouches accrochés aux patères; leurs collections de narguilés multicolores étaient rangées dans de longs rateliers, comme des fusils, et chaque fumeur apportait son embout personnel auquel il tenait comme à un objet particulièrement précieux. C'est là aussi que devins, cartomanciennes et tous ceux qui, pour une demi-piastre, barbouillaient savamment votre paume d'encre, interrogeaient les secrets de votre vie la plus intime. Colporteurs des ballots magiques gonflés d'objets bariolés et les plus divers, des tapis de haute laine de Chiraz et du Bélouchistan aux tarots de Marseille; encens du Hedjaz, perles vertes contre le mauvais œil, peignes, graines, miroirs pour cages à oiseaux, épices, amulettes et éventails de papier... la liste était inépuisable; et tous, bien entendu, transportaient dans leur sacoche — tels les vendeurs d'indulgences au Moyen Age — le fruit des grandes pornographies du monde sous la forme de mouchoirs et de cartes postales sur lesquels était représenté, dans toutes ses pitoyables variations, l'acte dont l'être humain rêve le plus et dont il a le plus peur. Mystérieux, souterrain, l'inépuisable fleuve du sexe, s'infiltrant sans peine par toutes les fissures des faibles barrages dressés par nos législations inquiètes et les remords caractéristiques des masochistes... le large et puissant fleuve occulte qui coule depuis Pétrone jusqu'à Frank Harris. (Les pensées de Mountolive flottaient et se chevauchaient dans son cerveau embrumé, surgissaient en jolies figures à demi formulées, pour éclater comme des bulles de savon irisées.) Il se sentait maintenant parfaitement à l'aise dans sa peau; il s'était accommodé de cette ébriété inhabituelle et il ne sentait plus qu'il était ivre; il n'éprouvait plus qu'une sensation d'immense dignité qui lui donnait une superbe aisance de gestes. Il allait lentement, gravement, comme une femme enceinte approchant du terme, et se grisait de spectacles et de sons.

A la fin il fut séduit par une petite taverne dont les fourneaux rougeoyants lâchaient de gros paquets de fumée dans la salle, et il entra. Une odeur de thym, de pigeon rôti et de riz lui tiraillа brusquement l'estomac. Il n'y avait qu'un ou deux autres dîneurs que l'on distinguait à peine à travers la vapeur. Mountolive s'assit de l'air d'un homme qui fait une grande concession à la loi de la pesanteur, commanda un repas dans son excellent arabe, et garda son tarbouche et ses lunettes noires. Il ne faisait maintenant pas de doute qu'il pouvait aisément passer pour un musulman. Le patron du café était un Turc au faciès de Tartare, qui servit son visiteur avec diligence et sans faire de commentaire. Il posa également un gobelet devant l'assiette de Mountolive et sans dire un mot le remplit jusqu'au bord d'un arak incolore tiré du lentisque et appelé *mastika*. Mountolive s'étouffa et toussota un peu en le buvant, mais il en éprouva un immense plaisir; c'était la première boisson du Levant qu'il avait goûtée, il y avait bien longtemps de cela maintenant, si longtemps qu'il en avait oublié l'existence. Il avait oublié aussi comme elle était forte et, saisi par une soudaine nostalgie, il en commanda un second verre pour l'aider à terminer l'excellent pilaf chaud et le pigeon à la broche (si chaud qu'il pouvait à peine le tenir avec les doigts). Mais il était maintenant au septième ciel, et il n'était pas loin de retrouver, de reconstituer l'image brouillée d'une Egypte que son entrevue avec Leila avait mise à mal, qu'elle lui avait volée pour ainsi dire.

Bientôt, la rue fourmilla du frisson des tambourins et de voix d'enfants qui chantaient une sorte de litanie; ils allaient de boutique en boutique, par petits groupes, en répétant inlassablement la même petite strophe. A la troisième répétition il réussit à saisir les mots. Oui, bien sûr!

> *Seigneur de l'Arbre Secoué*
> *Garde nos petites feuilles*
> *Bien attachées aux branches*
> *Car nous sommes tes petits-enfants!*

« Bon Dieu, j'y suis! » dit-il en avalant une gorgée brûlante d'arak et en souriant, maintenant que le sens de la petite procession lui devenait clair. Il y avait un vieux cheik vénérable assis en face de lui près de la fenêtre et qui fumait un narguilé à long col. Il fit un geste gracieux de sa vieille main pour désigner le tumulte de la rue et s'écria :

« Allah! Le bruit des enfants! »

Mountolive sourit et lui dit :

« Reprenez-moi si je me trompe, monsieur, mais n'est-ce point pour *El Sidr* que ces enfants chantent cette complainte? »

Le visage du vieillard s'éclaira et approuva de la tête, en souriant d'un sourire angélique.

« Vous avez deviné juste, monsieur. »

Mountolive se sentit tout fier de lui, et encore plus rempli de la nostalgie de ces années presque oubliées.

« Ce soir, alors, dit-il, ce doit être la mi-Shaaban et l'Arbre de l'Extrémité sera secoué. N'est-ce pas cela? »

Nouvelle approbation ravie.

« Qui sait, dit le vieux cheik, si nos deux noms ne seront pas inscrits sur les feuilles qui tomberont? »

Il tira paisiblement sur sa pipe, d'un air béat, en crachotant de tout petits nuages de fumée, comme une locomotive miniature.

« Que la volonté d'Allah soit faite! »

La croyance veut que la veille de la mi-Shaaban, l'Arbre du Paradis soit secoué, et que les feuilles qui tombent portent les noms de tous ceux qui mourront dans l'année. On l'appelle l'Arbre de l'Extrémité dans certains textes. Mountolive fut si heureux d'avoir reconnu la petite chanson qu'il commanda un dernier verre d'arak, qu'il but debout en payant son addition. Le vieux cheik abandonna sa pipe et s'approcha lentement de lui à travers la fumée.

« Effendi, je comprends pourquoi vous êtes ici. Ce que vous cherchez vous sera révélé par moi. »

Il avait posé deux doigts bruns sur le poignet de Mountolive, et parlait à voix basse, humblement, comme un homme qui a un secret à communiquer. Son visage avait toute la candeur et la pureté d'un saint du désert. Mountolive fut charmé par les manières du personnage.

« Honorable cheik, dit-il, exposez votre pensée à un indigne visiteur syrien. »

Le vieillard s'inclina deux fois, jeta un regard circonspect autour de lui et dit :

« Ayez la bonté de me suivre, honorable monsieur. »

Il gardait ses deux doigts posés sur le poignet de Mountolive comme aurait fait un aveugle. Ils sortirent ensemble dans la rue. Le cœur romantique de Mountolive battait follement — allait-il avoir la chance, le privilège, de recevoir la vision mystique de quelque mystère religieux? Il avait si souvent entendu de ces histoires où il était question d'hommes religieux rôdant dans le quartier des bazars, attendant le moment favorable pour accomplir quelques secrètes missions inspirées par le monde invisible, transcendant, ce monde soigneusement gardé par les docteurs de l'occulte. Il avançait dans un doux nuage d'inconnaissance, en compagnie de ce cheik qui titubait et retrouvait son équilibre à chaque pas en souriant béatement. Ils allèrent ensemble, à cette quiète allure, par de sombres ruelles que la nuit transformait maintenant en longs tunnels obscurs ou en cavernes indistinctes qui résonnaient encore faiblement des échos assourdis d'une cornemuse, ou des cris aigres d'une dispute, étouffés par les murs épais et les fenêtres grillagées.

L'imagination de Mountolive s'enflammait devant la beauté et le mystère de cette lumineuse cité d'ombres sculptées çà et là en formes reconnaissables par l'unique flamme d'une lampe à huile de naphte ou par une ampoule électrique suspendue à son mince fil qui se balançait au vent. A la fin ils tournèrent dans une longue rue enjambée par des banderoles bariolées, et de là dans une cour complètement noire dont le sol de terre battue exhalait de vagues relents de fiente de chameau et de jasmin. Une maison se profilait vaguement contre le ciel, serrée entre des murs épais. Ils pénétrèrent dans une sorte de baraque croulante, par une haute et étroite porte entrebâillée, et plongèrent dans les ténèbres encore plus absolues. Ils restèrent une demi-seconde à s'écouter respirer. Mountolive sentit plutôt qu'il ne vit l'escalier vermoulu qui courait le long du mur et montait à l'étage abandonné. Il entendait courir et gratter des rats dans des corridors déserts, mais aussi quelque chose d'autre — un bruit qui faisait vaguement penser à des êtres humains, mais il ne pouvait se souvenir des circonstances dans lesquelles il avait déjà entendu quelque chose de semblable. Ils avancèrent lentement le long d'un corridor dont le plancher pourri craquait et s'enfonçait sous leurs pas hésitants. Devant quelque chose qui devait être une porte, le vieux cheik s'arrêta et dit d'une voix engageante :

« Afin de vous montrer que nos simples plaisirs ne sont pas moindres que ceux de votre patrie, effendi, je vous ai conduit ici. Attendez-moi ici un moment si vous voulez », ajouta-t-il dans un murmure.

Les doigts du cheik quittèrent son poignet, et Mountolive sentit le souffle de la porte qui se refermait dans son dos. Il resta un moment immobile, épiant le silence.

L'obscurité était si totale que lorsque la lumière jaillit, il eut un instant l'impression que c'était quelque chose qui se passait très loin, dans le ciel. Comme si quelqu'un avait ouvert et refermé la porte d'un four dans le ciel. Ce n'était que l'éclair d'une allumette. Mais à sa lueur jaunâtre et vacillante il vit qu'il se trouvait dans une pièce lugubre, très haute de plafond et dont les murs lacérés et écaillés étaient couverts de graffiti et d'empreintes de mains — ces signes qui protègent les superstitieux du mauvais œil. Elle était vide, à l'exception d'un énorme divan effondré qui occupait le centre de la pièce, comme un sarcophage. Une unique fenêtre dont toutes les vitres étaient brisées lui révéla lentement l'obscurité plus bleue du ciel étoilé. Son allumette s'éteignit bientôt, et de nouveau il entendit courir et couiner les rats, et cet autre murmure étrange fait de chuchotements, de gloussements et d'un bruit étouffé de pieds nus sur des planches... Il songea tout à coup à un dortoir de filles dans une école; comme si cette pensée avait eu le pouvoir instantané de les engendrer, une porte s'ouvrit au fond de la pièce et une troupe de petites silhouettes vêtues de robes blanches crasseuses s'avança vers lui, comme une procession d'anges déchus. Brusquement il comprit, avec une nausée de dégoût et de pitié, qu'il se trouvait dans une maison de prostituées-enfants. Leurs petites figures étaient barbouillées de fard, leurs cheveux noués en tresses serrées par des rubans. Elles portaient des colliers de perles vertes contre le mauvais œil. Des petites créatures comme on en voit gravées sur les vases grecs — échappées des tombeaux et des ossuaires, avec cet air las et triste de malfaiteurs fuyant la justice. C'était la première du groupe qui portait la lumière — un morceau de ficelle brûlant dans une soucoupe d'huile d'olive. Elle se baissa pour déposer ce maigre lumignon à terre dans un coin de la pièce, et aussitôt les ombres fantastiques de ces fillettes hâves se profilèrent au plafond en une macabre sarabande.

« Non, par Allah! » s'écria Mountolive d'une voix rauque, en se tournant pour ouvrir la porte.

Celle-ci était fermée par un loquet de bois qui

ne pouvait se manœuvrer que de l'extérieur. Il approcha son visage d'un trou percé dans le panneau et appela doucement :

« O cheik, où êtes-vous? »

Les petites caricatures de femmes s'étaient approchées de lui et l'entouraient maintenant en lui chuchotant les pitoyables obscénités et les mots caressants de leur spécialité, d'une voix d'ange au cœur brisé; il sentit leurs petits doigts prestes courir sur ses épaules, tirer sur les manches de sa veste.

« O cheik, appela-t-il encore d'une voix défaillante, ce n'était pas pour cela! »

Mais tout était silencieux derrière la porte. Il sentait les petits bras frêles des fillettes s'enrouler autour de sa taille comme les lianes d'une jungle tropicale, leurs petits doigts frêles s'acharner sur les boutons de ses vêtements. Il se dégagea d'une secousse et se retourna vers elles, le visage blême, en protestant d'une voix étranglée. A ce moment un pied renversa par inadvertance la soucoupe d'huile avec sa mèche flottante, et dans l'obscurité il sentit une tension d'angoisse se communiquer d'une fillette à l'autre comme un feu de brousse. Sa protestation leur faisait craindre de perdre un client lucratif. L'anxiété, la colère et une note de terreur perçaient dans leurs voix quand elles se mirent à lui parler, toutes à la fois, tour à tour suppliant et menaçant. Quel serait leur châtiment s'il s'enfuyait? Elles se mirent à lutter, à l'attaquer; il sentait leurs petits corps affamés se jeter sur lui en haletant, bien décidées à ne pas le laisser échapper. Des doigts erraient sur lui comme des fourmis — oui, il se rappela brusquement l'histoire, enterrée dans les lointains souvenirs de ses lectures, d'un homme ligoté dans le sable brûlant près d'une termitière et dont les insectes avaient dévoré les chairs en quelques minutes, ne laissant plus qu'un squelette parfaitement nettoyé.

« Non! » cria-t-il encore d'une voix angoissée.

Une absurde inhibition l'empêchait de se dégager brutalement, de distribuer autour de lui quelques coups qui l'auraient libéré. (Les plus petites étaient tellement petites.) Elles lui tenaient les bras, elles lui grimpaient sur le dos — d'absurdes souvenirs de batailles d'oreillers à l'école lui revinrent en mémoire. Il donna de furieux coups de coude dans la porte, et elles redoublèrent leurs supplications de leurs voix gémissantes. Leur souffle était chaud comme de la fumée de bois.

« O Effendi, patron des pauvres, remède pour notre affliction... »

Mountolive gémissait et se débattait faiblement, mais il se sentait petit à petit entraîné au sol; graduellement, ses genoux, affaiblis par les récentes libations, pliaient sous cet assaut qui acquérait maintenant une vigueur nouvelle et triomphante.

« Non, cria-t-il d'une voix brisée.

— Si, si, par Allah! » répondit le chœur des petites voix grêles.

Elles sentaient fort comme un troupeau de

chèvres et elles grouillaient sur lui. Les rires, les chuchotements obscènes, les caresses et les malédictions lui montaient au cerveau. Il se sentait sur le point de défaillir.

Et tout à coup tout devint clair — comme si l'on avait tiré un rideau — et il se vit assis à côté de sa mère devant un feu ronflant, un livre d'images ouvert sur ses genoux. Elle lisait à haute voix et il essayait de suivre les mots à mesure qu'elle les articulait, mais son attention était sans cesse distraite par la grande gravure en couleur où l'on voyait Gulliver quand il était tombé entre les mains du petit peuple de Lilliput. Tous les détails étaient dessinés avec une précision fascinante. Le héros aux membres lourds gisait à l'endroit où il était tombé, maintenu par une véritable toile d'araignée de cordages enroulés autour de lui et qui l'immobilisaient au sol tandis que les petits personnages circulaient sur son immense corps, comme une armée de fourmis, pour assujettir de nouveaux liens contre lesquels tous les efforts du colosse seraient vains. Il y avait dans chaque détail une précision scientifique diabolique; poignets, chevilles et cou entièrement immobilisés; piquets de tente enfoncés entre les doigts de cette énorme main pour en fixer séparément chaque phalange; cheveux noués à une multitude de lances minuscules fichées en terre tout autour de sa tête. Même les basques de sa vareuse étaient habilement épinglées au sol à travers les plis. Incapable de faire le moindre geste, il restait là, ses yeux bleus grands ouverts, fixant le ciel d'un air inexpressif, les lèvres légèrement écartées. Et l'armée des Lilliputiens s'affairait autour de lui en poussant des brouettes et en apportant de nouvelles cargaisons de pieux et de rouleaux de cordes; toutes leurs attitudes rappelaient l'agitation fiévreuse d'une fourmilière aux prises avec une proie gigantesque dont elle ne doutait pas de venir à bout. Et pendant tout ce temps, Gulliver gisait là sur l'herbe verte de Lilliput, dans une vallée pleine de fleurs microscopiques, tel un ballon captif...

Il se trouva (sans avoir la moindre idée de la façon dont il avait fini par s'échapper) appuyé contre le parapet glacé de la Grande Corniche, devant la mer qui venait lécher les épis de pierre au-dessous de lui et bouillonnait doucement en pénétrant dans les conduites. Tout ce qu'il se rappelait, c'était d'avoir couru dans une sorte de brouillard, hébété, d'avoir tourné dans plusieurs ruelles tortueuses pour, finalement, trébucher sur la Corniche. Une aube pâle et embuée se glissait sur les longues vagues houleuses et une légère brise du large lui apportait une odeur de goudron et une moiteur gluante et chargée de sel. Il se sentait pareil à un marin en détresse dans un port étranger, à l'autre bout du monde. On lui avait retourné ses poches comme des gants. Il n'avait plus sur lui qu'une chemise déchirée et son pantalon. Ses boutons de plastron et de manchettes et son épingle à cravate avaient disparu, ainsi que son portefeuille. Il se sentait épuisé, moulu. Mais en reprenant petit à petit ses esprits, il comprit où il était lorsqu'il aperçut le minaret de la mosquée Goharri se teinter des premières lueurs du jour au-dessus de son bosquet de palmiers. Bientôt, les muezzins aveugles sortiraient comme de très vieilles tortues pour réciter les louanges matinales de l'unique Dieu vivant. Sa voiture ne devait pas se trouver à plus de cinq cents mètres de là. Privé de son tarbouche et de ses lunettes noires, il avait l'impression d'être tout nu. Il se mit à trotter péniblement le long du parapet de pierre, se félicitant que les rues fussent désertes à cette heure et que personne ne pût le reconnaître. Le premier tram du matin traversait le square solitaire devant le Cecil Hôtel et s'en allait en ferraillant, complètement vide, vers Mazarita. Les clefs de sa voiture aussi avaient disparu et il dut se livrer à l'indigne besogne de briser le crochet d'arrêt de la portière à l'aide d'une clef à molette qu'il trouva dans le coffre — tremblant à la pensée qu'un policier pourrait venir lui poser des questions, ou peut-être même le prendre pour un voleur et l'emmener au poste. Il suffoquait de dégoût pour le monde, pour lui-même, et il avait atrocement mal à la tête. Il réussit enfin à briser la serrure et partit à toute allure — heureusement les clefs du chauffeur étaient dans le coffre à gants — en direction de Rushdi, à travers la ville endormie. Ses autres clefs aussi avaient disparu dans la mêlée et il fut obligé de briser une des fenêtres du salon pour pouvoir pénétrer dans la maison. Il pensa d'abord passer la matinée au lit après avoir pris un bain et changé de vêtements, mais pendant qu'il était sous la douche chaude il se rendit compte que son esprit était trop agité; ses pensées bourdonnaient comme un essaim d'abeilles furieuses qui ne lui laissaient pas de repos. Alors, il décida brusquement de quitter Alexandrie et de rentrer au Caire avant que les domestiques soient réveillés. Il sentait qu'il n'oserait pas les regarder en face.

Il endossa vivement des vêtements frais, rassembla ses affaires et traversa la ville pour reprendre la route du désert, fuyant comme un vulgaire voleur. Il venait de prendre une décision. Il demanderait à être nommé dans un autre pays. Il ne voulait plus perdre son temps dans cette Egypte décevante et sordide, ce paysage perfide qui réduisait toutes les émotions et les souvenirs en poussière, qui ruinait l'amitié et tuait l'amour. Il ne pensait même pas à Leila en ce moment; ce soir elle aurait franchi la frontière. C'était déjà comme si elle n'avait jamais existé.

Il y avait assez d'essence dans le réservoir pour le retour. A la sortie de la ville, aux derniers lacets de la route, il se retourna, avec un frisson de dégoût, pour voir surgir une dernière fois le mirage éblouissant des minarets suspendus dans l'aube au-dessus de la brume du lac. Il entendit un train gronder et se perdre dans le petit jour. Il tourna le bouton de la radio à pleine puissance pour noyer ses pensées et fonça sur le ruban d'ar-

gent de la grande route du désert vers la capitale
d'hiver. De part et d'autre de la voiture, tels des
lapins saisis de panique, ses pensées s'enfuyaient
à toute allure, ivres de terreur. Il se rendait compte
qu'il venait de franchir une nouvelle frontière de
son être; désormais tout allait être différent.
Jusque-là il avait vécu dans une sorte de cage;
maintenant ses chaînes s'étaient brisées. Il entendit
la caresse apaisante des violons et la voix familière
de la ville qui l'assaillait à nouveau de ses lan-
gueurs perverses, ses antiques sagesses, ses terreurs :

> *Jamais de la vie,*
> *Jamais dans ton lit*
> *Quand ton cœur se démange de chagrin...*

Il poussa un juron, ferma la radio d'un geste
impatient, comme pour étrangler cette voix, et
poursuivit sa route en plissant les yeux sous les
rayons obliques d'un soleil tout neuf qui léchait
triomphalement la crête des dunes.

Il roula ainsi bon train jusqu'au Caire et arriva
devant l'ambassade où moment où Errol et Donkin
s'affairaient à charger la vieille conduite intérieure
de ce dernier, de tout l'attirail des chasseurs pro-
fessionnels : porte-fusils, cartouchières, jumelles,
bouteilles thermos, etc. Il s'avança vers eux d'un
pas pesant, embarrassé. Ils l'accueillirent tous deux
avec chaleur. Ils pensaient prendre la route
d'Alexandrie vers midi. Donkin était tout excité
et ne cachait pas sa joie. Les journaux du matin
rapportaient que le roi allait beaucoup mieux et

que les premières audiences reprendraient pour le week-end.

« Nur va enfin pouvoir contraindre Memlik à agir, dit Donkin. Vous verrez. »

Mountolive hocha vaguement la tête, d'un air absent et ennuyé; la nouvelle frappait son oreille sans éveiller en lui aucun écho, aucune couleur, aucun présage. Il ne se souciait plus de ce qui pouvait arriver. Sa décision de demander son changement semblait, d'une étrange façon, l'avoir absous de toutes responsabilités personnelles; ses sentiments n'appartenaient déjà plus à cet univers.

Il gagna la Résidence d'un air morose et demanda qu'on lui serve son petit déjeuner dans le salon. Il avait l'esprit ailleurs et les nerfs en pelote. Il réclama ensuite son courrier personnel. Il n'y avait rien de très intéressant; un long verbiage de Sir Louis qui se dorait au soleil de Nice; sa lettre fourmillait de petits cancans amusants et de bon ton sur des amis communs. Et, bien entendu, l'inévitable anecdote d'un *raconteur*[1] émérite pour coiffer le tout : « J'espère, mon cher, que l'uniforme vous sied toujours. J'ai pensé à vous la semaine dernière lorsque je rencontrai Claudel, le poète français qui fut aussi ambassadeur, car il me conta une bien plaisante anecdote au sujet de *son* uniforme. C'était lors de son séjour au Japon. Un jour qu'il était en promenade aux environs de la ville il vit, en se retournant, que toute la Rési-

---

[1]. En français dans le texte.

dence était en flammes et brûlait joyeusement; sa famille était avec lui, aussi n'avait-il pas à craindre pour *leurs* vies. Mais ses manuscrits, ses livres rares, ses précieuses lettres, tout cela se trouvait dans la maison en flammes. Il revint précipitamment, très inquiet. L'incendie était si violent qu'il était clair qu'il ne resterait bientôt rien de la bâtisse. En arrivant à la grille du jardin il vit s'avancer devant lui un petit personnage grave : son valet de chambre japonais. Il s'avançait vers l'ambassadeur d'un pas lent et circonspect, les bras tendus devant lui comme un somnambule, portant religieusement l'uniforme du poëte. Le valet de chambre dit, posément, avec fierté : « Il n'est pas nécessaire de « s'alarmer, monsieur. J'ai sauvé le seul objet de « prix. » Et la pièce inachevée, et les poèmes, là-haut, sur le bureau en flammes? Je ne sais pas pourquoi, mais cela m'a fait penser à vous tout à coup. »

Il soupira et sourit tristement, avec une pointe d'envie; que ne donnerait-il pas pour être à la retraite, à Nice, en ce moment! Il y avait encore une lettre de sa mère, quelques notes de ses fournisseurs de Londres, un billet de son agent de change, et une brève lettre de la sœur de Pursewarden... Rien de vraiment très important.

On frappa et Donkin entra. Il paraissait tout déconfit.

« Une communication du bureau de Nur, monsieur, dit-il, pour nous informer qu'il verra le roi le prochain week-end. Mais... Gabr laisse entendre que les investigations de Memlik ne corroborent pas nos propres assertions...

— Qu'entend-il par là?

— Eh bien, il dit que nous nous sommes trompés de Hosnani. Le véritable coupable serait un frère de celui-ci qui vit dans une ferme quelque part aux environs d'Alexandrie.

— Narouz? fit Mountolive, surpris, incrédule.

— Oui. Eh bien, il semblerait que... »

Ils éclatèrent tous deux d'un rire nerveux.

« Sincèrement, dit Mountolive en se frappant les mains, ces Egyptiens sont vraiment incroyables. Comment diable ont-ils pu arriver à cette conclusion? Cela passe l'entendement.

— Quoi qu'il en soit, c'est là la position de Memlik. J'ai pensé que vous deviez en être informé, monsieur. Errol et moi nous partons à l'instant pour Alexandrie. Y a-t-il autre chose, monsieur? »

Mountolive secoua la tête. Donkin referma doucement la porte derrière lui. « Alors, c'est à Narouz qu'ils s'en prennent maintenant. Quel imbroglio! » Il se laissa tomber dans un fauteuil, accablé, et se perdit un long moment dans la contemplation de ses doigts avant de se verser une autre tasse de thé. Il se sentait maintenant incapable de la moindre pensée cohérente, de la plus petite décision. Il écrirait ce matin même à Kenilworth et au secrétaire du ministère pour demander sa mutation. Il aurait dû y songer depuis longtemps. Il poussa un gros soupir.

On frappa de nouveau à la porte, plus timidement.

« Entrez! » cria-t-il d'une voix lasse.

La porte s'ouvrit et un affreux roquet boudiné comme une saucisse entra en sautillant dans la pièce, suivi d'Angela Errol qui dit, d'un ton de cordialité stridente non exempte d'une pointe d'espièglerie agressive :

« Pardonnez mon intrusion, mais je viens au nom des épouses de la légation. Nous avons pensé que vous aviez peut-être besoin d'un peu de compagnie, aussi avons-nous décidé de mettre nos réflexions en commun. Le résultat s'appelle *Fluke*. »

Le chien et l'homme se regardèrent un moment en silence, ahuris et pleins de méfiance. Mountolive cherchait en vain les mots qu'il convenait de dire. Il avait toujours détesté les chiens en forme de saucisse qui ont des pattes si courtes qu'ils ont l'air de sauter comme des crapauds au lieu de marcher. Fluke était de cette espèce, toujours essoufflé par l'effort que cela lui demandait. L'animal finit par s'asseoir sur son derrière, comme pour manifester une fois pour toutes qu'il n'avait plus aucune illusion sur sa condition de chien et sanctionna cet arrêt par une jolie flaque sur le beau tapis de Chiraz.

« N'est-il pas mignon? » s'écria la femme du chef de la légation.

Il en coûta un effort à Mountolive pour ébaucher un sourire, pour faire semblant d'être comblé de joie, pour exprimer les remerciements appropriés que méritait un geste aussi délicat. Il enrageait.

« Il est charmant, dit-il en souriant de son sourire le plus chaleureux et distingué; vraiment charmant. Je suis terriblement reconnaissant, Angela. C'est une pensée très délicate. »

Le chien se mit à bâiller d'ennui.

« Je dirai donc à ces dames que le cadeau a été reçu avec approbation, dit-elle avec entrain, et elle se dirigea vers la porte. Elles seront ravies. Il n'y a pas de meilleur compagnon qu'un bon chien, n'est-ce pas? »

Mountolive hocha gravement la tête.

« Cela est très juste », dit-il.

Il s'efforça de paraître sincère.

Quand la porte se fut refermée derrière elle, il se rassit et porta la tasse de thé à ses lèvres en regardant fixement, d'un air dégoûté, l'animal aux yeux ternes. La pendule égrena doucement ses heures sur la cheminée. Il était temps d'aller à son bureau. Il y avait beaucoup à faire. Il avait promis de mettre la dernière main au rapport économique définitif, à temps pour qu'il parte par la valise de cette semaine. Il devait insister pour que son portrait prenne également la même voie. Il devait...

Il resta pourtant à contempler la petite créature, à l'air chagrin, sur le tapis, et il eut tout à coup le sentiment de s'être laissé engloutir par le raz de marée de l'insolence humaine — que n'aurait pu exprimer d'une manière plus appropriée cet indésirable don de ses admiratrices. Voilà qu'on voulait faire de lui un *garde-malade*, un infirmier pour petit toutou bas sur pattes. N'avait-il donc plus d'autre moyen d'exorciser sa mélancolie? Il poussa un soupir, et en soupirant appuya sur la sonnette.

## XVI

Le jour de sa mort fut semblable à toutes les autres journées d'hiver à Karm Abu Girg; ou s'il fut différent, ce ne fut que par un petit détail troublant dont la signification ne le frappa pas tout d'abord : la furtive disparition de tous les domestiques qui le laissaient seul dans la maison. Il passa toute la nuit dans un sommeil agité parmi les luxuriantes excroissances de ses phantasmes, denses comme une végétation tropicale, dont il s'éveillait de temps en temps pour entendre le doux sifflement des vols de grues, là-haut dans l'obscurité. L'hiver s'avançait et les grandes migrations ailées avaient commencé. Les longues étendues vitreuses du lac se peuplaient de jour en jour d'une foule plus turbulente et ressemblaient à quelque gigantesque terminus. Toute la nuit on pouvait entendre le défilé des bandes aériennes qui arrivaient — le vrombissement des ailes des canards sauvages ou le *kraonkkraonk* métallique des oies qui se profilaient, très haut, sur le disque de la lune d'hiver. Les fourrés de carex et de roseaux, tous les creux lustrés de noir ou de vert-vipère par des gelées tenaces, retentissaient des gloussements et des barbotements du canard royal. La veille maison aux murs couverts de moisissure et où les scorpions et les puces hibernaient dans les fentes poudreuses des briques de terre, lui semblait très vide et désolée maintenant que Leila était partie. Il la parcourait en tous sens d'une démarche provocante, faisant le plus de bruit possible avec ses bottes, criant après les chiens, faisant claquer son fouet dans la cour. Les petits personnages de bois aux bras en ailes de moulin, alignés sur les murs pour conjurer le mauvais œil, fonctionnaient inlassablement sous la violence des vents d'hiver. Leur ronronnement feutré avait quelque chose de rassurant.

Nessim l'avait supplié d'accompagner Leila et Justine, mais il avait refusé; il s'était conduit comme un ours, sachant pourtant bien que sans sa mère la solitude de la maison serait très dure à supporter. Il s'était enfermé dans les chambres d'incubation, et aux coups frappés à la porte et aux appels fiévreux de son frère avait opposé un silence obstiné. Il n'y avait aucun moyen de s'expliquer avec Nessim. Même lorsque Leila était venue le supplier à son tour, il avait refusé de sortir de crainte que ses adjurations n'ébranlassent sa résolution. Il s'était accroupi dans le noir, le dos au mur, les poings pressés contre sa bouche pour étouffer ses sanglots silencieux... et il se sentait atrocement coupable de désobéissance filiale. Ils avaient fini par l'abandonner. Il avait entendu les sabots des chevaux claquer sur les pavés de la cour. Il était seul.

Tout un mois de silence après cela; puis ce fut la voix de son frère au téléphone. Narouz avait marché tout le jour dans une forêt qui s'accordait aux battements de son cœur, veillant aux travaux de sa terre avec une furieuse application, parcourant au galop de son cheval les berges du fleuve au cours paresseux, accompagné de son reflet dans les eaux, son long fouet enroulé au pommeau de sa selle. Il se sentait incroyablement âgé maintenant, et en même temps aussi jeune qu'un fœtus au bout de son cordon ombilical. La terre, *sa* terre, brune et graisseuse comme une vieille outre à vin, le tenait enchaîné. Il n'avait plus rien d'autre à aimer, à chérir — rien que des arbres meurtris par la gelée, du sable empoisonné par le sel du désert, des étangs peuplés de poissons et d'oies sauvages; et le silence, de l'aurore au crépuscule, que ponctuaient seulement les soupirs des roues hydrauliques gémissant leur éternel message — « Alexandre a des oreilles d'âne » — que les vents emportaient aux quatre coins du pays pour féconder encore une fois l'histoire avec le souvenir pestilentiel du dieu-soldat; ou le bruit de succion du buffle noir pataugeant et fouaillant dans la vase des fossés. Et puis, la nuit, les syllabes répétées jusqu'à l'obsession, des canards qui se déployaient dans l'obscurité, s'appelant les uns les autres, cris d'inquiétude ou de satisfaction — code des voyageurs.

Ecrans de brume, nuages alourdis au travers desquels les aubes et les rayons de soleil jaillissaient dans une splendeur inégalée, chacun portant en soi la fin d'un monde, une agonie d'améthyste et de nacre.

En temps normal, c'eût été la saison de la chasse, saison qu'il aimait entre toutes, animée par les grands feux de bois et les divagations des chiens; l'époque où l'on enduit les bottes de graisse d'ours, où l'on repeint les appeaux... Cette année il n'avait même pas eu le cœur de participer à la grande chasse au canard qu'organisait régulièrement Nessim tous les ans. Il se sentait coupé de tout, retranché dans un autre univers. Il avait le visage buté d'un communiant à qui l'absolution vient d'être refusée. Il ne lui suffisait plus d'un chien et d'un fusil pour exorciser sa mélancolie; il ne pensait plus qu'à Taor maintenant, et son esprit était tout entier occupé des rêves qu'il partageait avec elle — l'ardente certitude du rôle qu'il était destiné à jouer *ici*, sur sa propre terre, et dans toute l'Egypte... Ces rêves confus se chevauchaient, se pénétraient, s'entremêlaient — comme les nombreux bras et affluents du grand fleuve lui-même. Même l'amour de Leila semblait maintenant une menace pour eux — comme un beau plant de lierre parasite étouffant un arbre, l'empêchant de croître. Ii songeait vaguement, et sans mépris, à son frère toujours retenu en ville (il ne devait partir que plus tard), frayant avec des êtres aussi inconsistants que des mannequins de cire, les mondaines peinturlurées de la société d'Alexandrie. S'il lui arrivait de songer à son amour pour Clea, c'était comme à une pièce de monnaie étincelante oubliée au fond de la poche d'un mendiant... Ainsi, galopant avec une sauvage exultation le long des digues et des levées de terre vert mousse de l'estuaire plantées de palmiers pourrissants que tourmentaient le vent, ainsi vivait-il.

La semaine précédente Ali avait signalé la présence d'hommes inconnus rôdant sur la propriété, mais il n'avait accordé aucune importance à ce fait. Il arrivait souvent qu'un fuyard bédouin coupât à travers les plantations ou qu'un étranger traversât les terres à cheval pour rejoindre la route de la ville. Son intérêt s'éveilla davantage lorsque Nessim téléphona pour annoncer qu'il viendrait à Karm Agu Girg avec Balthazar qui voulait observer de près une nouvelle espèce de canards qu'on avait aperçue sur le lac. (Du toit de la maison on pouvait embrasser tout l'estuaire avec une puissante lunette.)

C'était précisément ce qu'il était en train de faire à ce moment même. Arbre après arbre, touffe de roseaux après touffe de roseaux, il scrutait sa terre d'un œil patient et avide dans son vieux télescope. Mystérieuse, inhabitée, silencieuse, elle s'abandonnait dans la clarté de l'aube. Il avait l'intention de passer toute la journée là-bas sur les plantations afin d'éviter, si possible, de rencontrer son frère. Mais la désertion des domestiques était étrange, inexplicable. D'ordinaire, lorsqu'il s'éveillait, il appelait Ali, à grands cris rauques, et l'intendant accourait avec un grand arrosoir de cuivre plein d'une eau fumante qu'il lui versait sur le corps dans le vieux bain de siège victorien tout bosselé. Mais aujourd'hui? La cour était silencieuse et la pièce où couchait Ali était verrouillée. La clef était accrochée à sa place habituelle à un clou au-dessus de la porte. Pas une âme aux alentours.

A grandes enjambées saccadées il monta prendre son télescope sur le balcon, puis gravit l'escalier de bois extérieur qui menait sur le toit et s'installa au milieu des tourelles et des pigeonniers pour scruter la terre des Hosnani. Une longue et minutieuse exploration ne lui révéla rien d'anormal. Il poussa un grognement et replia sa lunette. Il serait obligé de se débrouiller tout seul aujourd'hui. Il descendit de son perchoir et prenant au passage sa vieille carnassière de cuir, se dirigea vers les cuisines pour la remplir de victuailles. Puis une idée le frappa. Dans la cour, son coup de sifflet aigu et sans réplique aurait dû faire accourir les chiens de chasse des recoins où ils passaient la nuit; mais aujourd'hui le vent ne lui renvoyait que l'écho désolé de son sifflet. Ali les avait peut-être emmenés avec lui dans une expédition de sa façon? Mais cela paraissait peu vraisemblable. Il siffla de nouveau, sur une note plus grave et plus insistante et il attendit, les bottes bien écartées, les mains sur les hanches. Il n'y eut pas de réponse. Il alla aux écuries et trouva son cheval. Tout était parfaitement normal de ce côté-là. Il sella et brida la bête, puis l'attacha pour aller chercher son fouet qu'il avait laissé en haut. Tandis qu'il l'enroulait, une autre idée lui vint. Il alla au salon et prit un revolver dans le bureau, en vérifiant que le barillet était chargé, puis il le glissa dans sa ceinture.

Il partit au petit trot en direction de l'est, car il se proposait de faire le tour de la propriété avant de s'enfoncer dans la plantation des arbres denses, où il comptait passer la journée. L'air était vif, et les brumes aux formes et aux contours évanescents qui rôdaient encore sur les marais s'élevaient rapidement. Cheval et cavalier avançaient avec douceur et précision le long des pistes familières. Il atteignit la bordure du désert en une demi-heure sans avoir rien aperçu de suspect, bien qu'il regardât attentivement tout autour de lui sous ses épais sourcils. Sur la terre meuble les sabots de son cheval faisaient peu de bruit. Dans l'angle nord de la plantation il fit halte une bonne dizaine de minutes, en ratissant de nouveau soigneusement le paysage avec sa lunette, et il ne remarqua toujours rien d'anormal. Il ne négligea pas le moindre indice qui aurait pu signaler le passage d'un étranger, traces dans le sable du désert, empreintes de pas sur le sol tendre de la berge au voisinage du bac. Le soleil se levait lentement mais la terre sommeillait encore sous la brume qui se dissipait doucement. Un peu plus loin il s'arrêta près d'une pompe pour jauger le niveau d'eau, écoutant avec plaisir son battement monotone et régulier, graissant une bielle ou un levier ici et là. Puis il remonta en selle et tourna son cheval vers les parties plus denses de la plantation avec ses bosquets d'oliviers de Tripoli et ses acacias, ses ceintures de genévriers donnant un généreux humus et ses carrés de maïs bruissants qui coupaient le vent. Mais il était toujours sur le qui-vive, poussant une pointe de galop puis s'arrêtant net pour écouter une bonne minute. Rien que le jacassement des oiseaux au loin, les glissades des flamants sur le lac, les coups de trompe mélodieux des sarcelles ou les cris des oies splendides comme des appels de tuba, à pleine volée. Rien que de familier, rien que de connu. Il était toujours intrigué, mais il n'éprouvait aucune inquiétude.

Finalement, il se dirigea vers le grand *nubk,* l'arbre au feuillage votif toujours paré de ses bouts d'étoffe et de ses fragments de colliers multicolores, qui se découpait sur le ciel, étincelant de brume et de rosée, comme un gigantesque arbre de Noël. C'est là qu'il était venu, un jour, il y avait bien longtemps de cela, prier avec Mountolive sous les saintes branches. Il mit pied à terre pour prendre quelques bouts d'étoffe qu'il roula et rangea soigneusement. Alors il se raidit car il venait d'entendre bouger dans les fourrés environnants. Il était difficile d'identifier ce bruit — glissement d'un corps sous les feuilles, ou peut-être une sacoche de selle accrochant une branche au passage? Il tendit l'oreille puis se mit à rire tout bas, comme au souvenir d'une bonne farce. Tant pis pour celui qui oserait venir s'attaquer à lui dans un tel endroit : il connaissait les moindres pistes et les moindres fourrés. Là il était sur son territoire — il était le maître.

Sans faire de bruit, il revint vers son cheval, de sa curieuse démarche cassée, se mit en selle et s'écarta lentement de l'ombre des grosses branches afin de laisser du champ à son long fouet et de couvrir les deux seules entrées de la plantation. Ses adversaires, s'il s'agissait de cela, ne pouvaient venir que par un de ces deux sentiers. Il tournait le dos à l'arbre et à sa grande palissade d'épines. Il se mit à glousser de plaisir en attendant là, tous ses sens en éveil, la tête penchée comme un chien à l'affût. Il déroula son fouet et s'amusa à le faire glisser en cercles lents et silencieux sur l'herbe, comme un long serpent... Ce serait probablement une fausse alarme — Ali qui viendrait s'excuser pour sa négligence de ce matin. En tout cas l'attitude de son maître le ferait trembler, car il avait déjà vu le fouet en action... Ce bruit de nouveau. Un rat d'eau plongea dans le canal et s'éloigna vivement à la nage. Dans les buissons, des deux côtés de la piste, il percevait des mouvements indistincts. Assis, immobile, figé comme une statue équestre, la main gauche légèrement posée sur son pistolet, la longue mèche du fouet gisant dans l'herbe au-dessous de lui, le bras figé dans l'attitude d'un pêcheur qui s'apprête à lancer sa ligne très loin, il attendait, le sourire aux lèvres. Sa patience était infinie...

Le bruit des coups de feu sur le lac faisait partie du vocabulaire habituel de Mareotis; il était inséparable des cris des mouettes qui s'aventuraient là depuis la côte et de tous les autres oiseaux aquatiques qui hantaient les lagunes encombrées de roseaux. A la saison des grandes chasses, lorsque trente carabines entraient en action, c'était un crépitement incessant qui déchirait l'air du grand lac. Avec un peu d'habitude, on arrivait à différencier les bruits et à les identifier — et Nessim, lui aussi, avait passé là toute son enfance avec un fusil. Il pouvait distinguer le grave *tang* d'une canardière à longue portée, du claquement sec d'un calibre douze. Les deux hommes étaient près de leurs chevaux, à l'embarcadère quand cela vint : un simple petit plissement de l'air, un petit coup sourd sur le tympan; à peine plus fort que des gouttes d'eau tombant d'une rame, un robinet mal fermé dans une vieille maison. Mais c'était manifestement un coup de feu. Balthazar tourna la tête et regarda vers le lac.

« On aurait dit un coup de revolver », dit-il.

Nessim sourit et hocha la tête.

« Ce serait plutôt une carabine de petit calibre, dit-il. Un braconnier tirant le canard sur l'eau, sans doute. »

Mais il y eut ensuite plus de coups que ne pouvait en contenir le chargeur d'aucune arme. Ils se mirent en selle, un peu étonnés de constater que leurs chevaux les attendaient à l'embarcadère et qu'Ali ne fût pas là pour les accueillir. Il avait attaché les bêtes à un pieu, les avait confiées au passeur et avait disparu dans la brume.

Ils partirent à vive allure le long des digues, flanc contre flanc. Le soleil s'était levé et toute la surface du lac se soulevait vers le ciel, comme un plancher de théâtre, comme aspiré par la brume; çà et là la réalité se volatilisait en mirages, paysages suspendus en l'air la tête en bas ou présentant quatre ou cinq images semblables superposées, comme sous l'effet d'une exposition multiple. Le premier indice troublant fut l'apparition d'une silhouette vêtue d'une robe blanche qui s'enfuyait dans le brouillard. C'était là un fait tout à fait inhabituel dans cette contrée paisible. Qui pouvait avoir peur de rencontrer deux cavaliers sur la route de Karm Abu Girg? Un vagabond? Ils s'arrêtèrent, perplexes.

« Il me semble que j'ai entendu crier, dit Nessim à la fin, d'une petite voix forcée. Vers la maison. »

Comme si le même pressentiment d'un malheur les avait stimulés tous les deux en même temps, ils lancèrent leurs chevaux au grand galop en direction de la maison.

Un cheval, le cheval de Narouz, rôdait devant les grilles ouvertes du manoir et frissonnait sous sa selle vide. Il avait reçu une balle à travers les naseaux : cela faisait une entaille qui saignait abondamment et qui lui donnait un rictus sinistre. Il se mit à gémir doucement quand il les vit approcher. Ils allaient mettre pied à terre quand ils entendirent des cris qui venaient de la palmeraie, et bientôt ils virent accourir un homme à la mine bouleversée. C'était Ali. Il tendit le bras vers la palmeraie et cria le nom de Narouz. Ce nom, si plein de mauvais présages pour Nessim, sonnait déjà comme un glas, bien qu'il ne fût pas encore mort.

« Près de l'Arbre saint! » cria Ali.

Sans plus attendre, les deux hommes plantèrent leurs éperons dans les flancs de leur bête et s'enfoncèrent dans la plantation au grand galop.

Il gisait sur l'herbe, sous le *nubk,* la tête et le cou appuyés contre le tronc; dans cette position il avait l'air d'examiner les blessures que les balles avaient faites à son corps. Seuls ses yeux pouvaient bouger, mais ils ne pouvaient pas voir plus haut que les genoux de ses sauveteurs; et ils avaient perdu leur couleur bleu pervenche pour prendre la teinte cireuse de la plombagine. Son fouet s'était enroulé autour de son corps, probablement lorsqu'il était tombé de selle. Balthazar mit pied à terre et s'avança lentement vers lui, en claquant doucement de la langue comme il le faisait toujours lorsqu'il s'approchait d'un malade. Ce petit bruit pouvait passer pour une manifestation de sympathie, mais c'était en fait un blâme qu'il adressait à sa curiosité, à l'exaltation qu'une part de son esprit éprouvait devant la tragédie humaine. Il lui semblait toujours qu'il n'avait pas le droit d'éprouver un tel intérêt pour elle. *Tsck, tsck.* Nessim était très pâle et très calme, mais il n'appro-

cha pas de la forme prostrée de son frère. Elle
l'attirait cependant, comme si elle était chargée
d'un puissant et horrible magnétisme — c'était
comme si Balthazar s'approchait de quelque engin
terriblement puissant qui allait exploser et les
faire sauter tous les deux. Il se contentait de tenir
la bride de son cheval. Narouz articula d'une
petite voix grêle — la voix d'un enfant qui a la
fièvre et qui joue de sa maladie pour apitoyer son
entourage et obtenir ce dont il a envie — quelque
chose d'inattendu.

« Je veux voir Clea. »

Cette phrase glissa doucement de sa langue,
comme s'il l'avait repassée en esprit depuis des
siècles. Il se lécha les lèvres et la répéta plus lentement. Balthazar crut d'abord voir un sourire se
former sur sa bouche, mais en se penchant mieux,
il vit que leur contraction était une grimace de
souffrance. Il chercha fébrilement la paire de vieux
ciseaux de chirurgien qu'il avait apportée pour
couper le fil de fer tendre dont il comptait baguer
les canards et fendit la veste de Narouz du haut
en bas. Nessim se rapprocha alors et tous deux
contemplèrent le corps puissant couvert de poils
sur lequel les balles avaient formé des dépressions
bleues mais qui ne saignaient pas, semblables à
des nœuds sur une planche de chêne. Mais il y
en avait beaucoup, beaucoup. Balthazar fit son petit
geste d'incertitude caractéristique parodiant un Chi-
nois qui se serait cérémonieusement serré la main à
lui-même.

D'autres personnes commençaient à envahir la clairière. Il devenait plus facile de penser. Ils avaient apporté un immense rideau rouge pour le ramener à la maison. Les domestiques étaient réapparus comme par enchantement et ils se lamentaient à voix basse. Narouz grinça des dents et gémit lorsqu'ils le soulevèrent et l'emportèrent dans le rideau rouge comme un grand cerf blessé. Une fois, comme ils approchaient de la maison, il répéta de la même petite voix nette d'enfant :

« Voir Clea. »

Puis il retomba dans un mutisme fiévreux, ponctué de temps en temps par des soupirs et des frissons qui ébranlaient tout son corps. Les domestiques disaient :

« Grâce à Dieu, le docteur est là! Tout ira bien! »

Balthazar sentit que les yeux de Nessim se tournaient vers lui. Il hocha la tête d'un air grave qui ne laissait place à aucun espoir, et il fit entendre à nouveau son petit claquement de langue. C'était une question d'heures, de minutes, de secondes. Ils atteignirent ainsi la maison en formant une sorte de grotesque procession religieuse portant le corps du fils cadet comme une relique. Miaulant et sanglotant doucement, mais en espérant, en gardant foi en sa guérison, les femmes regardaient cette tête déjetée et ce corps étalé dans le rideau pourpre que son poids faisait gonfler comme une voile. Nessim donnait des ordres, à mots entrecoupés, comme « Doucement ici » ou « Pas si vite pour tourner ». Ils le ramenèrent ainsi à petits pas dans la chambre lugubre dont il était sorti quelques heures plus tôt. Pendant ce temps, Balthazar allait chercher la trousse médicale que l'on tenait en réserve dans un placard, en cas d'accidents de chasse et y prenait une seringue hypodermique et un flacon de morphine. Narouz laissait maintenant échapper des gémissements et des grognements de douleur. Il avait les yeux fermés. Il ne pouvait entendre les paroles que Nessim échangeait au téléphone avec Clea, dans une autre partie de la maison.

« Mais il est mourant, Clea. »

Clea fit entendre un gémissement inarticulé de protestation.

« Que puis-je faire, Nessim? Il ne m'est rien, il n'a jamais été rien et ne sera jamais rien pour moi. Oh! tout cela est tellement répugnant! Je vous en prie, Nessim, ne me forcez pas à venir.

— Bien sûr que non. Mais, comme il est mourant, je pensais simplement que...

— Si vous pensez que je dois venir, je me sentirai obligée de le faire.

— Je ne pense rien. Il n'a plus longtemps à vivre, Clea.

— Je comprends à votre voix que je dois venir. Oh! Nessim, c'est répugnant d'être aimée sans votre consentement! Enverrez-vous la voiture ou dois-je téléphoner à Selim? Ma chair tremble sur mes os.

— Merci, Clea », dit Nessim d'un ton bref, en penchant tristement la tête.

Le mot « répugnant » l'avait quelque peu blessé.

Il regagna lentement la chambre, remarquant au passage que la cour commençait à se remplir — non seulement de serviteurs mais également de nombreux curieux des environs. « Le malheur attire les gens comme une plaie attire les mouches », se dit Nessim. Narouz s'était assoupi. Il s'assit près de Balthazar et ils bavardèrent un moment à mi-voix.

« Va-t-il vraiment mourir comme cela, demanda tristement Nessim, sans sa mère? »

Il se sentait absurdement coupable d'avoir forcé Leila à partir. Balthazar fit une moue d'impatience.

« Ce qui est stupéfiant, dit-il, c'est qu'il soit encore en vie. Et il n'y a absolument rien... »

Balthazar hocha gravement et lentement la tête. Nessim se leva.

« Alors je dois leur annoncer qu'il n'y a aucun espoir de guérison. Ils voudront se préparer pour sa mort.

— Comme vous voulez.

— Il faut que j'envoie chercher le prêtre Tobias. Il doit recevoir les derniers sacrements — la Sainte Eucharistie. Les domestiques comprendront la vérité en le voyant.

— Faites comme bon vous semblera », dit Balthazar sèchement.

Et la haute silhouette de son ami descendit dans la cour pour donner ses instructions. Il fallait envoyer immédiatement un homme à cheval dire au prêtre de consacrer les Saintes Espèces dans l'église puis le ramener en toute hâte à Karm Abu

Girg pour qu'il administre les derniers sacrements à Narouz. Lorsque le messager fut parti, les domestiques s'écrièrent, d'une voix pleine d'angoisse :
« Et le docteur? Et le docteur? »

Balthazar prit une chaise et s'assit près du moribond avec un sourire lugubre. « Et le docteur? » répéta-t-il à mi-voix, pour lui-même. Quelle dérision! Il posa un moment sa paume fraîche sur le front de Narouz avec un air de certitude et de résignation. Une forte température, une douzaine de balles dans le corps... « Et le docteur? »

Méditant sur la futilité des entreprises humaines et sur les horribles accidents auxquels la vie expose les moins méfiantes, les plus innocentes créatures, il alluma une cigarette et sortit sur le balcon. Une cinquantaine d'yeux se tournèrent vers lui, le suppliant de rendre la santé au malade par le pouvoir de sa magie. Il les considéra tous d'un air sévère. S'il avait été en son pouvoir de recourir aux anciennes magies de l'Egypte des fables ou du Nouveau Testament, il aurait volontiers ordonné à Narouz de se lever. Mais... « Et le docteur? »

En dépit des hémorragies internes, du battement précipité du pouls dans ses oreilles, de la fièvre et de la souffrance, le malade se reposait simplement, en quelque sorte, ménageant ses forces en attendant Clea. Il se trompa sur la signification du petit flottement de voix dans la cour et des pas sur l'escalier qui annonçaient l'arrivée du prêtre. Il battit des paupières puis se laissa aller de nouveau, fatigué d'entendre la voix grasse du jeune homme bedonnant à la face luisante, l'air de sortir de table après avoir mangé un cochon de lait entier. Il plongea de nouveau dans sa lointaine attente, heureux d'être traité par Tobias comme un inconscient, même comme un mort, pourvu qu'il puisse conserver assez de forces moribondes pour la blonde image — plus éloignée et inaccessible que jamais maintenant, mais une image qui apaiserait toute la somme de ses souffrances. Même avec de la pitié. Il était gonflé par l'espoir et le désir, dilaté comme une femme enceinte. Quand on est amoureux, on sait que l'amour est un mendiant, qu'il a moins de pudeur encore qu'un mendiant; et la pitié peut consoler de l'absence d'amour par le faux-semblant d'un bonheur imaginé. Pourtant, le jour se traînait en longueur et elle ne venait toujours pas. Et Balthazar, dont l'intuition avait deviné la cause de sa patience, fut tenté par cette pensée : « Je pourrais imiter la voix de Clea — s'en rendrait-il compte? Je pourrais l'apaiser en imitant sa voix. » Ses talents de mime et de ventriloque étaient bien connus. Mais à cette première idée, une autre rétorquait : « Non. On ne doit pas intervenir dans un destin, si cruel soit-il, en y introduisant du mensonge. Il doit mourir de la mort qui lui est destinée. » Et la première voix disait, avec cynisme : « Alors, pourquoi la morphine, pourquoi les consolations de la religion et pourquoi pas le réconfort d'une imitation? Tu pourrais facilement faire cela. » Mais il hocha sa tête de corbeau et dit « Non » avec une obstination amère, en écoutant la voix

désagréable du prêtre qui lisait des passages des
Ecritures sur le balcon, une voix à laquelle venaient
se mêler les murmures et les râclements de pieds
des êtres humains, en bas dans la cour. La voix
de Clea, même imitée, n'aurait-elle pas eu un effet
plus salutaire que n'importe quel évangile? Il baisa
lentement, tristement le front de son malade.

Narouz commençait à ressentir les tiraillements
infernaux des cinq chiens sauvages de ses sens qui
tiraient de plus en plus fort sur leur laisse. Il leur
opposait l'énergie de sa prodigieuse volonté, arrêtant le cours du temps, attendant la seule révélation humaine en laquelle il pouvait espérer désormais : la voix et le parfum d'une femme que ses
sens avaient commencé à embaumer, à inhumer
comme une image infiniment précieuse. Il pouvait
entendre battre ses nerfs en spirales de douleurs,
les bulles d'oxygène entrer de plus en plus lentement dans son sang pour y exploser. Il savait qu'il
était à bout de ressources, à bout de temps. Le
carcan de la paralysie gagnait son cerveau, anes-
thésiant lentement sa souffrance.

Nessim retourna au téléphone. Il était maintenant d'une pâleur de cire; ses joues se couvraient
de petites taches roses, et il parlait de la voix aiguë,
douce et hystérique de sa mère. Clea était déjà en
route pour Karm Abu Girg, mais une digue s'était
rompue et une portion de la route se trouvait
inondée. Selim doutait qu'elle pût atteindre le bac
le soir même.

C'est alors que commença un terrifiant combat

dans la poitrine de Narouz, une lutte pour maintenir l'équilibre entre les forces qui rivalisaient en lui. Tous ses muscles se contractaient en grosses boules sous l'effort que lui imposait l'attente; ses veines saillaient à se rompre, polies comme de l'ébène. Il grinçait furieusement des dents comme un ours sauvage tendu de toute sa volonté, sentant qu'il allait sombrer. Balthazar, assis à côté de lui, immobile comme une statue, posa une main sur son front, tandis que de l'autre il maintenait solidement les muscles tourmentés de son poignet. Il murmura en arabe : .

« Calme-toi, mon chéri. Tout doux, mon joli. »

Le cœur serré, il était cependant parfaitement maître de lui, entièrement calme. La vérité est si cruelle que c'est une sorte de luxe que de la connaître.

Ils restèrent ainsi pendant un moment. Puis, à la fin, de la gorge poilue du moribond jaillit un son terrible, un seul mot, le nom de Clea, lancé de la voix caverneuse d'un lion; un foudroyant rugissement où se mêlaient la colère, le reproche et une infinie tristesse. Un mot tout nu que ce nom, un mot aussi simple que « Dieu » ou « Maman » — et pourtant il sonna comme s'il s'échappait des lèvres d'un conquérant à l'agonie, un roi perdu, conscient de la dissolution de son corps, de la dispersion de son souffle. Le nom de Clea résonna dans toute la maison, noyé dans la splendeur de sa souffrance, réduisant au silence les petits chuchotements des domestiques et des visiteurs, faisant coucher les oreilles des chiens, leur faisant baisser la tête et pousser des gémissements entre leurs pattes; bouleversant l'esprit de Nessim, le plaçant à nouveau devant une terrifiante amertume trop intense pour être exprimée par des larmes. Et à mesure que ce gigantesque cri s'évanouissait, la certitude de sa mort descendit lentement sur eux avec une nouvelle et plus écrasante évidence — comme le poids d'une énorme pierre qui se refermait sur le tombeau de leur espoir.

Immobile, éternelle comme la douleur, la statue vaincue du docteur demeurait assise au chevet de la douleur. Il se disait, étourdi par une vertigineuse lucidité : « Une expression comme « par la gueule de la mort » pourrait convenir à ce cri de Narouz, à sa vaillance. Ou « par la gueule de l'Enfer ». Ce doit être cela l'enfer personnel d'un esprit. Non, nous ne pouvons rien faire. »

L'énorme voix décrut lentement, se réduisit au froissement desséché d'un râle d'agonie, puis au bourdonnement de plus en plus faible d'une mouche prise dans une toile d'araignée, loin, très loin, de plus en plus loin.

Alors Nessim, dehors sur le balcon, eut un bref petit sanglot, comme le claquement étouffé d'une tige de bambou qu'on arrache de son pied. Et telles les premières mesures solennelles d'une grande symphonie, ce petit sanglot fut repris au-dessous, dans la cour noyée d'ombre, et passa de bouche en bouche, de cœur en cœur. Leurs sanglots s'allumaient les uns aux autres comme des cierges dont on se transmet la flamme, ample résolution orchestrale du précieux thème du chagrin, et les lambeaux frémissants d'un long gémissement s'élevèrent du fond du puits vide, vers le ciel qui s'obscurcissait, long soupir étouffé qui se confondait avec le chuchotement de la pluie sur le lac Mareotis. La mort de Narouz commençait. Balthazar, la tête baissée, se récitait à mi-voix ces vers grecs :

*Voici que la douleur de la séparation*
*Se lève comme une brise dans les haubans*
*De la mort de l'homme, figure de proue du corps*
                                    [*livide,*
*Et que le Fantôme du Souffle*
*Gonfle les voiles de l'âme, ronde et éternelle.*

Ce fut le signal d'une détente, car la maison allait être maintenant le théâtre des inévitables et terribles scènes d'une veillée copte, scènes d'orgie mystique empreintes de toutes les terreurs antiques. La mort ouvrait aux femmes les portes de leur royaume, et octroyait à chacune sa part héréditaire de chagrin. Serrées les unes contre les autres, elles gravirent l'escalier, de plus en plus vite à mesure qu'elles approchaient de la chambre funèbre; leur visage était transfiguré, extatique déjà, et elles commencèrent à pousser des cris inhumains. Les doigts crispés comme des serres, elles commencèrent à se lacérer le corps, s'égratignant les seins et les joues avec une exaltation voluptueuse, tout en poussant cette curieuse et poignante lamentation appelée *zagreet,* une sorte de hululement qu'elles produisaient en faisant vibrer la langue contre le palais à la façon d'un plectre sur les cordes d'une mandoline. Un chœur de trémulations aux timbres multiples à vous déchiqueter le tympan.

Toute la vieille maison retentit des cris de ces harpies qui prenaient possession d'elle et envahissaient la chambre mortuaire pour se mettre à tourner autour du corps silencieux, en lançant inlassablement leurs sinistres clameurs chargées d'un insoutenable délire animal. C'étaient les danses rituelles de la douleur qui commençaient, tandis que Nessim et Balthazar restaient immobiles sur leur chaise, le menton sur la poitrine, les mains jointes — image même de l'échec humain. Ils se laissaient transpercer jusqu'au cœur de leur être par ces cris sauvages et bouleversants. Maintenant il fallait se soumettre et s'abandonner à cet antique rituel de l'affliction; et l'affliction devenait une frénésie orgiaque qui confinait à la folie furieuse. Les femmes dansaient en rond autour du mort, se frappant la poitrine en hurlant, mais sur le rythme lent et complexe d'une danse qui semblait sortir tout droit d'une frise antique. Elles avançaient en oscillant, frissonnaient de la gorge aux chevilles, se tordaient et tournaient sur elles-mêmes en enjoignant au mort de se lever. « Lève-toi, mon désespoir! Lève-toi, ma mort! Lève-toi, mon bien-aimé, ma mort, mon chameau, mon protecteur! Oh! bien-aimé corps plein de semence, lève-toi! » Et les effroyables hululements s'étranglaient dans leur gorge, tandis que des larmes brûlantes jaillissaient de leur esprit déchiré. Elles tournaient, tournoyaient et roulaient autour du mort, hypnotisées par leurs propres lamentations, contaminant toute la maison de leurs plaintes tandis que de la cour obscure montait le bourdonnement plus grave, plus sombre, des hommes qui sanglotaient en se serrant solennellement les mains et en répétant, pour se réconforter mutuellement : « *Ma-a-lesh!* Miséricorde! Rien ne sert de nous lamenter! »

Ainsi, la douleur se multipliait et proliférait. Des femmes arrivaient de partout en groupes compacts. Certaines avaient déjà revêtu le costume de deuil rituel — les couvertures de coton bleu foncé et sales. Le visage barbouillé d'indigo, leurs cheveux hirsutes frottés de cendre, elles répondaient aux cris de leurs sœurs, là-haut dans la chambre mortuaire, par des glapissements qui dénudaient leurs dents étincelantes, puis elles montaient et se répandaient dans toutes les pièces comme une horde de démons. Elles s'attaquaient à la vieille maison, pièce après pièce, saisies d'une frénésie de destruction, s'interrompant de temps en temps pour pousser leurs terrifiantes clameurs, et s'acharner de plus belle sur tout ce qui leur tombait sous la main.

Lits, placards, divans furent projetés par-dessus le balcon et précipités dans la cour. Chaque meuble qui s'écrasait était salué par une nouvelle explosion de cris — le long *zagreet* glougloutant — et de tous les coins de la maison d'autres cris leur répondaient.

Puis les miroirs furent pulvérisés, les portraits et les tableaux retournés contre le mur, les tapis roulés. Ce fut ensuite le tour de tous les objets de verre et de porcelaine — à l'exception du service à café noir, réservé pour les funérailles — d'être fracassés, piétinés, réduits en miettes. Tous ces débris furent ensuite balayés et amoncelés en un énorme tas sur le balcon. Tout ce qui pouvait rappeler l'ordre et la continuité de la vie terrestre, domestique, personnelle ou sociale, devait ensuite disparaître, être réduit à néant. La destruction systématique de la mémoire de la mort elle-même se poursuivait dans la vaisselle, les tableaux, les ornements et les vêtements... Bientôt la maison ne fut plus qu'une épave mutilée, dévastée, et le peu qui restait avait été recouvert de draperies noires.

Pendant ce temps, une grande tente bariolée avait été dressée dans la cour, une tente-marquise, où les visiteurs allaient venir prendre place durant la « Nuit de la Solitude », boire en silence le café dans les tasses noires et écouter le concert ininterrompu de gémissements qui se déchaînaient en vagues hystériques, déchirées par intervalles par le hurlement paroxystique d'une femme qui s'évanouissait et roulait sur le sol, frappée d'apoplexie. Rien ne devait être épargné pour que les funérailles de ce grand homme soient un succès total.

D'autres visiteurs encore commençaient à affluer, les uns venant à titre personnel, les autres par intérêt professionnel pour ainsi dire; ceux qui venaient assister aux funérailles d'un ami passaient

la nuit dans la grande tente bariolée à la clarté
des lampes. Mais il y avait aussi les pleureuses
professionnelles des villages avoisinants, pour qui
la mort était une sorte de compétition en matière
de poésie funéraire; elles arrivaient à pied, en
charrette ou à dos de chameau. Et chaque fois que
l'une d'entre elles franchissait les grilles de la
maison, elle lançait un long cri palpitant qui
secouait tout son corps comme un orgasme et
ranimait la douleur des autres pleureuses à l'intérieur de la maison, qui lui répondaient par des
notes basses et trémulantes, des sanglots qui en-
flaient petit à petit en une vague de trilles furieux
qui glaçait le sang et arrachait les nerfs.

Ces pleureuses professionnelles apportaient avec
elles toute la sauvage poésie de leur caste entraînée
depuis des millénaires aux pratiques de la mort.
Elles étaient souvent jeunes et belles, et douées
d'un véritable talent de chanteuse. Elles arrivaient
avec les tambours et les tambourins rituels au son
desquels elles dansaient et dont elles ponctuaient
leurs lamentations pour ranimer l'ardeur de celles
qui étaient déjà à l'œuvre depuis un certain temps.
« Louange à l'hôte de la Maison », s'écriaient-elles
farouchement; et avec une superbe lenteur calculée,
elles entreprenaient leur révolution autour du corps,
girant et se tordant en une extase de pitié et récitant des panégyriques de Narouz dans un arabe
du plus pur style poétique. Elles louaient sa bravoure, sa droiture, sa beauté, sa richesse. Et ces
longues strophes parfaitement tournées étaient

ponctuées par les sanglots et les gémissements de toute l'assistance, du fond de la cour comme de tous les étages de la maison. Tous étaient vulnérables à la poésie; même les vieillards assis sur les chaises à dossiers droits sous la tente laissaient échapper de leur gorge un sanglot rêche qui se fendillait sur leurs lèvres, et ils murmuraient en penchant la tête : « *Ma-a-lesh!* »

Parmi ceux-ci, le vieux maître d'école et l'ami des Hosnani, Mohamed Shebab, avait la fierté de se compter. Il était vêtu de ses plus beaux atours, et il portait même une paire d'antiques demi-guêtres gris perle et un tarbouche neuf. Le souvenir des soirées passées sur le balcon de la vieille maison à écouter de la musique en compagnie de Nessim et de Narouz ou à bavarder avec Leila l'accablait d'un chagrin qui n'était pas feint. Et comme les veillées funèbres étaient souvent un prétexte, pour les habitants du Delta, à se soulager de leurs chagrins intimes, il se mit lui aussi à évoquer le souvenir de sa sœur défunte, et, en sanglotant, il se tourna vers un serviteur, lui glissa une pièce dans la main et lui dit :

« Demande à Alam la chanteuse de chanter encore une fois la litanie de *L'Image des Femmes*, je te prie. Je veux encore pleurer sur ces versets. »

Et tandis que débutait le long poème, il se laissa voluptueusement aller en arrière et se laissa pénétrer par un bienfaisant chagrin qui trouverait ainsi son exutoire par la poésie. D'autres encore réclamèrent leurs lamentations préférées en payant aux chanteuses la rémunération requise. Ainsi les chagrins de tous le pays étaient rendus à la vie, purifiés de toute amertume, restitués aux vivants par l'intermédiaire du corps insensible de Narouz.

Et jusqu'au matin l'étrange cérémonie allait suivre son cours, l'admirable poésie du tombeau dérouler ses figures : girations des femmes, frissonnements des tambourins, hululements et lente pulsation des chants funèbres chargés de leur magnifique plumage d'images et de métaphores. Quelques-uns des participants avaient rapidement succombé à la fatigue et au bout de deux heures de frénésie, plusieurs domestiques de la maison avaient sombré dans une hystérie écumante. Les pleureuses professionnelles, toutefois, connaissaient leurs forces et se comportaient en véritables artistes qu'elles étaient. Lorsqu'elles étaient terrassées par un excès de douleur ou par une longue explosion de hurlements, elles s'affalaient sur le sol et prenaient quelques instants de délassement, ou parfois même fumaient une cigarette. Puis, reposées, elles se joignaient à nouveau au cercle des danseuses.

Cependant, une fois dégorgées les premières fureurs de l'affliction, Nessim envoya quérir les prêtres qui ajouteraient la clarté des grands cierges exsangues et le marmottement des psaumes au ruissellement de l'eau et au crissement des éponges — car il fallait laver le corps. Ils arrivèrent enfin, accompagnés des deux bedeaux de la petite église copte — deux lourdauds incultes, à qui incombait la toilette du mort. — C'est alors qu'éclata une grotesque discussion : les vêtements du mort reviennent de droit aux ensuaireurs, et les bedeaux ne trouvèrent rien dans la garde-robe de Narouz qui leur parût digne de rémunérer leur labeur. Quelques vieux manteaux, des bottes éculées, une chemise de nuit déchirée et un petit bonnet brodé qui datait de sa circoncision — c'était là tout ce que Narouz possédait. Et les bedeaux ne pouvaient pas accepter d'argent — cela portait malheur. Nessim commençait à se fâcher, mais ils étaient butés comme des mules et refusaient de laver Narouz si on ne leur accordait pas la rétribution rituelle. Finalement, Nessim et Balthazar durent se dépouiller de leurs propres complets pour en faire don aux bedeaux. Ils consentirent alors à endosser, avec un frisson d'horreur, les vieilles frusques rapiécées de Narouz — des manteaux qui leur descendaient jusqu'aux pieds et leur donnaient l'air ridicule de deux gradués d'université. Mais il fallait se hâter si on voulait l'emmener à l'église aux premières lueurs de l'aube pour la cérémonie de l'inhumation — sinon le rituel des lamentations se poursuivrait pendant des jours et des nuits; dans les temps anciens de telles funérailles duraient quarante jours! Nessim avait également ordonné la fabrication du cercueil, et toute la nuit les chants furent ponctués par les coups de marteaux et le grincement des scies dans la cour du charpentier, toute proche. Nessim se sentait maintenant complètement épuisé, et de temps en temps il se laissait aller à somnoler quelques minutes sur sa chaise, entre deux flambées de gémissements ou les questions de quelque domestique de la maison venant lui soumettre certaines difficultés qui devaient être résolues d'urgence.

Murmures des chœurs, vacillement roux des flammes des cierges, frottement des éponges, râclements d'un rasoir sur la peau du cadavre. Il ne ressentait plus aucun chagrin maintenant, mais un lugubre engourdissement de tous les sens. Le bruit de l'eau qui ruisselait dans les cuvettes et le doux frottement des éponges sur le corps de son frère semblaient faire partie d'un tissu de pensées et d'émotions entièrement nouveau. Grognement des laveurs quand ils retournaient la masse inerte du cadavre qui retombait lourdement sur la table; choc sourd et feutré d'un lapin qu'on jette sur la table de la cuisine au retour de la chasse... Il frissonna.

Lavé et oint, aspergé de romarin et de thym, Narouz reposa enfin dans son cercueil de planches grossièrement assemblées, revêtu du linceul qu'il avait conservé précieusement en vue de ce jour, selon la règle de tout Copte : un suaire de lin blanc qui avait été plongé dans les eaux du Jourdain. Il n'avait ni bijoux ni riche costume à emporter avec lui dans la tombe, mais Balthazar enroula le grand fouet taché de sang et le plaça sous son oreiller. (Le lendemain matin les domestiques devaient ramener le corps d'un malheureux dont le visage avait été réduit en bouillie par les coups de cette arme singulière; apparemment, il avait traversé la plantation en hurlant, méconnaissable, pour tomber sans connaissance dans un fossé et s'y noyer. Le fouet avait si bien accompli son œuvre que l'homme était impossible à identifier.)

La première partie de la cérémonie était maintenant achevée; il ne restait plus qu'à attendre l'aube. Une fois encore les pleureuses furent admises dans la chambre mortuaire de Narouz; une fois encore elles se livrèrent à leurs danses extatiques au son des tambourins. Balthazar se leva alors pour partir, car sa présence n'était plus nécessaire. Les deux hommes traversèrent lentement la cour, en se donnant le bras, appuyés l'un sur l'autre comme s'ils n'en pouvaient plus.

« Si vous rencontrez Clea au bac, remmenez-la, dit Nessim.

— Bien entendu. »

Ils se serrèrent longuement la main et s'étreignirent. Puis Nessim, bâillant et frissonnant, rentra dans la maison. Il prit une chaise et somnola. Il faudrait trois jours avant que la maison soit lavée de sa tristesse et que l'âme de Narouz soit « expédiée » par les cérémonies religieuses. Ce serait d'abord la longue procession titubante des femmes, échevelées, la face barbouillée de noir comme des furies, portant des torches et des bannières, dans le petit matin humide, avant que le brouillard se lève. Ensuite, les diacres qui psalmodieraient « Dans ton royaume, souviens-toi de nous, Seigneur », d'une voix grave et modulée. Puis sur le sol glacé de l'église, les mottes de terre qui ruisselleraient sur la face pâle de Narouz, et les voix qui réciteraient « Tu viens de la poussière et tu retournes à la poussière », et les périodes ronronnantes de l'Evangile qui l'emporteraient aux cieux. Grincement des vis de cuivre, et le couvercle serait refermé. Il voyait déjà tout cela en esprit tandis qu'il somnolait sur sa chaise à haut dossier, à côté du cercueil de bois grossier. « A quoi, se demandait-il, Narouz pouvait-il bien rêver maintenant, avec son grand fouet enroulé sous son oreiller? »

---

IMPRIMÉ EN FRANCE PAR BRODARD ET TAUPIN
7, bd Romain-Rolland - Montrouge - Usine de La Flèche.
LIBRAIRIE GÉNÉRALE FRANÇAISE - 12, rue François 1<sup>er</sup> - Paris.

ISBN : 2 - 253 - 02898 - 3     30/5620/7